Evil Hero
Superschurke wider Willen

Sandra Grauer wurde 1983 im Ruhrgebiet geboren. Schreiben, Lesen und in die Welt fremder Geschichten eintauchen war schon immer ihre Leidenschaft. In Heidelberg studierte sie Sprach- und Übersetzungswissenschaften, später absolvierte sie ein fachjournalistisches Fernstudium und ein Volontariat in einer PR-Agentur in Karlsruhe. Mit ihrem Mann und zwei Meerschweinchen lebt sie im Ruhrgebiet. Sie schreibt Romane für Jugendliche und Frauen und unter Pseudonym für den Cora-Verlag.

»Schorle für dich« wurde 2015 mit der Leselupe ausgezeichnet, ihr Fantasy-Roman »Schattenspiel« im März 2015 für den Indie Autor Preis der Leipziger Buchmesse nominiert.

Mehr über unsere Bücher, Autoren und Illustratoren auf:
www.planet-verlag.de

SANDRA GRAUER

EVIL HERO

Superschurke wider Willen

PLANET!

Für Christian
und für unseren Krümel

An sich ist nichts weder gut noch böse;
das Denken macht es erst dazu.

★

William Shakespeare,
»Hamlet« (1601-1602),
hier in der Übersetzung von
August Wilhelm Schlegel, 1798

Kapitel 1

»Dein Vater wäre so stolz auf dich.«

Mein Vater würde sich im Grab umdrehen, wenn er die Wahrheit wüsste. Und nun liefen meiner Mutter auch noch Tränen über die Wangen. Mein schlechtes Gewissen meldete sich, aber ich ignorierte es. Ich musste das tun, ich hatte keine andere Wahl.

»Nicht weinen, Mum«, sagte ich und setzte mich neben sie, um ihr tröstend über den Arm zu streichen. »Er fehlt mir auch.«

Mum nickte. Sie wischte sich die Tränen aus dem Gesicht und setzte ein Lächeln auf. »Dann lass ich dich jetzt in Ruhe packen. Morgen geht's ja schon los.«

Ich lächelte zurück, so als ob ich es kaum erwarten konnte, dabei rutschte mir gerade das Herz in die Hose.

Doch anstatt aufzustehen, griff meine Mutter nach dem Schreiben auf dem Bett und las sich die Zeilen erneut durch. »Sehr geehrter Mr Taylor, wir freuen uns, Ihnen mitzuteilen, dass Sie an der Scola Super Heroica, der ältesten Schule zur Ausbildung von Superhelden, angenommen wurden.« Seufzend schaute sie mich an. »Sie nennen dich Mister, das klingt so erwachsen.« Schon wieder traten ihr Tränen in die Augen, sie schüttelte den Kopf. »Mein jüngster Sohn auf der Scola.

Ich bin so stolz auf dich, John. In die Fußstapfen deines Vaters zu treten wird sicher nicht leicht. Er war einer der Besten, die wir hatten. Aber du wirst das schaffen, davon bin ich fest überzeugt.«

»Danke, Mum«, erwiderte ich, ohne sie anzusehen. Ich hatte Angst, sie würde mir meine Lüge anmerken.

Als Sohn eines berühmten Superhelden hatte für mich immer festgestanden, dass ich wie mein Dad auf die Superheldenschule gehen würde, doch dann war vor wenigen Wochen die Absage der Scola gekommen:

Sehr geehrter Mr Taylor, leider können wir Ihre Bewerbung an der Scola Super Heroica, der ältesten Schule zur Ausbildung von Superhelden, in diesem Jahr nicht berücksichtigen. In Anbetracht der Tatsache, dass Ihr Vater erst kürzlich unter ungeklärten Umständen verstorben ist, tut uns dies besonders leid.

Ungeklärte Umstände, pah! Ich wusste genau, wie mein Dad gestorben war, und ich würde das auch beweisen. Nur wie, nachdem ich abgelehnt worden war? Zuerst war ich wie betäubt gewesen. Warum hatte man mich nicht angenommen? Immerhin war mein Dad einer der besten Superhelden unserer Zeit gewesen. Kurz darauf hatte Mum angefangen, Tag für Tag zu fragen, ob endlich das Schreiben von der Scola gekommen sei, aber ich hatte es nicht übers Herz gebracht, ihr die Wahrheit zu sagen. Stattdessen entschied ich mich für eine Lüge und Plan B. Ich musste an Informationen kommen, und wenn ich diese nicht auf der Scola bekam, dann eben an der Äcädemy. Also schrieb ich eine Bewerbung unter meinem richtigen Namen und fälschte die Unterschrift meiner Mum. An der Äcädemy wusste niemand, dass mein Dad Edward Taylor hieß, dort kannte man ihn nur als Eagleman. Und tatsächlich wurde ich angenommen. Der Rest ergab sich wie von selbst, ich musste nur noch den Brief der Scola einscannen, am Laptop den Text austauschen, und schon war aus der Ablehnung die Zusage geworden, die ich meiner Mum präsentierte. Jetzt gab sie mir einen Kuss auf die Wange und stand auf. An der Tür drehte sie sich noch einmal zu mir um. »Und vergiss nicht, den Anzug deines Vaters einzupacken. Deine neuen Mitschüler wollen ihn bestimmt sehen.«

Das bezweifelte ich, aber ich nickte trotzdem. Als sie die Tür hinter sich geschlossen hatte, schob ich den linken Ärmel meines T-Shirts nach oben und betrachtete mein brandneues Tattoo: einen Adler, kurz bevor er seine Beute greift. Ich hatte erneut die Einverständniserklärung meiner Mutter fälschen müssen, um es zu bekommen. Ob es als Tarnung genügen würde? Ich konnte es nur hoffen, denn ich wollte mir gar nicht vorstellen, was mit mir passieren würde, wenn ich aufflog.

»Ich komme noch mit rein und begleite dich zum Bahnsteig«, beschloss Mum spontan. Sie sah mich von der Seite an, als ob das die beste Idee aller Zeiten wäre.

Okay, jetzt hieß es ruhig bleiben. »Das ist wirklich nicht nötig, Mum. Wie willst du denn so schnell einen Parkplatz finden? Der Zug kommt in fünf Minuten.« Demonstrativ sah ich auf die Uhr am Armaturenbrett.

»Ich bleibe einfach kurz hier stehen. Bin ja gleich wieder zurück, da wird mich schon keiner abschleppen. Ansonsten wird Frank das regeln.«

Frank war Polizist – und mein zehn Jahre älterer Bruder.

Zusammen mit meiner Schwester Lily, die Floristin war, hatte er sich bereits gestern von mir verabschiedet und viel Erfolg gewünscht. Ich hatte ein schlechtes Gewissen. Sie dachten alle, ich würde als Einziger in unserer Familie meinem Vater nacheifern und auf die Superheldenschule gehen, doch davon war ich so weit entfernt wie Prinz Charles davon, König zu werden. Kurz entschlossen drehte meine Mum den Zündschlüssel um, augenblicklich erstarb das Geräusch des Blinkers.

»Aber ...«

»Nichts aber. Mein Sohn geht auf die Scola, da muss ich wenigstens richtig Abschied nehmen. Komm, du sollst deinen Zug nicht verpassen.«

Oh doch, genau das wollte ich. Oder besser gesagt: Das musste ich. Wie kam ich jetzt aus der Nummer wieder raus, ohne Mums Gefühle zu verletzen? Zwar blieb mir ein wenig Zeit, aber sie würde nicht reichen, um sich in den Zug zur Scola zu setzen, denn der Grand Central von London nach York fuhr ohne Zwischenstopp zwei Stunden durch.

Aber Mum würde sich nicht umstimmen lassen, das wusste ich. Sie war bereits ausgestiegen und wuchtete meine Reisetasche aus dem Kofferraum des rostigen Toyotas. Ich stieg ebenfalls aus. Hinter uns hupte ein schwarzer Mercedes, der dazugehörige Fahrer fuchtelte wild mit den Armen in der Luft herum.

»Mum, wir können uns auch hier voneinander verabschieden«, sagte ich und nahm ihr die Reisetasche ab.

»Ach was, der wird sich wohl kurz gedulden können.« Sie winkte dem Mercedes-Mann freundlich zu und schob mich in Richtung des sandfarbenen Gebäudes. »Bin sofort zurück«, rief sie.

Der Mann drückte erneut auf die Hupe, dann ließ er das Fenster herunter. »Wo zum Teufel haben Sie Ihren Führerschein gemacht, Lady? Sie können doch nicht einfach hier stehen bleiben!« Der Rest seiner Schimpftirade ging im Verkehrslärm unter.

Direkt über dem Bahnhof King's Cross türmten sich die dunklen Wolken wie ein böses Omen auf. Wir betraten das Gebäude und schlängelten uns durch die Menschenmassen zu Gleis fünf. Der schwarze Grand Central nach York rollte gerade in den Bahnhof ein, als wir den Bahnsteig erreichten. Es war zugig, obwohl das Gleis mit einer gewölbten Glasdecke überdacht war. Trotz der vielen Menschen erkannte ich schon von Weitem das kleine Grüppchen aus stolzen Eltern, einem guten Dutzend Jungs und fünf Mädchen um die vierzehn. Es war ein seltsames Gefühl, denn eigentlich hätte ich ganz offiziell dazugehören sollen, anstatt nur zufällig hier zu sein.

Ich wandte mich Mum zu, in der Hoffnung, sie hätte die Gruppe übersehen. »Also dann ...«

Zu spät. »Ach, schau mal, die Millers.«

»Es ist okay, wir müssen da nicht hin«, sagte ich leise. »Ich sehe sie ohnehin gleich im Zug.«

Seit der Beerdigung meines Vaters hatten wir niemanden von ihnen getroffen. Mum hatte sich komplett aus der Superheldenszene zurückgezogen, sie konnte die mitleidigen Gesichter einfach nicht mehr ertragen. Doch mir zuliebe würde sie alles auf sich nehmen.

»Aber Justin geht bestimmt auch auf die Scola. Dann hast du gleich Anschluss.« Entschlossen quetschte sie sich an den wartenden Menschen auf der einen und der Mauer auf der anderen Seite vorbei und ging auf die Millers zu.

Missmutig folgte ich ihr. Obwohl gerade Aufbruchsstimmung herrschte, entdeckte man uns sofort. Mr Miller warf mir einen irritierten Blick zu, aber vielleicht hatte ich mich auch getäuscht, denn im nächsten Moment schaute er wieder so überheblich drein wie immer.

»Na so was, Elise und Jonathan Taylor«, meinte er etwas reservierter als die anderen. »Wir haben uns schon gewundert, wo ihr bleibt.«

»Ein kleines Parkplatzproblem«, erklärte Mum, während sich Justin mir zuwandte.

Wir kannten uns aus dem Kindergarten, hatten aber nie wirklich einen Draht zueinander gehabt. Unsere Väter hatten sich auch nie besonders gut verstanden, was Mum wohl verdrängt hatte. Justin war seit der Beerdigung erwachsener geworden. In seine blonden Locken schmierte er jetzt Gel. Außerdem ließ er sich einen Dreitagebart stehen, sofern man bei dem Flaum schon von einem Bart sprechen konnte.

»Ein paar Minuten später, und der Zug wäre weg gewesen.« Justin klang nicht so, als wäre er darüber sehr traurig. Seine graublauen Augen musterten mich fast etwas abschätzig.

»Tja, manchmal braucht man eben Glück«, murmelte ich.

»In welches Haus kommst du? Auch in Nummer drei?«

Praktischerweise schob Mr Miller uns in diesem Moment Richtung Waggontür. »Nun aber los, sonst fährt der Zug ohne euch.«

Mum zog mich schnell in ihre Arme, ihr Kopf reichte mir gerade bis zum Hals. »Mach's gut, John. Ruf mal an.«

Sie selbst würde sich nicht bei mir melden, das hatte sie mir versprochen. Zum einen entsprach es der Scola-Philosophie, dass die Eltern sich weitestgehend raushielten, zum anderen würde es nur alte Wunden aufreißen.

»Das mache ich ganz bestimmt.«

Ihre Augen waren glasig, doch sie weinte nicht. Vermutlich wegen der Millers und der anderen Eltern. Dabei hatten sie uns alle schon weinen sehen, auf der Beerdigung meines Vaters vor vier Monaten. Ich drückte ihre Hand und stieg als Letzter in den Wagen. Direkt hinter mir schlossen sich die Türen, und der Zug setzte sich pünktlich um 11:21 Uhr in Bewegung. Während ich den anderen auf der Suche nach Sitzplätzen folgte, zermarterte ich mir das Hirn. Es fühlte sich seltsam an, denn im Grunde wäre ich am liebsten hier geblieben, aber das ging nun mal nicht. Ich war auf der Äcädemy angemeldet, und wenn ich The Rockstar finden wollte, musste ich das Ganze durchziehen. Wie kam ich jetzt also am besten aus diesem Zug heraus? Ich hatte einen Wurfanker dabei, doch der würde mir nicht viel bringen, wie ich schnell feststellen musste. Die Fenster ließen sich gar nicht oder nicht weit genug öffnen, und ich hätte den Anker auch nirgends befestigen können. Die Gebäude flogen zu schnell an uns vorbei und standen nicht nah genug an den Gleisen. Die Notbremse? Zu auffällig. Oder würde ich rechtzeitig wegrennen können, bevor man mich entdeckte? Und wie sollte ich Justin und Co. überhaupt erklären, dass ich nicht mit zur Scola fahren würde? So ein Mist!

Da hatte ich, im wahrsten Sinne des Wortes, die zündende Idee. »Ich komm gleich nach«, sagte ich zu Justin, der sich kaum für mich interessierte. Vermutlich würde er es gar nicht bemerken, wenn ich plötzlich weg war, aber irgendwie erklären musste ich es trotzdem. Wenigstens hatte Mum keinen Kontakt mehr zu den anderen Superheldenfamilien, so würde sie auch nicht von der Sache erfahren. Hoffentlich.

Ich verstaute meine Reisetasche in der Nähe einer Tür und suchte dann die Toilette auf. Einen Moment starrten mich meine eigenen blauen Augen aus dem schmierigen Spiegel über dem Waschbecken an. Man hatte es mir schon oft gesagt, doch zum ersten Mal wurde mir selbst bewusst, dass ich die Augen meines Vaters hatte. Mein Vorhaben fiel mir nun noch schwerer. Aber was sollte ich sonst tun? Auf die Schnelle fiel mir nichts Besseres ein. Jede Minute, die ich in diesem Zug verbrachte, senkte die Wahrscheinlichkeit, dass ich pünktlich in der Londoner Innenstadt sein würde. Zwar konnte ich zum Erstaunen meiner ehemaligen Sportlehrer schnell rennen, doch die Strecke war schon jetzt kaum mehr zu schaffen.

Entschlossen holte ich das Feuerzeug aus meiner Hosentasche. Es glänzte silbern und hatte früher meinem Vater gehört. Er würde es nicht gutheißen, wenn er wüsste, was ich damit beabsichtigte, denn er hatte in seinem Leben immer nur Gutes getan. Trotz meiner Zweifel zog ich ein paar Blätter Papier aus dem Handtuchspender, zündete sie an und platzierte sie dort, wo sie hoffentlich am wenigsten Schaden anrichten würden: im Waschbecken. Schnell breitete sich Rauch aus, und es roch angekokelt. Bevor ich die Toilette verließ, vergewisserte ich mich, dass mich niemand sah.

Die Scola-Schüler musste ich nicht lange suchen, den hinteren Teil des Zuges hatten sie komplett für sich in Anspruch genommen. Einen Platz für mich gab es allerdings nicht. Obwohl ich gar nicht vorhatte, mich zu ihnen zu setzen, fühlte es sich falsch an. Eigentlich gehörte ich hierher, zu ihnen. Ich war der Sohn eines Superhelden, genau wie sie. Alle hatten meinen Dad bewundert – alle außer Justin Miller und seinem Vater, und Justin war nun mal derjenige, um den sich alle gerne scharten. Das war schon im Kindergarten so gewesen.

»Ich bin gespannt auf Mr Springfields Unterricht«, sagte Justin gerade. »Er ist schon seit Urzeiten Lehrer an der Scola. Laut meinem Vater ist er verdammt gut, allerdings sieht er inzwischen wohl nicht mehr so richtig.«

»Muss bei deiner krummen Nase kein Schaden sein«, erwiderte einer der anderen Jungs, und alle lachten. Bis sie mich erblickten.

»Was ist?«, wollte Justin wissen. »Brauchst du 'ne Extraeinladung?«

Der Zug fuhr langsamer, bis er schließlich mit einem Quietschen zum Stehen kam. Mein Plan ging offenbar auf.

Ich straffte die Schultern. »Ich wollte nur Bescheid sagen, dass ich's mir anders überlegt hab. Die Scola muss noch ein Jahr auf mich warten.«

Justin zog die Augenbrauen hoch, die anderen starrten mich an, doch ich drehte ihnen den Rücken zu. Während ich zur Tür ging, zog ich noch schnell meinen Pullover aus. Ich hatte mir extra ein Muskelshirt gekauft, das meine Mutter aber nicht sehen sollte, denn dann wäre ihr auch das Tattoo aufgefallen.

Ich wusste nicht, ob man den Zug evakuieren würde, und ich konnte auch nicht darauf warten, es herauszufinden. Mir blieb nur eine knappe halbe Stunde, um zu meiner Verabredung am Piccadilly Circus zu kommen.

Dabei war mir immer noch nicht klar, ob es das Richtige war, was ich hier tat. Die Superheldenschule hätte theoretisch mein neues Zuhause sein sollen, aber bei Justin und den anderen konnte ich nicht bleiben. An der Scola war ich offensichtlich unerwünscht. Wenn ich Gerechtigkeit wollte, musste ich gehen.

Und die wollte ich um jeden Preis. Ich musste den Mörder meines Vaters finden!

Eine Viertelstunde später erreichte ich King's Cross St. Pancras, die Metro-Station. Ich hatte es tatsächlich geschafft. Mein Mund war vom Laufen ganz trocken, aber ich war zu spät dran, um etwas zu trinken. Hastig bahnte ich mir einen Weg zwischen den Leuten hindurch, rempelte dabei den einen oder anderen an. Ich hörte die Piccadilly Line einfahren, kurz bevor ich den Bahnsteig erreichte, und rannte schneller. Gerade noch rechtzeitig sprang ich in die U-Bahn, die Türen schlossen sich piepsend hinter mir. Eingekeilt zwischen einem Mann im Anzug und einem rothaarigen Jungen, der ziemlich laut *Iron Maiden* auf seinem iPod hörte, holte ich ein paarmal tief Luft. Mein Herz stand kurz vorm Explodieren.

Zehn Minuten und fünf Haltestellen später stieg ich am Piccadilly Circus aus und legte erneut einen Sprint hin. Die Reisetasche war mir dabei die ganze Zeit im Weg.

»Hey«, schrie mir ein Kerl hinterher, »Pass doch auf« ein weiterer. So leid es mir tat, ich konnte keine Rücksicht nehmen. Zu spät kommen bedeutete den sofortigen Ausschluss von der Äcädemy, zumindest stand es so in dem Schreiben, das ich vor zwei Wochen bekommen hatte.

Ich hastete die Treppe nach oben und war binnen kürzester Zeit völlig durchnässt, doch die Abkühlung tat gut, auch wenn ich bei fünfzehn Grad und Platzregen vielleicht nicht im Muskelshirt durch die Gegend rennen sollte. Trotz des Mistwetters war am Piccadilly Circus wie immer die Hölle los. Um den Erosbrunnen hatten sich jede Menge Londoner und Touristen unter ihren meist schwarzen Regenschirmen versammelt. Es wirkte wie eine große Trauergemeinde. Andere stellten sich am Criterion Theatre unter, das Hitchcocks *Die 39 Stufen* aufführte. Rote Doppeldeckerbusse fuhren vorbei und spritzten Regenwasser hoch.

In meiner Eile war ich auf der falschen Straßenseite gelandet. Ich musste dorthin, wo die Reklametafeln an dem gewölbten Eckhaus der Shaftesbury Avenue penetrant gegen den trüben Himmel anleuchteten. Die Fußgängerampel wurde grün. Im Zickzack überquerte ich die Straße und kam schlitternd vor einem GAP-Store zum Stehen. Nur wenige Sekunden später war es laut meiner Armbanduhr exakt zwölf.

Zeit zum Durchatmen hatte ich nicht. Ein schwarzer Van blieb trotz Grünphase direkt vor mir stehen, zwei ältere Jungs sprangen heraus. Ich nahm das wütende Gehupe der anderen Autos kaum wahr. Einer der beiden packte mich unter den Achseln, der andere stülpte mir einen Sack über den Kopf. Sie zerrten mich ins Auto. Kaum krachte die Tür ins Schloss, trat der Fahrer aufs Gas. Ich verlor das Gleichgewicht.

»Autsch«, maulte eine helle Stimme. »Kannst du nicht aufpassen? Trampel.«

»Tut mir leid«, murmelte ich.

Unsanft wurde ich auf einen freien Platz gezerrt.

»Falls du auf Serena gelandet bist, mach dir nichts draus. Ist mir auch passiert«, sagte jemand neben mir.

Ich hatte immer noch den Sack über dem Kopf, aber ich wusste, dass es keiner der Jungs von eben war. Die Stimme klang jünger.

»Hey, das habe ich gehört.« Das war das Mädchen, das offenbar Serena hieß. Kurz darauf trat mir jemand gegen das Schienbein.

»Das war *mein* Bein«, protestierte ich, weil ich davon ausging, dass es den anderen hätte treffen sollen.

»Dann sind wir jetzt quitt«, erwiderte das Mädchen nur.

»Ich bin übrigens Max«, stellte sich der Junge neben mir vor. »Max Whitman.«

»John Taylor.«

»Serena Sanders. Also, John Taylor, dann erzähl mal. Kenne ich deinen Vater?«

»Eher nicht«, erwiderte ich, obwohl sie ihn mit Sicherheit kannte. Nach dem, was vor vier Monaten passiert war, kannte so gut wie jeder Eagleman. »Was ist mit deinem?«

»Mein Vater ist Dr. Nitro.« In ihrer Stimme klang eine Spur Stolz mit.

Ich hingegen schluckte. »Der Dr. Nitro, der die Bank of England in die Luft gejagt hat?«

»Genau der.«

Oh Mann, das fing ja gut an.

Kapitel 2

Jemand riss mir den nach Lavendel riechenden Sack vom Kopf – wenigstens hatte man das Ding vorher gewaschen. Es war einer der beiden älteren Jungs. Er hatte dunkle, zurückgegelte Haare und stechend graue Augen. Ich blinzelte ein paarmal, aber da es im hinteren Teil des Wagens keine Fenster gab, gewöhnten sich meine Augen schnell an die dämmrige Umgebung.

»Wofür der Sack?«, fragte ich, denn wir konnten ohne Fenster ohnehin nichts sehen.

»Tradition. Ich bin Kyle«, sagte der Kerl. »Gewöhnt euch lieber an mich, ich werde vor Ort euer Ansprechpartner sein.« Er stellte uns einen Korb vor die Füße, aus dem einige Flaschen ragten. Außerdem roch es nach Salamisandwiches. »Trinkt nicht alles auf einmal, wir machen nur eine Pinkelpause.« Kyles Augen bohrten sich in meine, dann kletterte er nach vorne zum Fahrer und dem anderen Kerl.

Max, Serena und ich musterten uns gegenseitig. Es war seltsam, die beiden jetzt zu sehen und zuvor nur die Stimmen gehört zu haben. Vor allem Serena hatte ich mir ganz anders vorgestellt. Trotz derselben Haar- und Augenfarbe erkannte ich bei ihr überhaupt keine Ähnlichkeit zu ihrem Vater, zumindest nicht zu dem Mann, den ich aus den Zeitungen kannte.

Ihre Augen waren grün und aufmerksam wie die einer Katze, ihre Haare pechschwarz. Sie trug sie in einem unordentlichen Knoten auf dem Kopf. Und wenn ich es in dem schwachen Sonnenlicht, das von vorne zu uns nach hinten drang, richtig sehen konnte, war die Strähne, die herabhing, lilafarben. Max hatte braune Augen und hellbraune Locken, er wirkte groß und ein wenig schlaksig. Ich mochte ihn auf Anhieb – immerhin hatte er mir weder einen Sack über den Kopf gestülpt noch gegen das Schienbein getreten.

Trotz Kyles Warnung schnappte ich mir erst einmal eine Flasche Cola und trank in großen Schlucken.

Serena zog die Augenbrauen hoch. »So, so. Hab ich mir doch gleich gedacht, dass du blond bist. Aber dieses Muskelshirt ...«, sagte sie spöttisch. »Du wolltest uns wohl dein Tattoo präsentieren. Zeig mal her.« Sie beugte sich über meinen Oberarm und betrachtete, ebenso wie Max, den Adler. »Hat der eine Bedeutung?«, wollte sie wissen.

Sicher, hätte ich beinahe gesagt, aber ich biss mir gerade noch rechtzeitig auf die Zunge. Ich musste wirklich aufpassen. Hier durfte niemand wissen, dass Eagleman mein Vater und ich eigentlich ein Superheldensohn war. »Das Motiv hat mir einfach gut gefallen.«

Serena sah fast ein bisschen enttäuscht aus. Sie wandte sich ab, zog eine Flasche Wasser sowie ein Salamisandwich aus dem Korb und biss herzhaft hinein.

»Ich hab vielleicht einen Kohldampf«, meinte Max und nahm sich ebenfalls etwas zu essen. Er reichte auch mir ein Sandwich. »Hier, iss. Wir werden noch eine ganze Weile unterwegs sein.«

Ich war zu neugierig, um mir die Frage zu verkneifen. »Wisst ihr denn, wo die Äcädemy liegt?«

Serena sah mich mit großen Augen an. »Dein Vater ist wohl echt kein großes Licht, was?« Wieder beugte sie sich etwas näher zu mir. Leiser fuhr sie fort: »Sie denken, sie können es vor uns geheim halten, aber mein Dad hat mir schon mit drei Jahren von der Äcädemy erzählt. Sie liegt in den North York Moors, irgendwo in der Nähe von Ravenscar.«

In den Moors? Dort war auch die Scola. Ich schluckte. Hoffentlich hatten die Schüler beider Schulen nichts miteinander zu tun, denn sonst konnte es wirklich brenzlig für mich werden.

Ich verlor jegliches Zeitgefühl, während der Wagen über die Straßen rollte. Allein meine Armbanduhr verriet mir, dass wir jetzt seit ungefähr fünf Stunden unterwegs waren. Gerne hätte ich mich irgendwie beschäftigt, um mich von meinen Gedanken abzulenken, aber aus dem Fenster schauen war nicht drin, und Max und Serena schliefen. Offensichtlich waren sie nicht einmal ansatzweise so aufgeregt wie ich, was natürlich daran liegen konnte, dass sie zumindest halbwegs wussten, was sie erwartete. Zwar hatte ich versucht, etwas über die Äcädemy herauszufinden, aber im Internet stand nichts, zumindest nichts Brauchbares. Und Max oder Serena konnte ich schlecht fragen. Irgendwann blieb der Van schließlich stehen. Max gähnte, Serena streckte sich.

»Sind wir schon da?«, fragte sie.

»Na hoffentlich«, antwortete ich.

Max schaute auf seine Uhr. »Also falls wir nicht im Stau

standen, sind wir da. Was sie sich wohl dieses Jahr ausgedacht haben?«

Er sah mich an, doch da ich keine Ahnung hatte, wovon er redete, zuckte ich nur mit den Schultern.

Serena hingegen schien ganz genau zu wissen, worum es ging. »Mein Vater musste damals einen Weg über die Mauer in die Äcädemy finden. Natürlich gab es Wachen und all so was. Das war das erste Mal, dass er mit Sprengstoff gearbeitet hat.« Ihr Gesicht nahm einen verträumten Ausdruck an.

Mauer, Wachen, Sprengstoff? Ich konnte nur hoffen, dass ich nicht schon am ersten Tag versagen würde. Diese Welt war so ganz anders als die Superheldenwelt, aus der ich kam.

Die Tür des Vans wurde mit einem Ruck aufgeschoben. Grelles Sonnenlicht fiel in den Wagen, und ich musste die Augen zusammenkneifen.

»Los, raus hier.« Das war Kyle, ich erkannte ihn an seiner rauen Stimme. »Die anderen warten nur noch auf uns.«

»Und wessen Schuld ist das?«, meinte Serena und kletterte aus dem Van, dicht gefolgt von Max.

Auch ich rappelte mich auf. Kyle musterte mich von oben bis unten. Ich mochte ihn nicht, was offenbar auf Gegenseitigkeit beruhte.

»Geil, oder?«, raunte Max mir zu. »Und das ist erst der Anfang.«

»Nicht schlecht«, erwiderte ich anerkennend. Ich war wirklich beeindruckt.

Eine etwa zwanzig Meter hohe Festungsmauer lag vor uns. Durch die zahlreichen Zinnen und Wasserspeier wirkte sie gotisch. Die Mauer schien einen Kreis um die Äcädemy zu bilden, die man aber wegen der dunkelgrauen Einfassung von hier aus leider nicht erkennen konnte. Vermutlich befand sich die Schule in einer alten Burg oder etwas in der Art. Ein Stückchen weiter rechts hing, halb in der Luft, eine Zugbrücke vor einem schmiedeeisernen Tor, und direkt vor uns lag ein Wassergraben. Ich sah genauer hin und entdeckte tatsächlich Krokodile darin. Wir waren umringt von etwa dreißig Schülern, die meisten wohl ebenfalls in meinem Alter. Die Krokodile waren das vorherrschende Gesprächsthema, mehrere Schüler zeigten auf sie. Einige standen zusammen und kicherten. Andere sahen skeptisch aus, aber niemand schien Angst zu haben – niemand außer mir.

»Willkommen an der Äcädemy«, sagte ein Mann mittleren Alters mit Halbglatze und Nickelbrille. Sofort verstummte das Stimmengewirr. »Ich bin Quentin Horn, euer Tutor für die nächsten Jahre.«

»Das ist Black Mamba«, flüsterte eines der wenigen Mädchen einem rothaarigen Jungen zu. Sie war blond und sprach so laut, dass alle sie hören konnten.

Mr Horn lachte, er sah fast ein wenig geschmeichelt aus. »Das stimmt, Miss Preston, man kennt mich auch unter dem Decknamen Black Mamba. Hier an der Äcädemy bin ich aber einfach nur Mr Horn. So, dann wollen wir mal.« Er rieb sich die Hände. »Die meisten von euch werden sicher wissen, dass ihr gleich zu Beginn eine Aufgabe lösen müsst. Ihr seid vielleicht alle an der Äcädemy angenommen worden, trotzdem habt ihr unterschiedliche Stärken und Schwächen. Und davon wollen wir uns gleich mal einen Eindruck machen. Kyle?«

Kyle hatte hinter Max und mir gestanden, nun drängte er

sich zu Mr Horn durch. Dabei stieß er mich *aus Versehen* in die Rippen. So ein Idiot.

»Das ist Kyle, einer eurer drei Vertrauensschüler«, stellte Mr Horn ihn vor. »Er macht dieses Jahr seinen Abschluss an der Äcädemy und wird euch jetzt erklären,was ihr tun müsst.«

Kyle stemmte die Hände in die Hüften. »Ihr habt sicher schon den Wassergraben und die Krokodile entdeckt. Eure Aufgabe wird es sein, auf die andere Seite zu kommen. Regeln gibt es keine, allerdings dürft ihr nur das Material verwenden, das wir für euch vorbereitet haben.« Er zeigte auf die Ausrüstung, die zwei Jungs in Kyles Alter auf der Wiese vor dem Wassergraben bereitgelegt hatten. »Letztes Jahr gingen bei dieser Aktion leider zwei Arme und ein Bein verloren. Hoffen wir, dass ihr es besser macht. Viel Glück.« Er sah kurz zu mir, aber vielleicht täuschte ich mich auch, und er meinte Serena, die hinter mir stand.

Mr Horn hielt einen Korb in die Höhe. »Hier legt ihr alles hinein, was ihr dabeihabt.«

Er ging herum und sammelte die Habseligkeiten sämtlicher Schüler ein. Ich hatte neben dem üblichen Zeug – Portemonnaie, Handy, Schlüssel – lediglich das Feuerzeug meines Vaters mit. Es kam mir wie ein Verrat vor, es aus der Hand geben zu müssen.

Mr Horn nickte, als ich die Sachen in den Korb legte. »Ein Minimalist. Ich bin gespannt auf deine Stärken.«

Ich lächelte freundlich zurück. Max trug neben seinem Handy noch ein Tablet mit sich herum, außerdem ein Kabel, ein kleines Etui aus schwarzem Leder und mehrere USB-Sticks. Als Letztes wanderte ein Taschenmesser in den Korb.

»Sehr aufschlussreich«, sagte Mr Horn und ging weiter zu Serena.

»Das kann eine Weile dauern«, meinte Max.

»Keine Sorge, wir haben es nicht eilig«, erwiderte Mr Horn.

Serena begann, ihre Sachen in den Korb zu verfrachten. Aus den Gesäßtaschen ihrer olivgrünen Cargohose holte sie ein Klappmesser und ein Feuerzeug, aus den Taschen an den Beinen zwei Wurfmesser und mehrere Stangen Dynamit.

»Serena Sanders.« Mr Horn schmunzelte. »Ganz der Vater, wie ich sehe.«

»Man sollte immer vorbereitet sein«, antwortete sie.

»Ist das alles?«, wollte Mr Horn wissen.

»Ach ja, richtig.« Entschuldigend zuckte sie mit den Schultern, dann zauberte sie aus ihren Haaren eine übergroße Nadel. Der Knoten löste sich. Jetzt erst sah man, wie lang ihre Haare wirklich waren. Sie reichten ihr bis weit den Rücken hinunter.

Mr Horn stellte den Korb beiseite. »Ihr werdet in drei Gruppen eingeteilt. Ich lese die zehn Namen der ersten Gruppe vor. Wartet bitte, bis der Letzte aufgerufen wurde, dann kann es losgehen.«

Er schob seine Brille zurecht und zählte die ersten Namen auf. Kaum hatte er den letzten ausgesprochen, brach Chaos aus. Zehn Schüler rannten gleichzeitig zur Wiese mit der Ausrüstung und durchforsteten die Sachen. Mr Horn mischte sich nicht ein. Mit vor der Brust verschränkten Armen sah er zu, wie Bretter und Seile durch die Luft flogen und sich ein schwarzhaariges und ein braunhaariges Mädchen um zwei

Sprungfedern stritten, indem sie sich an den Haaren zogen oder sich gegenseitig ein Bein stellten.

Ich versuchte mich inspirieren zu lassen, denn noch hatte ich keine Ahnung, wie ich über den Wassergraben kommen sollte. Blöd nur, dass ich nicht einfach die Idee eines anderen kopieren konnte. Mr Horn testete mit dieser Aufgabe unsere Stärken und Schwächen. Unter keinen Umständen wollte ich als einfallslos abgestempelt werden.

»Weißt du schon, was du machst?«, fragte ich Max leise.

Der grinste bis über beide Ohren. »Aber sicher doch. Was ist mit dir?«

»Ich entscheide das lieber spontan.«

»Ich hab auch schon eine Idee«, mischte sich Serena ein. »Hoffentlich klaut mir die keiner.«

Falls sie ihren Vater kopieren wollte, würde sie es sicher nicht leicht haben. Auf den ersten Blick entdeckte ich keine Dynamitstangen oder etwas in der Art.

Es dauerte nur knapp zehn Minuten, bis es alle zehn Schüler auf die andere Seite des Wassergrabens geschafft hatten. Einer der Jungs hatte mithilfe einer Pressluftflasche und flüssigem Stickstoff einen Teil des Grabens zugefroren und war auf dem Eis hinübergelaufen. Das schwarzhaarige Mädchen hatte sich die Sprungfedern unter ihre klobigen Schuhe geschnallt und war einfach über den Graben gesprungen.

Mr Horn nickte zufrieden. »Sehr gut, sehr gut. Dann macht mal ein wenig Platz, damit die nächsten zehn zeigen können, was sie draufhaben. Bitte haltet euch ebenfalls daran, gemeinsam zu starten.«

Zum zweiten Mal las Mr Horn zehn Namen vor, und das

Spiel begann von Neuem. Je mehr Schüler es auf die andere Seite schafften, desto nervöser wurde ich. Ich überlegte mir gerade, die einzige vorhandene Stange über den Graben zu legen und darauf zu balancieren, als ein rothaariges Mädchen danach griff. Sie nahm Anlauf, trieb die Stange in den Wassergraben und schwang sich auf die andere Uferseite. Was nun? Gleich würde ich an der Reihe sein, und ich befürchtete, bereits an meinem ersten Tag zu versagen. Die Äcädemy-Schüler waren alle so unglaublich kreativ: Hier wurde ein überdimensionales Gummiband als Schleuder verwendet, dort hatte sich jemand so etwas wie einen Raketenrucksack gebastelt. Ich wusste, dass ich da selbst mit meiner Stangennummer nicht hätte mithalten können.

»Na, schon Muffensausen?« Kyle stand plötzlich neben mir. Er sprach leise, vielleicht damit Mr Horn ihn nicht hören konnte. Wobei das vermutlich gar nicht nötig gewesen wäre. Black Mamba war zu begeistert von den Einfällen seiner zukünftigen Schüler, um auf die noch Wartenden zu achten.

Ich verschränkte die Arme vor der Brust und hielt Kyles bohrendem Blick stand. »Wovor denn bitte? Vor den paar Krokos?«

»Stimmt. Du solltest lieber Angst vor anderen Dingen haben.«

Bevor ich fragen konnte, worauf er hinauswollte, klatschte Mr Horn in die Hände. »Hervorragende Zeit. Mal sehen, wie lange die letzte Gruppe braucht. Der Vollständigkeit halber werde ich die restlichen neun Namen auch noch einmal verlesen. Wie gehabt wartet ihr.« Er schaute auf den Zettel in seiner Hand und dann zu jedem Schüler, den er aufrief. »Jamie

O'Sullivan, Cindy Preston, Serena Sanders, Oliver Shepherd, Colin Sinclair, Jonathan Taylor, Bonnie Turner, Giles Warrington und Maxwell Whitman. Los geht's.«

»Maxwell?« Serena sah Max belustigt von der Seite an, während wir hinüber zur Wiese mit der verbliebenen Ausrüstung rannten.

Er verdrehte die Augen. »Ich bevorzuge Max, merk dir das«, sagte er und steuerte weiter auf sein Ziel zu.

Ich war der Einzige, der sich einen Moment unschlüssig umblickte. Max schnappte sich einen Laptop und tippte wie wild auf der Tastatur herum, und auch Serena schien in der Ausrüstung etwas ganz Bestimmtes zu suchen. Nachdem sie einen Schlauch und einen Eimer herausgezogen hatte, lief sie zu dem Transporter, mit dem wir gekommen waren.

Das blonde Mädchen namens Cindy sah sich wie ich kurz um. »Hi, Oliver«, flötete sie dem rothaarigen Jungen zu, der gefährlich nah am Ufer stand. Als er sich zu ihr umdrehte, stieß sie ihn mit dem Ellenbogen in die Seite, woraufhin er das Gleichgewicht verlor und mit einem lauten Platsch im Wassergraben landete. Einen Moment war von ihm nichts mehr zu sehen, dann erschien sein Kopf über dem Wasser. Er schrie und zappelte wild herum. Erschrocken schnappte ich nach Luft. Mein erster Impuls war, ihm zu helfen, doch ich konnte mich gerade noch davon abhalten, ihm hinterherzuspringen. Das wäre an der Scola richtig gewesen, aber hier an der Äcädemy durfte ich mich nicht wie ein Held verhalten. Die anderen Schüler schauten, wenn überhaupt, nur kurz auf, reagierten aber sonst nicht. Einige lachten sogar. Nicht einmal Max und Serena sahen besorgt aus, und auch die Vertrauensschüler und Mr Horn verzogen keine Miene.

Ich schluckte. Max und Serena hatte ich bisher sympathisch gefunden, doch gerade wurde mir deutlich bewusst, wie unterschiedlich wir doch waren. Wir gehörten völlig verschiedenen Welten an, und in dieser Welt sollte ich lieber niemandem vertrauen.

Die Krokodile schwammen langsam auf Oliver zu, der sich am Ufer hochziehen wollte, aber abrutschte. Währenddessen sprang Cindy in sicherer Entfernung ins Wasser, machte ein paar Schwimmzüge und kletterte auf der anderen Seite wieder an Land.

»Sehr gut«, lobte Mr Horn. »Ein klassisches Ablenkungsmanöver. Einfach, aber effektiv.«

Ich musste mich zusammenreißen, um nichts zu sagen. Wo war ich hier nur gelandet? Warum half denn keiner? Stattdessen lobte Mr Horn das Mädchen auch noch. Ich durfte nicht eingreifen, wenn ich nicht auffallen wollte, aber es kostete mich alle Kraft, nichts zu unternehmen.

Mittlerweile hatten die Krokodile Oliver erreicht und umrundeten ihn neugierig. Oliver schrie vor Panik und strampelte mit den Beinen, dabei wäre es vermutlich das Beste gewesen, sich ruhig zu verhalten. Ich atmete tief durch und versuchte, mich auf meine Aufgabe zu konzentrieren. Ich ging in die Hocke und inspizierte das, was an Material noch übrig war. Zu wenig, um etwas damit anzufangen. Vielleicht ließ sich einer der bereits benutzten Gegenstände noch zu etwas gebrauchen. Ich schaute mich um und entdeckte ein Seil, das um den nahe gelegenen Stamm einer Eiche geschlungen war. Die Baumkrone ragte fast bis zur anderen Uferseite hinüber. Mit dem Seil hätte ich über den Graben klettern können, aber das eine Ende lag ordentlich zusammengerollt am Ufer des Wassergrabens. Perfekt, um Oliver zu helfen, deshalb verzichtete ich. Ich gab vor, mir eine Axt in der Nähe des Seils ansehen zu wollen. Kyle beobachtete mich, ich spürte seine Blicke auf mir. Der Kerl schien ein wenig sonderbar zu sein. Wusste er, dass ich nicht hierher gehörte? Hatte ich mich irgendwie verraten? Falls ja, durfte ich ihm keinen Anlass geben, noch mehr an mir zu zweifeln.

Max tippte weiterhin auf seinem Laptop herum. Was er da wohl trieb? Und Serena war inzwischen auch wieder zurück, den kleinen Eimer immer noch in der Hand. Ich konnte nur erkennen, dass darin irgendeine Flüssigkeit schwappte. Eine leichte Brise wehte einen sehr charakteristischen Geruch zu mir herüber. Mit hochgezogenen Augenbrauen sah ich sie an. Sie hatte doch nicht ernsthaft Diesel abgezapft? Amüsiert fing Serena meinen Blick auf, dann faltete sie eine Tageszeitung auseinander und machte sich daran, irgendetwas zusammenzumischen.

»Kann mir mal jemand helfen?«, schrie Oliver im Wasser. Die Krokodile umkreisten ihn nach wie vor. Warum hatten sie ihn nicht längst angegriffen?

Jamie griff nach der einzigen Leiter. Er legte sie über den Graben und kletterte darüber auf die andere Uferseite. Ich schielte zum Seil, Kyles Augen waren immer noch auf mich gerichtet. Verdammt, ich verlor zu viel Zeit. Irgendwie musste ich Oliver retten und es gleichzeitig auf die andere Seite schaffen.

Endlich entdeckte ich etwas Brauchbares – einen Wurfanker

samt Strick. Ich griff danach. Ja, das müsste gehen. Wenn ich ihn an dem Vorsprung in der Mitte der gegenüberliegenden Mauer einhakte, konnte ich mich sicher über den Graben schwingen. Fehlte nur noch Oliver. Zu Hilfe kam mir ausgerechnet Serena. Was auch immer sie getan hatte, sie war mittlerweile fertig damit. Nun hielt sie etwas in den Händen, das mit Zeitungspapier umwickelt war. Als ich genauer hinsah, entdeckte ich eine Zündschnur. Serena hob ein Feuerzeug vom Boden auf, hielt die Flamme an die Schnur und holte aus, um das Ding ins Wasser zu werfen.

»Stopp!«, rief Mr Horn, der auf einmal neben ihr stand und ihr das brennende Etwas aus den Händen riss. »Vorsicht, duckt euch!«, schrie er und warf Serenas Wunderwaffe in hohem Bogen weg vom Graben.

Ich nutzte die Gelegenheit der allgemeinen Ablenkung, schob das Seilende so unauffällig wie möglich mit dem Fuß ins Wasser und ging, wie die anderen Schüler, die noch auf unserer Seite des Wassergrabens standen, ebenfalls in Deckung. Serenas Wurfgeschoss landete in einiger Entfernung auf der Wiese. Ein ohrenbetäubender Knall folgte, Grasbüschel und Steine flogen durch die Luft. Schützend hielt ich mir die Arme über den Kopf. Als ich aufsah, entdeckte ich an der Stelle, an der die Bombe eingeschlagen hatte, einen zwei Meter tiefen Krater. Sprachlos starrte ich die zierliche Serena an, die sich nur mit Mühe beherrschen konnte, nicht über Mr Horn herzufallen.

»Guter Wurf, Mr Horn«, rief Max.

Der Lehrer lächelte ihm zu und schob sich seine Brille zurecht. »Aufgabe bestanden«, sagte er zu Serena.

Ihre Wut verpuffte. »Aber ich hab doch noch gar nichts gemacht«, beschwerte sie sich.

»Und das wirst du auch nicht. Krokodile wachsen nicht auf Bäumen, junge Dame. Hast du eine Ahnung, was die Viecher kosten? Außerdem ist Mr Shepherd noch in dem Graben.« Er wandte sich uns anderen zu. »Wie ihr gesehen habt, hat Miss Sanders einen Sprengsatz gebastelt. Wir können es ihr allerdings nicht erlauben, diesen tatsächlich einzusetzen. Nur damit es nachher nicht heißt, sie hätte geschummelt. Und jetzt, weitermachen.«

Das ließ ich mir nicht zweimal sagen. Ich wollte auf keinen Fall der Letzte sein, der das andere Ufer erreichte. Bonnie, das Mädchen mit den braunen Locken, und Colin hatten die Ablenkung genutzt, um sich einen Vorsprung zu sichern. Keine Ahnung, wie sie es trotz der umherfliegenden Steine unversehrt auf die andere Uferseite geschafft hatten, aber dort standen sie nun und grinsten.

Wie ein Lasso ließ ich den Wurfanker durch die Luft kreisen und hoffte inständig, dass ich mein Ziel nicht verfehlen würde. Tatsächlich verhakte sich der Anker an dem Vorsprung in der Mitte der Mauer, als ich ihn losließ. Ich nahm Anlauf. Mit Schwung segelte ich durch die Luft und landete auf der anderen Seite. Zufrieden stellte ich fest, dass ich nicht der Letzte war, und Oliver hatte sich endlich mithilfe des Seils, das um die Eiche geschlungen war, aus dem Graben ziehen können. Tropfend hockte er am Ausgangsufer und kramte verzweifelt in der Ausrüstung. Mein Blick fiel auf Max, der immer noch konzentriert verschiedene Tastenbefehle eintippte, doch nun sah er auf. Mit einem Quietschen senkte sich die Zugbrücke langsam herab. Triumphierend legte Max den Laptop beiseite.

Mr Horn lachte. »Ungewöhnlich für einen Äcädemy-Schüler, aber sehr wirkungsvoll. Ich schätze, wir sollten unser Sicherheitssystem mal wieder überprüfen lassen.«

»Keine Sorge«, meinte Max. »Ich kenne ein paar Tricks. Da muss auch der beste Hacker überlegen.«

Fehlten nur noch Oliver und Giles. Giles hatte sich Stelzen zusammengezimmert und stakste nun darauf durchs Wasser.

»Vorsicht mit den Krokodilen!«, rief Mr Horn ihm zu. Zuerst dachte ich, dass sich der Lehrer tatsächlich um Giles' Sicherheit sorgte, aber er war nur auf die Krokodile fixiert. Die Viecher schienen ihm sehr am Herzen zu liegen.

Oliver schnappte sich inzwischen das tropfende Seil und kletterte mit dem Ding zwischen seinen Zähnen den Baum hinauf. Er band das Seil um einen Ast. Da die Baumkrone der Eiche nicht ganz bis zur anderen Seite reichte, musste er hin und her schwingen und zur richtigen Zeit abspringen. Als Oliver schließlich losließ, landete er nur ganz knapp am Ufer und verlor beim Aufkommen das Gleichgewicht. Er ruderte noch mit den Armen, doch im nächsten Moment kullerte er schon die auf dieser Seite des Grabens steilere Böschung hinab ins Wasser.

Die anderen Schüler prusteten los vor Lachen, und dieses Mal konnte auch ich es mir nicht verkneifen. Da Giles noch auf seinen Stelzen unterwegs war, waren die Krokodile abgelenkt und ließen Oliver in Ruhe. Trotzdem schaffte er es nicht an Land, er rutschte immer wieder ab. Cindy, die ihn zuvor erst in den Graben gestoßen hatte, reichte ihm einen Ast und half ihm hinauf. Kurz darauf sprang Giles von seinen Stelzen.

Max und Serena kamen über die Brücke auf die andere Seite, Mr Horn nickte zufrieden. Mit den Vertrauensschülern im Schlepptau überquerte er ebenfalls die Zugbrücke.

»Das hat ja wunderbar geklappt, und einige von euch waren wirklich kreativ.« Er zwinkerte Cindy zu, dann wandte er sich an Oliver, der immer noch ein wenig außer Atem war. »Alles in Ordnung, Mr Shepherd?«

Oliver nickte. »Aber klar doch.«

»Vielleicht wird sich der ein oder andere von euch wundern, warum wir nichts unternommen haben, um Mr Shepherd zu helfen. Dazu solltet ihr wissen, dass unsere Krokodile hier keine normalen Krokodile sind. Sie stammen aus einem genetischen Experiment. Der Abschlussjahrgang vor zwei Jahren hat versucht, sie mit Schnappschildkröten zu kreuzen, um besonders bissige Exemplare zu züchten. Und wie das nun mal mit solchen Experimenten ist, ging etwas schief und es kamen ziemlich harmlose Krokodile dabei heraus. Deren Biss ist übrigens nicht gefährlicher als der eines Hamsters.«

»So ein Hamsterbiss ist aber auch nicht ohne«, meinte Max, der zu mir getrottet war. »Meine kleine Schwester hat einen, das ist vielleicht ein aggressives Vieh, sag ich dir.«

Ich musste lachen. Max wäre sicher ein toller Freund – wenn ich hier auf der Suche nach Freunden wäre.

»Einen Moment noch«, rief Mr Horn, weil die meisten Schüler wieder zu quatschen begonnen hatten. »Folgt bitte den Vertrauensschülern. Sie werden euch herumführen und die Zimmer zeigen. Das Gepäck könnt ihr hierlassen. Wir haben Leute, die sich darum kümmern. In eineinhalb Stunden findet in der Aula der Empfang statt, anschließend wird das Büfett eröffnet.«

»Oh Mann, dann dauert es mindestens zwei Stunden, bis ich endlich was zu essen bekomme.« Max sah entsetzt aus. »Dabei hab ich vielleicht einen Kohldampf. Wer soll denn schon von so einem popeligen Salamisandwich satt werden?«

Serena gesellte sich zu uns. »Kommt ihr?«

Ohne darüber nachzudenken, folgte ich ihr. Tatsächlich fühlte ich mich sofort zugehöriger als heute Vormittag im Zug bei den Scola-Schülern. Und das, obwohl ich als Superheldensohn überhaupt nicht hierhergehörte.

Kapitel 3

Wir folgten Serena durch das mittlerweile offene Tor. Ich hätte es nie zugegeben, aber ich war wahnsinnig gespannt, wie die Äcädemy wohl von innen aussah. Nach der Mauer und dem Wassergraben rechnete ich mit etwas richtig Bombastischem, einer alten Burg oder einem Schloss. Ich stellte mir große steinerne Drachen vor, die auf den Gebäuden thronten und vielleicht sogar Feuer spucken würden.

Als die Äcädemy in Sicht kam, hätte ich nicht überraschter sein können. Bombastisch war sie auf alle Fälle, aber auf eine ganz andere Art und Weise. Sie wirkte wie eine moderne Schule oder Uni mit riesigem Campus, obwohl es gar nicht so viele Schüler sein konnten. Laut Serena vielleicht um die einhundertfünfzig. Das Gebäude selbst bestand nicht aus Granit, wie ich es mir vorgestellt hatte, sondern aus sehr viel Glas, Stahl und Chrom. Es war früher Abend, die Sonne schien, und alles wirkte viel freundlicher, als ich gedacht hätte. Kieswege schlängelten sich durch gepflegte Wiesen, auf denen Kiefern oder Platanen standen, die im Sommer Schatten boten. Vereinzelt saßen kleine Grüppchen von Schülern gegen die Stämme gelehnt und unterhielten sich angeregt. Vermutlich waren das die Schüler der älteren Jahrgänge, die sich gegenseitig von ihren Sommerferien berichteten.

Erstaunt stellte ich fest, dass es mitten auf dem Campus eine supermoderne Einschienenbahn gab. Die Schienen befanden sich in einigen Metern Höhe auf Betonpfeilern. Die rot-weiße Bahn hatte vorne eine abgerundete Fahrerkabine, womit sie einer liegenden Rakete ähnelte. Sie war nicht so lang wie eine normale Metro, trotzdem passten schätzungsweise fünfzig Schüler hinein. Auf der Seite stand in schwarzen Buchstaben *Äcädemy Monorail.*

Kyle wartete auf dem halbrunden Platz vor dem Äcädemy-Gebäude auf uns und seine anderen Schützlinge. Ungeduldig kickte er einen einsamen Kiefernzapfen vom Kiesweg auf die Wiese. Es war dieselbe Gruppe, mit der wir kurz zuvor unsere erste Aufgabe bewältigen mussten. Oliver schien es Cindy überhaupt nicht übel zu nehmen, dass sie ihn zu den Krokodilen ins Wasser gestoßen hatte. Im Gegenteil, es sah beinahe so aus, als kannten sie sich schon länger. Sie standen die ganze Zeit beieinander, kicherten und tuschelten. Umso mehr überraschte mich die ganze Aktion. Unter Freunden konnte man doch nicht so miteinander umspringen. Oder?

»Können wir dann endlich?«, fragte Kyle.

»Nur zu«, erwiderte Serena. Sie schien ein nettes Mädchen zu sein, auch wenn sie die Tochter von Dr. Nitro war, was ich immer noch nicht fassen konnte.

Kyle zog die Augenbrauen zusammen, sagte aber nichts. Offensichtlich mochte er es nicht, wenn man sich ihm nicht unterlegen fühlte.

»Also, das ist das Hauptgebäude.« Er zeigte hinter sich. »Dort sind die Schlafräume untergebracht und sämtliche Gemeinschaftsräume wie die Aula, die Kantine und so weiter. Außerdem gibt es hier noch die allgemeinen Klassenräume.«

»Allgemeine Klassenräume?«, fragte ich Max leise, doch Kyle hörte es trotzdem.

»Ja, allgemeine Klassenräume. Was ist daran nicht zu verstehen?« Kyle warf mir einen finsteren Blick zu, bevor er sich wieder seiner Aufgabe zuwandte. »Ins Hauptgebäude gehen wir ganz zum Schluss, jetzt zeige ich euch erst mal die Nebengebäude, danach könnt ihr euch das Gelände von der Monorail aus ansehen. Und bitte nicht trödeln, wir haben nicht viel Zeit.«

Kyle ging voran, wir anderen folgten ihm. Der Kies knirschte unter unseren Schuhen. Aus den Augenwinkeln sah ich, dass sich die anderen beiden Gruppen unseres Jahrgangs ebenfalls in Bewegung setzten, die eine Richtung Hauptgebäude, die andere zur Monorail. Ungeduldig scheuchte Kyle unser kleines Grüppchen über den Campus. Er schien nicht besonders viel Spaß an seiner neuen Aufgabe als Vertrauensschüler zu haben. Warum bloß hatte er sich überhaupt dafür einspannen lassen?

»Wir haben drei Nebengebäude«, erklärte Kyle. »Das hier ist die Citadel.«

Er zeigte auf ein Gebäude, welches einen extremen Kontrast zum modernen Hauptgebäude bildete. Es stand mitten im Grünen, war nur einstöckig und weiß getüncht mit rotem Ziegeldach. Ein Arkadengang führte um die Citadel herum, die wir über eine schwere Holztür betraten. Im Inneren waren weitere sogenannte Klassenzimmer untergebracht, wobei diese keinen Klassenzimmern ähnelten, wie ich sie kannte.

Jetzt wusste ich auch, was Kyle vorhin mit *allgemeinen Klassenräumen* gemeint hatte, denn diese Räume hier waren wirklich sehr speziell. Es gab verschiedene Labore, in denen alle möglichen Chemikalien von A wie Arsen bis Z wie Zyankali sauber aufgereiht in Regalen standen. Reagenzgläser, Bunsenbrenner und Mikroskope waren ebenfalls vorhanden. Ein Hauch von Chlor lag in der Luft. So weit, so normal, doch überall zeigten sich Spuren von schiefgegangenen Experimenten. Die kleinen Brandlöcher im Parkettboden waren noch am harmlosesten. In der Wand klaffte eine deutlich sichtbare Lücke, und zwar nicht nur in der weißen Mustertapete, sondern in der ganzen Mauer. Zwar konnte man noch nicht ins Freie sehen, aber viel fehlte sicher nicht mehr. Auch im Boden prangte ein großes Loch. Das Lehrerpult, das man darübergeschoben hatte, konnte es nur notdürftig verbergen. Das ganze Ambiente passte so gar nicht zu dem schönen Gebäude, in dem wir uns gerade befanden.

»Oh Mann, was ist denn hier passiert?«, fragte Max.

Kyle verzog spöttisch den Mund. »Das Labor scheint renovierungsbedürftig, ich weiß, aber das lohnt sich noch nicht. Wartet erst mal ab, wie es nach eurer ersten Stunde aussieht.«

»Auf die freue ich mich schon jetzt«, flüsterte Serena mir zu.

Aber auch ich war gespannt, was wir hier wohl so alles ausprobieren durften.

Ein weiterer Raum stand in krassem Gegensatz zu der sterilen Einrichtung der Labore. Er war komplett in Rot und Schwarz gehalten. Die Wände bedeckten rote und schwarze Samtvorhänge, sodass kein Tageslicht hereinfiel. Zwei enorme Kristallkronleuchter hingen von der schwarzen Decke.

Auf dem roten, flauschigen Teppich reihte sich eine Chaiselongue an die andere, außerdem gab es farblich darauf abgestimmte runde Sitzpoufs. Sogar die Bar in der hinteren Ecke passte optisch zum Thema: Der lange Tresen aus Kirschholz und die schwarz lackierten Holzregale dahinter waren auf Hochglanz poliert. Davor standen sechs Hocker aus dunkelrotem Leder.

»Wofür ist dieser Raum?«, wollte Jamie wissen.

»Hier lernt ihr alles zum Thema Verführung«, erklärte Kyle. »Allerdings erst im letzten Schuljahr.«

»Schade«, sagte Max leise, »die Bar gefällt mir.«

Serena verdrehte die Augen, und wir folgten Kyle durch den Arkadengang nach draußen, auf die andere Seite des Gebäudes. Vor uns lag ein gewaltiger Park mit verschnörkelten weißen Bänken. Kiefern wechselten sich mit in Form gestutzten Wacholderbäumen ab, und überall wuchs purpurfarbenes Heidekraut. Eine Brise wehte den süßen Duft zu uns herüber, der sich mit dem würzigen Geruch des Wacholders mischte. Vögel zwitscherten. Es hatte fast etwas Idyllisches und passte so gar nicht zu dem Bild, das ich mir zuvor von der Äcädemy gemacht hatte.

Was allerdings passte, war die überdimensionale Fontäne im Park. Das Wasser spritzte mindestens einhundert Meter in die Höhe, während es sich abwechselnd rot, lila und gelb färbte. Fehlte nur noch eine schnulzige Ballade.

»Da hat wohl jemand das Bellagio in Las Vegas kopiert«, meinte Colin und sprach damit meinen Gedanken aus. Er erntete irritierte Blicke von den anderen, woraufhin er schulterzuckend meinte: »Hey, mein Dad ist Kunsträuber. Er hätte sogar die Fontäne vor dem Hotel in Vegas gestohlen, wenn er das gewollt hätte.«

Kyle lächelte überheblich. »Wir sind die Äcädemy, wir haben es nicht nötig, solche Kleinigkeiten zu stehlen. Die Fontäne haben wir The Rockstar zu verdanken. Er hat sie der Äcädemy spendiert, nachdem er seinen größten Coup gelandet hatte: die Kronjuwelen zu klauen und dafür Lösegeld zu fordern. Das Königshaus hat die Aktion damals vertuscht. In unseren Kreisen kam es natürlich trotzdem raus. Na jedenfalls hat das Bellagio das Ding dann mit unserer Erlaubnis nachgebaut.«

Die anderen Schüler begannen aufgeregt zu tuscheln, sie klangen fast ehrfürchtig, während ich erstarrte. The Rockstar? Ausgerechnet er, der Mörder meines Vaters?

»Er hat die Kronjuwelen geklaut? Wow! The Rockstar ist ein echter Held«, schwärmte Bonnie, als würde sie von *Harry Potter*-Schauspielerin Emma Watson sprechen. Kyle sah sie mit einer hochgezogenen Augenbraue an. »'tschuldigung, das war natürlich nur metaphorisch gemeint.«

»Ich hab das Interview im *Ë-Magazine* gelesen«, sagte Cindy. »Meine Mum hat die Ausgabe aufgehoben.«

Ich ballte die Hände zu Fäusten und schmeckte Blut, weil ich mir so fest auf die Zunge biss, um nichts Falsches zu sagen. Zum Glück bekam keiner etwas davon mit.

Kyle führte uns zum Sportbereich, während sich mein Herzschlag langsam wieder beruhigte. Dort gab es ein olympiataugliches Schwimmbad und zahlreiche Sporthallen, die mit verschiedenen Gerätschaften ausgestattet waren. Eine Halle war komplett mit weichem Boden ausgelegt.

Kyle erklärte uns, dass wir dort Nahkampftechniken üben würden. Wir passierten eine Kletterwand, die vermutlich nur ein Affe bewältigen konnte, und eine Art Parcours, wie ihn die Armee immer in Filmen besaß: mit Mauer, Schlamm, Stacheldraht und natürlich den obligatorischen Autoreifen auf dem Boden. Kyle drängte uns weiter zu einem Gewächshaus mit giftigen Pflanzen, einem Schießstand und einer Art Bunker.

»So, das war's.« Kyle ließ seinen drohenden Blick über die Gruppe schweifen. »Ab zur Monorail, und das Ganze bitte ein bisschen zackig.«

»Der hat ja eine blendende Laune«, sagte Cindy zu mir. Sie sprach nicht einmal besonders leise, aber da uns Kyle mindestens zehn Schritte voraus war, konnte er sie nicht hören.

»Mit dem haben wir bestimmt noch viel Spaß«, stimmte ich ihr zu. »Ich bin übrigens John.«

»Cindy. Warst du schon mal hier in den Moors?«

»Leider nicht.« Mein Vater hatte mir die Scola immer zeigen wollen, nun war es zu spät dafür. »Was ist mit dir?«

»Schon ein paar Mal. Ich komme wie Oli aus York, das ist nicht weit von hier.«

»Ach, dann wusstest du, dass die Krokodile harmlos sind?«

Überrascht sah sie mich an. »Nein, wieso?«

Na, weil du deinen Freund wissentlich in Gefahr gebracht hast ... Aber stattdessen sagte ich: »Ach, nur so.«

Die Äcädemy-Schüler hatten wirklich eine seltsame Auffassung von Freundschaft. Aber was erwartete ich? Es waren eben keine Superhelden.

Max und mir wurde dasselbe Zimmer zugeteilt. Ich freute mich darüber, auch wenn ich das im Grunde gar nicht wollte.

Die Zimmer des ersten Jahrgangs befanden sich im obersten von insgesamt vier Stockwerken. Der Flur roch nach Putz- und Desinfektionsmitteln, was mich in diesem Moment allerdings weniger störte, denn von hier oben hatte man einen Wahnsinnsausblick. Der Durchgang zwischen Jungs- und Mädchenflügel war an den Seiten komplett verglast. Man konnte nicht nur über das Gelände der Äcädemy sehen, sondern weit über die Mauern hinaus. Die grüne und purpurfarbene Heide-, Farn- und Weidelandschaft der North York Moors lag uns hier zu Füßen und erstreckte sich bis hin zu den schroffen Kliffs. Dahinter glitzerte das Meer in der untergehenden Sonne. Leichter Nebel stieg auf.

»Vor dem Zipfel da hinten, der ins Wasser hineinragt, liegt Robin Hood's Bay«, erklärte Cindy, die neben mir stand, und zeigte in die entsprechende Richtung. »Und noch weiter im Norden liegt Whitby Abbey. Du weißt schon, die Ruine aus *Dracula*.«

»Du kennst dich wirklich gut aus«, sagte ich.

»Was gibt es da zu plaudern?«, fragte Kyle, der auf einmal hinter uns stand. »Los, weiter.«

Gemeinsam begleitete unsere Gruppe Serena, Cindy und Bonnie in den Mädchenflügel. Er lag ganz am Ende des Flurs. Dort waren die Mädchen aller Jahrgänge untergebracht. Er war nicht besonders groß, denn zur Äcädemy gingen hauptsächlich Jungs. Das war auch an der Scola nicht anders. Wenn ich es richtig eingeschätzt hatte, kamen in meinem Jahrgang acht Mädchen auf knapp dreißig Schüler.

Nach einundzwanzig Uhr war der Mädchenflügel für uns Jungs tabu, die Mädchen wiederum durften sich dann auch nicht mehr im Jungenbereich aufhalten. Allerdings war es uns erlaubt, bis zum Zapfenstreich noch in den Gemeinschaftsräumen zusammenzusitzen, die sich im ersten Stock befanden.

»Zapfenstreich ist um dreiundzwanzig Uhr, danach müsst ihr euch in euren Zimmern aufhalten«, erklärte Kyle. »Oder sagen wir mal so: Ihr solltet nicht so dämlich sein und euch erwischen lassen.« Seine Augen huschten kurz zu mir, aber vielleicht bildete ich mir das nur ein.

Auch die anderen Jungs wurden in Zweier- oder Dreierzimmern untergebracht, was mich ein wenig wunderte. Von meinem Vater wusste ich, dass man sich in der Scola zu sechst ein Zimmer mit Stockbetten teilen musste. Offensichtlich stand der Äcädemy deutlich mehr Geld zur Verfügung.

Zum Schluss blieben nur noch Kyle, Max und ich übrig. Kyle öffnete die Tür zu unserem Reich und ließ uns beiden jeweils einen Schlüssel in die Hand fallen. Neugierig sah ich mich um. Der Raum war nicht allzu groß, aber dafür gemütlich eingerichtet. Links neben der Zimmertür stand ein Kleiderschrank, rechts eine kleine Sitzecke. Daneben war noch mal eine weiß lackierte Tür, vermutlich das Badezimmer. Die beiden Einzelbetten, vor denen bereits unser Gepäck auf uns wartete, befanden sich in den beiden Ecken an der Wand gegenüber. Darüber waren je zwei Regalbretter angebracht, und zwischen den Betten stand ein extrem breiter Schreibtisch vor dem Fenster, durch das man über das Schulgelände und die Moors bis hin zur Nordsee sehen konnte.

»Ich muss mal dringend aufs Klo«, meinte Max und rannte an uns vorbei zum Bad.

Unschlüssig sah ich Kyle an, der mich fixierte. »Also dann …«

Kyle trat einen Schritt auf mich zu. »Du hältst dich wohl für besonders cool mit deinem Adler-Tattoo und dem Muskelshirt.«

Offenbar hatte ich mich doch nicht getäuscht, Kyle konnte mich tatsächlich nicht leiden. Aber vielleicht war das auch seine übliche Masche, und er nahm sich jeden Neuen vor, sobald er mit einem von uns alleine war. Ich wappnete mich und schaltete auf Angriff. Die Schüler hier waren nicht besonders zimperlich, das hatte ich bei unserer ersten Aufgabe schnell gelernt.

»Wo ist eigentlich dein Problem? Du kennst mich gar nicht.«

»Oh doch, Jungs wie dich kenne ich zur Genüge. Du passt nicht hierher, also verzieh dich lieber, bevor es unangenehm für dich wird.« Kyle drehte mir den Rücken zu, die Tür fiel krachend hinter ihm ins Schloss.

Ich ließ mich auf das nächstgelegene Bett sinken. Der Lattenrost quietschte, als er unter mir nachgab, und meine Hände zitterten leicht, weshalb ich sie zu Fäusten ballte. Ich konnte mir nicht vorstellen, dass Kyle mein Geheimnis kannte, dennoch musste ich vorsichtig sein. Die Äcädemy war trotz der schönen Lage um einiges gefährlicher, als ich angenommen hatte.

»Dann nimmst du das rechte Bett?«, fragte Max, als er zurück ins Zimmer kam. Ohne meine Antwort abzuwarten, ließ er sich auf die andere Matratze fallen. »Gar nicht mal so unbequem.« Er federte ein paarmal auf und ab.

»Wer ist eigentlich dein Vater?« Wenn Max wie Serena Spross einer Berühmtheit war, wollte ich es lieber gleich wissen.

Max winkte ab. »Ach, ein kleines Licht. Niemand Bekanntes wie Dr. Nitro.«

Ich zuckte mit den Schultern. »Kann schließlich nicht jeder berühmt sein.«

»Was hat Kyle eigentlich gegen dich? Der tut gerade so, als ob Dr. Nitro *dein* Vater wäre.«

Das war ihm also aufgefallen. Meine Hoffnung, Kyle wäre zu allen so, zerplatzte. »Keine Ahnung, Kyle und ich kennen uns überhaupt nicht.«

»Na ja, einen Erzfeind zu haben kann nicht schaden. Nur nicht unbedingt in den eigenen Reihen.«

»Sag das mal Kyle.«

Max sah auf die Uhr, die über der Tür hing, und stand auf. »Wollen wir dann mal? Der offizielle Empfang fängt gleich an. Oh Mann, das wird bestimmt megalangweilig. Was wollen die uns schon groß erzählen?«

»Hoffen wir, dass es schnell vorbeigeht«, erwiderte ich. Dabei war ich mir sicher, dass ich durchaus viel Neues erfahren würde.

Vor unserem Zimmer war einiges los. Wir schlossen uns den anderen an und folgten ihnen durch die langen Gänge und eine breite Treppe hinunter Richtung Aula, die im Erdgeschoss untergebracht war.

In den hellen Korridoren prahlte die Äcädemy mit allen Berühmtheiten, die sie hervorgebracht hatte. An den Wänden hingen Bilder oder Gemälde aller, die hier ihre Karriere begonnen und es später zu zweifelhafter Bekanntheit gebracht hatten. Natürlich durfte auch Dr. Nitro in der Sammlung nicht fehlen. Ich blieb stehen und sah mir das Gesicht des in einem rotschwarzen, eng anliegenden Anzug steckenden Mannes etwas genauer an, erkannte aber nach wie vor keine große Ähnlichkeit zu seiner Tochter. Dabei hatte er ebenfalls schwarze Haare und grüne Augen. Vielleicht lag es auch einfach nur an seinem Aufzug, dass er mich nicht an Serena erinnerte.

In den Gängen waren hinter verglasten Vitrinen überall Gegenstände aller erfolgreichen Ăcădemy-Alumni ausgestellt: Outfits in den grellsten Farben, Accessoires wie Brillen oder gefakte Schnurrbärte, Speere und jede Menge andere Waffen. Es gab sogar eine Dynamitstange, signiert von Dr. Nitro höchstpersönlich. In der Scola musste es so etwas Ähnliches geben, meine Mutter hatte der Superheldenschule die Anstecknadel meines Vaters überlassen. Den Anzug hatte sie aber nicht hergegeben, wofür ich ihr sehr dankbar war. Hoffentlich war er in dem verborgenen Extrafach meiner Reisetasche sicher.

Schon von Weitem hörten wir das Stimmengewirr aus der Aula. Der Raum war so groß wie das Schiff einer gotischen Kathedrale. An den Seiten reichten die Fenster bis zum Boden, und im vorderen Teil führten ein paar Stufen zu einer Bühne, auf der einige Instrumente standen: ein Schlagzeug, ein Bass, mehrere E-Gitarren und ein Keyboard. Der Riemenboden aus dunklem Holz war vermutlich kurz zuvor gewachst worden, denn er spiegelte beinahe.

Die vielen Stuhlreihen waren nicht einmal ansatzweise voll besetzt. In der dritten Reihe entdeckte ich Serena, die neben Oli und Cindy saß. Sie schien mir und Max zwei Plätze freigehalten zu haben, denn sie winkte uns zu. Wir überlegten nicht lange und setzten uns neben sie.

»Wie ist euer Zimmer?«, fragte sie.

»Ganz nett«, antwortete Max. »Das Bett quietscht ein bisschen, aber sonst ...«

Serena grinste. »Das hast du wohl gleich mal ausgetestet, was?«

Max wurde ein bisschen rot, und ich musste ebenfalls grinsen. Ich überließ die beiden ihrem Geplänkel und sah mich um. Vor der ersten Stuhlreihe standen einige Erwachsene und unterhielten sich. Vermutlich waren das die Lehrer der Äcädemy, Mr Horn war zumindest auch dabei. Insgesamt waren es zwölf, darunter vier Frauen. Einer der Männer sah auf die Uhr an seinem Handgelenk und betrat dann die Bühne, auf der ein Mikrofon stand. Es quietschte, als er daraufklopfte und »Test« sagte.

Er war schon etwas älter, schätzungsweise Mitte fünfzig. Seine dunklen Haare waren von grauen Strähnen durchzogen, aber noch erstaunlich voll. Er war durchschnittlich groß und normal gebaut. Kein Zeichen von Bierbauch oder Ähnlichem, nur die Schultern ließ er ein wenig hängen, und auch sein Kleidungsstil war etwas sonderbar. Zu einer schwarzen Hose trug er zwar ein weißes Hemd, darüber aber einen dicken grauen, handgestrickten Wollpullunder – und das, obwohl es hier in den Moors für Mitte September erstaunlich warm war. Nun räusperte er sich. Die Lehrer setzten sich auf die Stühle in der ersten Reihe, das Stimmengewirr um uns herum ebbte langsam ab.

»Herzlich willkommen an der Äcädemy«, begann er. »Ich bin Professor Ernest Phillips, euer Schulleiter, aber ich werde euch auch in dem einen oder anderen Fach unterrichten. Die Vertrauensschüler haben euch sicher längst herumgeführt, sodass ihr einen ersten Eindruck von unserer Institution bekommen habt, und der eine oder andere von euch hat bestimmt schon viele Geschichten von seinen Eltern gehört.« Er zwinkerte in die Runde. »Ich kann nur sagen, macht eure eigenen Erfahrungen. Dafür seid ihr hier.« Er räusperte sich. »So, zu Beginn noch ein paar Fakten: Weltweit gibt es natürlich weitere Schulen dieser Art, zum Beispiel in Texas oder Kenia, aber unsere ist bei Weitem die Beste. Das sagt zumindest das *Ë-Magazine* seit nunmehr fünfzehn Jahren in Folge. Die Äcädemy wurde vor über einhundert Jahren gegründet. Jedes Jahr kommen um die dreißig neue Schülerinnen und Schüler zu uns, normalerweise sind es mehr Jungs als Mädchen.« Die Schüler fingen untereinander zu tuscheln an. »Gibt es schon Fragen?« Er schaute in die Runde und dabei auch kurz zu mir. Seine braunen Augen wirkten freundlich. »Ja, da vorne.«

»Waren Sie selbst mal aktiv?«, wollte Cindy wissen.

Professor Phillips lächelte versonnen. »Ich habe es mal versucht, aber das Unterrichten liegt mir einfach mehr am Herzen. Weitere Fragen? Ja?«

Ein blonder Junge in der hinteren Reihe hatte sich gemeldet. Er sprach mit einem deutlich hörbaren schottischen Akzent. »Warum wird die Äcädemy so blöd geschrieben?« Die Jungs neben ihm lachten.

»Richtig, das war vermutlich vor eurer Zeit. Heute nennt man das den Heavy-Metal-Umlaut, weil ihn Rockbands wie *Motörhead* benutzen. Man verwendet ihn, weil er böse aussieht. Die Äcädemy jedoch wurde schon immer so geschrieben, deshalb heißt er in unseren Kreisen auch der Äcädemy-Umlaut.« Wieder ließ er den Blick durch die Reihen schweifen. »Sonst noch Fragen?«

Max beugte sich zu mir und flüsterte mir ins Ohr: »Er scheint wohl der Erste seiner Sippe zu sein, der zur Äcädemy geht. Warum sonst hat er noch nie was von dem Umlaut gehört?«

Ich schwieg. Auch ich hatte bis gerade eben den Äcädemy-Umlaut nicht gekannt.

Professor Phillips gab den Lehrern ein Zeichen. Vier von ihnen, darunter eine Frau, standen auf, allen voran Mr Horn. Rasch kamen sie nach vorne und betraten die Bühne.

»Auch das noch«, maulte Max. »Warum braucht jede Schule eine schlechte Band?«

Die Lehrer versammelten sich hinter den Instrumenten. Professor Phillips setzte sich hinters Schlagzeug, während Mr Horn nach der E-Gitarre griff. Er spielte einen Akkord an, Professor Phillips gab an den Drums den Takt vor, und nach ein paar Sekunden ertönte die bekannte Melodie von *AC/DC*s *T.N.T.*

»Oi, oi, oi«, sangen die Lehrer gemeinsam.

Fast hätte ich gelacht, das war einfach zu schräg. Serena kriegte sich vor Begeisterung gar nicht mehr ein, vermutlich war das die Hymne ihres Vaters. Sie sprang auf und stimmte klatschend in das »Oi, oi, oi« mit ein. Schon bald machten auch die anderen Schüler und Lehrer mit. Max und ich standen ebenfalls auf. Als Mr Horn gegen Ende ein rockiges Gitarrensolo hinlegte, jubelte der ganze Saal. Mit leicht zerzausten Haaren trat Professor Phillips nach der Showeinlage zurück ans Mikrofon. Die Lehrer scharten sich um ihn, auch die, die nicht zur Band gehörten.

»Noch einmal herzlich willkommen an der Evil Äcädemy«, sagte er. »Wir freuen uns, euch die nächsten fünf Jahre eures Lebens begleiten zu dürfen. Ihr seid hier, um das Handwerk eines Superschurken zu erlernen, aber nicht jeder von euch kann Superschurke werden. Ihr alle habt unterschiedliche Qualitäten, und das ist auch gut so. Manch einer ist vielleicht besser als Scherge oder Handlanger aufgehoben, das wird sich zeigen. Denkt auf jeden Fall daran: Wir sind eine große Familie, wir halten zusammen. Auch nach eurem Abschluss seid ihr noch Teil dieser Institution. Jeder Einzelne von uns Lehrern steht euch jederzeit zur Verfügung, wenn es Fragen oder Probleme gibt. Jederzeit, vergesst das nicht. So, und nun wollt ihr bestimmt noch eine Zugabe.«

Erneuter Jubel brach los, und die Lehrer griffen sich wieder die Instrumente. Dieses Mal begann Mr Horn mit seiner E-Gitarre, kurz darauf setzte Professor Phillips mit dem Schlagzeug ein. Schon an den ersten Takten war zu erkennen, dass sie wieder *AC/DC* spielten, dieses Mal *Highway to Hell*. Wie passend. Alle klatschten, sangen mit oder jubelten. Max fing sogar mit Headbangen an. Wie wohl der Empfang an der Scola Super Heroica aussah, wo ich eigentlich hingehörte? Denn ich war weder der Sohn eines Superschurken noch wollte ich einer werden. Mein Vater war Eagleman, der beste

Superheld seiner Zeit, der von seinem Erzfeind The Rockstar ermordet worden war.

Und nur deshalb war ich hier. Ich wollte den Mörder meines Vaters finden und seinen Tod rächen.

Kapitel 4

»Das Büfett ist der Hammer«, meinte Max mit vollem Mund. Er hatte seinen Teller bereits zum zweiten Mal beladen.

Im Hintergrund lief Rockmusik der 70er-Jahre, und überall in der Aula standen kleine Grüppchen aus Schülern und Lehrern zusammen und unterhielten sich. Ich nahm mir auch noch etwas von dem Sheperd's Pie, während Serena bereits zum Nachtisch übergegangen war.

»Stopft euch nicht mit dem Pie voll«, sagte sie. »Ihr müsst unbedingt den Brombeer-Zwetschgen-Crumble probieren.«

»Dafür ist immer Platz«, erwiderte Max.

»Habt ihr schon den warmen Schokoladenkuchen gekostet?«, fragte Professor Phillips, der auf einmal neben uns stand. Wir schüttelten die Köpfe. »Nun, dann lasst ihn euch auf keinen Fall entgehen. Wie gefällt es euch denn bisher an der Äcädemy?« Er sah uns der Reihe nach an und blieb bei mir hängen.

»Gut«, antwortete ich vage. »Ich hatte mir die Äcädemy allerdings ein wenig anders vorgestellt.«

Professor Phillips deutete ein Lächeln an. »Und wie?«

Altmodischer, böser, kleiner. Mir fielen viele Adjektive ein, doch keines war passend, deshalb zuckte ich mit den Schultern. »Ich weiß auch nicht. Schwer zu sagen.«

»Und Sie waren tatsächlich selbst mal aktiv?«, fragte Max, der seinen Teller erneut leer geputzt hatte und sich nun wie Serena beim Nachtisch bediente.

Professor Phillips bekam wie kurz zuvor diesen versonnenen Ausdruck auf dem Gesicht. »Das stimmt. Ich bin der Meinung, jeder der hier unterrichtenden Lehrer sollte zumindest ein wenig praktische Erfahrung haben. Immerhin wollen wir euch das Handwerk der Schurkerei näherbringen.«

»Und darf ich fragen, was genau Sie gemacht haben?«, fragte Serena neugierig.

Professor Phillips winkte ab. »Ach, nichts Besonderes. Ich war eine Zeit lang Handlanger für Black Mamba.«

»Für Mr Horn?« Überrascht sah ich ihn an. »Ich hätte Sie eher für einen Schurken gehalten.«

Er lachte. »Ja, so kann man sich täuschen. Wie ich vorhin sagte, kann nicht jeder Superschurke werden. Auch die andere Arbeit will gemacht werden.«

»Und wie kam es zu der Zusammenarbeit zwischen Ihnen und Mr Horn?«, bohrte Max weiter.

Professor Phillips schien uns unsere vielen Fragen nicht übel zu nehmen. »Das hat sich einfach so ergeben. Wir haben uns damals hier auf der Äcädemy kennengelernt und sind bis heute Freunde geblieben. Aber reden wir doch lieber von euch. Wisst ihr schon, wie eure Zukunft aussehen soll?«

»Also ich will auf jeden Fall Schurkin werden«, sagte Serena überzeugt.

Wieder lachte Professor Phillips. »Das wundert mich nicht. Vermutlich willst du sogar in die Fußstapfen deines Vaters treten.«

»Natürlich will ich das!«

»Sind Sie eigentlich schon lange Schulleiter?«, mischte ich mich ein, bevor Professor Phillips mich über meine Zukunft ausfragen konnte.

»Tatsächlich ist das mein erstes Jahr als Direktor, es kommen also auf uns alle spannende, neue Zeiten zu. Ich habe ein paar Dinge verändert. Mal sehen, wie das bei den Lehrern ankommt. Zum Beispiel kann man ab sofort mit besonderen Aktionen Extrapunkte sammeln.«

In diesem Moment trat Mr Horn zu uns ans Büfett und nahm sich von den verschiedenen Crumbles. Die Nickelbrille saß etwas schief auf seiner Nase, aber das schien ihn nicht weiter zu stören. »Na, habt ihr euch von den Krokodilen erholt?« Er zwinkerte uns zu, erwartete aber offensichtlich keine Antwort. »Also dieser Brombeer-Zwetschgen-Crumble ...«, sagte er und häufte sich noch etwas mehr davon auf den Teller. »Der ist Poppy wieder einmal hervorragend gelungen.«

»Poppy?« Max sah ihn fragend an.

»Unsere Köchin hier an der Äcädemy. Sie war früher eine hervorragende Bankräuberin, aber zu unserem Glück konzentriert sie sich jetzt lieber auf Pasteten und Crumbles. Ihr müsst unbedingt ihre Pfefferminzsoße kosten ...«

»Sag mal, Quentin«, unterbrach Professor Phillips Mr Horns Schwärmerei. »Wie sieht es jetzt eigentlich mit der Vertretung für Lester aus?«

Mr Horn seufzte. »Nun ja, letztes Jahr ist Theodora für ihn eingesprungen, kurze Zeit später stand von der Citadel nur noch die Hälfte. Seitdem ist niemand sonderlich erpicht darauf, Lester zu vertreten. Aber wenn sich keiner mehr meldet, übernehme ich das eben. Sprengstoff ist zwar nicht mein Steckenpferd, allerdings wird das für zwei Wochen schon gehen.«

Serena horchte auf. »Sprengstoff?«

Professor Phillips lächelte ihr zu. »Der Chemieunterricht. Lester Denham ist normalerweise unser Lehrer für Chemie und Gefängniskunde, aber momentan ist er leider unabkömmlich. Er ist ... Nun, wie soll ich sagen? Er ist gewissermaßen noch auf Recherchereise.«

Mit anderen Worten: Er saß im Knast. So viel also zum Thema praktische Erfahrung.

Auf unseren Stundenplänen fanden sich so skurrile Fächer wie *Schurkische Etikette*, *Finanzierung und Realisierung finsterer Machenschaften I* oder *Superwaffenkunde*. Ich hatte ein bisschen Bammel vor dem Unterricht. Von Weltuntergangsmaschinen hatte ich absolut keine Ahnung. Natürlich musste jeder Schurke mal klein anfangen, aber die meisten hatten dank ihrer Eltern immerhin ein gewisses Grundwissen. Meines beschränkte sich allerdings auf das Thema Heldenkunde, und obwohl dieses Fach ebenfalls auf dem Stundenplan stand, bezweifelte ich, dass mir das an der Evil Äcädemy groß weiterhelfen würde.

Unser Jahrgang von neunundzwanzig Schülern wurde in zwei Klassen unterteilt. Wir würden denselben Stoff bei denselben Lehrern durchnehmen, jedoch getrennt voneinander, um den Unterricht intensiver gestalten zu können. Max und ich kamen in dieselbe Klasse. Ich wusste nach wie vor, dass ich mich nicht mit ihm anfreunden durfte, aber ich freute mich trotzdem, wenigstens ein bekanntes Gesicht zu sehen.

Am nächsten Morgen stand ich vor dem Kleiderschrank und betrachtete mich in dem Spiegel, der an der Innenseite der Tür angebracht war: schwarze Stoffhose, weißes Hemd, roter Kaschmirpullover. Links in Brusthöhe des Pullovers prangte ein schwarz-weißes Emblem in Wappenform, das Innere des Wappens war dreigeteilt. Oben war ein Totenkopf zu sehen, unten links ein Piranha und im Feld rechts ein Giftfläschchen. Die rot-schwarz karierte Krawatte steckte unter dem Pullover. Die Schuluniform hatte dieselben Farben wie Dr. Nitros Anzug, doch da hörte die Ähnlichkeit auf, denn der Superschurke war in Latex gehüllt. Allerdings musste ich zugeben, dass ich durchaus etwas aus Latex, Leder oder Gummi erwartet hatte. Immerhin war das hier eine Schurkenschule. Trotzdem sah ich aus wie ein gewöhnlicher Highschool-Schüler. Zum Glück.

»Ein bisschen gestriegelt, aber die Schuluniform könnte schlimmer sein«, meinte Max, der seine Bücher zusammensuchte.

»Stimmt.« Ich schloss die Tür und griff ebenfalls nach meinem Stapel Bücher. Gemeinsam machten wir uns auf den Weg zu unserem Klassenraum, der sich im Hauptgebäude befand. Unsere erste Doppelstunde hatten wir bei Mr Horn: *Schurkische Zoologie & Botanik I.* Auf den Gängen ging es zu wie in einem Bienenstock, unzählige Schüler und Lehrer eilten vorbei. Gelächter und einzelne Wortfetzen drangen zu uns herüber.

»Hast du eine Ahnung, warum wir nicht ins Gewächshaus müssen?«, fragte ich Max.

Der zuckte mit den Schultern. »Vielleicht bekommen wir

erst einmal eine Einführung, bevor man uns an die fleischfressenden Pflanzen lässt.«

»Hauptsache, wir müssen nicht wieder irgendwas mit den Krokodilen machen.« Max sah mich überrascht an. Ich musste wirklich aufpassen, was ich sagte. »Die Viecher sind mir zu harmlos. Ich bevorzuge Piranhas.«

Max nickte. »Geht mir auch so.«

Bevor ich erleichtert aufatmen konnte, stieß mich jemand mit voller Wucht von hinten an. Das Buch *Von Alligator bis Zitteraal – Die schurkische Welt der Zoologie* rutschte mir aus der Hand und landete auf dem Boden. Der Knall ging im allgemeinen Lärm unter.

»Hoppla, wie ungeschickt von mir.« Kyle, wer sonst? Er warf mir ein fieses Grinsen zu und eilte weiter.

Zähneknirschend unterdrückte ich den Fluch, der mir auf den Lippen lag, und hob das Buch wieder auf. Solange Kyle mich nur anrempelte, konnte ich damit leben. Ich fürchtete allerdings, dass es nicht dabei bleiben würde. Wir waren hier auf einer Akademie für Superschurken, und Kyle war im Abschlussjahrgang. Wenn er mir das Leben zur Hölle machen wollte, kannte er mit Sicherheit genügend Mittel und Wege, und ich konnte nichts dagegen tun. Angehende Schurken petzten nicht.

»Ich möchte nur mal wissen, was der gegen dich hat«, überlegte Max.

»Wahrscheinlich passt ihm meine Nase nicht. Na los, ich hab keine Lust, gleich am ersten Tag zu spät zu kommen.«

»Hey, wartet auf mich«, schrie ein Mädchen hinter uns. Es war Serena, auch sie steckte in einer Schuluniform. Die weiße

Bluse und rot-schwarz karierte Krawatte sahen genauso aus wie bei den Jungs, doch statt einer schwarzen Hose trug sie einen rot-schwarz karierten Rock. Ihre dunklen Haare hatte sie erneut hochgesteckt. Ob sich darin wieder ihre überdimensionale Nadel verbarg? In der Mädchen-Uniform war jedenfalls nicht viel Platz für andere Waffen, worüber sich Serena auch sofort beschwerte. »Warum darf ich nicht wie ihr eine Hose anziehen? Der Rock ist total unpraktisch, und Taschen hat er auch keine.«

»Aber er steht dir«, meinte Max.

Serena schnaubte. »Was hab ich davon, wenn ich mich nicht verteidigen kann? Ich brauche doch Platz für meine Dynamitstangen!«

Max und ich sahen uns an und lachten. »Vor wem willst du dich denn bitte hier verteidigen?«, fragte ich.

Sie zuckte mit den Schultern. »Keine Ahnung, ich bin eben gern vorbereitet. Man weiß schließlich nie. Aber ich werde mir schon noch was einfallen lassen.« Sie sah sich um, der Gang leerte sich allmählich. »Habt ihr jetzt eigentlich auch Unterricht bei Mr Horn?«

»Jep, haben wir«, antwortete ich.

»Super, dann sind wir in einer Klasse.« Der Gedanke schien sie aufzumuntern, und irgendwie fand ich es auch cool.

Mr Horn saß bereits hinter dem großen Lehrerpult. Er lächelte uns kurz zu, als wir den Raum betraten und uns an einen Vierertisch in der Mitte setzten. Das Klassenzimmer hatte erschreckende Ähnlichkeit mit dem einer ganz normalen Schule, auch wenn es deutlich besser ausgerüstet war: Vom Beamer bis zum Whiteboard war alles vorhanden.

Kaum hatten wir unsere Stifte und Blöcke aus den Rucksäcken geholt, klingelte es auch schon zum Beginn der ersten Stunde. Mr Horn stand auf und wollte die Klassenzimmertür schließen, doch Cindy und Oliver quetschten sich gerade noch hindurch.

»Ah, zwei Nachzügler. Setzt euch, setzt euch.« Mr Horn ging zum Whiteboard, nahm einen roten Stift und schrieb »Piranhas vs. Haie«. Dann drehte er sich wieder der Klasse zu. »Also, gehen wir mal davon aus, ihr habt endlich das perfekte Geheimversteck gefunden und euch dort häuslich eingerichtet. Wie schützt ihr es vor Eindringlingen und lästigen Superhelden? Mit einem Becken voller Piranhas?«

Er sah in die Runde. Zögerlich meldeten sich Jamie und Giles, die weiter vorne saßen. Nun streckte auch ich meine Hand in die Höhe, ebenso wie Max, Serena und Bonnie.

»Oder doch lieber mit Haifischen?«, fragte Mr Horn weiter. Nun meldeten sich die restlichen acht Jungen und Mädchen der Klasse. »Jemand von euch unentschlossen?«

Oliver hob erneut die Hand. »Ich hab mich zwar für die Haie gemeldet, aber ich bin nicht sicher. Die sind vielleicht effektiver, brauchen aber auch viel Platz.«

»Sehr gut!« Mr Horn schob sich seine Nickelbrille zurecht. »Damit wären wir bei unserem heutigen Thema. Es geht um die Vor- und Nachteile von Piranhas und Haien.«

»Was ist mit Krokodilen?«, fragte Max und sah zu mir.

»Die nehmen wir später dazu, erst einmal sollen uns zwei Spezies genügen. Ihr tut euch bitte in zwei Gruppen zusammen. Die sind ja recht ausgeglichen, sechs von euch sind für die Piranhas und acht für die Haie. Alle Piranha-Fürsprecher da hinten hin«, er zeigte an unseren Tisch, »die anderen bitte hier vorne.«

Während das allgemeine Stühle- und Tischerücken losging, griff Mr Horn erneut nach dem Stift. Er wartete, bis alle an ihrem neuen Platz saßen und wieder Ruhe einkehrte, dann schrieb er Stichpunkte ans Whiteboard.

»Oliver hat schon das Platzproblem angesprochen. Überlegt euch zuerst einmal, wie viele Exemplare ihr jeweils braucht. Dabei solltet ihr auch Folgendes bedenken: Wie viel frisst ein Piranha überhaupt, und wie viel frisst ein Hai am Tag? Wie viele Piranhas braucht ihr also, um einen Hai zu ersetzen? Wie viel Platz brauchen die X Piranhas im Gegensatz zum Hai? Ganz wichtig: Wie viel kostet überhaupt ein einzelnes Exemplar, und wie sieht es mit dem Unterhalt aus, also den Folgekosten? Gibt es weitere Faktoren, die für die Entscheidung wichtig sind? Das ist eine ganz einfache Rechenaufgabe.« Er zeigte mit dem Stift in seiner Hand zum hinteren Bereich des Klassenraums. »Da drüben findet ihr Tablets mit Internetzugang, die euch bei der Recherche helfen. Die dürft ihr übrigens bis zum Ende eurer Ausbildung behalten. An der Äcädemy benutzen wir keine Blöcke und Stifte mehr.« Er sah auf seine silberne Armbanduhr. »Ihr habt eine Stunde Zeit. Danach werde ich noch einmal fragen, wer sich für Piranhas und wer für Haie entscheidet, und dieses Mal möchte ich Begründungen hören. Los geht's.«

Ungläubig sah ich mich um. Eine Rechenaufgabe? Max sprang hochmotiviert auf und organisierte uns Tablets, von denen er auch mir eins zuschob.

»Hier, finde mal heraus, wie viel so ein Hai in der Anschaffung kostet.«

Ich versuchte, nicht allzu dumm aus der Wäsche zu gucken. Wie und wo sollte ich das bitte herausfinden? Und ich hatte mir schon Sorgen über die Weltuntergangsmaschinen gemacht. Wie auch immer, ich musste möglichst schnell an die wahre Identität von The Rockstar kommen und dann von hier verschwinden. Je eher, desto besser, denn früher oder später würde ich als Sohn eines Superhelden auffallen. Wehmütig dachte ich an die Scola Super Heroica. Wie hatte ich bloß so dumm sein können, zu glauben, ein Tattoo und ein Muskelshirt würden als Tarnung an der Äcädemy reichen?

Es war nur eine Frage der Zeit, bis man mich entlarven würde.

Eine große schlanke Frau mit rotblonden Korkenzieherlocken betrat schnellen Schrittes den Klassenraum. Sie sah aus, als wäre sie geradewegs einem Film aus den 50er-Jahren entsprungen. Auf ihren Armen balancierte sie Bücher und Akten. Der Stapel schwankte gefährlich, als sie ihn auf dem Schreibtisch abstellte.

»Schließen Sie bitte die Tür, Miss Preston«, bat sie Cindy. Sie strich ihren grauen Rock glatt und faltete die Hände vor der weißen Bluse. »Ich bin Miss Theodora Fairchild. Im ersten Schuljahr bringe ich Ihnen alles bei, was Sie zum Thema Schurkische Etikette wissen müssen.« Sie sah in die Runde, ihre aufmerksamen Augen musterten jeden einzelnen Schüler. »In meinem Unterricht warten Sie bitte, bis Sie aufgerufen werden, Zwischenrufe dulde ich nicht. Und wenn Sie an der

Reihe sind, stehen Sie auf. Also, wer kann mir sagen, wie man sich einem Superhelden gegenüber richtig verhält?«

Jamies Hand schoss in die Höhe. Miss Fairchild nickte ihm zu, woraufhin er sich erhob. Die Beine seines Stuhls kratzten unangenehm über den Boden, aber Miss Fairchild sagte nichts. Sie verzog lediglich den Mund, als hätte sie in eine Zitrone gebissen.

»Man stellt sich erst einmal gegenseitig vor und ist stets höflich zueinander. Nachdem man den Helden überwältigen konnte, muss man ihn in seinen Plan einweihen und zwar auf jeden Fall bevor man die tödliche Maschinerie, die ihn auf komplizierte Weise umbringen soll, in Gang setzt und ihn seinem Schicksal überlässt.«

»Sehr gut, Mr O'Sullivan. Und vergessen Sie nicht, dass wahrhafte Schurken in Momenten der Entscheidung gerne aus Klassikern der Weltliteratur zitieren. Das Fach Literatur werden Sie erst später in Ihrer Ausbildung bekommen, aber es kann nicht schaden, sich schon einmal an Shakespeare zu versuchen.« Sie trat hinter den Schreibtisch. »Nun zurück zum Thema. Es gibt eine Feindschaft, die ich an dieser Stelle besonders hervorheben möchte, nämlich die zwischen The Rockstar und Eagleman.« Während Miss Fairchild einen der Ordner auf dem Tisch aufschlug, begann mein Herz zu rasen. »Die Feindschaft der beiden war beispielhaft, ihre Begegnungen immer fruchtbar. Schauen Sie sich später einfach mal die Artikel in den Ordnern hier an, da können Sie viel lernen.«

»Alles in Ordnung?«, flüsterte Max mir zu.

»Wie? Ja, natürlich.« Ich hatte gar nicht gemerkt, dass ich meine Hände in die Tischplatte gekrallt hatte. Wie konnte

Miss Fairchild es wagen, die Feindschaft zwischen meinem Vater und diesem Schurken als beispielhaft zu bezeichnen? The Rockstar hatte meinen Vater erschossen, einfach so.

»Nun gut, ich würde gerne ein kleines Rollenspiel mit Ihnen machen«, fuhr sie ungerührt fort. »Gehen wir einmal davon aus, unser Schurke ist gerade dabei, eine Bank auszurauben, und unser Held überrascht ihn. Wie reagieren die beiden?« Sie sah zu mir. »Mr Taylor, Sie übernehmen den Schurken. Und Sie, Mr O'Sullivan, schlüpfen bitte in die Rolle des Superhelden.«

Ungläubig starrten Jamie und ich die Lehrerin an, bevor wir zu ihr nach vorne traten, wobei Jamie für seinen Widerwillen mit Sicherheit andere Gründe hatte als ich. Vermutlich war er einfach nur beleidigt, dass er die Rolle des Helden spielen sollte.

»Sagen wir, Ihnen steht beiden ein Revolver zur Verfügung«, erklärte Miss Fairchild. »Das ist zwar nicht sehr kreativ, aber darum soll es in meinem Unterricht auch nicht gehen. Sie lernen dann später in Superwaffenkunde sämtliche Alternativen kennen.« Sie trat beiseite und deutete auf den Schreibtisch. »Bitte, Mr Taylor, Ihre Bank. Rauben Sie sie aus.«

Unschlüssig machte ich einen Schritt auf den Schreibtisch zu, sah mich um und nahm schließlich eines der vielen Bücher in die Hand, die dort lagen. Es war in schwarzes Leder gebunden und schon ein wenig abgegriffen. Der Titel prangte in Goldbuchstaben auf dem Umschlag: *In großen Momenten richtig zitieren – Von Shakespeare und Co. lernen*.

»Das lässt du mal schön bleiben«, hörte ich Jamies Stimme hinter mir.

Ich zögerte nur ganz kurz, dann wirbelte ich herum und feuerte aus meiner imaginären Waffe einen Schuss ab. Schweigen breitete sich aus, nur Serenas leises Kichern war zu hören. Jamie sah Hilfe suchend zu Miss Fairchild. Jene hatte in diesem Moment große Ähnlichkeit mit einem Teekessel. In ihr brodelte es gefährlich, das war deutlich zu sehen.

»Aber ... aber das geht doch nicht. Das ist ... Was für eine Unverfrorenheit! So etwas ist mir in meiner gesamten Laufbahn als Lehrerin noch nicht untergekommen.« Allmählich wachte sie aus ihrer Schockstarre auf, sie begann, wie wild mit den Armen in der Luft herumzufuchteln. »Mr Taylor, was haben Sie sich nur dabei gedacht? Haben Ihre Eltern Ihnen denn gar nichts beigebracht? Den Helden ohne Vorwarnung umzubringen, noch dazu mit einer Schusswaffe, das gehört sich nicht. Das ist schlechter Stil!«

Jetzt ging ich ebenfalls in die Luft. »Und was hat The Rockstar mit Eagleman gemacht? Doch genau das. Er hat ihn einfach hinterrücks erschossen.«

»Das ist so nicht korrekt, junger Mann.«

»Natürlich ist es das«, unterbrach ich sie einfach. »Es stand in sämtlichen Zeitungen.«

»Das mag sein, aber das war, bevor der Untersuchungsausschuss der Schurkenvereinigung auf den Plan getreten ist. The Rockstar war ein ehrenhafter Schurke, nie und nimmer hätte er jemanden hinterrücks erschossen. Außerdem wurde er freigesprochen. Der Ausschuss hat alles gründlich unter die Lupe genommen.«

»Das sind doch auch alles Schurken«, platzte ich unvorsichtigerweise heraus.

Miss Fairchild musterte mich. »Wie wir alle. Ist das ein Problem, Mr Taylor?«

Ich biss mir auf die Lippe. »Nein, natürlich nicht. Bitte entschuldigen Sie.«

Sie nickte und steckte sich mit vor Wut zitternden Händen eine der Locken, die sich aus ihrer Frisur gelöst hatte, wieder fest. »Miss Sanders, würden Sie bitte nach vorne kommen und Mr Taylor zeigen, wie man sich in dieser Situation als Schurke richtig verhält?«

»Was ist denn bei Schurkische Etikette in dich gefahren?«, wollte Max wissen.

Wir saßen auf einer der großen Wiesen vor dem Hauptgebäude unter einer Platane. Eigentlich wollte ich die Frühstückspause alleine verbringen, doch Max und Serena hatten mich wie selbstverständlich begleitet. Die Wiese war voll mit Schülern, die wie wir die letzten Sonnenstrahlen des Jahres genießen wollten. Cindys helles Lachen schallte über die Wiese. Sie saß nicht weit von uns entfernt mit Oliver, Jamie und Giles unter einer Kiefer. Immer wieder sahen sie zu mir herüber.

Na großartig, da hatte ich mich gleich am ersten Tag in die Nesseln gesetzt.

Max biss herzhaft in sein Gurkensandwich, Serena knabberte an einem Apfel. Ich saß mit dem Rücken gegen den Baumstamm gelehnt, die Knie angewinkelt, die Arme auf den Knien platziert und starrte finster mein Käsesandwich an. Der Appetit war mir vergangen.

»Keine Ahnung. Miss Fairchild hat mich wohl auf dem falschen Fuß erwischt.«

Serena schüttelte den Kopf. »Aber es ist doch klar, dass man den Helden nicht einfach so erschießen darf. Das ist total unprofessionell. Mein Vater hat mir das schon mit sechs Jahren beigebracht.«

Ich verdrehte die Augen. »Entschuldigt bitte, aber wir sind Schurken, und die tun so etwas nun mal. Oder hab ich da was falsch verstanden?«

Max und Serena wechselten einen kurzen Blick. »Nein, tun wir eben nicht. Und was bitte hast du plötzlich gegen Schurken?«, wollte Max wissen. »Bist du jetzt etwa für die andere Seite, oder was?«

Ich holte tief Luft und riss mich zusammen. »Du spinnst wohl, die Helden gehören alle auf die Streckbank.« Ein bitterer Geschmack machte sich in meinem Mund breit, und ich konnte nur hoffen, dass mein Vater – wo auch immer er war – meine Worte nicht hören konnte. »Miss Fairchild ist mir einfach zu oberkorrekt. Ich wollte sie auf die Palme bringen, und das ist mir gelungen.«

Die anderen beiden sprangen sofort darauf an. »Ihr Gesichtsausdruck, als du Jamie erschossen hast, war der Wahnsinn«, sagte Serena grinsend. »Alleine dafür hat es sich gelohnt. Aber ich fürchte, mit ihr hast du's dir dadurch ernsthaft verscherzt.«

Ich zuckte die Achseln und biss nun doch in mein Käsesandwich. Wir hatten noch ein paar Minuten Zeit, obwohl sich einige Schüler bereits auf den Weg zur Monorail machten.

Es war sicher unklug gewesen, sich in Miss Fairchilds Unterricht nicht unter Kontrolle zu haben, noch einmal würde mir das nicht passieren. Auch wenn ich die Heuchelei der

Schurken verabscheute, durfte ich kein unnötiges Risiko eingehen. Trotz allem war ich nach wie vor überzeugt, dass The Rockstar meinen Vater hinterrücks erschossen hatte. Und früher oder später würde ich das auch beweisen können.

Kapitel 5

»Stimmt es, dass du Jamie O'Sullivan einfach so erschossen hast?«, fragte mich ein Schüler während der Mittagspause in der Kantine. Er musste einen Jahrgang über uns sein.

Er war nun schon der vierte, der mich auf den Vorfall ansprach, und ich war allmählich genervt. Deshalb antwortete ich: »Da er da vorne sitzt, ist das wohl schlecht möglich.« Mit dem Kopf deutete ich ans Ende des Tisches, wo Jamie neben Cindy saß und hingebungsvoll seine Fish and Chips verspeiste.

»Mann, du hast vielleicht eine Laune. Man wird doch noch fragen dürfen.« Beleidigt zog der Junge wieder ab.

Die Sache hatte sich rumgesprochen wie ein Lauffeuer. Alle tuschelten und sahen mal mehr, mal weniger verstohlen in meine Richtung. Ich hatte das Gefühl, dass sogar am Lehrertisch ganz vorne über mich geredet wurde. Miss Fairchild gestikulierte auf jeden Fall alles andere als ladylike mit ihrer Gabel herum, während sie sich mit einer anderen Lehrerin unterhielt. Wobei man nicht wirklich von einer Unterhaltung sprechen konnte, denn die andere Frau kam kaum zu Wort. Und auch Mr Horn und Professor Phillips steckten schon die ganze Zeit über die Köpfe zusammen. Ich konnte mich täuschen, aber ich hatte das Gefühl, Mr Horn sah immer wieder zu mir, während er auf Professor Phillips einredete.

»Ignorier die einfach«, meinte Max. »Vielleicht jagt Mr Horn morgen das Chemielabor in die Luft, dann ist dein Auftritt Schnee von gestern.«

»Der Chemieunterricht von heute war ja wohl mal der totale Reinfall«, nahm Serena den Faden auf. »Ich hatte mich so darauf gefreut, aber Mr Horn hat die ganze Zeit nur über das Gift der Seewespe philosophiert. Dabei gehört das wohl eher zur Schurkischen Zoologie.«

»Na ja, da er versucht hat, das Zeug synthetisch herzustellen, passt es schon irgendwie in den Chemieunterricht, aber trotzdem war's ziemlich öde.«

»Wenn er morgen noch mal so was abzieht, mische ich mich ein. Schließlich ist mein Vater Dr. Nitro.«

»Das will ich sehen.« Max lachte.

Ich bekam die Unterhaltung der beiden nur mit halbem Ohr mit. Wie hatte das passieren können? Ich durfte nicht auffallen, doch stattdessen waren nun alle auf mich fixiert. Na super, das hatte ich ganz toll hinbekommen. Ich warf meine Serviette auf die restlichen Pommes und stand auf. Max und Serena sahen mich fragend an.

»Wo willst du hin?«, wollte Max wissen. »Uns bleiben doch noch zwanzig Minuten, und es gibt Pudding zum Nachtisch.«

»Ich muss was erledigen, wir sehen uns gleich in Superwaffenkunde.«

Ohne eine Antwort abzuwarten, durchquerte ich mit dem Essenstablett in den Händen den großen Raum. Die Kantine in der Äcädemy war alles andere als gewöhnlich, sie hatte eher was von einem Festsaal. Hier und da stützten griechisch anmutende Säulen die hohe, stuckverzierte Decke. Übergroße Kronleuchter baumelten davon herunter. Der braune Parkettboden im Fischgrätenmuster glänzte wie frisch gebohnert, und die langen Tischreihen waren mit weißen Tischtüchern bedeckt. Und obwohl es Fish and Chips gab, schmeckten sie nicht wie beim Imbiss um die Ecke.

Alle Blicke folgten mir, als ich das Tablett zum Transportband brachte und dann die doppelflügelige Tür ansteuerte. Dabei kam ich am Lehrertisch vorbei. Mr Horns Stimme drang durch das Stimmengewirr und Klappern des Bestecks zu mir. »Du kennst meine Meinung dazu, Ernest, ich war von Anfang an dagegen.«

Professor Phillips' Antwort bekam ich nicht mehr mit, da er sich Zeit ließ. Sie hätten über alles und jeden sprechen können, und doch bezog ich das Ganze instinktiv auf mich.

Die Kantinengeräusche wurden leiser, als ich durch die große Halle ging und die Treppe in den ersten Stock hinaufstieg. Um diese Uhrzeit waren die Gänge wie leergefegt, alle Schüler und Lehrer hielten sich in der Kantine auf. Ob Mr Horn tatsächlich von mir gesprochen hatte? Hatte er etwas gegen mich? In der ersten Unterrichtsstunde heute Morgen war er mir gegenüber freundlich gewesen, wenn auch ein bisschen reserviert. Ob es etwas mit meinem Verhalten in Miss Fairchilds Unterricht zu tun hatte? Auf keinen Fall durfte ich es riskieren, noch weiter aufzufallen und womöglich von der Schule zu fliegen. Die Äcädemy war meine einzige Hoffnung, den Mörder meines Vaters zu finden. Deshalb war ich auch auf dem direkten Weg zur Bibliothek. Keine Ahnung, ob ich dort etwas entdecken würde, aber irgendwo musste ich mit meiner Suche anfangen. Leicht würde es allerdings nicht werden, denn seit dem Tod meines Vaters war The Rockstar abgetaucht. Er konnte überall sein.

Ich öffnete die Glastür und blickte mich erstaunt um. Die Bibliothek sah genauso aus, wie man sie in einem Schloss vermuten würde. Deckenhohe Regale aus Kirschholz, randvoll mit Büchern, säumten jede einzelne Wand. Verschiebbare Leitern standen davor, und eine geschwungene Treppe führte zu einer umlaufenden Galerie, sodass man auch an die Bücher herankam, die ganz oben standen. Der Boden war mit rotem Teppich ausgelegt, und in der Mitte des Raumes befanden sich gemütlich aussehende Sitzgruppen aus Sesseln und Sofas. Es gab sogar einen Kamin und eine kleine Theke, an der man sich Tee oder heiße Schokolade holen konnte. Der Raum hatte nicht viele Fenster, aber es fiel genug Licht hindurch, um lesen zu können. Es roch nach altem Papier.

»Kann ich dir helfen?«, fragte eine Frau, die überhaupt nichts mit einer Bibliothekarin gemein hatte, wie ich sie mir vorstellte. Sie hatte lange blonde Locken, war noch ziemlich jung und saß direkt neben dem Eingang hinter einem antiken Schreibtisch.

Ich zögerte, doch als mein Blick auf die Uhr fiel, die hinter der Bibliothekarin an der Wand hing, trat ich auf sie zu. Bis zur nächsten Unterrichtsstunde blieben mir nur noch fünfzehn Minuten, und ohne Hilfe konnte ich es gleich bleiben lassen. »Ich möchte eine Extraarbeit zur Feindschaft von The Rockstar und Eagleman schreiben. Wo finde ich denn etwas zu dem Thema?«

»Da schaust du am besten mal da oben«, sagte die Blondine und zeigte hoch zur Galerie. Nun entdeckte ich, dass sich in einem der Regale ein Durchgang befand. »Da hinten ist das Zeitschriftenmagazin, dort findest du auch die Computer mit Zugang zum Bibliothekskatalog, in dem du suchen kannst.«

»Danke, dann fange ich dort an.«

Während ich an den Regalen vorbeiging, spürte ich den Blick der Bibliothekarin in meinem Rücken. Obwohl der Teppich meine Schritte dämpfte, hatte ich das Gefühl, ich wäre zu laut. Ich war froh, als ich den Durchgang passiert hatte, denn dieser Teil der Bibliothek lag wie ausgestorben da.

Die Einrichtung hier war deutlich moderner und wirkte überhaupt nicht mehr wie ein Schloss: einfache Regale mit Aktenordnern und überdimensionierten Kladden, ein Dutzend Tische und eine Handvoll Schreibtische mit Computern. Ich steuerte einen der Computer an und tippte *The Rockstar* ins Suchfeld. Der Computer rechnete eine Weile, dann spuckte er fast dreihundert Treffer für das Magazin aus und für den vorderen Teil der Bibliothek noch einmal um die hundert. Ich war zwar froh, dass es so viele Informationen gab, gleichzeitig fühlte ich mich jedoch wie von einem Lastwagen überrollt. Es würde eine Ewigkeit dauern, das alles durchzugehen, und es war nicht einmal sicher, ob ich überhaupt etwas Brauchbares finden würde.

Seufzend machte ich mir ein paar Notizen und stand auf, um die erste Kladde zu suchen. Hier im Magazin fanden sich die Ausgaben aller wichtigen Zeitungen, die über die Schurkerei und das Heldentum berichteten, und natürlich sämtliche Ausgaben des *Ëvil-Magazines* seit Erscheinen. Und das *Ë-Magazine* erschien bereits seit den 50er-Jahren.

Aus dem unteren Teil eines Regals zog ich die entsprechende schwarze Kladde. Sie war mit einer gräulichen Schicht bedeckt. Ich pustete den Staub weg, setzte mich an einen der Tische und begann zu blättern. Anschließend überflog ich den Artikel, in dem es um The Rockstars ersten Coup als Schurke ging. An jenem Tag waren er und Eagleman das erste Mal aufeinandergetroffen. Der Schurke, der gerade einmal Anfang zwanzig gewesen war, war in ein Labor eingebrochen und wollte die neueste, streng geheime Erfindung eines zerstreuten Wissenschaftlers stehlen: eine selbstreinigende Zahnbürste. Eagleman, auch bei ihm war es der erste richtige Einsatz als Held, war zufällig zur Stelle, und schon war die Erzfeindschaft besiegelt gewesen.

The Rockstar wurde in dem Artikel in den Himmel gelobt und als aufgehender Stern dargestellt, als jemand, der sicher noch von sich reden machen würde. Ich wusste, wie alt der Schurke heute in etwa sein musste – er gehörte zur selben Generation wie mein Vater, aber das war keine große Überraschung. Abgesehen davon fand ich keinen noch so kleinen Hinweis auf seine wahre Identität. Frustriert klappte ich die Kladde wieder zu und betrachtete die endlos langen Regalreihen. Ich brauchte ein System, einen Anhaltspunkt, sonst würde ich vermutlich das gesamte Schuljahr in dieser Bibliothek hocken und trotzdem keinen Schritt weiterkommen.

Die Klingel kündigte an, dass in fünf Minuten die nächste Stunde begann. Ich schob die Kladde zurück ins Regal und machte mich auf den Weg.

»Na, hast du gefunden, was du brauchst?«, fragte die Bibliothekarin.

»Mehr oder weniger«, antwortete ich. »In der nächsten Zeit werde ich auf jeden Fall häufiger hier sein.«

Sie lächelte mir zu, so als ob ihr der Gedanke gefiel, aber vermutlich wollte sie nur freundlich sein.

Als ich aus der Bibliothek kam, füllten sich die Gänge allmählich wieder. Ich schlängelte mich durch kleine Grüppchen von Schülern hindurch und hatte plötzlich eine Idee. Das könnte klappen.

Es musste einfach klappen!

Ich hatte gehofft, wenigstens im Fach Heldenkunde punkten zu können, doch nachdem Miss Fairchild den Unterricht gab, konnte ich das vergessen. Sie ignorierte mich eine Dreiviertelstunde lang. Mein Enthusiasmus bezüglich meiner tollen Idee schwand mit jeder Minute. Als die Klingel schließlich das Ende der Stunde ankündigte und sich der Klassenraum langsam leerte, war ich einen Moment total unsicher. Es bestand die Wahrscheinlichkeit, dass Miss Fairchild mich weiterhin mit Nichtachtung strafte oder mir womöglich sogar den Kopf abriss. Das war eine Schurkenschule, so abwegig erschien mir der Gedanke also gar nicht.

»Kommst du?«, fragte Max. »Ich will mir noch einen Schokoriegel holen, bevor wir zu Geschichte der Superschurken müssen.«

Spontan entschied ich mich dazu, meinen Plan doch zu verfolgen. Schlimmer konnte es ja nicht mehr werden. »Komme sofort, muss nur schnell was erledigen.« Ich straffte die Schultern und ging nach vorne zum Lehrerpult, wo Miss Fairchild gerade ihre Bücher stapelte. »Miss Fairchild? Darf ich Sie ganz kurz stören?«

Die Lehrerin schwieg, sah aber zumindest auf. Hoffentlich

würde in Schurkenkreisen niemals der Blick erfunden werden, der töten konnte, sonst hätte es mich heute schon mehrfach erwischt.

»Miss Fairchild, ich wollte mich bei Ihnen für heute Morgen entschuldigen. Ich weiß wirklich nicht, was da in mich gefahren ist.«

Sie nickte nur und widmete sich wieder ihren Büchern. Das war schwieriger als gedacht.

»Ich würde das gern wiedergutmachen«, startete ich einen neuen Versuch. »Vielleicht könnte ich eine Extraarbeit über die besondere Feindschaft zwischen The Rockstar und Eagleman schreiben?«

Jetzt hatte ich ihre Aufmerksamkeit gewonnen, denn sie sah erfreut auf. »Das ist eine wunderbare Idee, Mr Taylor, da könnten Sie so viel lernen. Es ist nichts weiter als ein hartnäckiges Gerücht, dass The Rockstar Eagleman erschossen hat, eines, das sich vor allem in Heldenkreisen hält. Wenn Sie sich ein wenig mit dem Thema beschäftigen, werden Sie sehen, wie so eine Feindschaft wirklich abzulaufen hat.«

Ich schluckte und setzte ein Lächeln auf. »Das war auch mein Gedanke. In der Mittagspause bin ich sogar schon in der Bücherei gewesen, aber dort gibt es so viele Informationen, dass man gar nicht weiß, wo man mit der Suche beginnen soll.« Ich holte tief Luft. »Miss Fairchild, Sie hatten doch heute Morgen Aktenordner mit gesammelten Zeitungsartikeln dabei. Ob Sie mir vielleicht den einen oder anderen ausleihen würden?«

Entzückt nickte sie. »Natürlich, Mr Taylor, das mache ich gerne. Kommen Sie doch nach dem Abendessen kurz in meinem Büro vorbei.«

»Vielen Dank, das ist sehr nett. Und entschuldigen Sie bitte noch einmal mein Verhalten von vorhin.«

Dieses Mal winkte sie ab. »Ach, machen Sie sich nichts draus. Am ersten Tag kann so etwas passieren, und Sie sind immerhin bereit dazuzulernen. Und nun gehen Sie, bevor Sie noch zu spät zu Mr Horns Unterricht kommen. Die Geschichte der Superschurken ist unglaublich spannend.«

Das bezweifelte ich, trotzdem gab ich mich enthusiastisch.

Serena und Max warteten auf mich, als ich das Klassenzimmer verließ. Max sah mich mit hochgezogenen Augenbrauen an. »Was war das denn bitte?«

Ich zuckte mit den Schultern und antwortete erst, nachdem wir uns ein paar Schritte entfernt hatten. »Das Schuljahr ist noch lang, und du hast doch gesehen, wie sie drauf ist. Ich will mir nicht das Zeugnis versauen, nur weil Miss Fairchild beleidigte Leberwurst spielt.«

»Das kann sie wirklich gut«, meinte Max. »Aber musste es gleich eine Extraarbeit sein?«

»Du tust gerade so, als müsstest *du* die Arbeit machen«, erwiderte ich. Dabei hatte Max nicht ganz unrecht. Wir hatten schon an unserem ersten Tag in fast jedem Fach Hausaufgaben aufgebrummt bekommen, und der Schultag dauerte bis Viertel nach sechs. Viel Zeit blieb mir da nicht mehr, um mich auf meine eigentliche Aufgabe zu konzentrieren. Aber davon würde ich mich nicht abhalten lassen – und wenn ich mich nachts in die Bibliothek schleichen musste.

Am Ende des Schultags wartete eine Doppelstunde Unbewaffneter Nahkampf auf uns. Wir hatten gerade einmal eine

Viertelstunde Zeit, um mit der Monorail zu den Sportanlagen zu fahren und uns umzuziehen. Max war bereits fix und fertig, bevor der Unterricht überhaupt begonnen hatte.

»Wer hat sich denn so was ausgedacht?«, fragte er, als wir von der Umkleide zum Sportraum liefen. »Sport nach so einem Tag, und dann auch noch auf leeren Magen.«

Wir betraten die Halle, die komplett mit weichem blauem Boden ausgelegt war. Es roch seltsam, nach einer Mischung aus Gummi und Eukalyptusöl. Eine Wand war vollständig verglast. Die Sonne schien durch die Fenster, und in weiter Ferne konnte man die Wasserfontäne sehen. Die meisten Schüler warteten bereits, sie hatten sich in zwei Gruppen aufgeteilt. Auf der linken Seite hatten sich unsere Mitschüler versammelt, auf der rechten Seite standen einige Schüler des Abschlussjahrgangs. Auch Kyle war dabei, was mir gar nicht gefiel. Mit seinem überheblichen Gesichtsausdruck fixierte er mich, sodass es mir nur schwer gelang, ihn einfach zu ignorieren.

Ein kleiner Mann, höchstens einen Meter siebzig groß, betrat gemächlich die Sporthalle und stellte sich in die Mitte zwischen den beiden Schülergruppen. Er hatte kurze dunkle Haare, war barfuß und komplett in Weiß gekleidet. Nachdem er die Hände aneinandergelegt hatte, wobei seine rechte Hand eine Faust bildete, verbeugte er sich zu beiden Seiten. Wir erwiderten seine Verbeugung.

»Ich bin Chao Xin, oder wie Sie hier im Westen sagen würden Xin Chao. Bei mir lernen Sie alles zum Thema Angriff und Verteidigung. Von Theorie halte ich nicht viel, deshalb fangen wir gleich an.« Er sah in die Runde. »Mr Taylor, Miss Sanders, kommen Sie bitte nach vorne und führen Sie einen Kampf vor.«

Ich wunderte mich nicht mehr darüber, dass die Lehrer bereits unsere Namen kannten. Vermutlich bekamen sie zu Beginn des Schuljahrs ein Dossier mit allen neuen Gesichtern in die Hand gedrückt und die Aufgabe, alles auswendig zu lernen. Auch hatte ich mich schon daran gewöhnt, dass uns manche Lehrer duzten, andere wiederum siezten. Und es erschien mir auch nicht seltsam, dass ich schon wieder nach vorne musste, obwohl sich das fast so anfühlte, als hätten sich alle Lehrer gegen mich verschworen.

Serena und ich traten nach vorne und verbeugten uns voreinander, so wie Mr Chao das von uns erwartete.

»Fangen Sie einfach an«, sagte Mr Chao. »Es muss nicht perfekt sein.«

Trotzdem zögerte ich. Serena war ein Mädchen, ich wollte ihr nicht wehtun. Die Sorge war allerdings unbegründet, denn Serena fackelte nicht lange. Sie schnellte in einer Drehung nach vorne. Ihr Fuß landete in meinem Bauch und ich keuchend auf der Matte. Alles um uns herum lachte, sogar Mr Chao schmunzelte in sich hinein.

»Sehr gut, Miss Sanders«, lobte er. »Ein wundervoller Überraschungsangriff mit Spin-Kick. Zweiter Versuch.«

Serena hielt mir ihre Hand entgegen, um mir aufzuhelfen. Ohne mir etwas dabei zu denken, ergriff ich sie, doch Serena zog mich mit Schwung zu sich. Sie ließ sich nach hinten fallen und rammte mir erneut ihre Füße in den Bauch. Mit Wucht katapultierte sie mich hinter sich. Ich rollte mich ab und war blitzschnell wieder auf den Beinen, genauso wie sie. Sie war wirklich gut. Wir drehten uns im Kreis, lauerten auf den Angriff des anderen. Serena war erneut schneller, doch dieses

Mal war ich darauf vorbereitet. Sie schlitterte nach vorne, in dem Versuch, mir die Beine unter dem Körper wegzustoßen. Ich sprang über sie hinweg. Nun griff sie von hinten an, und ich konnte nicht mehr schnell genug reagieren. Ich verlor das Gleichgewicht und landete aus Versehen halb auf ihr. Wir rollten uns ein paarmal über den Boden, doch schließlich gewann ich endlich die Oberhand. Zwar hatte ich keine Ahnung, wie ein Schurke kämpfte, aber ich wusste, wie ein Held kämpfte. Außerdem war ich stärker als sie. Ich packte ihre Arme, hielt sie hinter ihrem Kopf fest und fixierte ihre Oberschenkel mit meinen.

»Mr Taylor, Sie können ja doch was«, sagte Mr Chao überrascht.

Ich löste meinen Griff, als Serena mir plötzlich ohne jede Vorwarnung ihr Knie zwischen die Beine rammte. Stöhnend rollte ich von ihr herunter und blieb zusammengekrümmt auf der Matte liegen. Wieder lachte alles um mich herum.

»Gar nicht schlecht, Miss Sanders«, meinte Mr Chao. »Man merkt, dass Sie zwei ältere Brüder haben, die bereits auf der Äcädemy waren.«

Serena sprang auf und reichte mir die Hand, um mir aufzuhelfen. Ihre Augen funkelten vor Vergnügen. Ich zögerte, denn ich wollte mich nicht noch einmal von ihr vorführen lassen, aber schließlich nahm ich ihre Hand.

»War nicht persönlich gemeint«, sagte sie fröhlich, während wir uns wieder zu den anderen gesellten. Ich verließ die Mitte leider nicht so aufrecht, wie ich gekommen war.

»So, und jetzt zeigen Ihnen zwei fortgeschrittene Schüler, wie so ein Kampf auch aussehen kann.« Mr Chao winkte Kyle und noch einen weiteren Schüler zu sich.

Die beiden verbeugten sich, dann gingen sie aufeinander los, ohne Zeit zu verlieren. Ich gab es nicht gerne zu, aber man merkte den Unterschied sofort. Das war ein Kampf auf Augenhöhe, und die beiden waren wirklich gut.

Unwillkürlich musste ich an meinen Vater denken. Er hatte mir gezeigt, wie ein Held kämpft. Auch wir wandten den einen oder anderen Trick an, aber wir kämpften immer fair. Ziel war es, den Schurken festzunageln, aber nicht um jeden Preis. Besonders mein Vater hatte immer großen Wert darauf gelegt. Ob er wohl noch leben würde, wenn er ein einziges Mal von seinen Grundsätzen abgewichen wäre?

Fair ging es bei Kyle und seinem Partner nicht wirklich zu, aber sie waren beide Schurken. Sie kannten die Schachzüge und Tricks ihres Gegenübers, und die musste ich auch lernen, wenn ich nicht weiterhin auffallen oder vollkommen versagen wollte. Schnell stellte sich jedoch heraus, dass Kyle nur geblufft hatte. Er war deutlich besser als der andere Schüler. Als Kyle genug von der Vorstellung hatte, verteilte er ein paar gut gezielte Hiebe, und sein Gegenüber ging stöhnend zu Boden.

»Ganz ausgezeichnet«, sagte Mr Chao. Er nahm Kyles Hand und hielt sie hoch, so wie ich es von Boxkämpfen kannte. »Ziel ist es, dass Sie am Ende Ihrer Ausbildung genauso gut sind.« Er sah in die Runde und schien jeden einzelnen von uns zu fixieren. »Damit Sie sehen, was auf Sie zukommt, aber vor allem, damit ich weiß, was Sie bereits können, werden Sie heute in Ihrer ersten Stunde mit einem Schüler des Abschlussjahrgangs trainieren.« Er wandte sich an Kyle. »Mr Abernathy, Sie haben gewonnen, Sie dürfen Ihre Wahl als Erster treffen.«

Kyle zeigte auf mich. »Ich nehme den da.«

Oh Mann, mir blieb heute auch nichts erspart. Als wäre es nicht schon schlimm genug gewesen, von einem Mädchen fertiggemacht zu werden.

»Große Überraschung«, sagte Max zu mir. Er schlug mir auf die Schulter. »Viel Glück.«

Doch mit Glück hatte das nichts zu tun, viel mehr brauchte ich einen Schutzengel.

Kapitel 6

Mit voller Wucht landete ich zum wiederholten Mal auf der Matte. Ich rang nach Atem, doch Kyle ließ nicht von mir ab. Aus den Augenwinkeln sah ich, wie Max in hohem Bogen durch die Luft flog und ebenfalls auf dem Boden aufprallte. Im Gegensatz zu Kyle trat und schlug sein Trainingspartner aber nicht immer wieder auf ihn ein. Ich versuchte, Kyles Hiebe mit meinen Armen abzufangen, was mir aber nur schwer gelang. Mr Chao stand daneben und feuerte mich an.

»Los, Mr Taylor, lassen Sie sich das nicht gefallen. Wehren Sie sich!«

Doch das war leichter gesagt als getan. Inzwischen tat mir alles weh. Es hatte damit angefangen, dass Kyle schon während der Verbeugungszeremonie zugetreten hatte, und mit derart unfairen Mitteln machte er weiter. Er tat so, als würde er Schmerzen haben, und als ich ihm aufhelfen wollte, rammte er mir seinen Fuß in den Magen. Und vor allem ließ er mir keinerlei Verschnaufpause.

»Mr Taylor, nun kommen Sie schon«, fuhr Mr Chao unbeirrt fort. »Erste Grundregel: Ein Schurke gibt niemals auf!«

Die erste Grundregel meines Vaters lautete: Tritt niemals jemanden, der bereits am Boden liegt.

Ich mobilisierte meine letzten Kräfte, rollte mich ein Stückchen zur Seite und packte Kyles Fuß, mit dem er erneut nach mir trat. Doch obwohl ich ihn zu fassen bekam, verlor Kyle nicht einmal ansatzweise das Gleichgewicht. Er riss sich los und versetzte mir einen letzten schmerzhaften Tritt.

»Das genügt.« Mr Chao wandte sich enttäuscht ab.

Kyle deutete eine Verbeugung an, bevor er mir die Hand entgegenstreckte. Misstrauisch betrachtete ich sie. »Nun komm schon, Taylor.«

Doch ich rappelte mich aus eigener Kraft wieder auf. Etwas wackelig stand ich auf den Beinen, versuchte aber, mir nichts anmerken zu lassen. So viel Stolz besaß ich noch.

Mr Chao klatschte in die Hände. »Das ist genug für heute. Die Schüler des Abschlussjahrgangs können gehen.«

»Das hat Spaß gemacht, sollten wir unbedingt mal wiederholen«, meinte Kyle, bevor er mit seinen Klassenkameraden abzog.

Ich sah mich um. Wir hatten alle keine große Chance gehabt, doch niemand war so übel zugerichtet worden wie ich.

Mr Chao stieß einen tiefen Seufzer aus. »Da liegt noch ein ganzes Stück Arbeit vor uns, so haben Sie keine Chance gegen die Superhelden dieses Landes. Sie dürfen gehen. Erholen Sie sich gut, morgen geht es weiter.« Er wandte sich an Max. »Mr Whitman, begleiten Sie Mr Taylor doch bitte zur Krankenschwester. Etwas Eis für sein Auge könnte wohl nicht schaden.« Dann verließ auch er die Sporthalle.

Meine Mitschüler betrachteten mich einen Moment, wussten aber offensichtlich nicht, was sie sagen sollten, und machten sich auf den Weg zu den Umkleidekabinen. Nur Max kam auf mich zu, dicht gefolgt von Serena und Cindy.

»Mensch, der hat dich übel zugerichtet. So ein Idiot.« Max bot mir seine Schulter an, und ich stützte mich dankbar darauf.

»Hast du ihm heute Morgen das letzte Schokocroissant vor der Nase weggeschnappt, oder was hat der gegen dich?«, wollte Cindy wissen.

Serena sah ein wenig bedröppelt aus, was mich wunderte. »Tut mir leid«, sagte sie, »aber die Gelegenheit zum Sieg konnte ich mir doch vorhin nicht entgehen lassen.«

»Schon okay«, antwortete ich. »Aber das nächste Mal bin ich nicht so zimperlich mit dir, merk dir das.«

Sie nickte ihr typisches Träum-nur-weiter-Nicken und verließ dann mit Cindy im Schlepptau die Sporthalle, um sich ebenfalls umzuziehen. Ich befürchtete, Serena könnte recht haben, denn den Schurken gegenüber war ich hoffnungslos unterlegen.

Max sah mich von der Seite an. »Na komm, ab zur Krankenschwester, bevor das Auge noch ganz zuschwillt.«

Ich saß auf dem Bett, umringt von einem Stapel schwarzer Aktenordner, und blätterte mit einer Hand die ersten Seiten durch, während ich mir mit der anderen einen mit Eis gefüllten Waschlappen gegen das linke Auge drückte. Ein Tropfen rann über meine Hand und fiel auf das Papier vor mir. Praktischerweise hatte Miss Fairchild sämtliche Artikel in Klarsichthüllen sortiert. Seufzend legte ich den Waschlappen beiseite.

Es war gar nicht so leicht, sich auf den Text zu konzentrieren. Trotz Schmerztabletten und aller möglichen Salben, die die Krankenschwester mir mitgegeben hatte, tat mir nach wie vor alles weh. Wie ich morgen noch eine Stunde Unbewaffneter Nahkampf überstehen sollte, war mir schleierhaft, aber sich krankmelden war keine Option. Immerhin hatte ich schon gelernt, dass ein Schurke nicht aufgibt – und ein Held erst recht nicht.

Die Buchstaben vor mir verschwammen, und ich blinzelte ein paarmal. Bisher hatte ich außer reißerischen Überschriften nichts Brauchbares gefunden: »Schurke stellt Superheld bloß« oder »Eagleman verhindert Bankraub«.

Die *Times* hatte eine kleine Meldung zum Thema Kronjuwelen gebracht. Ein Sprecher des Königshauses dementierte die Gerüchte eines Raubüberfalls: Es habe lediglich einige ernst zu nehmende Krankheitsfälle unter den Angestellten gegeben, weshalb das Museum für ein paar Tage unter Quarantäne gestellt und geschlossen werden musste.

Ich blätterte die Seite um und konnte es nicht fassen. Auf dem Cover des *Ë-Magazines* vor mir prangte The Rockstar in voller Schurkenmontur. Die Ähnlichkeit zu den Mitgliedern der Rockband *ZZ Top* war nicht zu übersehen: schwarze Lederkluft, heller Vollbart, dunkle Sonnenbrille. Auf seinem Kopf thronte die Krone der Queen, in seiner linken Hand hielt er das goldene Zepter, in der anderen seine E-Gitarre. Man konnte unmöglich erahnen, wer sich hinter dem Schurken verbarg.

»God save the Rockstar«, stand da tatsächlich auf dem Cover und darunter: »*So stahl ich die Klunker der Queen* – The Rockstar im Exklusivinterview + 5 Seiten Extra: sein Erfolgsrezept!«

Mir wurde schlecht. Wie konnten ganze Generationen diesen Mann verehren, einen Mörder? Wussten sie denn nicht, zu was er fähig war, oder war es ihnen egal? Ich wurde unsicher. Tat ich hier wirklich das Richtige?

Als ob sie ahnen würde, in was für einem emotionalen Konflikt ich gerade steckte, rief meine Mutter an. Auch das noch, ich hatte ganz vergessen, dass wir vor gut einer halben Stunde zum Skypen verabredet gewesen waren. Ich nahm den Laptop auf den Schoß und setzte mich mit dem Rücken direkt an die Wand gelehnt, damit Mum nichts vom Zimmer sehen konnte. Bevor ich das Gespräch entgegennahm, stellte ich noch die Musik an, man konnte schließlich nie wissen.

»Hi, Mum. Entschuldige, ich war total in die Hausaufgaben vertieft.«

Meine Mutter erwartete mich mit einem Lächeln, sie saß im Wohnzimmer auf der Couch. Mein Herz krampfte sich sofort zusammen, als ich das Foto im Hintergrund bemerkte: Dad und ich beim Rugbyspielen im Regent's Park.

»John! Wie schön, dich zu sehen.«

Sie wirkte so stolz, dass ich ihr kaum in die Augen blicken konnte. »Woher weißt du, wie das mit Skype funktioniert?«, fragte ich, um sie, aber vor allem mich selbst abzulenken.

»Dein Bruder hat es mir gezeigt.« Ihr Gesicht kam näher, und das Lächeln verwandelte sich in Entsetzen. »John, was ist denn mit deinem Auge?«

Mist, das hatte ich für einen Moment glatt vergessen. Ich winkte ab. »Ach, das ist halb so wild, wirklich. Mach dir keine Sorgen.«

»Wie um Himmels willen ist das passiert?«, wollte sie wissen.

»Beim Kampfunterricht«, antwortete ich ehrlich, denn praktischerweise lernten natürlich auch die angehenden Superhelden, wie man richtig kämpft.

»Im Unterricht? Das gibt's doch nicht. Ich werde sofort mit dem Direktor ...«

»Es war ein Versehen, Mum, mein Trainingspartner hat das nicht mit Absicht gemacht. Was denkst du denn? Es ist nicht nötig, dass du mit dem Schuldirektor sprichst.«

»Okay, aber sag Bescheid, wenn du meine Hilfe brauchst. Ich weiß, die Eltern sollen sich weitestgehend raushalten, aber ich werde nicht tatenlos zusehen, wie ...«

»Es geht mir gut, Mum«, unterbrach ich sie erneut. »Hier ist es wirklich toll, noch besser als ich erwartet hatte.«

Die Miene meiner Mutter hellte sich wieder auf. Ich hätte nie gedacht, dass sie mir so fehlen könnte. »Das ist schön. Hast du denn schon Freunde gefunden?«

»Mehr oder weniger. So schnell geht das nicht, aber mein Zimmergenosse ist ganz nett. Wir kommen gut miteinander aus.«

»Ihr habt das Zimmer zu zweit? Also als dein Vater damals zur Scola ging ...«

»Ich meinte einen davon«, erwiderte ich schnell. »Natürlich teilen wir uns das Zimmer zu sechst, sie sind alle nett.«

Mum nickte. »Sehr gut, immerhin müsst ihr es eine Weile miteinander aushalten. Wie ist denn das Zimmer? Jetzt lass dir doch nicht alles aus der Nase ziehen, John. Zeig mal her.«

Sie klang aufgeregt wie ein kleines Mädchen am Weihnachtsmorgen, und ich hasste es, ihr diese Lüge auftischen zu müssen, aber ich konnte ihr das Zimmer nicht zeigen. Es waren nicht nur die fehlenden Stockbetten, das komplette Zimmer sah ganz anders aus als auf den Fotos meines Dads. »Das geht nicht, Mum, einer der Jungs zieht sich gerade um.« Dank der Musik würde Mum sich wenigstens nicht wundern, warum sie die anderen nicht reden hörte.

»Ach so. Na dann vielleicht beim nächsten Mal.«

Ihre Stimme klang enttäuscht, und ich biss mir auf die Zunge. Alleine beim Gedanken daran, wie sie reagieren würde, wenn sie die Wahrheit herausfand, schnürte sich mir die Kehle zu. Das durfte einfach nicht geschehen.

In diesem Moment klopfte es an der Tür, ich zuckte zusammen, als ob ich etwas Verbotenes tat. »Tut mir leid, Mum, muss Schluss machen. Ich melde mich wieder.«

Schnell klappte ich den Laptop zu, Mums »Ich hab dich lieb« wurde verschluckt. Gleichzeitig wurde die Zimmertür aufgerissen. Serena kam hereingestürmt. Sie hatte die Schuluniform gegen ihre mir mittlerweile schon vertraute Kluft getauscht: olivgrüne Baggy-Pants mit unzähligen Taschen, dazu ein schwarzes Shirt.

»Mit wem hast du geredet?«, wollte sie wissen.

»Meine Mum hat angerufen.«

Serena nickte, ihr Blick fiel auf das Chaos auf meinem Bett. »Ist das dein Ernst? Du machst jetzt noch Hausaufgaben?«

»Wann soll ich's denn sonst machen? Der morgige Tag wird sicher auch nicht besser.«

»Ja, das Pensum ist ganz schön hoch, aber das wusste ich schon von meinem Dad. Was ist mit deinem Vater? Hat er dir nicht gesagt, was dich erwartet? Er muss doch auch hier seinen Abschluss gemacht haben.«

Da war sie, die Frage, vor der es mir seit meiner Ankunft graute, aber ich war darauf vorbereitet. »Mein Vater lebt nicht mehr. Er kam bei einer Explosion ums Leben, als er einen seiner Handlangerjobs gemacht hat.«

»Oh, das wusste ich nicht.« Serena ließ sich auf Max' Bett sinken, der Lattenrost quietschte. Normalerweise hätte sie einen blöden Spruch gebracht, so gut kannte ich sie inzwischen schon, doch nun sah sie mich nur mit ihren grünen Katzenaugen an. Sie schien tatsächlich Mitleid mit mir zu empfinden. »Tut mir leid. Wann ist das passiert? Stand etwas darüber in der Zeitung? Ich kann mich gar nicht erinnern.«

Ich zuckte mit den Schultern und bereute es sofort, als ein stechender Schmerz durch meinen Arm fuhr. »Sie haben nur eine kleine Meldung gebracht, ist auch schon ein paar Jahre her.«

»Und deine Mum?«, wollte Serena wissen.

»Die ist nie ins Schurkengeschäft eingestiegen«, erklärte ich, was insofern nicht gelogen war, als dass meine Mutter auch nie etwas mit Superhelden am Hut hatte.

»Das kenne ich. Meine Mum sagt auch immer: Ein international gesuchter Superschurke in der Familie reicht.« Sie lachte.

»Was ist mit deinen Brüdern?«, fragte ich, als ich mich an Mr Chaos Worte erinnerte. Laut ihm waren sie älter und hatten bereits ihren Abschluss gemacht.

Serena schob die Hände unter ihre Oberschenkel. »Die haben beide nicht als Schurke abgeschlossen, deshalb setzt Dad nun seine ganze Hoffnung auf mich.« Sie straffte die Schultern. »Und ich werde ihn nicht enttäuschen. Einer der begehrten Schurkenplätze ist mir auf jeden Fall sicher. Merk dir das, Taylor.« Sie zwinkerte mir zu.

Ich hob beide Hände. »Meinetwegen kannst du den Platz gern haben. Ich fürchte, ich bin nicht zum Schurken gemacht.«

Doch sie winkte ab. »Papperlapapp, das war unser erster Tag. Wenn wir bereits Profis wären, wären wir nicht hier, oder? Du wirst das schon noch alles lernen. Wenn dein Vater dir nichts mitgegeben hat, ist es kein Wunder, dass du ein bisschen hinterherhinkst.«

Ich hinkte mehr als ein bisschen hinterher, aber ich ließ das Thema auf sich beruhen, und Serena stocherte auch nicht weiter herum.

»Wie geht es deinem Auge?«, fragte sie. »Das sieht ganz schön übel aus. Kannst du überhaupt noch was sehen?«

»Es geht«, antwortete ich, denn auch das hatte ich bereits gelernt: Ein Indianer kennt keinen Schmerz und ein Superschurke schon mal gar nicht.

»Was machst du da eigentlich?« Sie kam zu mir und schob einige Ordner beiseite, um sich setzen zu können. Mit einer Mischung aus Neugier und Faszination betrachtete sie das Cover des *Ë-Magazines*. »Cool, das ist der Artikel, von dem Cindy gesprochen hat. Darf ich ihn mal lesen, wenn du fertig bist?«

Ich unterdrückte ein Seufzen. »Meinetwegen. Sag mal, was wolltest du überhaupt von mir? Oder bist du nur zum Plaudern gekommen?«

»Ach richtig.« Sie klappte den Ordner zu und sprang auf. »Wir kickern im Gemeinschaftsraum. Willst du nicht mitmachen, statt alleine hier zu hocken?«

»Ich bin ganz gern mal allein«, erwiderte ich, weil ich wohl schlecht sagen konnte, dass ich nichts mit Leuten zu tun haben wollte, die den Mörder meines Vaters cool fanden. »Außerdem muss ich ja mal mit der Extraarbeit für Miss Fairchild anfangen.«

»Aber doch nicht am ersten Tag. Na komm schon, sei kein Feigling. Max braucht noch einen Partner, sonst hat er gegen Cindy und mich erst recht keine Chance.«

»Ich weiß nicht«, setzte ich an, doch Serena wollte ganz offensichtlich kein Nein akzeptieren. Sie packte meinen Arm, um mich hochzuziehen. Wieder durchzuckte mich ein stechender Schmerz. Ich verzog den Mund zu einer Grimasse.

Serena ließ sofort los. »Ups, war keine Absicht. Und jetzt komm, ein wenig Ablenkung kann nicht schaden. Du kannst dich doch jetzt ohnehin nicht auf das ganze Zeug da konzentrieren.« Sie deutete mit dem Kopf zu dem Blätterchaos auf meinem Bett.

Da hatte sie allerdings recht, deshalb stand ich auf und folgte ihr zu den Gemeinschaftsräumen in den ersten Stock. Wir gingen an der Bibliothek vorbei, durch deren Glastür Licht nach draußen in den Flur fiel. Eine Handvoll Schüler hatte es sich auf den Sofas in der Mitte des Raumes gemütlich gemacht, ganze Stapel Bücher auf den Tischen vor sich.

»Die Streberfraktion«, meinte Serena und kicherte. »Sei froh, dass ich dich da raushole, bevor es zu spät ist.«

Am Ende des Flurs stieß sie eine Tür auf. Das Lachen war bereits bis nach draußen zu hören gewesen. In den Gemeinschaftsräumen war einiges los, die gesamte Schülerschaft der Äcädemy schien sich hier versammelt zu haben. Nur Kyle konnte ich nirgends entdecken, aber das war mir ganz recht.

Es waren mehrere Räume, die ineinander übergingen und in einem freundlichen Gelb gestrichen waren. Im Eingangsbereich gab es einige Sitzecken aus Sesseln und Sofas, wo man quatschen oder theoretisch auch lernen konnte. Dafür war es jetzt allerdings zu laut. Auch hier stand eine Theke für Heißgetränke. Außerdem gab es zwei Automaten, einen mit Softgetränken und einen mit Snacks. Eine Musikanlage dudelte aktuelle Lieder, von denen jedoch kaum jemand Notiz zu nehmen schien. Weiter hinten waren die ganzen Spiele aufgereiht: Tischkicker, Poolbillard, Dartscheiben und Holztische samt Stühlen für Gesellschaftsspiele.

Serena und ich kamen an einem der Tische vorbei, wo Giles, Jamie, Oliver und Colin beim *Monopoly* saßen. Giles trat mit seiner Figur gerade auf das Feld, das ihn direkt ins Gefängnis schickte. Großer Jubel brach aus, und Colin, der die Bank übernommen hatte, zählte einen Haufen Scheine für Giles ab. Offensichtlich gab es eine spezielle Schurkenversion des Spiels.

Noch ein Stückchen weiter hinten erkannte ich Max und Cindy, die sich an einem der Tischkicker gegenüberstanden und wie wild an den Knäufen drehten, bis Max plötzlich losließ und seine Hand ausschüttelte.

»Da seid ihr ja endlich«, meinte er, als er uns entdeckte. »Na komm, John, wir werden den Mädels mal zeigen, wie man das richtig macht.«

Serena lachte und gesellte sich zu Cindy. »Träumt weiter, Jungs.«

»Muss ich irgendwas wissen?«, fragte ich.

Max nickte. »Die Mädels können Stromschläge verteilen,

wir können ihre Knäufe blockieren. Das sind allerdings Funktionen, die nicht permanent funktionieren und erst nachladen müssen, also geh sparsam damit um.«

»Okay«, murmelte ich und beugte mich etwas vor, um das Kickerspiel genauer zu betrachten. Die eine Hälfte der Spieler war in Schwarz und Rot gekleidet. Auf den roten Trikots prangte ein Emblem in Wappenform. Es war so klein, dass man schon eine Lupe brauchte, um erkennen zu können, was sich im dreigeteilten Inneren befand. Trotzdem wusste ich es: oben ein Totenkopf, unten ein Piranha und ein Giftfläschchen. Die Outfits der anderen Spielerhälfte waren gelb-blau. Auch hier gab es auf den gelben Trikots ein Emblem, von dem ich wusste, was es zeigte: einen im Wind wehenden Umhang. »Sind das etwa ...?«

»Ganz genau«, antwortete Max, als hätte er meinen Gedanken erraten. »Die Äcädemy gegen die Scola.«

Serena und Cindy klatschten sich ab. Wir hatten mehrere Runden gespielt, und jedes Mal hatten die Mädels uns haushoch geschlagen. Es war schon fast peinlich.

»Noch eine Partie?«, fragte Cindy, doch ich schüttelte den Kopf.

»Für mich nicht mehr.« Mittlerweile spürte ich wirklich jeden Knochen in meinem Körper. Zu den Schmerzen, die Kyle mir zugefügt hatte, gesellte sich jetzt nämlich auch noch ein ausgewachsener Muskelkater, und die Stromschläge hatten dem Ganzen die Krone aufgesetzt.

»Na ja, für einen Abend ist das wohl auch genug Demütigung«, meinte Serena grinsend.

»Jetzt mal langsam«, sagte Max, der fast etwas beleidigt klang. »Immerhin war John nicht auf voller Höhe, das Ergebnis hat also rein gar nichts zu bedeuten.«

»Wenn du meinst.« Serena blickte auf die Uhr an der Wand, es war fast halb elf. »Ich mach mir noch eine heiße Schokolade, bevor Zapfenstreich ist. Wie sieht's mit euch aus?«

Max stimmte natürlich sofort zu, und auch Cindy war dabei, also ergab ich mich in mein Schicksal. Ein paar Minuten später quetschten wir uns zu Jamie und Oliver in eine der kleineren Sitzecken, denn obwohl wir bereits in weniger als einer halben Stunde auf unseren Zimmern sein mussten, herrschte in den Gemeinschaftsräumen immer noch großer Trubel. Auch das war ein Unterschied zur Scola, wo laut meinem Vater bereits ab zehn Uhr Ruhe einkehrte.

»Wie fandet ihr den Unterricht heute?«, fragte Oliver in die Runde.

»Ziemlich langweilig«, erwiderte Serena. »Von Chemie hatte ich mir deutlich mehr versprochen und von SW sowieso.«

»Na ja, nachdem FRFM schon so öde war, hätten wir uns das mit SW eigentlich vorher denken können«, sagte Max.

FRFM und SW standen für Finanzierung und Realisierung finsterer Machenschaften beziehungsweise für Superwaffenkunde. Professor Phillips unterrichtete beide Fächer.

»Mal sehen, das war ja heute unser erster Tag«, meinte Jamie. »Da kommt bestimmt noch mehr.«

Ich wandte mich an ihn. »Tut mir übrigens leid. Ich hoffe, du nimmst mir das in Miss Fairchilds Unterricht nicht mehr übel.«

Jamie schüttelte seinen rotbraunen Lockenkopf. »Was soll's,

und es war auch irgendwie lustig. Solange du das Ganze nicht wirklich ernst gemeint hast.«

»Ich doch nicht. Das war nur Spaß, und ich hab's auch schon mit Miss Fairchild geklärt.«

»Was sie sich wohl morgen für Rollenspiele ausdenkt?«, überlegte Cindy und trank von ihrer Schokolade.

Während wir uns weiter über Fächer und Lehrer unterhielten, vergaßen wir völlig die Zeit. Um kurz vor elf ging auf einmal eine Sirene los, und Lichter blinkten wie bei einem Polizeieinsatz. Vor den Fenstern wurden automatisch Gitter heruntergelassen, und ich wollte nicht wissen, was sich innerhalb der Schule noch alles verrammelte. Gestern waren wir um diese Uhrzeit schon längst auf unseren Zimmern gewesen, sodass wir das Getöse nur am Rande mitbekommen hatten.

»Achtung, Achtung!«, ertönte eine weibliche Stimme über den Lautsprecher im Gemeinschaftsraum. »Es ist zweiundzwanzig Uhr fünfzig. Bitte begeben Sie sich auf dem schnellsten Weg in Ihre Schlafräume. Wer sich um dreiundzwanzig Uhr noch in den Gängen der Äcädemy aufhält, muss damit rechnen, den Alarm auszulösen und bestraft zu werden.«

Ungläubig sahen wir uns an und lachten. Trotzdem erkannte ich die Unsicherheit auch in den Gesichtern der anderen. Ich war wohl nicht der Einzige, der sich vorstellen konnte, dass es sich hier nicht um eine leere Drohung handelte, denn plötzlich kam Leben in die erstarrten Gesichter. Fast gleichzeitig drängten sich alle Schüler zum Ausgang und dann durch die Flure und breiten Treppen zu den Schlafräumen.

»Hey, Whitman, kann ich dich mal was fragen?«, ertönte Kyles Stimme hinter uns. Wo kam der so plötzlich her? »Aber bitte ohne den Versager da.« Er deutete mit dem Kopf in meine Richtung.

Max verzog das Gesicht. »Wenn's unbedingt sein muss.«

Serena und ich gingen weiter, über Kyles Bemerkung verloren wir beide kein Wort. »Wie geht's dir eigentlich?«, wollte sie stattdessen wissen.

»Das Schmerzmittel scheint allmählich zu wirken«, antwortete ich und kramte in meiner Jeanstasche nach dem Zimmerschlüssel.

Sie nickte, und wir verabschiedeten uns am Ende der Treppe voneinander. Da es bereits weit nach einundzwanzig Uhr war, mussten die Mädchen einen Umweg zum Mädchenflügel nehmen und durften unseren Gang nicht mehr betreten. Alleine trottete ich zu Max' und meinem Zimmer. Ich schloss die Tür auf, nahm die Klinke in die Hand.

»Hey, John«, sagte Serena plötzlich hinter mir, während ich die Tür aufstieß. Was machte sie denn hier?

Ich verharrte im Flur und wollte mich gerade zu ihr umdrehen, gleichzeitig hörte ich es im Zimmer rumpeln. Ein Eimer rasselte herunter, eine eklig riechende Flüssigkeit spritzte in sämtliche Richtungen. Instinktiv sprang ich nach hinten. Das war die Äcädemy und die Flüssigkeit demnach mit Sicherheit kein Wasser. Und tatsächlich: Der helle Linoleumboden begann unter dem Zeug zu blubbern. Meine Chucks hatten ein paar Spritzer abbekommen, die sich in den grauen Stoff brannten. Ich sah zu Serena, die mich mit großen Augen anstarrte.

»Kyle«, sagte ich. Natürlich konnte ich es nicht beweisen, aber ich war mir sicher, dass er dahintersteckte. Wer sonst würde auf so eine bescheuerte Idee kommen?

Max tauchte neben uns auf. »Was ist das denn bitte für 'ne Scheiße?«, fluchte er.

Serena bückte sich, betrachtete meine Schuhe etwas näher und schnüffelte. »Salpetersäure«, sagte sie und stand wieder auf. »Aber warum?« Sie wandte sich mir zu.

»Keine Ahnung, aber irgendwas hat der Typ gegen mich. Als ob es nicht reicht, mich in Mr Chaos Unterricht fertigzumachen. Jetzt will er mich auch noch umbringen.«

»Ganz ruhig«, sagte Serena. »Die Säure hätte dich schon nicht gleich umgebracht, aber lustig ist anders. Trotzdem frage ich mich, warum. Er muss doch einen Grund haben.«

Ich verschränkte die Arme vor der Brust. »Ich hab ihm keinen gegeben. Was wollte der eigentlich von dir?«, fragte ich Max.

»Ach, nichts Wichtiges. Es ging um seinen Computer, aber wenn du mich fragst, war das nur ein Vorwand.«

Ich blickte wieder zu Serena. »Siehst du. Aber wie ist der überhaupt ins Zimmer gekommen? Ich weiß, dass ich abgeschlossen hab.«

Sie zog die Augenbrauen hoch. »Das ist ein Kinderspiel für Kyle, er ist schließlich im Abschlussjahrgang. Mein Vater hat mir bereits mit vier Jahren gezeigt, wie man einen Dietrich benutzt.«

Max verdrehte die Augen. »Auf jeden Fall gibt er sich ganz schön viel Mühe, dir das Leben hier zur Hölle zu machen. Ich finde, du solltest zu Professor Phillips gehen.«

»Das ist die Äcädemy«, erwiderte ich. »Ich kann doch nicht zum Schulleiter gehen und petzen.«

»Aber irgendwie müssen wir diese Sauerei erklären«, meinte Max mit einer Geste Richtung Zimmerboden.

Da hatte er allerdings recht, und außerdem mussten wir das Ganze beseitigen. Keine Ahnung, warum es mir gerade in diesem Moment einfiel, aber ich sah zu Serena und fragte: »Sag mal, was wolltest du eigentlich noch? Du dürftest gar nicht mehr in unserem Flur sein. Wenn dich einer erwischt ...«

»Ich wollte mir schnell den Artikel über The Rockstar aus dem *Ë-Magazine* ausleihen, aber jetzt kümmern wir uns erst mal um das Zeug da. Ich zeige euch, wie man das macht.« Entschlossen ging sie voran.

Max und ich warfen uns einen Blick zu, bevor wir ihr folgten. »Sag bloß, du weißt das«, meinte Max.

Serena drehte sich kurz zu uns um und lächelte. »Ich bin die Tochter von Dr. Nitro. Natürlich weiß ich, wie man Säure entfernt: mit Lauge. Ich helfe euch, das Putzzeug zu finden. Den Rest müsst ihr allerdings alleine machen, wenn ihr nicht wollt, dass ich den Alarm auslöse.«

Kapitel 7

Voller Elan betrat Professor Phillips den Klassenraum. Auch heute trug er wieder einen handgestrickten Pullunder aus grober Wolle zu einer Stoffhose und einem Hemd. »Wer kann mir die Vor- und Nachteile einer Wettermaschine nennen?«, fragte er beim Hereinkommen. Er verschränkte die Arme vor der Brust und lehnte sich gegen das Lehrerpult.

Cindys Hand schoss in die Höhe, und Professor Phillips nickte ihr zu. »Eine Wettermaschine wirkt im Gegensatz zu einem Klimaveränderer lokal. Auf der anderen Seite braucht man jede Menge Wasser, um sie zu betreiben.«

»Sehr gut, Cindy. Da du schon den Klimaveränderer ansprichst: Ihr bekommt sicher mit, dass alle Zeitungen immer wieder von der Klimaveränderung in den letzten Jahren schreiben. Es ist ein offenes Geheimnis, dass dies ein groß angelegtes Projekt von Dr. Thunderstruck ist. Er will die Regierungen damit erpressen, die bleiben bisher allerdings stur. Ihr könnt euch vorstellen, dass dieses Projekt eine genaue Planung verlangt. Um das Klima auf der ganzen Welt zu verändern, braucht man mehrere Standorte, aber so weit seid ihr noch nicht, deshalb das nur am Rande.« Er strich sich durch die angegrauten Haare. »John, für welche Superwaffe würdest du dich entscheiden, wenn du eine Bank überfallen willst?«

Ich zuckte ein bisschen zusammen, als er mich aufrief, und hoffte, dass es niemand mitbekommen hatte. Einen Moment überlegte ich. »Einen Erdbebengenerator?«, antwortete ich dann, allerdings klang es wohl eher wie eine Gegenfrage. Die Klasse lachte, und ich hatte mich offensichtlich mal wieder blamiert.

Professor Phillips lächelte aber. »Das könnte durchaus funktionieren, allerdings gibt es ein Problem, das sich vorher nur schwer kalkulieren lässt und den Plan somit sabotieren könnte. Wer weiß die Antwort?«

Giles meldete sich. »Der Erdbebengenerator ist zu unpräzise. Ein Nebengebäude oder die ganze Bank könnte einstürzen, statt nur der Tresorraum.«

Wieder nickte Professor Phillips. »Richtig. Das sind übrigens die Nachteile bei allen Superwaffen. Sie brauchen nicht nur viel Platz und sehr viel Energie, sie sind auch ziemlich unpräzise. Welche Waffe würdet ihr statt dem Erdbebengenerator für einen Bankraub einsetzen? Ja, Serena?«

»Sprengstoff natürlich«, antwortete sie.

»Auch eine Möglichkeit, aber keine Superwaffe in dem Sinne. Weitere Ideen?«

Jamie meldete sich. »Ich würde einen transportablen Lochgenerator verwenden und damit in den Tresorraum einsteigen.«

»Von oben oder von der Seite?«, hakte Professor Phillips nach.

»Kommt drauf an«, antwortete Jamie. »Ich würde die Decke bevorzugen und mich abseilen, aber für gewöhnlich befinden sich über dem Tresorraum die Büros, also würde ich wohl über eine Seitenwand im Keller gehen.«

»Gute Überlegung, Jamie. Was sollte man noch bedenken?«

Nun meldete sich Max. »Man darf die Statik des Gebäudes nicht vergessen. Wenn man Pech hat, fällt alles wie ein Kartenhaus in sich zusammen.«

»Also doch Sprengstoff«, rief Serena, und wieder lachte die ganze Klasse.

Jede freie Minute verbrachte ich mit der Durchsicht von Miss Fairchilds Unterlagen, aber nach einer Woche stellte sich heraus, dass ich so nicht weiterkommen würde. Die Ordner waren ein Sammelsurium aller Aufeinandertreffen zwischen meinem Vater und seinem Erzfeind. Jede noch so kleine Begegnung war irgendwo in einer Zeitung dokumentiert, und wenn es nur eine kurze Meldung war. Doch es gab keinen einzigen Hinweis auf die wahre Identität des Schurken, nicht einmal einen vagen Anhaltspunkt. Ich war genauso weit wie vorher.

An den Wochenenden stand außer Hausaufgaben und diversen Freizeitangeboten nichts auf dem Programm. Es war Ende September, das Wetter schlug allmählich um. Ein Morgen oder Abend ohne Nebel war nicht mehr denkbar, und tagsüber regnete es nun immer häufiger.

Am Samstagvormittag hing der Nebel tief über den Moors, als Max und ich die Treppe nach unten in den ersten Stock stiegen. Wo Serena war, wussten wir nicht, deshalb wollte Max in den Gemeinschaftsraum gehen, um heimlich Kickern zu üben. Er verkraftete es einfach nicht, dass Serena besser war als er. Ich war überraschenderweise gar nicht mal so schlecht im Kickern, nachdem es mir körperlich besser ging, und so war Max damit einverstanden, dass ich mich auf den Weg zur Bibliothek machte. Dort ging es relativ ruhig zu, gerade einmal sechs Schüler verteilten sich in dem hohen Raum. Sie waren mit ihren Hausaufgaben beschäftigt, nur einer von ihnen schien zum Spaß zu lesen.

Wie schon bei meinem letzten Besuch hatte die junge Bibliothekarin mit den langen blonden Locken Dienst. Sie war gerade dabei, einige Bücher zurück in ein Regal zu sortieren. Sofort erkannte sie mich wieder.

»Ach, du bist das. Ich dachte, du hättest es dir doch anders überlegt.«

»Ich hatte gehofft, einen schnelleren Weg zu finden, als einhundert Bücher zu wälzen.«

»Wenn ich dir helfen kann ...«, bot sie an.

»Ich fürchte nicht, aber danke für das Angebot.«

Von den Schülern, die sich hier in der Bibliothek verteilt hatten, kannte ich keinen einzigen. So ging ich direkt in den hinteren Bereich zum Zeitschriftenmagazin. Ich hatte allerdings nicht vor, mich durch die dreihundert Einträge in den Kladden zu wühlen. Nachdem ich bereits die Aktenordner von Miss Fairchild von vorne bis hinten studiert hatte, ging ich davon aus, dass sich einiges doppeln würde. Daher bestand mein Plan darin, mich jetzt erst einmal den Büchern über The Rockstar zu widmen.

Im Magazin war ich wie schon bei meinem letzten Besuch alleine. Ich setzte mich an einen der Computer und wiederholte meine Suchanfrage. Anschließend druckte ich mir die einhundert The-Rockstar-Treffer für den vorderen Teil der Bibliothek aus. Mit der Liste und einem frisch aufgebrühten Tee machte ich es mir in einem der Sessel nahe des Kamins gemütlich und ging die Einträge komplett durch. Dabei markierte ich die Bücher, die mir am vielversprechendsten erschienen, und suchte anschließend die ersten zehn heraus. Zum Teil waren es nur dünne Bücher, der Großteil bestand jedoch aus dicken Wälzern. Seufzend schlug ich das erste Buch auf.

Am späten Nachmittag sah ich nur noch tanzende Buchstaben vor meinen Augen. Draußen war es noch trüber geworden, dicke Regentropfen prasselten gegen die Fensterscheiben. In der Bücherei war es jedoch warm und gemütlich. Das Feuerholz knackte im Kamin, es roch nach Zimt. Als ich aufsah, bemerkte ich die Bibliothekarin, die sich an der Theke eine neue Tasse Tee machte. Mittlerweile waren wir alleine, die anderen Schüler hatten sich verzogen. Ich streckte mich und ging dann ebenfalls zur Theke. Dabei wusste ich schon gar nicht mehr, wie viele Tassen Tee ich heute bereits getrunken hatte.

»Du bist aber ganz schön fleißig«, stellte die blonde Frau an mich gewandt fest. »Hast du gar keinen Hunger?«

»Ein bisschen«, gab ich zu. Kein Wunder, nachdem ich nur gefrühstückt hatte. Das Mittagessen war für mich ausgefallen, weil ich befürchtet hatte, mich anschließend nicht wieder davonstehlen zu können. Zwar war ich nicht an der Äcädemy, um Freunde zu finden, aber ich wollte auch nicht von allem ausgeschlossen sein. Das würde meinen Stand hier nur noch schwerer machen.

Die Blondine lächelte. »Warte mal.« Sie öffnete die untere Schublade des dunkelbraunen Sekretärs, auf dem sich der Wasserkocher, die Kaffeemaschine und alles andere befanden, und zauberte einen Schokoriegel hervor, den sie mir entgegenhielt. »Bitte schön. Essen ist hier in der Bibliothek eigentlich nicht gestattet, aber ich sehe einfach nicht hin.« Sie zwinkerte mir zu und ging zurück zu ihrem Schreibtisch.

»Danke!«, rief ich ihr hinterher.

Nach dem Snack fühlte ich mich wieder ein wenig aufnahmefähiger und widmete mich dem nächsten Buch von meinem Stapel, um die Kapitel zu überfliegen und die interessant erscheinenden Passagen querzulesen.

Noch einmal zwei Stunden später war ich drauf und dran aufzugeben. Das brachte doch alles nichts. Hatte ich wirklich geglaubt, einfach nur ein Buch aufschlagen zu müssen, um dort zu lesen »The Rockstar wurde am so und so vielten in einer kleinen Stadt wo auch immer unter dem Namen XY geboren«? Dermaßen naiv war ich nicht. Trotzdem hatte ich gehofft, wenigstens einen Anhaltspunkt zu finden, von dem aus ich mich weiterhangeln konnte. Aber da war nichts. Entweder der Autor sang eine Lobeshymne auf The Rockstar und analysierte seinen Erfolg, oder aber er sammelte trockene Fakten. Wie oft hatte ich jetzt schon gelesen, wo und wie die Erzfeindschaft zwischen The Rockstar und meinem Vater ihren Anfang genommen hatte? Jedes Buch ging darauf ein und erzählte seine Version der Geschichte.

Ich erinnerte mich daran, wie ich meinen Vater einmal auf

den Schurken angesprochen hatte. Ich war vielleicht sechs Jahre alt gewesen und hatte auf seinem Schoß im Wohnzimmer gesessen.

»Dad, wie findet man seinen Erzfeind?«

»Eine gute Frage, John. Leider ist die Antwort nicht ganz so einfach«, hatte er mit seiner ruhigen Stimme erwidert. »Das ergibt sich eben, zumindest bei The Rockstar und mir war es so.«

Damals hatte ich es noch nicht verstanden, aber seit ich Kyle begegnet war, wusste ich, was mein Vater gemeint hatte. Manchmal ergab sich eine Erzfeindschaft wirklich einfach so, auch wenn ich nach wie vor der festen Überzeugung war, dass Kyle einen Grund für seinen Hass auf mich haben musste. In den letzten Tagen war es zwar etwas ruhiger um ihn geworden, aber das fühlte sich an wie die Ruhe vor dem Sturm. Er würde wieder zuschlagen, so viel stand fest.

Es war bereits sechs. Bald war es Zeit fürs Abendessen, und darauf auch noch zu verzichten, kam nicht infrage. Ich streckte mich, denn nach dem langen Sitzen fühlten sich meine Knochen ganz steif an. Während ich die Bücher stapelte, um sie zurück in die Regale zu sortieren, kam die Bibliothekarin auf mich zu.

»Lass nur, ich mach das«, sagte sie und reichte mir ein in rotes Leder gebundenes Buch. »Schau mal, hast du das schon gefunden? Vielleicht steht hier drin, was du suchst.«

Überrascht nahm ich das Buch entgegen. »Danke, wie nett von dir, ähm, Ihnen.«

Sie lächelte. »Du kannst ruhig Du sagen. Ich bin Lucinda.«

»John. Danke, Lucinda. Darf ich mir das Buch vielleicht auch ausleihen? Es ist demnächst Zeit fürs Abendessen.«

Sie lächelte. »Natürlich, komm mit.« Ich folgte Lucinda zu ihrem Schreibtisch, wo sie das Buch einscannte und einen kleinen Zettel zwischen die Seiten schob. »Hier. Hoffentlich bringt dich das weiter.«

Das hoffte ich auch, denn allmählich gingen mir die Ideen aus.

»Wo warst du denn den ganzen Tag?«, fragte Max. Er lag auf seinem Bett und warf einen Tennisball hoch, um ihn dann wieder aufzufangen. Nur kurz hielt er inne und sah mich an.

Ich ließ mich ebenfalls auf mein Bett fallen. »In der Bücherei.«

»Den ganzen Tag? Wegen deiner Extraarbeit, oder was?«

»Genau.«

»Dann musst du jetzt aber genug Infos für drei Aufsätze zusammenhaben.«

Ich zögerte. »Quasi. Ich hab nach einer speziellen Sache gesucht, konnte aber in keinem der Bücher was finden.«

Der Tennisball landete auf dem Boden und kullerte unter mein Bett. Max setzte sich auf. »Du weißt, dass ich ein Computerfreak bin, oder? Wenn ich mich mal auf die Suche machen soll ...«

»Heute nicht mehr«, sagte ich und setzte mich auch auf, »ich hab nämlich einen Bärenhunger.«

Max sprang sofort hoch. »Frag mich mal, das Mittagessen ist schon wieder ewig her. Warum gibt's hier zur Teestunde eigentlich keinen Kuchen, sondern nur so staubtrockene Kekse?«

Ich ignorierte die Frage und stellte stattdessen eine Gegenfrage: »Was hast du eigentlich die ganze Zeit gemacht?«

»Ich war mit Jamie, Oliver und Giles Tennis spielen.«

»Bei dem Wetter?«, hakte ich nach. Wir liefen die breite Treppe nach unten ins Erdgeschoss Richtung Kantine. Es roch bereits herrlich nach Braten und Kartoffelpüree, und mein Magen knurrte.

Max nickte. »Ich hab mich überreden lassen, aber das passiert mir nicht noch mal. Sport ist einfach nicht mein Ding.«

Während er weitererzählte, überlegte ich, ob es tatsächlich eine Option war, Max auf The Rockstars Echtnamen anzusetzen. Er war wirklich ein Genie. Wenn jemand etwas herausfinden konnte, dann er. Aber das war gleichzeitig das Problem, denn Max war nicht doof. Er würde mir nie glauben, dass ich diese Information für meinen Aufsatz bei Miss Fairchild brauchte.

»Immer mir nach«, sagte Mr Horn. »Und bleibt bitte auf dem Weg.«

Die Klasse folgte ihm unter Getuschel ins Gewächshaus. Es war das erste Mal, dass Schurkische Zoologie und Botanik außerhalb der normalen Klassenräume stattfand. Ich war schon gespannt, worum es heute gehen würde, Mr Horn hatte nämlich ein großes Geheimnis darum gemacht.

Das Gewächshaus war so riesig wie eine Kathedrale, aber vor allem hell, warm und feucht. Ich begann sofort zu schwitzen, dabei hatte die erst vor Kurzem aufgegangene Sonne noch gar keine Kraft. Wir mussten uns einen schmalen Pfad durch eine Art Dschungel entlangkämpfen, Pflanzenblätter und Blüten wucherten in sämtliche Richtungen und versperrten immer wieder den Weg. Ich versuchte, sie nicht zu streifen oder zu berühren, während ich den anderen folgte. Ein süßlicher Duft hing in der ohnehin schon stickigen Luft.

»Mann, ist das vielleicht eine Hitze hier«, meinte Max und zog seinen Pullover aus.

Ich schloss mich ihm an. Nachdem der Weg eine Biegung machte, ließen wir die üppige Vegetation hinter uns. Aus den Augenwinkeln registrierte ich die Sprinkleranlage und Halogenheizstrahler an der Decke, doch ich konzentrierte mich nur auf das, was sich direkt vor uns auftat: fleischfressende Pflanzen der Sorte Venusfliegenfalle. So etwas hatte ich allerdings noch nie gesehen. Diese Pflanzen waren völlig überdimensioniert und etwa so groß wie ein halbes Haus. Die Fangblätter begannen sich sachte zu bewegen, als würden sie unsere Anwesenheit riechen. Nachdem es einen Moment totenstill geworden war, redeten nun alle gleichzeitig.

Mr Horn stand mit stolzgeschwellter Brust vor uns und zeigte in Richtung der drei Pflanzen. »Die Dionaea muscipula regina, unser ganzer Stolz«, sagte er. »Eine besondere Züchtung und einzigartig. Wir haben sie mit den Genen einer Kobra gekreuzt. Aber«, er seufzte, »wie so ziemlich alles hat auch diese spezielle Gattung ihre Vor- und Nachteile. Wer kann mir welche nennen?«

»Sie schüchtert ihr Gegenüber ein«, begann Bonnie. »Und sie wird vermutlich ziemlich viel fressen. Die Frage ist nur, ob das ein Vorteil ist. Sie braucht schließlich auch etwas zu essen, wenn gerade kein Superheld in der Nähe ist.«

Die Klasse lachte, und ich zwang mich ebenfalls dazu, um nicht aufzufallen.

»Sie braucht vielleicht viel zu fressen, aber dafür bestimmt nicht oft, oder?«, fragte Oliver.

»Noch ein Nachteil«, meinte Jamie. »Was, wenn sie gerade erst was hatte und ungebetener Besuch vorbeikommt?«

»Ihr seid auf dem richtigen Weg«, lobte Mr Horn. »Unsere Dionaea ist leider eine kleine Mimose. Sie braucht extrem viel Licht, außerdem tropisches Klima. Und wenn sie etwas Falsches zur Fütterung bekommt, leidet sie wochenlang unter Verdauungsproblemen.«

Wieder lachte die Klasse, und Mr Horn hatte Mühe, erneut für Ruhe zu sorgen. Er fuhr fort, die Vor- und Nachteile der Pflanzen aufzuzählen, und ich fragte mich schon, warum wir dafür nicht zurück ins Klassenzimmer gingen, als es endlich spannend wurde.

»So.« Mr Horn rieb sich die Hände. »Machen wir uns an die Arbeit. Wie einige von euch vielleicht schon erraten haben, ist es mal wieder Zeit für die Fütterung. Diese Dionaea«, er zeigte auf die linke, »kränkelt außerdem und braucht besondere Pflege.« Er teilte uns in drei Gruppen auf und erklärte den ersten beiden Gruppen mit jeweils fünf Schülern alles, was sie über die Fütterung wissen mussten. Dann wandte er sich der letzten Gruppe zu, in der ich gemeinsam mit Max, Serena und Jamie landete. »Nun zu euch. Ihr müsst die Dionaea mit einem speziellen Mittel einsprühen. Lasst euch gleich gesagt sein, dass sie das nicht besonders mag. Sie wird wahrscheinlich wie ein Lama mit Magensäure um sich spucken, weshalb ihr Schutzanzüge tragen müsst. Die solltet ihr übrigens alle tragen, vorsichtshalber.« Er blickte sich um, bevor er sich wieder uns zuwandte. »Zwei von euch halten die Pflanze fest, die anderen beiden sprühen sie ein. Ihr dürft selbst entscheiden, wer welche Aufgabe übernimmt.«

»Ich halte sie fest«, sagte Jamie.

Serena meinte fast gleichzeitig: »Ich würde lieber das Einsprühen übernehmen.«

Da es Max und mir egal war, einigten wir uns schließlich darauf, dass ich die Pflanze gemeinsam mit Serena behandeln würde. Wir holten die Schutzanzüge, die die Farbe von Matsch hatten, und zogen sie über die Schuluniformen. Natürlich bekamen wir auch eine Art Helm. Zum Schluss drückte Mr Horn Serena und mir noch etwas in die Hand, das Ähnlichkeit mit zwei zu einem Raketenrucksack umfunktionierten Feuerlöschern hatte. Wir schnallten sie uns auf den Rücken.

Max lachte. »Uhh, hat jemand die Ghostbusters gerufen?«

»Meinst du, du siehst besser aus?«, konterte Serena.

Mr Horn befestigte noch jeweils ein von der Decke hängendes Seil an Serenas und meinem Anzug. Dann winkte er Giles und Colin zu uns herüber, die ohnehin gerade nichts zu tun hatten, weil die Fütterungsgruppen warten mussten, bis wir so weit waren. »Ich habe ganz vergessen, dass noch jemand die beiden hier steuern muss. Würdet ihr das übernehmen?«

»Klar«, sagte Giles und stellte sich hinter mich. Colin positionierte sich hinter Serena.

Mr Horn erklärte jedem seine Aufgabe noch einmal ganz genau, dann ging es los. Ich spürte, wie ich langsam in die Luft gezogen wurde, und umklammerte den Schlauch in meiner Hand noch fester. Mr Horn gab uns ein Zeichen, und während Max und Jamie den Stiel der Pflanze mit beiden Händen festhielten, begannen Serena und ich an zwei unterschiedlichen

Stellen zu sprühen. Wie Mr Horn vorausgesagt hatte, mochte die fleischfressende Pflanze das überhaupt nicht. Sofort erwachte sie aus ihrem dösigen Zustand. Schnell wie eine Kobra reckte sie ihre Fangblätter in Serenas und meine Richtung. Wenn sie nah genug an uns herankam, schnappte sie zu wie ein Krokodil. Max und Jamie mussten sie festhalten, damit sie nicht zu viel Bewegungsfreiheit hatte, aber das klappte bisher nicht wirklich gut. Giles konnte mich gerade noch rechtzeitig nach oben ziehen, bevor eines der Fangblätter mich erwischte.

»Ihr müsst stärker zupacken«, rief Mr Horn Jamie und Max zu. »Keine Sorge, in dieser Hinsicht ist sie robust.«

»Was passiert denn, wenn sie uns erwischt?«, fragte ich, obwohl ich die Antwort eigentlich nicht hören wollte.

»Halb so wild. Sie hat keine Zähne, und bis der Zersetzungsprozess einsetzt, bleibt uns noch ein wenig Zeit«, antwortete Mr Horn.

Das beruhigte mich zwar etwas, doch als die Pflanze tatsächlich aufhörte, um sich zu schnappen, begann sie dafür zu spucken. Eine fast durchsichtige, blubbernde Flüssigkeit landete auf meinem Arm, dem Boden, überall. Sie wollte sich offensichtlich durch den Stoff des Schutzanzugs fressen, schaffte es aber nicht.

Als das feuerlöscherähnliche Ding auf meinem Rücken leer war, ließ Giles mich wieder herunter. Serena landete fast gleichzeitig neben mir. Max und Jamie kamen zu uns, sie sahen ziemlich übel aus. Kaum jemand hatte so viel Magensäure abbekommen wie die beiden.

»Sehr gut«, sagte Mr Horn. »Das war wirklich keine leichte Aufgabe, aber ihr habt das super gemacht.«

»Trotzdem möchte ich so ein Ding nicht im Wohnzimmer stehen haben«, murmelte Max. »Zu pflegeintensiv. Da bleibe ich lieber bei dem Piranhabecken.«

Ein Schrei hallte durchs Gewächshaus, und wir drehten erschrocken unsere Köpfe in die entsprechende Richtung. Cindy hatte nicht aufgepasst und war einer der Pflanzen zu nahe gekommen. Ihr rechtes Bein steckte in einem der Fangblätter fest, der Rest von ihr baumelte mit dem Kopf nach unten in der Luft. Während sie schrie und herumzappelte, versuchte die Pflanze, sie komplett zu verspeisen. Mr Horn eilte sofort zu Hilfe.

Max schüttelte nur den Kopf. »Ich hätte gewettet, das ist mal wieder Oliver, der sich in Schwierigkeiten bringt.«

Der von der Säure zerfressene Linoleumboden unseres Zimmers war übersät mit leeren Chips- und Weingummitüten. Max lag auf seinem Bett, Serena und ich saßen auf meinem. Sie lehnte mit dem Rücken gegen die Wand und hatte die Beine angewinkelt. Wir hatten von Professor Phillips für FRFM die Aufgabe bekommen, ein gemeinsames Projekt zu planen: *Ihr müsst eine Bank ausrauben. Wie geht ihr vor?* Leider kamen wir an dieser Stelle nicht wirklich weiter. Max und Serena hatten beide ihren Standpunkt, und sie beharrten stur darauf.

»Lasst uns das Gebäude oder zumindest den Tresorraum in die Luft sprengen. Das ist einfach und effektiv.«

»Und schmutzig«, maulte Max. »Und wo ist das Ganze bitte einfach und effektiv? Du musst den Sprengstoff besorgen, vor Ort alles regeln, und wenn du Pech hast, schnappen sie dich auf der Flucht.«

»Als ob sie mich schnappen würden«, meinte Serena, doch Max ging überhaupt nicht auf ihren Kommentar ein.

»Einfach und effektiv wäre es, das Geld online zu transferieren. Heutzutage besteht doch ohnehin nur noch alles aus Einsen und Nullen, und virtuell hat die Bank auch viel mehr Kohle als in dem popeligen Tresor. Wozu ist es da noch notwendig, das Geld manuell durch die Gegend zu karren? Wir verstecken es auf den Caymans und gut ist.«

Serena schnaubte. »Heutzutage, wenn ich das schon höre. Richtige Schurken haben mit dem ganzen neumodischen Zeugs nichts am Hut, die arbeiten traditionell. Sieh dir nur mal meinen Vater an, der würde niemals ...«

»Dein Vater ist Dr. Nitro«, unterbrach Max sie gereizt. »Natürlich würde der niemals mit dem Computer arbeiten, Dynamit ist sein Markenzeichen.«

»Und ich bin seine Tochter.«

»Aber du solltest dir dein eigenes Markenzeichen erschaffen und nicht einfach nur deinen Vater kopieren.«

Das hatte gesessen. Serena verschränkte beleidigt die Arme vor der Brust. Es wurde Zeit, dass ich zwischen den beiden vermittelte.

»Leute, jetzt mal langsam. Es geht hier nicht um Grundsätze, es geht darum, wie wir eine Bank ausrauben würden.«

»Eben«, sagte Serena, »und am besten geht das nun mal mit Sprengstoff. Das war schon immer so.«

»Das muss aber nicht heißen, dass das der optimale Weg ist. Man kann auch jahrelang etwas falsch machen.«

»Mensch, Max, Schurkerei hat auch was mit Stil zu tun, mit einer Lebenseinstellung. Es ist doch langweilig, alleine in seinem Zimmer zu hocken und das Geld von A nach B zu schaufeln. Wo bleibt denn da der Spaß? Ich will das Geld anfassen und riechen können.«

»Und darin schwimmen wie Dagobert Duck.«

»Warum nicht?«, erwiderte Serena. »Du erinnerst dich doch sicher an unseren Eingangstest. Ich hab einen Sprengsatz gebastelt, du hast die Zugbrücke mit dem Laptop heruntergelassen. Mr Horn hat mich gelobt, während er deine Leistung als ungewöhnlich bezeichnete.«

»Ungewöhnlich, aber sehr wirkungsvoll, das wollen wir mal nicht vergessen«, ergänzte Max. »Außerdem geht es hier um eine Aufgabe für Professor Phillips und nicht für Mr Horn.«

Ich stöhnte. »So kommen wir nicht weiter.«

»Wofür bist du denn?«, fragte Serena, ehe ich weitersprechen konnte. »Du hast bisher noch gar nichts dazu gesagt, aber es ist auch deine Aufgabe.«

»Ja, genau, lasst uns abstimmen. John?«

Beide sahen erwartungsvoll in meine Richtung, und ich hatte ein ernsthaftes Problem. Ich konnte mich auf keine Seite schlagen, denn dann wäre der jeweils andere sauer auf mich und würde vermutlich das restliche Schuljahr kein Wort mehr mit mir reden. Wir mussten aber eine Entscheidung treffen – und das möglichst bald. Denn unsere Aufgabe bestand nicht nur darin, uns für einen Weg zu entscheiden, sondern das Ganze durchzuplanen und am Ende des ersten Halbjahres zu simulieren.

»Beide Lösungen haben Vor- und Nachteile«, setzte ich an.

»Jetzt komm mir nicht mit dem diplomatischen Weg«, beschwerte sich Max. »Sprengstoff oder Laptop, das ist doch ganz einfach.«

»Vielleicht gehen wir falsch an die Sache ran«, lenkte ich ein. »In erster Linie sollen wir uns überlegen, wie das Ganze finanzier- und realisierbar ist.«

»Über die Realisierung haben wir schon gesprochen«, sagte Serena. »Und die Finanzierung ist überhaupt kein Problem. Für Max' Idee brauchen wir nur einen Laptop, davon wird er wohl genug haben. Und der Sprengstoff kostet auch nicht die Welt.«

Eine bessere Lösung hatte ich leider auch nicht parat, aber in dem Moment kam mir ein genialer Einfall, mit dem hoffentlich beide zufrieden waren. »Wie wäre es denn mit einem Kompromiss?«

»Ein Kompromiss?« Max beäugte mich skeptisch. »Und wie soll der bitte aussehen?«

»Na ja, wir könnten zur Ablenkung einen Sprengsatz in der Bank platzieren, aber ausrauben würden wir sie online. Die laufen dann natürlich erst einmal alle wie aufgescheuchte Hühner im Gebäude herum und versuchen, den Tresor zu sichern. In dem Moment bekommen die gar nicht mit, dass wir ihre Bank virtuell um ein paar Pfund erleichtern. Und bis sie das begriffen haben, ist das Geld schon längst auf den Caymans oder wo auch immer und nicht mehr nachverfolgbar.«

Einen Moment dachten beide darüber nach. »Hm, klingt gar nicht mal so blöd«, meinte Max als Erster, und nun lenkte auch Serena ein.

»Stimmt. Das ist innovativ, aber trotzdem auch irgendwie traditionell. Gefällt mir.«

Fast hätte ich erleichtert aufgeatmet. Und dann sagte ich etwas, von dem ich nie gedacht hätte, dass ich es einmal über die Lippen bringen würde: »Super, dann an die Arbeit. Wir müssen eine Bank ausrauben.«

Nach dem Abendessen nahm ich mir das Buch vor, das Lucinda mir herausgesucht hatte. Max und Serena waren mit den anderen im Gemeinschaftsraum und kickerten vermutlich. Ich hatte versprochen nachzukommen, worauf ich mich tatsächlich freute. Vorher wollte ich aber unbedingt noch in das Buch hineinschauen. Mit großer Wahrscheinlichkeit würde ich dort zwar auch nichts finden, aber man konnte nie wissen. Nun war ich schon fast zwei Wochen hier. Es musste sich doch endlich mal etwas ergeben.

Gleich das erste Kapitel widmete sich dem Beginn der Erzfeindschaft zwischen The Rockstar und Eagleman. Ich war drauf und dran, die Seiten einfach zu überspringen. Wenn ich auch nur einmal mehr lesen musste, wie The Rockstar versucht hatte, die selbstreinigende Zahnbürste aus einem Labor zu stehlen, würde ich durchdrehen. Doch da fiel mein Blick auf den ersten Satz, und ich las mit angehaltenem Atem weiter:

Weitläufig wird angenommen, The Rockstar und Eagleman trafen bei einem Laboreinbruch im Jahre 1982 zum ersten Mal als Schurke und Held aufeinander. Das ist so nicht ganz korrekt. Es ist wahr, dass es von beiden der jeweils erste offizielle Einsatz war. Tatsächlich wurde die Erzfeindschaft beider aber schon viel früher begründet, nämlich zu Schulzeiten. The Rockstar war Schüler der Evil Äcädemy, Eagleman besuchte zur selben Zeit die Scola Super Heroica. Der angehende Schurke wollte damals das Wahrzeichen der Superheldenschule stehlen, einen blechernen Wetterhahn in

Form eines fliegenden Superhelden. Eagleman beobachtete die Tat zufällig und griff sofort ein. Es kam zum Kampf, in dem der Schurke unterlag und dem Direktor der Scola vorgeführt wurde. Eagleman erhielt eine Medaille für besondere Verdienste um die Schule, während The Rockstar der Äcädemy übergeben wurde. Zeitzeugen zufolge wurde der Vorfall in der Akte des Schurken vermerkt, und er musste zwei Wochen lang nachsitzen. Grund dafür war natürlich nicht, dass er den Wetterhahn stehlen wollte, sondern dass er sich erwischen ließ. Der Wetterhahn der Scola ist seit diesem Diebstahlversuch stark gesichert.

Einige Jahre später trafen Held und Schurke erneut aufeinander, dieses Mal offiziell, und die über dreißig Jahre anhaltende Erzfeindschaft war begründet.

Ungläubig las ich die Zeilen immer und immer wieder, dann begann ich im Kopf zu rechnen. Mein Vater war Jahrgang 1962, also hatte er von 1976 bis 1981 die Scola besucht. Ich hatte tatsächlich einen ersten Hinweis gefunden! Wenn ich an eine Liste der Schüler kam, die im selben Zeitraum auf der Äcädemy waren, konnte ich meine Suche nach The Rockstar eingrenzen. Und wenn ich dann noch die richtige Akte fand ...

Ich konnte es nicht glauben. Voller Elan sprang ich auf, um in den Gemeinschaftsraum zu eilen und Max und Serena von meiner Entdeckung zu berichten, doch im selben Moment ließ ich mich wieder auf die Matratze sinken. Fast hätte ich vergessen, dass die beiden gar nicht meine Freunde waren.

Kapitel 8

Beim Frühstück am nächsten Morgen gab es nur ein Gesprächsthema. Es war gerade einmal sieben Uhr, und die meisten sahen aus, als ob sie noch halb schlafen würden. Colin lief sogar Gefahr, mit dem Kopf in seine Cornflakes-Schüssel zu fallen, als ein Mann den Saal betrat. Sofort waren alle hellwach. Er war groß und muskulös, braunhaarig und zudem ziemlich gut aussehend. Er trug Jeans, ein schwarzes Hemd und eine Lederjacke. Schätzungsweise war er Anfang oder Mitte fünfzig, und trotzdem flogen die Mädels sofort auf ihn, das war nicht zu übersehen. Vielleicht lag es an seinem coolen Auftreten, vielleicht auch an seiner Ähnlichkeit zu Hugh Jackman.

»Wer ist das?«, hörte ich Bonnie an Serena gewandt fragen.

Doch die Antwort erübrigte sich, denn Professor Phillips war bereits aufgesprungen und eilte mit ausgestreckten Händen auf den Neuankömmling zu. »Lester, da bist du ja. Wie schön, dass du es noch einrichten konntest.«

Um uns herum begann Getuschel. Lester Denham, der verschollene Lehrer für Chemie und Gefängniskunde, war zurückgekehrt.

»Meinst du, man hat ihn entlassen? Oder ist er aus dem Gefängnis abgehauen?« Max klang so begeistert, wie die Mädchen aussahen.

»Keine Ahnung«, sagte ich, obwohl ich mir nur schwer vorstellen konnte, dass der Typ ausgebrochen war. Dafür saß seine Frisur viel zu perfekt. Professor Phillips trat mit Mr Denham an den Lehrertisch, wo auch Mr Horn ihn überschwänglich begrüßte. Die drei mussten in einem ähnlichen Alter sein, trotzdem wirkte Lester Denham deutlich jünger und dynamischer als die anderen beiden.

»Hört mal bitte kurz her«, rief Professor Phillips, was völlig unnötig war, denn die Aufmerksamkeit aller war ohnehin nach vorne gerichtet. »Ich freue mich sehr, den neuen Schülern unter euch unseren Lehrer für Gefängniskunde und Chemie vorstellen zu dürfen. Das ist Lester Denham.«

»Hallo zusammen.« Der Neue winkte lässig in die Runde.

Einige Schüler applaudierten, und am Tisch des Abschlussjahrgangs johlte sogar der eine oder andere. Nachdem Mr Denham seinen eigenen Fanclub hatte, musste er wohl ein guter Lehrer sein. Ich blieb allerdings skeptisch, auch wenn ich gar nicht so genau sagen konnte warum.

Die Lehrer setzten sich wieder und unterhielten sich angeregt miteinander, das Frühstück ging seinen gewohnten Gang.

»Ich freue mich schon auf Chemie«, sagte Serena euphorisch. »Hoffentlich legen wir heute gleich mit dem Sprengstoff los. Mr Horn hat sich da ja nicht rangetraut, nachdem Miss Fairchild letztes Jahr das halbe Gebäude in die Luft gesprengt hat.«

Max sah hinüber zum Lehrertisch. »Könnt ihr euch das vorstellen? Die Fairchild wirkt immer so oberkorrekt.«

»Das war vermutlich genau das Problem«, meinte Serena. »Natürlich muss man korrekt arbeiten, aber Sprengstoff hat auch etwas mit Gefühl zu tun.«

Max zog die Augenbrauen hoch, widmete sich aber wieder seinen Cornflakes. Ich hielt mich da lieber raus, denn von Dynamit und Co. hatte ich so viel Ahnung wie Batman vom Stricken. Stattdessen schielte ich nun ebenfalls zum Lehrertisch. Professor Phillips, Mr Horn und Mr Denham waren in ein Gespräch vertieft, nun gesellte sich auch noch Miss Fairchild zu ihnen. Immer wieder warfen sie einen Blick zu unserem Tisch. Was war nur los? Oder sah ich jetzt schon Gespenster?

In der ersten Pause stahl ich mich davon, um kurz in die Bibliothek zu gehen. Ich brauchte eine Liste der Schüler, die von 1976 bis 1981 die Äcädemy besucht hatten, denn ich war mir ziemlich sicher, dass sich die fünf Ausbildungsjahre meines Vaters und seines Erzfeindes genau überschnitten. In einem der Bücher hatte gestanden, The Rockstar sei bei seinem Einbruch in das Wissenschaftslabor Anfang zwanzig gewesen, und auch mein Vater hatte 1982 seinen zwanzigsten Geburtstag gefeiert. Aber selbst wenn The Rockstar ein Jahr älter oder jünger war – die beiden mussten sich zwangsläufig während der Schulzeit meines Vaters über den Weg gelaufen sein.

Lucinda konnte mir leider nicht weiterhelfen, sie schickte mich ins Sekretariat, wo die Schülerakten aufbewahrt wurden. Ich verschob meinen Plan auf die Mittagspause, da ich mir erst einmal überlegen musste, was ich der Sekretärin sagen wollte. Würde sie mich einfach in die Akten schauen lassen, ohne Fragen zu stellen? Das glaubte ich nicht, und ich musste um jeden Preis vermeiden, dass sie einem der Lehrer steckte, ich würde herumschnüffeln.

Vor der Mittagspause hatten wir aber noch unsere erste Stunde Chemie bei Lester Denham. Mit der Monorail machten wir uns nach FRFM auf den Weg zur Citadel. Es war bereits Mittag, aber immer noch so trüb wie am Morgen, und es regnete mal wieder Bindfäden.

Mr Denham wartete im Chemielabor auf uns. Es war das Labor mit den Löchern in der Wand und im Boden. Mr Horn hatte in seinem Vertretungsunterricht nicht dazu beigetragen, dass sich das Renovieren des Labors nun endlich lohnen würde, aber ein Blick genügte, um mir zu zeigen, dass sich das schon bald ändern würde. Mr Denham hatte auf jedem Tisch einige Schutzbrillen und Ohrstöpsel bereitgelegt. Serena, die ohnehin schon hervorragende Laune hatte, wirkte noch beschwingter. »Ihr wisst, was das bedeutet?«, raunte sie mir und Max zu.

Ich konnte es mir denken und ahnte bereits das Schlimmste. Wir setzten uns auf unsere Plätze, und Mr Denham verlor keine Zeit.

»Hallo zusammen. Wer heute Morgen nicht verschlafen hat, weiß bereits, wer ich bin. Lester Denham, ich unterrichte Chemie und Gefängniskunde. In den vergangenen zwei Wochen war ich auf Recherchereise, wie Ernest es gerne nennt.« Einige Schüler lachten.

»Wo waren Sie wirklich?«, wollte Bonnie wissen.

»Verraten Sie uns, als welcher Schurke Sie unterwegs sind?«, fragte Cindy fast gleichzeitig.

Mr Denham lächelte verwegen. »Ich war natürlich im Gefängnis, genauer gesagt im X2715. Das ist ein streng geheimes Hochsicherheitsgefängnis mitten im Atlantik. Es kann nie schaden, sich auf dem Laufenden bezüglich der Mitarbeiter und Sicherheitsvorkehrungen zu halten, aber das lernt ihr dann alles irgendwann in Gefängniskunde. Und meinen Schurkennamen verrate ich euch nicht, schließlich bin ich noch aktiv.« Er zwinkerte in die Runde. »Aber jetzt lasst uns loslegen. Ich habe gehört, dass Quentin etwas zögerlich war, und so lernt ihr natürlich nichts. Wie ihr seht, habe ich schon mal ein bisschen was vorbereitet. Die Schutzbrillen und Ohrstöpsel sind für morgen.« Er hob jeweils ein Exemplar davon hoch. »Steckt euch bitte jeder was ein und denkt daran, es in der nächsten Stunde mitzubringen. Wir treffen uns nicht hier im Labor, sondern draußen auf dem Sportplatz. Das Ganze ist bereits mit Mr Chao abgesprochen.«

Die Schüler begannen untereinander zu tuscheln. Ich blickte fragend zu Max. Der sah genauso aus, wie ich mich fühlte. Der Sportunterricht gehörte bei uns beiden nicht zu den Lieblingsfächern, was in meinem Fall definitiv nicht daran lag, dass ich unsportlich war. Ganz im Gegenteil. Ich hatte einfach noch meine Probleme damit, wie ein Schurke zu denken und miese Tricks anzuwenden.

»Ihr werdet in vier Gruppen eingeteilt und ein wenig experimentieren«, fuhr Mr Denham fort. »Eure Aufgabe wird es sein, herauszufinden, welcher Sprengstoff sich am besten dafür eignet, einen Safe zu öffnen: Dynamit, TNT, C4 oder Nitroglycerin.« Serena stieß einen verträumten Seufzer aus, und Mr Denham zwinkerte ihr amüsiert zu. »Ich hab schon gehört, dass Angus' Tochter in diesem Jahrgang ist. Ich bin gespannt auf deine morgige Leistung. So, dann mal an die Vorbereitung. Seht es mir bitte nach, wenn ich eure Namen noch nicht kenne. Spätestens Ende der Woche weiß ich sie aber auswendig.« Er nahm ein Blatt von seinem Schreibtisch und studierte es kurz, bevor er in die Runde sah. »Wer von euch ist Jonathan Taylor?«

Ich unterdrückte ein Stöhnen, bevor ich aufstand. »Das bin ich, Mr Denham.«

»Sehr gut, dann komm mal nach vorne und schreib die chemische Formel für Nitroglycerin an die Tafel.«

Er reichte mir etwas, das aussah wie weiße Kreide, sich aber nicht wie Kreide anfühlte. Im Moment hatte ich jedoch andere Sorgen. Woher sollte ich die chemische Formel für Nitroglycerin kennen? Ich trat vor die Tafel, setzte die Kreide an, ließ den Arm dann aber wieder sinken.

»Es tut mir leid, Mr Denham, ich kenne die Formel nicht.«

Er reagierte nicht darauf, sondern sah erneut in die Runde. »Wer kann helfen?«

Serenas Hand schoss in die Höhe. Ohne abzuwarten ratterte sie die Formel herunter. Ich hatte alle Mühe mitzukommen. Doch noch während ich jede Menge Os an die Tafel schrieb, begann das weiße Stück in meiner Hand plötzlich gleißend zu brennen. Instinktiv ließ ich es fallen und trat einen Schritt zurück. Die Klasse lachte, Mr Denham sah nicht übermäßig besorgt aus.

»Weißer Phosphor«, erklärte er. »Ein kleiner Chemiescherz. Wie löscht man es am besten? Jonathan?«

Mir war klar, dass ich irgendetwas tun musste. Fieberhaft sah ich mich im Labor um. Es gab ein kleines Waschbecken, und ich eilte bereits darauf zu, als Mr Denham einen Behälter über dem brennenden Stück auf dem Boden ausschüttete.

»Weißen Phosphor, Jonathan, löscht man niemals mit Wasser, sondern mit Sand. Merk dir das. Und nun zurück zum Nitroglycerin. Die Formel, Jonathan.« Mr Denham warf mir diesmal ein echtes Stückchen Kreide zu. »Wo liegen die Vor- und Nachteile gegenüber den drei anderen Sprengstoffen?«

Wieder schoss Serenas Hand in die Höhe, doch das bekam ich nur am Rande mit. Wenn das so weiterging, würde es ein sehr langes Schuljahr werden.

Obwohl wir Mittagspause hatten, war im Sekretariat einiges los. Ein Schüler verlangte ein neues Zimmer, weil die Krokodile dermaßen stanken, dass er angeblich nie das Fenster aufmachen konnte. Eine Schülerin beschwerte sich über Mr Chaos Unterricht. Dauernd würde irgendwer durch die Luft fliegen, aber sie habe trotzdem nicht das Gefühl, richtig gefordert zu werden. Schließlich war ich an der Reihe.

»Was kann ich für dich tun?« Die Sekretärin klang bereits ein wenig genervt. Sie nahm ihre schwarz umrandete Brille ab und musterte mich. Von der Brille einmal abgesehen hatte sie nicht viel Ähnlichkeit mit einer Sekretärin, wie ich sie mir vorstellte: Sie war noch ziemlich jung, vielleicht Mitte dreißig, aber das war nicht das Problem. Ihre langen Haare waren schwarz, die Spitzen jedoch rot, und in ihrem rechten Nasenflügel steckte ein Piercing. Ihre linke Hand war tätowiert, ihre Kleidung alles andere als seriös. Und sie kaute auf einem Kaugummi herum.

»Also, ich suche für eine Hausarbeit in Geschichte der Superschurken eine Schülerliste der Äcädemy von Ende der 70er-Jahre.« Die Sekretärin musterte mich immer noch mit hochgezogenen Augenbrauen. Einem Impuls folgend fügte ich hinzu: »Lucinda schickt mich, in der Bücherei bin ich leider nicht fündig geworden.«

Endlich hellte sich ihre Miene auf. »Lucinda, na dann. Aber ich muss dich leider enttäuschen. Wir bewahren alle Akten, die älter als zwanzig Jahre sind, in der Citadel auf. Du hast sicher mitbekommen, dass es im letzten Schuljahr diesen Unfall mit Miss Fairchild gab ...« Sie kicherte, und dann sagte sie genau das, was ich bereits befürchtete: »Die Akten waren leider in dem Teil des Gebäudes, der in Flammen aufgegangen ist.«

»Aber gibt es denn kein elektronisches Archiv?«, fragte ich.

Sie schüttelte den Kopf. »Tut mir leid. Wir wollten das ganze alte Zeug schon lange mal archivieren, sind aber bisher nicht dazu gekommen.«

»Dann ist das ganze Wissen verloren?« Wenn ich nicht so geschockt gewesen wäre, hätte ich sie glatt angeschrien. Wie konnte man denn im heutigen Zeitalter kein elektronisches Archiv haben? Das war ein Albtraum.

Die Sekretärin zuckte mit den Schultern, als ob sie das alles nichts anginge. »Die ehemaligen Lehrer und Schulleiter haben das meiste noch im Kopf. In den kommenden Monaten werden sie alles aufschreiben, dieses Mal gleich am Computer. In Ordnung? Der Nächste bitte.« Sie sah an mir vorbei.

Einen Moment war ich wie erstarrt, dann murmelte ich ein »Dankeschön« und verließ das Sekretariat. Vor der doppelflügeligen Milchglastür blieb ich im Flur stehen. Der Duft des Irish Stews zog durchs Treppenhaus nach oben, doch mir war der Appetit vergangen. Sollte es das jetzt wirklich gewesen sein? Endlich hatte ich einen Hinweis gefunden, und nun war es das schon wieder? Das konnte nicht wahr sein! Es musste doch einen Weg geben, um an die Namen der damaligen Äcädemy-Schüler zu kommen.

Unwillkürlich dachte ich an meinen älteren Bruder Frank, der bei der Polizei war, aber wie sollte der mir weiterhelfen können? Ganz kurz spielte ich mit dem Gedanken, einfach aufzugeben. Was blieben mir denn noch für Möglichkeiten? In der Bücherei würde ich keinen weiteren Hinweis finden, das war so gut wie sicher. Und ich konnte wohl schlecht die ehemaligen Lehrer und Schulleiter abtelefonieren.

Doch dann straffte ich die Schultern. Ich musste einen Weg finden, aufgeben war keine Option. Vielleicht konnte ich meinen Vater nicht als sein Nachfolger stolz machen, aber ich würde seinen Tod nicht ungerächt lassen. Wenigstens das war ich ihm schuldig.

Nach dem Abendessen zog ich mir Trainingssachen an, um laufen zu gehen. Ich musste fit bleiben. Eigentlich war ich sportlich, und einer meiner Vorteile war immer gewesen, dass ich schnell war. Doch hier an der Äcädemy brachte mir das gar nichts. Die anderen waren mir haushoch überlegen, aber das war nicht der einzige Grund, weshalb ich mich nach einer Doppelstunde bei Mr Chao noch einmal in meine Trainingsklamotten zwang. Direkt nach dem Tod meines Vaters hatte mir das Laufen geholfen, nicht überstürzt zu handeln, sondern einen klaren Kopf zu bewahren. Und das Gleiche erhoffte ich mir auch jetzt.

Die Sonne war längst untergegangen, der Himmel in ein tiefes Dunkelblau gehüllt. Schon bald würde man die Hand vor den Augen nicht mehr sehen können. Mittlerweile war es trocken, aber kalt. Ich zog den rot-schwarz gestreiften Äcädemy-Schal noch etwas enger um meinen Hals. Nach einigen Dehnübungen zum Aufwärmen joggte ich den Kiesweg entlang Richtung Park. Die Platanen und Kiefern warfen gespenstische Schatten. Zwar gab es vereinzelt Laternen, doch sie spendeten bei Weitem nicht genug Licht, um die Dunkelheit zu vertreiben, und der Mond versteckte sich hinter einer dichten Wolkendecke.

Ich spornte mich immer weiter an und erreichte schon bald die Wasserfontäne, die The Rockstar der Äcädemy gespendet hatte. Obwohl sich um diese Uhrzeit niemand im Park aufhielt, war das Wasserspiel aktiviert und erleuchtete die Umgebung in den unterschiedlichsten Farben. Sofort spürte ich den bekannten Hass in mir hochsteigen. Irgendwie musste ich doch an diesen Schurken herankommen, immerhin war er über dreißig Jahre aktiv gewesen. Er hatte garantiert Spuren hinterlassen.

Da kam mir ein Gedanke. Was, wenn ich das Ganze völlig falsch anging? Vielleicht lag auch hier mein Problem, dass ich wie ein Held dachte. Vielleicht musste ich wie ein Schurke denken. Wenn ich nicht über die Äcädemy an The Rockstar herankam, dann eventuell über die Scola. Mein Vater hatte verhindert, dass der Schurke den Wetterhahn stehlen konnte. Musste dann nicht etwas darüber in seiner Scola-Akte vermerkt sein? Vielleicht sogar der Echtname von The Rockstar? Denn für gewöhnlich suchten sich die Helden und Schurken erst zum Ende ihrer Ausbildung eine geheime Identität aus. Das Problem war nur, dass ich nicht an der Scola angenommen worden war und damit keinen Zugang zum Archiv der Schule hatte. Ich war Eaglemans Sohn, aber das verschaffte mir in dem Fall leider keinen Vorteil. Die Scola legte Wert auf Diskretion, um die Identitäten der zukünftigen Helden zu schützen. Wenn nicht gerade Tag der offenen Tür oder etwas in der Art war, konnte man sich dort nicht einfach zum Besuch anmelden. Es war zum Verrücktwerden, immerhin war Eagleman nicht irgendwer gewesen. Aber ich konnte nichts daran ändern, auch wenn ich es nach wie vor nicht verstand.

Ich zwang mich, auch jetzt wie ein Schurke zu denken, und plötzlich kam mir die Idee: die Halloweenparty, die jedes Jahr Ende Oktober stattfand. Mein Vater hatte mir oft von den Partys vorgeschwärmt, als ich noch klein gewesen war. An dem Abend ging es in der Superheldenschule drunter und drüber. Ausgefallene Kostüme gehörten natürlich dazu. Das war die Gelegenheit, um sich in die Scola einzuschleichen und nach der Akte meines Vaters zu suchen. In einem entsprechenden Kostüm würde ich überhaupt nicht als Eindringling auffallen und konnte mich frei bewegen, wenn ich es erst einmal hinein geschafft hatte. Die Frage war nur, ob ich das alleine hinbekommen würde. Es konnte sicher nicht schaden, Hilfe dabei zu haben. Max und Serena würden mir jedoch nicht helfen, wenn sie die Wahrheit kannten. Ich musste mir etwas einfallen lassen.

Plötzlich hörte ich es hinter einem Wacholderbaum rascheln. Ich blieb stehen und fuhr herum, konnte aber nichts erkennen. Kies knirschte, ein Ast knackte, doch es war niemand zu sehen. Ich lief weiter, als auf einmal eine schwarze

Gestalt vor mir auftauchte. Sie hatte eine Kapuze über den Kopf gezogen, im näheren Umkreis gab es keine Laterne, und ich war bereits zu weit vom Farbenspiel der Fontäne entfernt. Also konnte ich nicht sehen, um wen es sich handelte. Instinktiv ging ich zum Angriff über. Der andere war schneller, dennoch konnte ich ihn mit dem Arm abwehren. Ein Schlag traf mich im Magen, fast im selben Moment wurden mir die Beine weggezogen. Unsanft landete ich auf dem Boden. Es folgte ein Tritt, Kies flog über mich hinweg. Dem nächsten Tritt konnte ich ausweichen, indem ich mich zur Seite rollte. Dann ging alles ganz schnell. Der Arm des Angreifers schoss hervor, er drückte mir etwas an den Hals. Um mich herum wurde es noch dunkler.

»John, ist alles in Ordnung? John?«

Jemand tätschelte mir die Wange, wobei man nicht mehr wirklich von tätscheln sprechen konnte. Ich zwinkerte ein paarmal, bevor Serena in mein Blickfeld rückte.

»Was ist passiert?«, wollte sie wissen.

Ich versuchte mich aufzusetzen, was gar nicht so leicht war. »Da war jemand.« Meine Finger wanderten zu meinem Hals.

»Zeig mal her.« Serena zog meine Hand weg und betrachtete die Stelle eingehend. Das Licht einer Taschenlampe blendete mich. »Das war ein Taser, und wenn du mich fragst, ein frisierter. Du warst ganz schön lange weg. Oh Mann, wer macht denn so was?«

»Kyle«, murmelte ich.

»Bist du sicher? Hast du ihn erkannt?«

Ich deutete ein Kopfschütteln an und setzte mich mit ihrer

Hilfe auf. »Das nicht, aber seinen Kampfstil. Und wer soll's sonst gewesen sein?«

Sie schwieg einen Moment. Dann fragte sie: »Kannst du gehen? Soll ich dich zur Krankenschwester bringen?«

»Geht schon. Ich will einfach nur in mein Zimmer.«

»Na schön, ich helfe dir.«

Ich protestierte nicht, als Serena mich unterhakte und wir über den knirschenden Kies Richtung Hauptgebäude zurückliefen. »Was hast du eigentlich hier gemacht?«, fragte ich.

»Och, ich bin nur ein bisschen herumgelaufen.«

Ich lächelte, denn mir war sofort klar, wo sie gewesen war. »Du hast dir angesehen, was Mr Denham für morgen vorbereitet hat, stimmt's?«

»Na und? Ist was dabei?«

»Natürlich nicht. Und, wie sieht's aus?«

Serena bekam leuchtende Augen, das konnte ich selbst in der Dunkelheit erkennen. »Er hat auf dem Sportplatz vier Abschnitte mit Sandsäcken abgetrennt. Du weißt schon, das dämmt die Druckwelle ein wenig und verhindert, dass Metallteile durch die Gegend fliegen.«

»Würdest du mir ein bisschen Nachhilfe in Sachen Sprengstoff geben?«, fragte ich, ohne es vorher geplant zu haben. Vielleicht war es besser, keine Freunde auf der Äcädemy zu haben, aber ich konnte das alles nicht alleine durchstehen, und es war sicher kein Fehler, mehr über Sprengstoff zu erfahren. Zwar hatte ich mir noch nicht überlegt, was genau ich mit The Rockstar anstellen würde, wenn ich ihn endlich gefunden hatte, aber es war gut, für alles gewappnet zu sein.

»Klar, gern. Das wird toll.«

»Wie kommt's eigentlich, dass du so einen Sprengstofffimmel hast?«, wollte ich wissen. »Liegt das nur daran, dass dein Vater Dr. Nitro ist?«

Serena warf mir einen Seitenblick zu. Wir hatten inzwischen das Hauptgebäude erreicht und stiegen in den obersten Stock. »Mein Vater und ich haben an Weihnachten immer eine Tanne aus dem Wald geholt. Er ist da allerdings etwas anders als normale Väter vorgegangen. Statt einer Axt hat er eine Dynamitstange genommen und in die Erde gesteckt. Den Baum hat es samt Wurzeln aus dem Boden gehauen. Er ist ein paar Meter weit geflogen, sah aber noch aus wie neu.«

Ich zog eine Augenbraue hoch. »Ehrlich? Den konnte man noch verwenden?«

»Deshalb sage ich ja, Sprengstoff hat auch was mit Gefühl zu tun. Mein Dad weiß eben, wie's geht.«

Ganz die stolze Tochter, dachte ich, doch ich konnte sie nicht dafür verurteilen. Ich war auch stolz auf meinen Vater. Das konnte man zwar nicht vergleichen, immerhin hatte mein Dad Verbrechen verhindert, während Serenas Vater dafür verantwortlich war, doch sie lebte in einer anderen Welt als ich. Als Schurkentochter fand man es ganz offensichtlich cool, wenn der eigene Vater die Bank of England in die Luft jagte.

»Sag mal, heißt dein Vater eigentlich Sanders mit Nachnamen?«, fragte ich, als mir plötzlich ein Gedanke kam.

Serena machte einen verwirrten Eindruck. »Wie soll er denn sonst heißen?«

»Ich meine ja nur. Ist das für ihn in Ordnung, wenn jetzt die ganze Äcädemy seinen Echtnamen kennt?«

Serena schüttelte den Kopf. »Manchmal frage ich mich wirklich, wo du herkommst. Das ist doch normal.«

Unter den Helden war zwar auch allen bekannt, dass Eagleman im wahren Leben Edward Taylor hieß, aber ich hatte nicht darüber nachgedacht, dass es bei den Schurken nicht anders war.

»Wir wissen doch zum Beispiel auch, dass Mr Horn seinerzeit als Black Mamba unterwegs war«, fuhr Serena fort. »In Schurkenkreisen macht man da kein großes Tamtam. Hauptsache, die Helden kennen deinen wahren Namen nicht. Natürlich gibt es Ausnahmen. Mr Denham etwa.«

»Oder The Rockstar«, fügte ich so beiläufig wie möglich hinzu.

»Oder The Rockstar«, bestätigte Serena. »Aber er war einer der besten Superschurken überhaupt. Vermutlich fürchtet er die ganze Fanpost. Wobei mein Vater auch kein kleines Licht ist, aber er ist halt auf Sprengstoff spezialisiert. Das ist nicht jedermanns Sache, was ich so gar nicht verstehe.«

Und damit waren wir wieder bei Serenas Lieblingsthema angelangt. Mittlerweile hatten wir das oberste Stockwerk erreicht. Serena öffnete die Tür zu meinem Zimmer und ließ mich vor. Zu unserer Überraschung saß Max an dem großen Schreibtisch vor dem Fenster und machte Hausaufgaben. Stöhnend ließ ich mich auf mein Bett fallen. Der Elektroschocker hatte mir mehr zugesetzt, als ich mir eingestehen wollte.

»Bist du sicher, dass ich dich nicht doch zur Krankenschwester bringen soll?«, fragte Serena.

Bevor ich antworten konnte, fuhr Max zu mir herum. Dabei

riss er einen Stapel Bücher vom Tisch, der mit einem lauten Knall auf dem Boden landete. »Was ist passiert?«

»Jemand hat John mit einem Taser attackiert.« Serena setzte sich auf Max' Bett.

»Kyle?«, fragte Max.

»Vermutlich«, sagte ich. »Ich konnte ihn nicht erkennen, es war zu dunkel, aber von der Statur her und seiner Art zu kämpfen würde es hinkommen.«

Max holte tief Luft. »Du musst was unternehmen, John. So geht das nicht weiter.«

»Was soll ich denn machen?«, fragte ich. »Ganz offensichtlich will er mich von der Schule mobben, auch wenn ich keine Ahnung hab, warum. Aber den Gefallen werde ich ihm nicht tun.«

»Und warum gehst du nicht zu Professor Phillips?«, hakte Max nach. »Der scheint dich doch zu mögen.«

Ich zuckte mit den Schultern, auch wenn ich bereits denselben Gedanken gehabt hatte. Professor Phillips war der beste Lehrer an der Äcädemy. Er war immer nett zu mir und ließ mich nie auflaufen, so wie die anderen Lehrer es gerne taten. Selbst wenn ich mal etwas nicht wusste, was oft genug vorkam, fand er noch nette Worte, anstatt genervt zu sein, zu lachen oder mich einfach zu ignorieren. Und trotzdem. »Ich kann nicht zu Phillips gehen«, fuhr ich fort. »Wie sieht das denn aus, wenn ich petze? Die meisten Lehrer halten mich eh schon für einen Versager. Und mich erfolgreich gegen Kyle wehren, dafür bin ich einfach nicht gut genug.«

»Du bist doch nicht allein«, sagte Serena. »Du hast uns.«

»Genau«, ergänzte Max.

Ich musste lächeln. Es war erschreckend, und ich fühlte mich schuldig, aber ich hatte noch nie zuvor so gute Freunde gefunden wie Max und Serena. Und dabei hatte ich mich so lange gewehrt, die beiden überhaupt als Freunde zu akzeptieren. Wenn ich sie doch nur ins Vertrauen ziehen könnte, aber so weit war ich noch nicht – und würde ich vielleicht auch nie sein. Es war nicht auszuschließen, dass sie mich dann hassen und nie wieder ein Wort mit mir reden würden. Schurken und Helden waren nun einmal nicht miteinander befreundet.

Ich setzte mich auf. Jetzt war genau der richtige Zeitpunkt, die beiden in meine Pläne einzuweihen. Inzwischen war mir auch endlich etwas eingefallen. »Ich hab eine Idee, wie ich mein Versagerimage ein wenig aufpolieren könnte, und ich fänd's toll, wenn ihr dabei wärt.«

»Klar sind wir dabei«, sagte Max sofort. Serena nickte.

»Kennt ihr zufällig den Wetterhahn der Scola? Der, der aussieht wie ein fliegender Superheld. The Rockstar hat vor vielen Jahren versucht, ihn zu stehlen – und das hab ich auch vor. Macht ihr mit?«

Max und Serena sahen sich an. Einen Moment befürchtete ich, sie würden mich für verrückt halten, doch dann wirkten sie mit einem Mal ziemlich begeistert.

»Was für eine geile Idee!«, rief Serena. »Natürlich bin ich dabei.«

»Wie genau stellst du dir das vor?«, fragte Max. »Soweit ich weiß, kann man nicht einfach in die Scola hineinspazieren. Haben die nicht ziemlich heftige Sicherheitsvorkehrungen?«

»Wozu bist du ein Computerfreak?«

Max' Mund verzog sich zu einem Grinsen. »Stimmt, das

krieg ich schon irgendwie hin. Wann und wo? Wie sieht der Plan aus?«

Ich entspannte mich etwas. »An Halloween feiert die Scola wohl immer eine große Halloweenparty. Das hab ich mal irgendwo aufgeschnappt. Na, jedenfalls wäre das eine super Gelegenheit, um sich heimlich einzuschleichen. Wir brauchen bloß ein gutes Kostüm, in dem uns keiner erkennt.«

»Das ist kein Problem«, meinte Serena. »Als was die sich wohl verkleiden? Als Helden, als Schurken? Vielleicht auch als Lady Gaga oder Justin Bieber?«

»Ich nehme an, das ist egal«, erwiderte ich. Über die Kostüme hatte ich mit meinem Vater nie gesprochen. Ich wusste nur, dass er sich immer als sein Lieblingsheld verkleidet hatte. Einen Moment überlegte ich, ob es wohl zu auffällig wäre, wenn ich mir seinen Eagleman-Anzug überwerfen würde.

»Warum eigentlich?«, wollte Max wissen. »Also warum willst du das Ganze machen, wenn nicht mal The Rockstar das geschafft hat?«

Mit dieser Frage hatte ich schon gerechnet, und ich hatte mir auch bereits eine Antwort zurechtgelegt. »Ich hab einfach Bammel, dass ich die Prüfungen nicht bestehe. Weil mein Vater mir kaum etwas beigebracht hat, hinke ich in allem hinterher. Erinnert ihr euch, was Professor Phillips uns nach dem Empfang erzählt hat? Ich hoffe, dass ich mit der Aktion ein paar Extrapunkte sammeln kann.«

»Richtig, das hatte ich glatt vergessen.« Max sah noch begeisterter aus als vorher. »Vielleicht kann ich so die schlechte Note bei Mr Chao ausgleichen, die ich mit Sicherheit bekommen werde.«

Serena stand auf. »Wen interessieren die Extrapunkte? Stellt euch nur vor, was mein Vater sagen würde, wenn wir das schaffen, was nicht einmal The Rockstar geschafft hat? Und im Grunde ist es doch auch egal, warum. Schurken gegen Helden. Das war schon immer so, und das wird auch immer so bleiben. Einen Grund brauchen wir nicht, um uns gegenseitig das Leben schwer zu machen. Ich besorg uns mal heiße Schokolade und was zum Knabbern, und dann machen wir uns an den Plan.« Sie zwinkerte uns zu und verließ das Zimmer.

Max seufzte. »Sie hat eindeutig zu viel Spaß an dem ganzen Zeug.«

»Du etwa nicht?«, fragte ich überrascht.

Max zuckte mit den Schultern. »Keine Ahnung. Meine Mum wollte unbedingt, dass ich zur Äcädemy gehe. Wenn ich ehrlich bin, hätte ich viel lieber irgendwas mit Computern gemacht. Was ist mit dir?«

»Ich wollte zur Äcädemy«, antwortete ich, und das war nicht einmal gelogen. »Für mich war immer klar, dass ich meinem Vater nacheifern will.« Okay, das entsprach nicht mehr so ganz der Wahrheit, denn was auch immer ich hier tat, ich eiferte nicht meinem Dad nach. Er hätte sich nie in die Äcädemy eingeschlichen oder sich mit Schurken angefreundet. »Hast du nicht diesen angeborenen Hass gegen Helden?«, fragte ich Max.

Wieder zuckte er mit den Schultern. »Keine Ahnung, ich denk da nicht so viel drüber nach. Außerdem glaube ich nicht, dass Schurken und Helden sich hassen. Sie stehen halt einfach auf unterschiedlichen Seiten.«

Ich zögerte. Serenas Meinung war eindeutig: Schurken gegen Helden. Sie durfte die Wahrheit über meine Identität niemals erfahren, aber was war mit Max? Konnte ich es wagen, ihn ins Vertrauen zu ziehen? Ich hätte so gerne einen Verbündeten, doch ich zögerte, und dann war der Augenblick vorbei. Serena kam zurück, die Arme voller Süßigkeiten.

Kapitel 9

»Wir müssen irgendwie ungesehen hier rauskommen«, sagte Serena. »Dann lasst mal überlegen, wie wir zur Scola kommen und vor allem, wie wir uns Zugang verschaffen.«

Max winkte ab. »Das ist das kleinste Problem, darum kümmere ich mich. In den nächsten Tagen schaue ich, wie ich das Sicherheitssystem der Scola hacken kann, falls die so was haben.«

»Und was ist mit dem Wetterhahn?«, fragte Serena. »Ist der auch irgendwie gesichert?« Sie sah mich an.

»Soweit ich weiß ja, und das nicht zu knapp. Vielleicht kräht er sogar, sobald ein Schurke in seine Nähe kommt?«

Doch auch darauf hatte Max eine Antwort. »Wenn es so wäre, hätten sie das Ding irgendwie programmiert. Und was programmiert ist, kann man auch hacken. Lasst das mal meine Sorge sein, ich krieg das schon hin.«

»Was ist mit …?«, setzte Serena an, doch ich unterbrach sie sofort.

»Kein Sprengstoff. Wir müssen es unbemerkt in die Scola schaffen, damit wir uns dort frei bewegen können. Wenn wir uns den Weg reinsprengen, sind sie vorgewarnt.«

»Aber sind sie nicht auch vorgewarnt, wenn Max das Sicherheitssystem lahmlegt?«

Ich zuckte mit den Schultern und nippte an meiner heißen Schokolade, die herrlich nach Zimt roch. Der Duft erinnerte mich an Weihnachten und auch an meinen Vater. Ich spürte einen Stich im Herzen und schob den Gedanken beiseite. »Das werden wir sehen, aber die Wahrscheinlichkeit ist auf jeden Fall geringer. Oder was sagst du, Max?«

»Ich gebe mir Mühe. Wir müssen die Sensoren oder was auch immer nur kurz außer Gefecht setzen. Vielleicht kann man da was überbrücken?«

Serena winkte ab. »Okay, ich seh schon, das ist deine Baustelle. Aus der Äcädemy raus kommen wir auch irgendwie, das sollte nicht allzu schwer sein. Immerhin gibt es hier auch eine Halloweenparty. Wir dürfen uns halt nicht erwischen lassen, wenn wir uns davonschleichen. Das größte Problem wird also sein, wie wir es zur Scola schaffen. Laufen ist keine Option, auch wenn es theoretisch nicht weit ist, aber es kann nicht schaden, einen Fluchtwagen zu haben. Wir sollten vorbereitet sein, falls sie uns doch erwischen. Es muss nur einer das Ding fahren können.«

»Wie, hat dir das dein Vater etwa nicht beigebracht?«, fragte ich. »Ich kann fahren.« Mein Dad war im Frühling mit mir auf einem Übungsplatz gewesen. Als ich daran zurückdachte, bekam ich kaum noch Luft. Das war eines der letzten Dinge, die wir zusammen gemacht hatten, bevor er ermordet worden war.

»Fehlt noch das Auto«, sagte Serena, ohne auf meinen Kommentar mit ihrem Vater einzugehen.

»Hat die Äcädemy nicht einen Fuhrpark oder etwas in der Art?«, fragte Max. »Ich meine, ich hätte da neulich was in der

Nähe der Sportplätze entdeckt.« Er legte den Kopf in den Nacken, um die restlichen Krümel der kleinen Chipstüte in seinen Mund zu leeren.

Serena sprang vom Bett. »Und das sagst du erst jetzt? Nichts wie los, das sehen wir uns an. Es ist ohnehin schon kurz nach neun, ich dürfte also gar nicht mehr in eurem Zimmer sein. Nicht, dass das irgendjemanden interessiert.« Und damit war sie auch schon aus der Tür.

Max und ich warfen uns einen Blick zu, bevor wir ihr folgten. Auf dem Weg nach draußen liefen wir Kyle über den Weg, er wollte gerade zum Gemeinschaftsraum. Das höhnische Grinsen, das er mir zuwarf, bevor er im Gewühl verschwand, war mehr als eindeutig: Er war der Angreifer aus dem Park. Im ersten Moment wollte ich ihm folgen und ihn zur Rede stellen, doch dann ließ ich es bleiben. Es würde sowieso nichts bringen.

Hinter den Sportplätzen gab es tatsächlich eine Reihe dunkel gestrichener Garagen, die mir bisher nie aufgefallen waren. Die nächste Laterne stand einige Hundert Meter entfernt, und so waren die flachen Bauten nach Einbruch der Dunkelheit kaum zu erkennen. Wir inspizierten die heruntergelassenen Tore und Vorhängeschlösser, dann holte Max sein Tablet aus der Tasche, die er extra mitgenommen hatte.

»Wie gut, dass ich immer auf alles vorbereitet bin«, sagte er und setzte sich in den Kies. »Das kann allerdings eine Weile dauern. Serena?« Er deutete mit dem Kopf zum Vorhängeschloss.

Sie nickte und zauberte ein Set mit Dietrichen aus den Tiefen ihrer Hose. Bevor sie sich jedoch an die Arbeit machen konnte, fragte ich: »Darf *ich* mal?«

Überrascht sah Serena mich an, reichte mir aber das Set und verschränkte die Arme vor der Brust. »Nur zu, probier dein Glück.«

Nachdem ich ewig den passenden Dietrich gesucht hatte, fummelte ich mit beiden Händen eine Weile am Schloss herum. Aus der Theorie wusste ich wohl, dass man mit dem Tastwerkzeug die Stifte des Schlosses hinunterdrücken musste, während man mit der anderen Hand den Spanner bediente. In der Praxis scheiterte ich grandios. Ich wollte schon aufgeben, als ich Serenas Hand auf meiner spürte.

»Vorsichtig, mit Gefühl. So, siehst du?« Es klickte, das Schloss sprang auf. »Mit ein bisschen Übung bekommst du das auch hin.«

Max tippte nach wie vor wie wild auf seinem Tablet herum, deshalb erkundeten Serena und ich die Umgebung. In diesem Teil der Äcädemy war so spät nichts mehr los. Man hörte hier und da eine Maus auf der Suche nach Nahrung im Laub hin und her huschen, ansonsten war es nahezu beängstigend still. Ich holte meine Taschenlampe heraus und ging um die Garagen herum. Serena folgte mir. Sie kickte aus Versehen ein Kieselsteinchen über den Boden, mit einem dumpfen Knall schlug es gegen eines der Garagentore. Wir blieben stehen, lauschten, doch außer unserem Atem und Max' leisem Tippen auf dem Tablet war nichts zu hören.

»Sieh mal, ein Fenster«, flüsterte Serena mir zu und zeigte nach oben.

Ich folgte ihrem Blick, reichte ihr meine Taschenlampe und

machte eine Räuberleiter. Sie verstand sofort und stellte sich mit ihrem Fuß auf meine ineinanderverschränkten Hände. Ich hob sie hoch.

»Und?«, fragte ich neugierig. »Etwas Brauchbares?«

»Weiß nicht genau.« Sie hauchte gegen die milchige Scheibe und rieb mit ihrem Ärmel darüber. Schließlich sprang sie herunter und landete lautlos wie eine Katze neben mir. »Da ist alles abgedeckt, nichts zu erkennen. Auf jeden Fall scheint hier einiges zu lagern, der Raum ist vollgestopft bis obenhin.«

»Vielleicht kann Max dieses Tor auch noch öffnen«, sagte ich. Ein bisschen Equipment für unser Vorhaben schadete sicher nicht.

Wir gingen zurück zu Max und kamen gerade rechtzeitig. Das Tor schwang mit einem leisen Quietschen auf. Bevor wir die Garage betraten, prüften wir, dass niemand in der Nähe war oder uns beobachtete. Serena hielt immer noch meine Taschenlampe in der Hand und leuchtete uns.

»Bingo«, sagte sie. Trotz der Dunkelheit konnte ich ihren zufriedenen Gesichtsausdruck förmlich vor mir sehen. »Unser Fluchtauto.«

Max schnalzte mit der Zunge. »Das ist eine Hightech-Erfindung und kein stinknormales Auto.«

Wir liefen um das Fahrzeug herum und inspizierten es von allen Seiten. Es war schwarz, und in rot-gelben Buchstaben stand *Lightning Star* darauf. Vom Aussehen her erinnerte es ein bisschen an die Monorail, nur dass es Räder hatte. Max war besonders angetan. Er schaute unter die Motorhaube, ins Innenleben, sogar in den Kofferraum.

»Schnell wie ein Rennwagen und leise wie ein Fahrrad«, sagte er fast ehrfürchtig. »Perfekt.«

Ich betrachtete den Wagen ebenfalls genauer. Von innen hatte er große Ähnlichkeit mit einem normalen Fahrzeug. Es gab Pedale zum Gasgeben und Bremsen, einen Schaltknüppel und ein Lenkrad.

»Und du bist sicher, dass du das Monster fahren kannst?«, fragte Serena.

»Das Ding ist etwas schnittiger als unser Toyota, aber vom Prinzip her wird es wohl ähnlich funktionieren. Damit kommen wir auf jeden Fall zur Scola«, sagte ich. Um die Scola selbst machte ich mir die geringsten Sorgen. Irgendwie würden wir es schon hinein schaffen, und zwischen den maskierten Schülern würden wir auch nicht auffallen. Hoffentlich, denn ich musste unbedingt an die Akte meines Dads gelangen. »Lasst uns noch die Garage am anderen Ende anschauen. Das scheint ein Lager zu sein, vielleicht finden wir da auch etwas Nützliches. Oder was meinst du, Max?«

Er zuckte mit den Schultern. »Meinetwegen, schaden kann's nicht.«

Und das tat es nicht. Serena hatte zwar zwischenzeitlich vermutet, in der letzten Garage würden nur ausrangierte Möbel lagern, doch Max hatte sofort der Ehrgeiz gepackt, als er das Sicherheitssystem zu knacken versuchte.

»Glaubt mir, da lagern keine alten Tische. Was auch immer sie hier haben, es gehört eher in einen Tresor als unter staubige Abdeckplanen.«

Und er behielt recht. Kaum hatte sich das Tor geöffnet, war der Blick frei auf die zahlreichen Erfindungen, die sich in der modrig riechenden Garage versteckten. Es gab Roboter in sämtlichen Größen, einen Schrumpfstrahler und Raketenrollschuhe, aber wenn ich ehrlich war, wusste ich bei den meisten Dingen nicht einmal, wozu sie eigentlich gut waren.

»Ich fass es nicht, ein tragbarer Molekularzerstörer.« Max hielt etwas in die Höhe, das aussah wie ein Pürierstab. »So einen hab ich mir zum achten Geburtstag gewünscht, aber Mum fand mich noch zu jung dafür. Soll ich ihn mal ausprobieren?« Max zielte bereits an mir vorbei auf einen wackelig aussehenden Stuhl.

Mit beiden Händen winkte ich schnell ab. »Lass mal.« Ich drehte mich einmal im Kreis und ließ meine Augen durch den Raum wandern. »Warum lagern sie die Erfindungen hier, wo sie vor sich hin gammeln?«

»Gute Frage«, erwiderte Max und verstaute den Molekularzerstörer unauffällig in seiner Tasche. »Vielleicht ist es Absicht. Wer würde unter diesen Planen schon etwas Wertvolles vermuten?« Er hob eine der dunkelblauen Abdeckungen an, Staub wirbelte durch die Luft, doch das schien Max gar nicht zu bemerken. Fasziniert griff er nach einem Handstaubsauger.

»Oh mein Gott, ein Gedankensauger! Damit kann man die Gedanken anderer absorbieren«, erklärte er, nachdem ich ihm einen fragenden Blick zuwarf.

Ich nickte, auch wenn es mir schwerfiel, meine Überraschung zu überspielen. Da entdeckte ich eine ferngesteuerte Überwachungsdrohne im Mini-Format. Vorsichtig hob ich sie hoch und betrachtete sie von allen Seiten. Sie hatte eine integrierte Kamera und einen Bewegungsmelder, und es schien, als könnte sie tatsächlich einen Betäubungsstrahl abschießen.

Sofort kam mir eine Idee. Ich hatte mir noch nicht überlegt, wie ich Max und Serena an Halloween loswerden konnte, um nach der Akte meines Dads zu suchen. Wir hatten bereits abgemacht, dass ich Schmiere stehen würde, während sie den Wetterhahn stehlen wollten. Was, wenn die Drohne anstatt meiner Schmiere stand? Über eine Armschiene mit Display in Smartphonegröße konnte man das Ding steuern und bekam außerdem alles mit. Wenn mir etwas Ungewöhnliches auffiel, warnte ich die anderen beiden einfach per Headset.

Ich sah zu Max und Serena und bekam ein schlechtes Gewissen. Die zwei verließen sich auf mich, es fühlte sich an, als würde ich sie im Stich lassen. Ich atmete tief ein. Sie waren Schurken, und in Schurkenkreisen standen miese Tricks auf der Tagesordnung. Sie würden es doch nicht anders machen, oder? Ich musste daran denken, wie Cindy Oliver gleich am ersten Tag in den Krokodilgraben gestoßen hatte. Schurken hatten eine spezielle Vorstellung von Moral und Freundschaft, allerdings dachte ich anders darüber, und dass Max und Serena inzwischen Freunde für mich geworden waren, ließ sich nicht mehr leugnen. Wie würde Max das Ganze sehen? Er hielt gerade einen Füllfederhalter in den Händen, allerdings machte er eher den Eindruck, als hätte er ein Stück Gold gefunden.

»Schau dir das an, ein Matterhorn 5000. Davon gibt es auf der ganzen Welt nur drei Stück! Hast du eine Ahnung, wie viel der wert ist? Der kann sich die Handschrift von bis zu fünf Personen merken und nachahmen. Wäre der nicht was für unser Abschlusszeugnis?« Max ließ den Füller in seine Hosentasche wandern.

»Du siehst aus wie ich, als mein Dad mich das erste Mal zu *Kawumm & Co.* mitgenommen hat«, bemerkte Serena.

»Sagt mal, meint ihr wirklich, wir sollten hier was klauen? Das fällt doch auf, wenn so ein wertvoller Füller plötzlich weg ist.«

Serena bedachte mich mit einem ihrer Wo-kommst-du-eigentlich-her-Blicke. »Jonathan Taylor, wir sind Schurken. Man erwartet das geradezu von uns. Außerdem klauen wir nicht, wir borgen uns nur etwas aus.«

Ich schob meine Bedenken beiseite und griff nach der Überwachungsdrohne. Max und Serena würden das schon verstehen.

»Was charakterisiert den typischen Helden?«, fragte Miss Fairchild. Sie faltete die Hände vor ihrer weißen Bluse und blickte in die Runde.

Ich hielt mich zurück, dabei hätte Heldenkunde eigentlich mein Fach sein sollen. Allerdings hatte ich mich erst am Morgen in Schurkische Etikette mal wieder in die Nesseln gesetzt, als ich nicht gewusst hatte, was das höhnische schurkische Gelächter vom fiesen schurkischen Gelächter unterscheidet: Das höhnische Lachen setzt der Schurke in der Regel nur sparsam ein, nämlich exakt dann, wenn er den Helden gefangen genommen hat und kurz davor steht, ihm seinen bösen Plan zu enthüllen. Das fiese Lachen hingegen, gerne in Zusammenhang mit dem Reiben der Hände, kommt zum Einsatz, wenn sich der Schurke an die Ausarbeitung seines gleichermaßen fiesen Plans macht.

»Merken Sie sich das, wenn Sie sich vor Ihrem Erzfeind nicht blamieren wollen«, hatte Miss Fairchild mich angeblafft.

Nun übersah sie mich geflissentlich, während ihre Adleraugen die Klasse musterten. Trotz meiner Extraarbeit über Eagleman und The Rockstar war ich bei ihr unten durch. Schurkische Etikette lag mir einfach nicht, und so hatte ich auch in Heldenkunde keine Chance.

»Was charakterisiert den typischen Helden?«, wiederholte Miss Fairchild jetzt, nachdem sich immer noch niemand meldete. »Nun gut, ein kleines Beispiel: Garbage Man ist in eine tiefe Depression verfallen, nachdem er sich das Bein gebrochen hatte und sechs Wochen lang das Bett hüten musste.«

Dieses Mal schoss Jamies Hand in die Höhe. Er stand auf, denn das erwartete Miss Fairchild in jedem ihrer Unterrichtsfächer. »Der Held will immerzu jemanden retten«, sagte er.

Miss Fairchild nickte zufrieden. Seit unserer ersten Stunde, in der ich Jamie beim Rollenspiel erschossen hatte, war er ihr Lieblingsschüler. »Sehr richtig, Mr O'Sullivan. Ein Held hat einen ausgeprägten Beschützerinstinkt. Wie wirkt sich das beispielsweise aus?«

Cindy meldete sich. »Er ist zum Beispiel nicht mit dem Mädchen zusammen, das er gernhat, weil er es beschützen will.«

Wieder nickte Miss Fairchild. »Und wo liegt in diesem Fall der logische Fehler, Miss Preston? Können Sie mir das auch sagen?«

»Es ist egal, ob er mit dem Mädchen zusammen ist oder nicht«, antwortete Cindy. »Allein dass der Held das Mädchen mag, ist eine Schwachstelle, die der Schurke ausnutzen kann.«

»Korrekt«, erwiderte Miss Fairchild. »Und diese Schwachstelle sollten Sie als Schurken auch immer ausnutzen. Dabei spielt es keine Rolle, ob es sich um eine Liebschaft, einen Verwandten oder einen Freund des Helden handelt. Wenn der Held jemanden mag, wird er alles dafür tun, um denjenigen zu beschützen oder zu befreien. Diese Eigenschaft ist seine Achillesferse, ein Druckmittel, das Sie sich zunutze machen können und müssen. Denn in diesem speziellen Fall unterschätzt der Held den Schurken immer wieder. Er denkt, der Schurke verliert das Interesse an jemandem, nur weil der Held Abstand zur besagten Person schafft. Halten Sie also immer die Augen offen und beobachten das Umfeld des Helden ganz genau.«

»Miss Fairchild?« Jamie streckte schon wieder die Hand in die Höhe und stand erneut auf. »Wäre es nicht logischer, wenn der Held mit dem Mädchen zusammen wäre, wenn er es mag? Dann könnte er es doch viel besser beschützen.«

»Das ist richtig, Mr O'Sullivan, aber logisches Denken gehört in dem Fall leider, oder sagen wir besser zu unserem Glück, nicht zu den Stärken eines Helden. Manchmal steht er sich eben gerne selbst im Weg.«

Die Klasse lachte, und ich dachte über Miss Fairchilds Worte nach. Ich gab es nicht gerne zu, aber die Frau hatte recht. Das, was sie sagte, klang vollkommen nachvollziehbar.

»Stimmt etwas nicht, Mr Taylor?«, fragte sie. »Sind Sie nicht meiner Meinung?«

Ich schüttelte schnell den Kopf. »Doch, doch, ich bin ganz bei Ihnen. Der Held steht sich manchmal selbst im Weg.« Aber was sagte das über mich aus, und wie konnte ich dieses Wissen zu meinem Vorteil nutzen?

»Wir haben ein Problem«, teilte ich Serena und Max mit, als ich am Samstagnachmittag in den Gemeinschaftsraum kam.

Die beiden hielten in ihrem Kickerspiel inne und sahen mich an. Serena konnte gerade ohnehin nicht an ihrem Knauf drehen, weil Max ihn blockiert hatte. Sie runzelte die Stirn. »Was ist los?«, wollte sie wissen.

»Die Halloweenparty der Scola ist in diesem Jahr nicht wie unsere an Halloween selbst, sondern am Tag davor. Sie feiern sozusagen rein.«

»So ein Mist.« Das war Max.

Serena war misstrauischer. »Woher weißt du das auf einmal?«

»Ich hab so meine Quellen, ist doch auch egal«, antwortete ich ausweichend, weil ich schlecht sagen konnte, dass ich mit meiner Mutter telefoniert hatte. Sie hatte aus der Heldenzeitschrift *Save the World*, die mein Vater abonniert hatte, von der Halloweenparty erfahren. In der Zeitschrift stand wohl ein langer Artikel über den zweihundertzweiundzwanzigsten Geburtstag von Lord Foster Wutheringham, und der Geburtstag war auch der Grund dafür, dass die Halloweenparty der Scola in diesem Jahr einen Tag früher stattfand. Der Lord hatte nämlich dafür gesorgt, dass die Scola überhaupt existierte. Seinerzeit hatte er im House of Lords den Antrag für die entsprechenden Geldmittel gestellt.

»Das ist so aufregend«, hatte meine Mutter zu mir gesagt. »Deine erste Party. Ich weiß noch, wie toll dein Dad die Scola-Partys immer fand. Hast du denn ein Kostüm dabei? Soll ich dir etwas schicken?«

Ich seufzte, als ich an das Gespräch mit meiner Mutter zurückdachte. Es wurde immer schwerer, sie anzulügen, und es war auch gar nicht so leicht, sie davon abzuhalten, mir Briefe oder Päckchen zu senden.

»Das Problem ist doch jetzt, wie wir aus der Äcädemy rauskommen«, sagte ich und senkte die Stimme, weil Colin und Oliver gerade vorbeiliefen. Auch Kyle entdeckte ich nicht weit entfernt, er schielte immer wieder zu uns herüber.

Wir hatten den Plan gehabt, in unseren Halloweenkostümen einfach aus der Äcädemy zu spazieren. Während Partys oder irgendwelcher Events wurde die Sperrstunde aufgehoben, und wenn es keine Sperrstunde gab, gab es auch keine Sensoren oder aktiven Alarmanlagen. Doch diesen Plan konnten wir nun vergessen.

»Kannst du nicht auch hier das Sicherheitssystem lahmlegen?«, fragte Serena an Max gewandt.

Der verzog nachdenklich den Mund. »Das wird aber nicht einfach. Aus Neugier hab ich mich schon mal schlaugemacht und ein bisschen spioniert. Nach meiner Aktion am ersten Tag hat Mr Horn tatsächlich dafür gesorgt, dass die Sicherheitsvorkehrungen verbessert wurden.«

»Und wie gut ist die Äcädemy nachts gesichert?«, fragte ich.

Max schnaubte. »Besser als Fort Knox, das kannst du mir glauben. Die haben nicht nur stinknormale Alarmanlagen, die selbstverständlich mit sämtlichen Spielereien ausgestattet sind, sondern in ausnahmslos allen Gängen auch irgendwelche Bewegungsmelder, Sensoren oder Kameras. Das wird kein Kinderspiel, sage ich euch. Vielleicht sollten wir das Ganze lieber abblasen.«

Einen Moment war ich sprachlos, aber Serena war auf

meiner Seite. »Abblasen? Das kommt überhaupt nicht in die Tüte. Wir sind Schurken, da lassen wir uns doch von so einer Alarmanlage nicht ins Bockshorn jagen. Was meinst du denn, wie erst die Banken abgesichert sind? Da kannst du auch nicht einfach reinspazieren und das Geld mitnehmen.«

»Das hab ich auch nicht vor«, erwiderte Max. »Ich werde das Ganze virtuell abziehen. Das werde ich dir bei der Simulation am Ende des Halbjahres schon zeigen ...«

Ich ging dazwischen, bevor Max und Serena einen erneuten Streit über moderne und konventionelle Schurkenmethoden ausfechten konnten. »Die Frage ist doch, ob du's trotzdem schaffst, das System zu hacken.«

»Machbar ist alles.«

»Vielleicht sollten wir das Ganze vorher proben«, schlug Serena vor, »damit wir für alle Eventualitäten gerüstet sind.«

Ich schüttelte den Kopf und wartete, bis Cindy außer Hörweite war. »Das geht nicht, das Risiko ist zu hoch. Wenn sie uns erwischen, werden sie uns mit Sicherheit nicht aus den Augen lassen.« Und das konnte ich gar nicht gebrauchen, es stand zu viel auf dem Spiel. Die Halloweenparty war die beste Gelegenheit, um möglichst unbemerkt in der Scola herumzuschnüffeln. Das durfte ich mir nicht entgehen lassen.

»Was dann?«, fragte Max. »Einfach so auf gut Glück probieren?«

Doch im Moment hatten wir darauf keine Antwort. Wir sahen uns nur wortlos an, während man im Hintergrund hörte, wie Billardkugeln angestoßen wurden und über den mit rotem Stoff bezogenen Tisch rollten.

Meine nächsten Laufversuche im Park der Äcädemy erlebte ich ohne irgendwelche Taser-Zwischenfälle. Trotzdem sorgte ich vor und hatte nun selbst immer eine Elektroschockpistole dabei. Während ich an diesem Abend zurück zum Hauptgebäude joggte, waren meine Augen überall. Es war kalt, und Nebel stieg auf. Ich wäre nicht verwundert, wenn Kyle einen neuen Versuch starten würde. In der Mittagspause hatte er mir, natürlich aus Versehen, ein Bein gestellt, sodass sich die Kürbissuppe auf dem blank polierten Boden verteilt hatte. Poppy, die Küchenchefin, war alles andere als begeistert gewesen, aber sie hatte mir trotzdem einen Nachschlag gegeben. Auf jeden Fall rechnete ich jeden Moment damit, dass Kyle hinter einer Kiefer hervorspringen und mich wieder attackieren würde. Denn obwohl es nicht zusammenpasste – auf der einen Seite die harmlosen Sticheleien, auf der anderen Seite die Angriffe aus dem Hinterhalt – war ich sicher, dass es sich bei beidem um Kyle handelte. Wer sonst konnte ein Interesse daran haben, mich von der Schule zu mobben? Kyle hatte es bereits offen zugegeben. Oder gab es vielleicht doch noch jemand anderen?

Ich lief noch schneller. Um mich abzulenken, dachte ich nach. Serena, Max und ich waren in unserer Planung für Halloween nicht wirklich weitergekommen. Wir hatten immer noch keine Ahnung, wie wir uns unbemerkt aus der Äcädemy schleichen sollten. Während wir tagsüber durch die Gänge liefen, beobachteten wir alles ganz genau. So wussten wir immerhin schon mal, wo sich die meisten Kameras befanden. Solange die Sensoren und Bewegungsmelder nicht aktiviert waren, konnten wir uns jedoch nicht vorbereiten. Es würde wahrscheinlich darauf hinauslaufen, dass wir improvisieren mussten. Ganz wohl war mir nicht bei dem Gedanken, aber wir hatten keine Wahl.

Nun fing es auch noch an zu nieseln, und ich mobilisierte meine letzten Kräfte. Als ich endlich Max' und mein Zimmer erreichte, saß er auf dem Boden, mit dem Rücken gegen das Bett gelehnt. Er hatte die Beine ausgestreckt und die Knöchel übereinandergeschlagen, auf dem Schoß balancierte er seinen Laptop. Obwohl das Abendessen noch nicht lange her war, lagen um ihn herum schon wieder halbvolle Chips- und Weingummitüten.

»Machst du Hausaufgaben?«, fragte ich.

»Kann man so sagen«, antwortete Max.

Er wollte den Laptop zuklappen, doch ich konnte vorher noch einen kurzen Blick auf den Bildschirm werfen. Mein Herz raste, was nicht an dem Sprint lag, den ich kurz zuvor hingelegt hatte. Max' und mein Blick trafen sich. Einen kurzen Moment lang sah er ertappt aus, aber dann veränderte sich der Ausdruck auf seinem Gesicht, und er wirkte mit einem Mal völlig ungerührt.

»Ich recherchiere für Heldenkunde«, erklärte er. »Miss Fairchild hat mir eine kleine Extraarbeit gegeben, damit ich meine Note aufpolieren kann.«

Ich schluckte. »Könnte mir auch nicht schaden«, zwang ich mich zu sagen. Ich holte mir ein frisches Handtuch aus dem Schrank. »Bin mal schnell duschen.«

Max nickte nur und wandte sich wieder seinem Laptop zu. Nachdem ich die Tür hinter mir ins Schloss gezogen hatte, lehnte ich mich gegen das glatte Holz.

Warum zum Teufel recherchierte Max über Eagleman? Ging es ihm wirklich um den Helden – oder ging es ihm um meinen Vater? Konnte es sein, dass Max die Wahrheit kannte oder zumindest einen Verdacht hegte? Es war auf jeden Fall auffällig, dass er den Laptop zugeklappt hatte, damit ich nichts mitbekommen sollte. Dann der ertappte Ausdruck auf seinem Gesicht ... Andererseits: Warum sprach er mich nicht einfach darauf an? Die Geheimniskrämerei passte nicht zu ihm. Wie ich wohl im umgekehrten Fall reagieren würde, wenn sich einer meiner besten Freunde plötzlich als Schurke entpuppte? Ich wusste es nicht, wahrscheinlich auch erst mal recherchieren und versuchen, einen Beweis für meine Theorie zu finden.

Vielleicht sollte ich Max lieber nicht auf die Sache ansprechen. Es konnte immerhin sein, dass er wirklich an einer Extraarbeit für Miss Fairchild saß und ich mit meiner Nachfragerei nur schlafende Hunde weckte.

Seufzend stieß ich mich von der Tür ab und stellte die Dusche an.

»Hallo, ihr drei. Na, was habt ihr an diesem schönen Samstagnachmittag vor?« Professor Phillips verschränkte die Hände hinter dem Rücken und betrachtete Max, Serena und mich mit einem Lächeln auf den Lippen. Wie immer trug er einen seiner selbst gestrickten Pullunder, von denen er einen unerschöpflichen Vorrat zu haben schien.

Im Hauptgebäude der Äcädemy war heute wenig los, so standen wir uns im Gang im ersten Stock alleine gegenüber. Draußen schien die Sonne, der Nebel hatte sich inzwischen aufgelöst, und es herrschten milde Temperaturen. Ein Blick durch die komplett verglaste Fensterfront zeigte unsere Klassenkameraden in der Sonne liegend oder Ball spielend.

Ich konnte nur hoffen, dass ich nicht so ertappt aussah, wie ich mich fühlte. »Wir gehen auch gleich raus.«

»Wir wollen uns vorher nur noch ein paar Getränke und Snacks organisieren«, fügte Max hinzu.

Professor Phillips nickte. Er schien mit der Antwort zufrieden, trotzdem machte er keine Anstalten, seinen Weg fortzusetzen. »Und, wie gefällt es euch an der Äcädemy? Inzwischen seid ihr ja schon einen guten Monat hier.«

»Es ist toll«, antwortete Serena als Erste. »Genau so wie mein Dad es mir immer beschrieben hat.«

»Leider habe ich deinen Vater nie selbst unterrichtet, dafür bin ich nicht alt genug. Aber er war sicher ein interessanter Schüler. Genau wie seine Tochter.« Sein freundlicher Blick wanderte zu mir.

»Mir gefällt es auch«, antwortete ich, weil ich das Gefühl hatte, etwas sagen zu müssen. »Obwohl ich befürchte, dass ich noch viel lernen muss.«

Professor Phillips winkte ab. »Mach dir mal keine Sorgen, John, das wird schon alles. In Superwaffenkunde zum Beispiel hast du dich seit Anfang des Schuljahres stark verbessert.«

»Danke«, erwiderte ich, auch wenn ich seine Worte nicht so recht glauben konnte.

»So, dann ab mit euch nach draußen, bevor die Sonne wieder weg ist.« Mit den Händen in den Taschen schlenderte Professor Phillips davon. Ich atmete erleichtert auf.

»Du musst an deiner Selbstbeherrschung arbeiten«, sagte Serena zu mir, als wir die breiten Stufen ins Erdgeschoss hinabstiegen. »Dir hat man schon von Weitem angesehen, dass du etwas Verbotenes vorhast.«

»Ich weiß«, knurrte ich.

Wir machten einen kleinen Umweg über die Kantine, wo es außerhalb der Essenszeiten Getränke und Snacks gab. Max stopfte drei Flaschen Cola sowie mehrere Schokoriegel und Chipstütchen in seinen Rucksack. Es war wirklich erstaunlich, was er alles in sich reinfuttern konnte, ohne auch nur ein Gramm zuzunehmen.

»Nicht so viel«, sagte Serena irgendwann. »Schließlich muss noch mehr in die Tasche passen.«

Widerwillig legte Max einen Schokoriegel zurück, dann gingen wir durch die Eingangshalle und stießen die Tür nach draußen auf. Jamie, Bonnie, Colin und Giles saßen auf der Wiese und spielten Karten. Auch sie hatten sich mit Limo und Süßkram aus der Cafeteria ausgestattet. Eine leichte Brise wehte den salzigen Duft der See zu uns herüber und ließ die Blätter der Platanen rascheln, aber in der Sonne hielt man es trotz des Windes mit einem Pullover sehr gut aus.

»Hey, Max«, rief Giles, »wie wär's heute Abend mit einer Runde Billard?«

»Immer doch«, rief Max zurück.

»Du spielst Billard?«, fragte Serena skeptisch.

»Nicht viel besser als Tischkicker«, sagte ich, und Serena und ich lachten.

Max fand das Ganze weniger lustig. »Dafür hab ich andere Talente, ihr werdet schon sehen.«

Der Kies knirschte unter unseren Schuhen, und Sonne und Schatten wechselten sich ab, während wir zur Citadel liefen. Auch am Wochenende waren die Nebengebäude geöffnet, sie wurden erst nach dem Abendessen abgeschlossen. Trotzdem schlichen wir uns zum Hintereingang, denn auch im Park und auf den Sportplätzen tummelten sich einige Schüler, und uns sollte auf gar keinen Fall jemand sehen. Falls man später bemerkte, dass etwas fehlte, würden wir sonst sofort unter Verdacht stehen.

In der Citadel wurde es etwas schwieriger. Der Raum, in den wir wollten, war abgeschlossen, doch wir waren vorbereitet. Max kontrollierte, dass auch kein Alarm losgehen würde, bevor ich mit Serenas Hilfe das Schloss mit einem Dietrich öffnete. Erst nachdem wir durch die Tür geschlüpft waren und sie hinter uns geschlossen hatten, schaltete ich das Licht ein. Fenster gab es keine in diesem Raum, sodass man uns von draußen nicht sehen konnte. Fasziniert schauten wir uns um.

»Wow. Habt ihr so was schon mal gesehen?«, fragte Serena leise, während sie mit der ausgestreckten Hand über die vielen unterschiedlichen Stoffe strich.

Ich war schon einmal kurz in dem Raum gewesen. Miss Fairchild hatte in Heldenkunde die Outfits von Helden und Schurken miteinander verglichen und mich am Ende des Unterrichts darum gebeten, ihr beim Tragen zu helfen. Alle Wände des quadratischen Raums waren von oben bis unten mit Regalen versehen, die vor Anzügen nur so überquollen, und auch die Kleiderständer hingen voller Superhelden- und Schurkenkostüme. Serena hielt bereits das rot-schwarze Outfit ihres Vaters in den Händen.

»Also wenn wir hier nicht fündig werden, dann weiß ich auch nicht«, meinte Max und angelte ein The-Rockstar-Outfit von einer Kleiderstange.

Ich biss mir auf die Lippe. »Vielleicht sollten wir uns für die Halloweenparty der Scola lieber an die Helden halten. Damit machen wir sicher nichts falsch.«

Fast etwas enttäuscht hängte Serena das Dr.-Nitro-Outfit zurück, doch ihre Miene hellte sich sofort wieder auf, als sie die Regale ablief. »Na schön, wer möchte ich denn sein? Lady Justice vielleicht?« Sie schüttelte den Kopf. »Nein, viel zu langweilig. Ah, schau mal hier. Wär das nicht was für dich?«

Sie wandte sich mir zu, nachdem sie einen Anzug aus dem Regal gezogen hatte: Latex, hauteng und dunkelbraun mit einem Cape und Federapplikationen. Ab dem Schulterbereich ging das Dunkelbraun in eine weiße Kapuze über. Dazu gehörte eine gelbe Augenmaske. Ich schluckte. Das war das Kostüm meines Dads, wenn auch nicht das Original. Aus den Augenwinkeln bemerkte ich, wie Max mich beobachtete. Vielleicht bildete ich es mir ein, aber ich wurde das Gefühl nicht los, dass er mir auf der Spur war. Er wartete meine Reaktion ab, also versuchte ich so cool wie möglich zu klingen, als ich sagte: »Warum müssen diese Superhelden ihre Unterhosen immer über dem Outfit tragen? Das sieht doch total bescheuert aus.«

Serena lachte und legte das Kostüm zurück. Max reagierte gar nicht, stattdessen ging er hinüber in die Ecke, in der die Comic-Helden hingen. Ich folgte ihm und hielt ein Wonderwoman-Outfit hoch.

»Na, Serena, was meinst du dazu?«

Sie verzog den Mund. »Zu wenig Stoff, zu wenig Platz für Waffen.«

»Da wird sie es aber generell nicht leicht haben, etwas zu finden«, raunte Max mir zu.

Ich war froh, dass er sich wieder ganz normal verhielt. Mit einem Kopfnicken zu Superman sagte ich: »Und wir werden es wohl nicht leicht haben, ein Heldenoutfit ohne drüber sitzender Unterhose zu finden.«

Kapitel 10

Ende Oktober rückte immer näher, und schließlich war es Freitag vor Halloween. Ich war schon den ganzen Tag nervös und konnte mich noch weniger als sonst auf den Unterricht konzentrieren. So fing ich mir eine Rüge nach der anderen ein. Mr Horn schien sich persönlich angegriffen zu fühlen, weil ich ihm nicht sagen konnte, wo man auf dem Schwarzmarkt am besten einen garantiert giftigen Kugelfisch kaufen konnte. Mr Denham fand es schlicht »unerhört«, dass ich ihm die Nachteile eines Säurebeckens mitten im Geheimversteck eines Schurken nicht aus dem Stehgreif aufzählen konnte: schlecht fürs Raumklima, Schimmelbildung und nicht zuletzt die unangenehmen Dämpfe. Nur in Unbewaffneter Nahkampf musste ich mir keine Schimpftiraden von Mr Chao anhören. Ganz im Gegenteil, er fand sogar ausnahmsweise einmal lobende Worte für mich. Cindy hatte mir den ganzen Tag lang prophezeit, sie würde mich am Ende des Tages ordentlich vermöbeln, aber dazu war es nicht gekommen. Keine Ahnung, woran es gelegen hatte. Vielleicht war es die Anspannung, die rauswollte, vielleicht wollte ich mich auch einfach nur nicht schon wieder von einem Mädchen vorführen lassen. Jedenfalls hatte Cindy keine Chance gegen mich gehabt. Sie war ebenso erstaunt gewesen wie Mr Chao.

»Na, so was, Mr Taylor«, hatte er gesagt, nachdem er seine Sprache wiedergefunden hatte. »Dass ich das noch erleben darf.«

Im Gemeinschaftsraum herrschte nach dem Abendessen ausgelassene Stimmung. Endlich war Wochenende, und die große Halloweenparty stand bevor. Alle freuten sich und hatten auffällig gute Laune, sogar Kyle alberte nicht weit von uns entfernt mit seinen Freunden herum. Auch Max und Serena waren super drauf, nur ich schien angespannt zu sein. Warum waren die beiden nicht wenigstens ein bisschen nervös? Aber ich kannte die Antwort: Für sie stand längst nicht so viel auf dem Spiel wie für mich, für sie war das Ganze lediglich ein großes Abenteuer. Wen störte es schon, wenn wir es vermasselten oder erwischt wurden? Von der Äcädemy würden wir ganz sicher nicht fliegen, genauso wenig wie damals The Rockstar. Man würde uns eher noch einen Orden verleihen. Wenn wir es schon taten, dann aber richtig, denn Punktabzug für mangelhafte Ausführung wollte ich schon für Max und Serena nicht riskieren. Meine Note und mein Ruf waren mir egal. Ich musste bei der Suche nach dem Mörder meines Vaters endlich einen Schritt weiterkommen. Das heute war vermutlich nicht die einzige Möglichkeit, aber es war bei Weitem die beste, und so schnell würde sich keine weitere Gelegenheit ergeben.

Die anderen unterhielten sich über ihre Kostüme für den Halloween-Abend, doch ich hörte nur mit halbem Ohr hin. Die meisten wollten sich ohnehin als The Rockstar verkleiden, was mir nach wie vor sauer aufstieß.

Um Punkt zehn vor elf ging die Sirene los, und die weibliche

Stimme aus den Lautsprechern forderte uns wie jeden Abend auf, uns in die Schlafräume zu begeben.

Wir setzten uns in Bewegung. Kyle bedachte mich mit einem merkwürdigen Blick und zwinkerte mir ganz plötzlich zu. Völlig perplex blieb ich einen Moment stehen, während er die Glastür zu den Schlafzimmern im dritten Stock aufstieß. Was war das denn bitte? Wenn er mich verunsichern wollte, war ihm das gelungen. Irritiert holte ich die anderen ein.

»Habt ihr das gesehen?«, fragte ich, doch Max und Serena war nichts aufgefallen, und inzwischen hatten wir die Stelle im vierten Stock erreicht, an der Jungen und Mädchen sich trennten.

»Bis später«, flüsterte Serena uns zu, bevor sie Richtung Mädchenflügel verschwand. Wir wollten uns kurz nach Mitternacht vor unserer Zimmertür treffen. Die Gänge der Schlafräume waren nicht alarmgesichert, da nachts immer mal etwas sein konnte.

Max zog die Tür hinter uns ins Schloss und ließ sich auf sein Bett plumpsen. »So, jetzt heißt es wohl warten«, sagte er und verschränkte die Arme hinter dem Kopf.

Ich ging hinüber zum Fenster und sah einen Moment hinaus. Mein eigenes Spiegelbild blickte mir im schwachen Licht der Nachttischlampen entgegen, doch ich konzentrierte mich auf das, was dahinter zu sehen war – oder besser gesagt nicht zu sehen war. Nebel waberte dicht über dem Boden, und der Mond verbarg sich wie in letzter Zeit so oft hinter dunklen Wolken. Dort, wo Laternen standen, konnte man den Sportplatz der Äcädemy erahnen, aber das Gelände dahinter, die Moors, lag vollkommen im Dunkeln. Es wirkte gespenstisch, aber für uns waren diese Wetterverhältnisse optimal. Man konnte vielleicht nicht viel sehen, aber dafür würden wir auch nicht so leicht entdeckt werden. Seufzend ließ ich mich ebenfalls auf meine Matratze sinken, der Lattenrost gab knarrend unter mir nach. Warum hatte Kyle mir zugezwinkert? Was bezweckte er damit? Mir wollte einfach keine Antwort darauf einfallen.

»Noch eine Stunde«, murmelte ich schließlich und wandte meinen Kopf Max zu, bevor ich an die Decke starrte. »Meinst du, wir hätten uns doch später treffen sollen? Wenn noch einer der Lehrer wach ist und durch die Äcädemy schleicht ...«

»Wir haben das ausgiebig besprochen«, antwortete Max ruhig. »Willst du etwa riskieren, dass die Party vorbei ist, bis wir an der Scola ankommen?«

»Natürlich nicht.« Das wollte ich auf gar keinen Fall. Zwar würden die Scola-Schüler sicher bis in die frühen Morgenstunden feiern, und müde oder leicht beschwipste Lehrer wären auch kein Fehler, aber das konnten wir nicht einfach voraussetzen. Nachher herrschte in diesem Jahr bereits um zwei Uhr tote Hose, und dann war es das mit unserem schönen Plan. »Ich will bloß nicht Professor Phillips direkt in die Arme laufen.«

»Das werden wir schon nicht. Oder sieht der Schulleiter für dich etwa so aus, als ob er die Nacht zum Tag machen würde?« Max lachte leise.

»Eher nicht«, stimmte ich zu und fühlte mich tatsächlich ein kleines bisschen ruhiger. Jetzt konnten wir an unserem Plan ohnehin nicht mehr viel ändern.

»Und selbst wenn wir einem Lehrer in die Arme laufen

oder von irgendeiner Kamera erwischt werden«, fuhr Max fort, »dafür haben wir unsere Kostüme an. In denen wird uns schon niemand erkennen.«

»Das nicht, aber die Lehrer sind nicht doof. Sobald sie bemerken, dass sich drei Schüler aus der Äcädemy schleichen, werden sie die Schlafräume kontrollieren, um zu sehen, wer fehlt.«

»Dafür legen wir die Attrappen ins Bett, die wir uns extra vom Erste-Hilfe-Kurs ... ausgeliehen haben.«

»Aber was ist, wenn ...?«

»John!«, unterbrach Max mich. »Jetzt mach dich nicht verrückt. Wir haben das alles durchgesprochen und sämtliche Vor- und Nachteile diskutiert. Wenn wir an diesem Punkt noch etwas ändern, riskieren wir Fehler. Willst du das?«

»Nein, will ich nicht.«

»Siehst du. Und selbst wenn etwas schiefgeht, was soll's? Davon geht die Welt nicht unter. Du tust gerade so, als könnten wir von der Schule fliegen. Im schlimmsten Fall gibt's halt keine Extrapunkte.«

Ich holte tief Luft. »Stimmt. Keine Ahnung, warum ich so nervös bin. Weißt du, ich will einfach mit dieser Aktion meine Noten ein bisschen aufpolieren, anstatt sie noch schlimmer zu machen. Und ich bin sicher, wenn ich das verhaue, zieht Professor Phillips mir in FRFM eine ganze Note ab.«

Max schnaubte. »Ach was, der Phillips doch nicht. Die Rede war nur von Extrapunkten und nicht von Punktabzug. Außerdem, hast *du* nicht gesagt, The Rockstar wurde damals auch erwischt? Seiner Karriere hat es offensichtlich nicht geschadet.«

Ich beschloss, das Thema zu wechseln. Jetzt ging es allerdings um etwas anderes, das mir keine Ruhe ließ. Bisher hatte ich Max nicht auf die Sache mit meinem Vater angesprochen. Es war vermutlich unklug, ausgerechnet jetzt damit anzufangen, aber ich konnte nicht anders. Was, wenn wir aufflogen und Max die Wahrheit mitbekam? Dann würde ich ihn als Freund verlieren, deshalb war es besser, wenn er alles von mir selbst erfuhr. Vorher wollte ich ihm aber ein wenig auf den Zahn fühlen.

»Was ist eigentlich mit deiner Extraarbeit für Miss Fairchild? Hast du irgendwas Interessantes über Eagleman herausgefunden?« So unauffällig wie möglich sah ich kurz zu Max.

»Wie kommst du darauf?«, wollte er wissen.

Ich zuckte mit den Schultern. »Keine Ahnung. Vielleicht weil wir gerade bei The Rockstar waren. Die beiden waren immerhin Erzfeinde.« Max schwieg und starrte weiterhin an die Decke. »Warum ausgerechnet Eagleman?«, platzte es aus mir heraus.

Nun sah Max doch zu mir. »Warum nicht? Hast du ein Problem damit?«

»Überhaupt nicht«, erwiderte ich schnell. »Es wundert mich nur, weil ich kurz zuvor auch eine Extraarbeit zu dem Thema gemacht hab. Wenn ich mich richtig erinnere, fandest du das völlig überflüssig.«

»Ich hab meine Meinung eben geändert. Wenn Miss Fairchild meint, wir können aus der Erzfeindschaft von The Rockstar und Eagleman viel lernen, dann wäre ich doch schön blöd, wenn ich mir einen anderen Helden aussuchen würde.«

Besser, ich ruderte zurück. Das war wirklich nicht der perfekte Zeitpunkt, um sich jetzt noch mit Max zu streiten. »Brauchst du Hilfe? Ich kann dir meine Notizen geben.«

»Danke, aber nicht nötig«, antwortete Max. »Ich bin schon fertig.«

»War auch nur ein Angebot.«

Die Sekunden vergingen, während Max und ich uns ansahen. Ich wurde das Gefühl nicht los, dass wir beide wussten, dass es hier eigentlich um etwas ganz anderes ging. Früher oder später musste ich Max mehr über mich erzählen, aber nicht mehr heute Nacht. Heute Nacht brauchte ich sein Vertrauen, und das gewann ich nicht, indem ich ihm gestand, dass ich der Sohn eines Superhelden war.

Mit gemischten Gefühlen lauschte ich einer weit entfernten Uhr, die Mitternacht schlug. Max schlüpfte in die Ärmel seines Kostüms und zog den Reißverschluss nach oben. Dann griff er nach der schwarzen Maske. Bevor er sie aufsetzte, sagte er: »Showtime.« In seiner Stimme klang unerwartete Vorfreude mit.

»Sag mal, bist du sicher, dass du das Kostüm in der richtigen Größe gewählt hast?«, fragte ich zweifelnd. »Ich habe Batman gar nicht so fett in Erinnerung.«

»Das sind die eingebauten Muskeln«, grummelte Max. Er hatte sich für dieses Kostüm entschieden, weil er Batmans technische Spielereien so toll fand. Grinsend griff ich ebenfalls nach meiner Maske, die in meinem Fall rot war, und zog sie mir über den Kopf. Dann betrachtete ich mein Spiegelbild in der Tür des Kleiderschranks. Ich hatte mich als Spiderman verkleidet. Von Kopf bis Fuß steckte ich in dem rot-blauen Kostüm, so würde mich bestimmt keiner der Scola-Schüler erkennen.

»Bereit?«, fragte Max, der sich eine dunkle Umhängetasche über die Schultern streifte.

Darin hatte er sein ganzes Equipment für heute Nacht verstaut. Wie Serena schon bemerkt hatte, bestanden die meisten Heldenoutfits aus zu wenig Stoff oder waren dermaßen auf den Körper geschneidert, dass sie keinen Platz für Waffen oder Sonstiges boten. Auch ich hatte mir was einfallen lassen müssen: An meinen Beinen waren blaue Taschen mit Klettverschluss befestigt.

Ich hievte wie Max die Erste-Hilfe-Puppe ins Bett und deckte sie bis obenhin zu. »Lass uns loslegen.« Beruhigt stellte ich fest, dass meine Stimme durch den Stoff vor meinem Mund dumpfer als sonst klang. So würden mich Justin und Co. hoffentlich auch nicht an meiner Stimme erkennen, sollte ich ihnen über den Weg laufen.

Wir schalteten das Licht aus und warteten einen Moment, bis sich unsere Augen an die Dunkelheit gewöhnt hatten, dann lauschte ich an unserer Zimmertür, bevor ich sie vorsichtig öffnete. Im Gang vor den Schlafräumen schien nur die schwache Notbeleuchtung. Die dunkle Gestalt, die an der gegenüberliegenden Wand lehnte, erkannte ich sofort. Das konnte nur Serena sein, trotzdem schlug mein Herz für einen kurzen Augenblick schneller. Auch sie steckte bereits in ihrem Kostüm: hautenges, schwarzes Leder am ganzen Körper und auf dem Kopf eine gleichfarbige Maske, unter der sie ihre dunklen Haare verbarg. Die Maske versteckte jedoch nicht alles von ihrem Gesicht. Als wir auf sie zutraten, blickten uns ihre grünen Augen vergnügt entgegen, und auch ihre Mund- und Kinnpartie lag frei. Trotz allem war sie aber nur schwer wiederzuerkennen. An den Beinen trug sie ähnliche Taschen wie ich, allerdings in Schwarz.

»Ihr musstet wohl doch mit den Unterhosen über den Kostümen vorliebnehmen, was?«, meinte sie schmunzelnd.

»Serena?«, fragte Max ungläubig.

»Keine Namen«, raunte ich den anderen beiden zu, doch Max' Reaktion war nur allzu verständlich. Serena wollte uns vorher nicht verraten, als was sie sich verkleiden würde, und wir hatten die Wahl ihres Kostüms auch nicht mitbekommen.

»Chic, was?«, meinte sie. »Aber wie immer total unpraktisch.«

»Was hast du in den Taschen?«, wollte ich wissen.

»Vermutlich dasselbe wie du. Alles für den Notfall.«

Das bezweifelte ich, denn ich hatte keine Dynamitstangen dabei. Da kam mir ein Gedanke, und ich hätte beinahe gelacht. Ich blickte von Serena zu Max. »Ihr wisst schon, dass Catwoman und Batman eigentlich so was wie ein Paar sind?«

Serena zog die Nase kraus, das war trotz ihrer Maske deutlich zu erkennen. »Los jetzt, wir haben eine Mission zu erfüllen.«

Und schon war die Stimmung wieder angespannt, zumindest bei mir. Wir schlichen uns vor bis zur Glastür, die die Schlafräume vom Rest der Äcädemy trennte, und sahen uns nach allen Seiten um.

Max reichte jedem von uns eine Brille, die an der Seite eine Mini-Kamera eingebaut hatte. »Damit ihr eventuelle Laserstrahlen sehen könnt«, erklärte er. Dann holte er ein kleines schwarzes Kästchen aus seiner Umhängetasche, drückte ein paar Tasten und hielt es auf die Tür gerichtet. »Nicht gesichert.« Er öffnete sie.

Sofort flammten vor meinen Augen, durch die Brille sichtbar gemacht, rote Laserstrahlen auf, die in den langen Korridoren der Äcädemy von der Decke kreuz und quer in sämtliche Richtungen projiziert wurden. So etwas kannte ich bisher nur aus Filmen, wenn in einem Museum ein besonders großer Diamant oder was auch immer vor Dieben geschützt wurde.

»Es gibt zwei Möglichkeiten, wenn wir sie aus Versehen berühren«, meinte Max. »Entweder wir lösen den Alarm aus oder aber wir ziehen uns üble Verbrennungen zu. So oder so, ich möchte es nur ungern ausprobieren.«

»Na schön, was jetzt?«, fragte ich.

Serena blickte uns der Reihe nach an. »Wie gelenkig seid ihr?«

Max stöhnte. »Mir bleibt auch nichts erspart. Also dann, du fängst an, Catwoman. Und pass auf die Kamera auf. Sie zeichnet keinen Ton auf, dafür aber ein gestochen scharfes Bild.« Er deutete in die rechte Ecke. Die Linse bewegte sich im Zeitlupentempo durch den Gang. Wir standen im toten Winkel.

»Erst mal nur bis zum Treppengeländer«, sagte ich zu Serena. »Ich hab da eine Idee. Mal sehen, ob das funktioniert.«

Sie nickte mir zu und wartete, bis die Kamera keine Gefahr mehr darstellte, bevor sie sich unter dem ersten Strahl hindurchbückte. Geschmeidig wie ein Panther passierte sie die Strahlen – oben drüber, unten durch, dann rollte sie sich wieder ab. Schon bald hatte sie das Treppengeländer erreicht. Dort setzte sie sich auf den Marmorboden, um nicht ins Blickfeld der Kamera zu geraten.

»Das ist ganz einfach, wie *Twister*«, rief sie uns im Flüsterton zu. »Man muss sich nur ein wenig verrenken.«

»Ganz einfach«, maulte Max. »Das kriege ich im Leben nicht hin, ich bin eine Niete in Sport.«

»Doch, du schaffst das, Max. Konzentrier dich immer nur auf einen Strahl, hörst du? Einer nach dem anderen.« Aufmunternd nickte ich ihm zu, dabei hatte ich selbst wackelige Knie.

Max stöhnte und verdrehte die Augen, er konnte einem fast leidtun. In Sport war er wirklich eine Null. Vielleicht hatte ich bisher in Unbewaffneter Nahkampf auch nicht allzu gut abgeschnitten, aber das lag nicht an meiner Unsportlichkeit, sondern einzig und allein daran, dass ich kein Schurke war. Bei Max gab es keinen Grund, er mochte Sport einfach nicht sonderlich gern.

Er wartete, bis die Kamera ihn nicht aufzeichnen konnte, dann machte er sich auf den Weg. Die ersten Strahlen überwandte er ziemlich souverän, doch schon bald hatte er sich nahezu verknotet. Ich fing Serenas Blick auf und musste mir ein Lachen verkneifen. Eine gewisse Ähnlichkeit zu *Twister* war tatsächlich da. Eine Hand von Max befand sich hinter seinem Rücken, die andere unter seinem rechten Bein. Als er nun das linke Bein nachholen wollte, verlor er fast das Gleichgewicht.

»Vorsicht!«, rief ich etwas zu laut, und Serena kicherte hinter vorgehaltener Hand. Unter der Spiderman-Maske wurde mir noch heißer. In letzter Sekunde fand Max sein Gleichgewicht wieder. Ich konnte ihn bis zu mir aufatmen hören.

»Warum musste ich ausgerechnet ein Kostüm mit eingebauten Muskeln nehmen?«, fluchte er.

»Das Bein über den anderen Strahl, auf der linken Seite«, soufflierte Serena leise.

Mit ihrer Hilfe schaffte Max es schließlich bis zur Treppe. Erleichtert ließ er sich neben ihr auf den Boden plumpsen. »Wirklich ganz einfach«, flüsterte er zu mir herüber und reckte einen Daumen in die Höhe.

Ich machte ein paar Dehnübungen, solange die Kamera erneut durch den Flur schwenkte. Warum hatte ich mir auch Spiderman ausgesucht? Der war geschickt und würde diese Aufgabe mit links meistern. Ich sah mich schon auf dem Rücken liegen, alle viere in der Luft, doch dazu kam es nicht. Serena konnte ich zwar nicht das Wasser reichen, aber ich war nicht so schlecht wie Max. Ohne Hilfe schaffte ich es auf die andere Seite, nur ein Mal befürchtete ich, es wäre alles aus: Ich war rückwärts über einen Strahl geklettert, hatte mich umgedreht, und plötzlich war da einer direkt vor meinem Gesicht, der vorher nicht da gewesen war. Zum Glück hatte ich die Maske über dem Kopf, sonst hätten meine Haare sicher den Alarm ausgelöst.

»Und nun?«, fragte Serena. »Was hast du für eine Idee?«

Nachdem ich die Position der Kamera gecheckt hatte, beugte ich mich über das schmiedeeiserne Treppengeländer. Die Laserstrahlen waren überall, auch auf den Stufen und in allen anderen Gängen. Die Treppen waren allerdings so gebaut, dass sich in der Mitte zwischen den Geländern ein Loch befand, durch das man bis zum Erdgeschoss sah – und hier kreuzte kein Laserstrahl, genau wie ich gehofft hatte. Ich öffnete eine der beiden Taschen an meinem Bein und holte einen Wurfanker samt Seil hervor, an dem ich unten ein Gewicht aus Messing befestigt hatte.

»Wir seilen uns ab«, erklärte ich und wickelte den Wurfanker ein paarmal um das Eisengeländer. »Seid vorsichtig. In dem Hohlraum zwischen den Geländern sind zwar keine Strahlen, aber überall sonst. Wenn ihr oder das Seil zu sehr schwankt und einen Strahl berührt ...«

»Keine Sorge, Spidy«, meinte Serena. »Das kriegen wir schon hin.«

Sie nahm mir das Seil aus der Hand und schwang sich über das Geländer. Max und ich mussten uns wegen der Kamera bücken, so konnten wir sie nicht bei ihrem Abstieg beobachten. Jeden Moment rechnete ich damit, dass der Alarm losgehen würde, aber es passierte nichts. Als wir uns wieder im toten Winkel der Kamera befanden und aufstanden, war Serena bereits unten angelangt. Sie winkte zu uns hoch und zog kurz am Seil. Max und ich sahen uns an.

»Du oder ich?«, fragte er.

»Mach ruhig«, antwortete ich.

Max wirkte nahezu erleichtert. Er kletterte über die Brüstung des Geländers. Dabei verlor er den Halt und rutschte ein Stückchen hinunter. Ich hielt die Luft an, doch Max konnte sich wieder fangen. Wie ein nasser Sack hing er dort und sah entschuldigend zu mir hoch. Unbeholfen seilte er sich ab, schaffte es aber ohne weitere Zwischenfälle ins Erdgeschoss. Kurz darauf landete auch ich zwischen Max und Serena. Fast im selben Moment, in dem meine Füße den Marmorboden berührten, schrillte der Alarm los. Wir starrten uns an, voller Panik. Ich war sicher, dass ich keinen der Laserstrahlen berührt hatte, und doch heulten die Sirenen unablässig. Die Laserstrahlen waren verschwunden, dafür huschten Lichtkegel durch die Gänge.

Serena packte mich am Arm. »Los, komm mit.«

Sie zog mich hinter sich her und schob mich in eine Art Rumpelkammer, wo es durchdringend nach Chlor und Zitrone roch. Kein sehr gutes Versteck, hoffentlich hielt man uns für intelligenter, als ausgerechnet hier nach uns zu suchen. Max drückte sich neben mich und zog die Tür hinter sich ins Schloss. Über uns waren mit einem Mal schnelle Schritte zu hören. In der Kammer war es stockdunkel und mucksmäuschenstill. Ich konnte erahnen, dass auch Max und Serena die Luft angehalten hatten.

Kurz darauf hörten wir Miss Fairchilds Stimme, die ungewöhnlich schrill klang. »Mr Warrington, Mr Sinclair, was haben Sie hier zu suchen?«

Ich sah zu Max, zumindest nahm ich an, dass er direkt neben mir stand. Was hatten Giles und Colin um diese Uhrzeit in den Gängen der Äcädemy verloren? Eine Antwort gaben sie nicht, oder ich konnte sie nur nicht verstehen.

»Theodora, würdest du bitte dafür sorgen, dass der Alarm ausgeschaltet wird? Inzwischen dürfte die ganze Schule wach sein.« Das war Professor Phillips. Wir hörten Schritte, die sich schnell entfernten.

Mehr bekam ich von der Unterhaltung nicht mit. »Los jetzt, schnell«, sagte ich und stieß die Tür einen Spalt auf. Ich blickte mich nach allen Seiten um, konnte aber nirgends jemanden entdecken. Und obwohl sich Professor Phillips und Miss Fairchild nur ein Stockwerk über uns befinden mussten, lief ich los, direkt auf die Cafeteria und damit auf einen der Seiteneingänge zu. Das war unsere beste Gelegenheit aus der Äcädemy zu kommen, denn der Alarm schrillte ohnehin schon.

Aber wir hatten nicht viel Zeit, er konnte jeden Moment deaktiviert werden. Max und Serena hörte ich hinter mir, doch ich drehte mich nicht um. Ich hielt direkt auf die Tür zu und wollte sie mit Schwung aufstoßen. Sie war verschlossen und zu allem Überfluss auch noch ein Gitter davor heruntergelassen. Serena zückte sofort ihr Dietrich-Set, Max gleichzeitig sein schwarzes Kästchen. Beide machten sich an der Tür zu schaffen. Hastig sah ich mich erneut nach allen Seiten um. Das Mondlicht warf seltsame Schatten an die Wände und auf den Boden, doch ich konnte keine menschliche Gestalt erkennen. Die Sirene heulte immer noch ohrenbetäubend über uns, allerdings war es nur noch eine Frage von Sekunden, bevor sie ausgehen würde. Das Gitter fuhr ein Stückchen nach oben, Serena stieß die Tür auf. Ich wollte den anderen beiden sagen, dass sie laufen sollten, doch das war nicht nötig. So schnell wir konnten, rannten wir nach draußen. Der Kies spritzte in sämtliche Richtungen.

Noch ehe wir uns im Schatten der gegenüberliegenden Platanen in Sicherheit bringen konnten, verstummte der Alarm. Die plötzlich eintretende Stille dröhnte in meinen Ohren. Eine Weile beobachteten wir die Äcädemy durch die verglasten Fronten. In vielen Schlafräumen ging nacheinander das Licht an, und der gesamte erste Stock war hell erleuchtet. Man konnte Giles, Colin und Professor Phillips sehen. Der Professor redete geduldig mit den beiden, kurz darauf kehrte auch Miss Fairchild zurück. Sie sah nicht ganz so geduldig aus wie Professor Phillips. In diesem Moment war ich froh, dass nicht sie die Schulleiterin der Äcädemy war. Die beiden

Lehrer wechselten ein paar Worte, dann ging Miss Fairchild in die eine Richtung und Professor Phillips mit den Jungs in die andere.

»Was die beiden wohl vorhatten?«, meinte Max.

Ich zuckte mit den Schultern. »Keine Ahnung. Ich würde sie ja morgen fragen, aber das geht schlecht. Dann müssten wir zugeben, dass wir ebenfalls unterwegs gewesen waren.«

Serena winkte ab. »Ach was. Bis morgen wissen sicher alle Bescheid, wer so doof war, sich erwischen zu lassen. Der Alarm war laut genug.« Sie nickte mit dem Kopf in Richtung der erleuchteten Schlafräume.

Vermutlich hatte sie recht. Was für ein Glück, dass es uns nicht getroffen hatte. Noch nicht.

»Kommt, weiter«, sagte ich, und wir schlichen im Schutz der Bäume lautlos über den Rasen in Richtung der Sportplätze. Bei den Garagen war es wie erwartet dunkel. Nur der Mond, der immer wieder hinter einer vorbeiziehenden Wolke verschwand, spendete etwas Licht.

Max kniete sich auf den Kiesweg und holte alle möglichen technischen Spielereien aus seiner Tasche. Sein Laptop war dieses Mal nicht darunter. »Ihr wisst schon, das kann eine Weile dauern.«

Mein Herzschlag beruhigte sich allmählich wieder. Ich setzte mich neben ihn in den kalten Kies, die Arme auf den Knien liegend. Nur Serena blieb stehen, ihr Dietrich-Set in der Hand.

»Warte kurz«, meinte Max zu ihr. »Sie haben irgendwas gemacht, das Tor ist noch besser gesichert als beim letzten Mal.«

Serena steckte ihre Ausrüstung schulterzuckend wieder weg,

trotzdem betrachtete sie das Vorhängeschloss im Schein ihrer kleinen Taschenlampe genauer. Abrupt drehte sie sich zu uns um. »Daran hat sich schon jemand zu schaffen gemacht«, sagte sie.

Max runzelte die Stirn. »Das kann nicht sein, das hätte den Alarm ausgelöst.«

Ich zog die Augenbrauen hoch. »Ist der Alarm eigentlich überall gleich geschaltet, Max? Also geht er wie vorhin in der Äcädemy los, wenn wir ihn hier auslösen?« Er zögerte. »Kann sein, ich bin mir nicht sicher.« Wir drei wechselten einen Blick, dann machte Max sich wieder an die Arbeit. Ich hatte mit einem Mal ein mulmiges Gefühl. Die Minuten verstrichen. Als Max Serena ein Zeichen gab, sah sie zu mir. Ich sprang auf und klopfte mir den Staub von der Hose. Sie reichte mir das Dietrich-Set, und ich knackte ohne ihre Hilfe das Vorhängeschloss.

Beeindruckt nickte sie. »Du wirst immer besser, Taylor.«

Paradoxerweise spürte ich so etwas wie Stolz. Kurz darauf war endlich das Quietschen zu hören, und einige Sekunden später rollte das Garagentor nach oben. Doch was wir zu sehen bekamen, gefiel uns nicht. Einen Moment vergaß ich das Atmen. Max und Serena standen bewegungslos neben mir.

Der Lightning Star war weg.

Kapitel 11

Ich griff nach Serenas Taschenlampe, stürmte in die Garage und leuchtete in alle Ecken. Der Lightning Star war eindeutig nicht mehr da, so als hätte es ihn nie gegeben. Nur ein kleiner Ölfleck auf dem Boden deutete darauf hin, dass wir ihn uns nicht eingebildet hatten. »So ein verdammter Mist. Wie konnte das passieren?«

»Da war wohl jemand schneller als wir«, erwiderte Serena.

Max stöhnte. »Heute Nacht herrscht mir hier definitiv zu viel Betrieb. Ich frage mich nur, wer das war. Das Garagentor ist extrem gut gesichert. Mit Gewalt allein kommt man da nicht weit.«

Ich zuckte mit den Schultern. »Wer weiß, vielleicht hat derjenige den Alarm vorhin ausgenutzt, so wie wir. Was machen wir denn jetzt?« Ratlos sahen wir uns an, doch dann kam mir plötzlich eine Idee. Die verschiedenen Garagen waren über Türen miteinander verbunden. Ich öffnete die nächste und drehte mich zufrieden wieder zu den anderen beiden um, nachdem ich einen Blick hineingeworfen hatte. »Der schwarze Van, mit dem wir abgeholt wurden. Lasst uns den mal genauer ansehen. Vielleicht gibt es einen Fahrmodus, bei dem der Motor nicht so laut ist.«

Serena spazierte an mir vorbei. Max folgte ihr, ließ sich

vorne in der Mitte auf die Sitzbank plumpsen und inspizierte das Auto genauer. »Das ist ein Automatik, den könnte selbst ich fahren.«

»Das Fahren ist nicht das Problem«, meinte ich und rutschte neben ihn.

»Ob wir damit unbemerkt vom Gelände kommen?« Max sah mich an.

Mein Mut sank. Jetzt hatten wir es schon so weit geschafft, es musste einen Weg geben. Ich betrachtete das Armaturenbrett auf der rechten Seite genauer. »Hast du einen Schraubenzieher?«, fragte ich Max, und er reichte mir einen aus seiner Tasche. Ich löste ein paar Schrauben samt der Plastikverkleidung, und meine Miene hellte sich schlagartig auf. Zum Vorschein kamen etwa ein Dutzend Hebel und Knöpfe, die aus einem langweiligen Van eine spannende Erfindung machten. Darunter stand so etwas wie *Turbo* oder *Electric Mode*. »Et voilà.«

Max nickte zufrieden. »Sehr gut, der Rest wird ein Kinderspiel.«

Etwa zwanzig Minuten und einige weitere ausgehebelte Sicherheitssysteme später befanden wir uns zum ersten Mal seit unserer Ankunft außerhalb der Äcädemy-Mauern. Viel von den Moors konnte man aber leider nicht erkennen, denn die Scheinwerfer des Vans waren die einzige Lichtquelle, und die schafften es kaum, durch den wabernden Nebel zu dringen. Die Moors waren nur spärlich besiedelt, deshalb gab es so gut wie keine Straßenlaternen, und der Mond verschwand immer wieder hinter einer Wolke. Ich bog auf die A171 ein.

»Wo genau liegt denn die Scola?«, wollte Serena wissen.

»Erst mal immer der Straße nach«, antwortete ich. Dank meines Vaters wusste ich, wo wir hinmussten. Die Scola befand sich zwischen Ravenscar und Robin Hood's Bay, ein ganzes Stückchen im Landesinneren. Außerdem kannte ich die streng geheime Homepage der Scola und hatte durch das Passwort meines Vaters, das immer noch funktionierte, auch Zugang dazu. Dort hatte ich mir die Koordinaten der Schule besorgt und in mein Smartphone eingespeist. Hoffentlich würden wir die Superheldenschule so finden, immerhin war ich selbst noch nie dort gewesen.

Als mir bewusst wurde, dass ich sie schon bald zum ersten Mal sehen und betreten würde, überkam mich ein seltsames Gefühl. Zwar hatte ich insgeheim gehofft, die Scola doch noch als Schüler und nicht als vermeintlicher Schurke bei einem Einbruch kennenzulernen, aber trotz allem fühlte es sich richtig an. Wenn ich erst einmal mehr über The Rockstar wusste, konnte ich Dads Tod rächen. Ich war sicher, dass er das auch gewollt hätte.

»Gehen wir noch mal unseren Plan durch«, sagte ich, um mich abzulenken. »Wir parken den Wagen außer Sichtweite und laufen den Rest. Irgendwie schaffen wir es in die Scola.«

»Irgendwie«, schnaubte Serena. »Ein paar mehr Details wären nicht schlecht.«

Ich winkte ab. »Das sehen wir vor Ort, ich mach mir aber keine großen Sorgen. Das ist eine Superheldenschule, die haben keine Wassergräben mit Krokodilen oder so was. Wir benutzen Wurfanker, ich hab extra noch welche dabei. Oder Max muss wieder ran. Wenn wir drin sind, machen wir uns auf dem schnellsten Weg auf zum Turm. Ich stehe Schmiere, ihr holt den Wetterhahn. Und dann nichts wie weg.«

Max nickte. »Falls wir getrennt werden, treffen wir uns am Van wieder. Und wenn einer von uns geschnappt wird, nimmt er die Schuld alleine auf sich.«

»Das wird schon nicht passieren«, sagte Serena. »Wir sind Schurken. Wir werden es doch wohl schaffen, einen dämlichen Wetterhahn zu stehlen.«

Max räusperte sich, ließ es damit aber bewenden.

Ich fuhr im Schritttempo, warf unauffällig einen Blick auf das Display meines Smartphones und sah an Max und Serena vorbei aus dem Seitenfenster. »Da muss irgendwo eine Straße links abbiegen.«

»Meinst du etwa diesen Schotterweg da?«, fragte Serena. Sie zeigte auf ihrer Seite aus dem Fenster.

»Das muss es sein«, antwortete ich, wobei ich sicherer klang, als ich mich fühlte. Ich zögerte, bog dann aber auf die nichtbefestigte Straße ein, nachdem ich das Licht am Auto ausgeschaltet hatte. Es war zwar extrem dunkel, aber ich wollte nicht riskieren, dass man uns schon von Weitem kommen sah. Obwohl ich langsam fuhr, wackelte der Wagen ganz schön.

»Und du meinst wirklich, dass wir hier richtig sind?«, hakte Serena nach.

Max antwortete an meiner Stelle. »Es wäre nur logisch, wenn die Scola nicht direkt an der Straße liegt, sondern etwas versteckter. Das ist bei der Äcädemy doch auch nicht viel anders.«

»Da hat er recht«, sagte ich zu Serena. »Wir fahren einfach weiter, ansonsten können wir immer noch umdrehen.«

Doch das war nicht nötig. Nachdem wir uns von der Hauptstraße entfernt hatten, kam in der Ferne eine alte Burg in Sicht. Im ersten Moment wirkte sie verfallen und unbewohnt, aber das täuschte. Ich kannte die Scola von außen, da mein Dad mir Bilder gezeigt hatte, doch es war etwas anderes, sie jetzt mit eigenen Augen zu sehen. Die Scola war in etwa so, wie ich mir auch die Äcädemy vorgestellt hatte: nicht modern, sondern eine Burg mit Zinnen, Erkern und vier Türmen. Sie sah verwunschen aus und gleichzeitig ein bisschen gruselig. Laternen standen im Hof vor dem Gebäude, und auch drinnen brannte Licht. Da es aber nicht so viele Fenster gab wie an der Äcädemy, drang kaum etwas davon nach draußen. Eine Mauer gab es zumindest vor dem Gebäude nicht, dafür aber eine schmiedeeiserne Umzäunung samt Tor, das natürlich geschlossen war. Und es stand ein Wachmann davor, wie ich nun erkannte. Damit hatte ich nicht gerechnet.

»Na super«, stöhnte Max, »uns bleibt heute auch nichts erspart.«

»Irgendeine Idee, wie wir jetzt da reinkommen sollen?«, wollte Serena wissen.

Ich blieb stehen und schaute mich nach allen Seiten um, viel erkennen konnte ich wegen der Dunkelheit aber nicht. »Versuchen wir es hinter dem Gebäude, vielleicht haben sie dort keine Wachen platziert. Wenn wir im großen Bogen zwischen den Bäumen durchfahren, wird das schon gehen.«

»Ich hoffe, das klappt alles«, sagte Max. »Wir hätten uns jetzt schon jede Menge Extrapunkte verdient.«

»Wir werden sie bekommen«, erwiderte ich. Hoffentlich würden Max und Serena es wirklich schaffen, den Wetterhahn zu stehlen, die Extrapunkte konnte ich nämlich sehr gut gebrauchen. Auch wenn mir die Punkte und meine Noten eigentlich egal sein konnten. Bei dieser Aktion ging es doch um etwas ganz anderes.

Der Wachmann bemerkte tatsächlich nicht, dass ich im Schutz der Bäume um das Schulgrundstück herumfuhr, denn dank des elektrischen Modus war der Motor so gut wie nicht hörbar. Ich parkte den Van neben einer Felsformation, und wir stiegen aus, um die restlichen Schritte zu Fuß zu gehen. Obwohl man zwischen den dichten Bäumen kaum die Hand vor Augen sehen konnte, trauten wir uns nicht, eine Taschenlampe zu benutzen. Äste knackten unter unseren Schuhen, in einem Busch raschelte es, und ganz in der Nähe rief eine Eule. Auf meinen Armen breitete sich eine Gänsehaut aus.

Die schmiedeeiserne Umzäunung zog sich nicht einmal komplett um die Scola herum, sondern ging irgendwann in eine mehr oder weniger verfallene Mauer über, die allerdings nicht sehr hoch war. Ich machte eine Räuberleiter, während Serena vorsichtig auf die andere Seite spähte. Sie kontrollierte, dass dort keine Menschenseele war, bevor ich meinen Wurfanker erneut einsetzte. So kletterten wir einer nach dem anderen über die Mauer und landeten lautlos auf dem Gelände der Superheldenschule, das lange nicht so groß war wie das der Äcädemy. Im Licht der Laternen erkannte ich einen winzigen Rosengarten mit Spalieren und Bögen, die Rosen waren jedoch schon größtenteils verblüht. Ein paar morsche Bänke und ein Springbrunnen standen zwischen den Rasenflächen. Der Brunnen schien allerdings schon eine Weile kein Wasser mehr gesehen zu haben, denn Moos hatte sich an den

Innenseiten des Natursteins gebildet. Die restliche Fläche war nahezu ungenutzt. Eine lange Kieseinfahrt führte zur Burg, links und rechts gesäumt von verschnörkelten Laternen und ein paar Bäumen. Das war's, und hinter der Scola schien auch nicht mehr viel zu sein.

»Das sieht eher aus wie ein alter Adelssitz als eine Superheldenschule«, murmelte Serena. »Da macht die Äcädemy deutlich mehr her.«

Ich hätte beleidigt sein sollen, aber ich war es nicht, stattdessen gab ich ihr insgeheim recht. Das Moderne der Äcädemy war zwar im ersten Moment ungewohnt, aber sie war top ausgestattet, das musste man ihr lassen.

Eine gelb-blaue Flagge wehte hoch oben im Wind, und von unserem Platz aus konnte man nun auch den Wetterhahn sehen: der fliegende Superheld mit Cape, ein Arm nach vorne ausgestreckt, der oben auf einem der vier Türme thronte und sich sachte bewegte. Das war wirklich das einzige Anzeichen dafür, dass wir uns hier auf dem Grundstück einer Superheldenschule befanden. Ich musste daran denken, wie mein Vater vor vielen Jahren verhindert hatte, dass The Rockstar den Wetterhahn stehlen konnte, und fühlte mich ihm so nahe wie schon lange nicht mehr. Das schlechte Gewissen darüber, dass ich im Begriff war, dasselbe zu tun wie damals sein Erzfeind, verschwand augenblicklich wieder.

Vorsichtig schlichen wir uns an die Scola heran. Meine Nerven waren angespannt, ich rechnete damit, dass jeden Moment ein Alarm losging oder Wachen auf uns zustürmten. Doch es blieb ruhig. Nicht einmal der Wachmann am Ende der Auffahrt, der das Tor sicherte, drehte sich zu uns um. Schließlich hatten wir fast das doppelflügelige Haupttor aus schwerem Holz erreicht. Max kramte bereits in seiner Tasche, um ein weiteres Sicherheitssystem lahmzulegen, als eine Seite der Tür plötzlich mit einem Quietschen aufging. Ein älterer Mann trat heraus. Er war klein, ein wenig füllig und trug eine Brille mit dicken Gläsern auf der Nase. Ich erkannte ihn sofort, da ich ein Bild von ihm auf der Scola-Homepage gesehen hatte. Das weiße schüttere Haar trug er über die Halbglatze gekämmt. Das war Mr Springfield, Urgestein der Scola und der älteste Lehrer von allen. Mein Herz sackte in die Hose, und neben mir hörte ich Max leise nach Luft schnappen. Doch als Mr Springfield uns bemerkte, wirkte er nicht im Mindesten überrascht. Er lächelte uns sogar zu, und da fiel mir ein, was Justin damals im Zug nach York gesagt hatte. Mr Springfields Augen seien nicht mehr die besten.

»Na, habt ihr ein wenig frische Luft geschnappt?«, fragte er. »Richtig so, aber wenn ihr noch etwas von dem Orangenpunsch wollt, solltet ihr wieder reingehen.«

»Das machen wir«, antwortete ich und ging voran. Max und Serena folgten mir nach kurzem Zögern.

Die schwere Tür krachte hinter uns ins Schloss, Musik und Stimmengewirr empfingen uns und hallten durch die hohen Gänge. Neugierig blickten wir uns um. Geradeaus führte eine breite Sandsteintreppe nach oben, links und rechts schienen die Gänge ins Endlose zu führen. Die Böden bedeckte wie in einem Schloss roter Samt, der allerdings ziemlich abgenutzt wirkte. Horden von Schülern waren hier schon entlanggegangen. Von den Decken, die extrem hoch waren, hingen Kronleuchter. Das Licht, das sie verbreiteten, leuchtete jedoch kaum heller als Kerzenschein. An den Steinwänden hingen bunte Teppiche oder Gemälde in goldenen Rahmen. Es roch nach Staub und jahrhundertealten Mauern und war zudem ein wenig kühl.

»Das war mal einfach«, sagte Serena leise, obwohl weit und breit niemand war, der uns hätte hören können.

»Das war ...« Ich brach ab, denn wie sollte ich erklären, dass ich Mr Springfield kannte und von seinen schlechten Augen wusste? »... wirklich einfach«, wiederholte ich stattdessen. »Also dann, auf zum Turm.«

»Mich würde interessieren, wie die Scola-Schüler so sind«, meinte Max und spähte den Gang entlang, aus dem die Musik zu kommen schien. »Ich bin noch nie einem begegnet. Sollen wir nicht ...?«

»Viel zu riskant«, sagte Serena. »Obwohl ich auch neugierig bin.«

Mir ging es nicht anders. Am liebsten hätte ich mir die komplette Schule angesehen und Dads ehemaliges Zimmer gesucht, aber das ging nicht. Wir hatten Wichtigeres zu erledigen, und ich wollte auf keinen Fall erwischt werden, ehe ich die Chance hatte, nach der Akte meines Vaters zu suchen. »Vielleicht später«, sagte ich also schweren Herzens und ging zielstrebig auf die Treppe vor uns zu.

Eine Weile irrten wir durch endlos lange Gänge und stiegen unzählige Stufen hinauf. Natürlich hatte ich mich vorher auf der Homepage informiert, allerdings ohne einen Grundriss zu entdecken. Den Weg zum richtigen Turm zu finden, gestaltete sich demnach alles andere als einfach. Wenigstens stießen wir unterwegs wie erhofft auf das Zimmer, in dem sich das Archiv befand, sodass ich danach nicht lange würde suchen müssen.

Endlich standen wir vor einer schmalen steilen Treppe. Was genau sich oben am Absatz befand, konnte man kaum sehen. Kalte Luft zog nach unten, und man hörte den Wind ums Dach pfeifen. Serena setzte bereits den ersten Fuß auf eine der Holzstufen, doch Max zögerte.

»Ich weiß nicht«, begann er und sah mich an. »Solltest du nicht besser mit Serena gehen und ich halte Wache? Du bist viel gelenkiger als ich.«

Einen Moment starrte ich ihn nur an. Das konnte ich jetzt gar nicht gebrauchen. »Ich kann aber die elektronischen Sicherungen nicht ausschalten, das musst du machen. Du schaffst das schon, Max, allzu gelenkig musst du für diese Aufgabe sicher nicht sein.«

Max zögerte immer noch. Serena verdrehte die Augen und packte ihn am Arm. »Nun komm schon. Du willst doch die Extrapunkte, oder etwa nicht?«

»Die will John auch«, murmelte er, aber er folgte ihr.

Nacheinander stiegen sie die Stufen nach oben, wobei jeder ihrer Schritte ein Knarren verursachte. Ich wartete, bis nichts mehr zu hören war, dann platzierte ich die Überwachungsdrohne so, dass sie alles im Blick hatte, aber nicht sofort gesehen wurde. Noch einmal lauschte ich, doch es blieb still. Hier oben war nicht einmal die Musik zu hören. Also hastete ich den Gang hinunter. Der abgetretene Teppich, der auch hier ausgelegt war, schluckte meine Schritte. Schnell fand ich das Archiv wieder, das natürlich verschlossen war, doch damit hatte ich gerechnet: Ich hatte Serenas Dietrich-Set unbemerkt eingesteckt und eines von Max' Geräten, um zu überprüfen, ob der Raum alarmgesichert war.

Nur zwei Minuten später schloss ich die Tür leise hinter mir. Vor dem einzigen Fenster war eine Jalousie heruntergelassen, doch durch die Rillen fiel schwaches Licht von draußen herein, vermutlich von einer Laterne. Im Hintergrund hörte man ganz leise die Party, die in vollem Gange war. Ich lief hinüber zum Fenster und spähte vorsichtig hindurch. Die Burg war quasi wie ein Rechteck gebaut, mit einem Turm an jeder Ecke und einem Innenhof in der Mitte. Ich sah zwar zwei der Türme, allerdings war der mit dem Wetterhahn nicht dabei. Max und Serena konnte ich demnach nicht beobachten. Hoffentlich würde man sie da oben nicht entdecken, wenn man unten im Hof stand. Dort waren Laternen angezündet, und Licht fiel durch eine offene Tür nach draußen. Da sich die Tür unter mir befand, konnte ich aber nicht mehr erkennen. Vermutlich feierten die Scola-Schüler dort, und früher oder später würde sicher jemand hinausgehen.

»Alles klar?«, fragte ich über das Headset.

»Alles klar«, antwortete Max. »Es gibt einen Innenhof, aber da herrscht tote Hose.«

»Sehr gut. Wie weit seid ihr?«

»Wir sind dran«, antwortete Serena dieses Mal. In der Leitung knackte es ein wenig. »Max versucht gerade, den Sensor am Sockel des Wetterhahns zu deaktivieren. Und bei dir?«

Ich warf einen Blick auf meine Armschiene, um mit den Augen der Überwachungsdrohne zu sehen. »Tote Hose«, wiederholte ich.

Beruhigt machte ich mich an die Arbeit. Sämtliche Wände

des Archivs waren mit hohen Aktenschränken vollgestellt, teilweise stapelten sich die Unterlagen sogar auf den Schränken. In der Mitte des Raumes stand ein wuchtiger Schreibtisch, der ebenfalls mit Papierkram übersät war. Hoffentlich gab es hier ein System, sonst würde ich ewig suchen. Ein näherer Blick auf die Aktenschränke zeigte mir jedoch, dass sie alphabetisch sortiert waren. Ich nahm meine Maske ab, um besser sehen zu können, und arbeitete mich zu dem Buchstaben T vor. Schon bald hielt ich die Akte meines Dads in den Händen: Taylor, Edward William. Sie war dicker als erwartet. Ich entdeckte einen Kopierer, aber der blinkte unablässig rot – Papierstau. Sollte ich einfach alles abfotografieren? Aber das würde eine Weile dauern. Die Akte mitnehmen? Nein, das konnte ich nicht machen. Wo hätte ich sie auch verstecken sollen? Also setzte ich mich auf den Boden, mit dem Rücken gegen eine Seite des Schreibtischs gelehnt, und leuchtete mir mit dem Smartphone, während ich die Seiten überflog. Zwischendurch checkte ich immer wieder das Bild der Überwachungsdrohne, doch da blieb bisher alles ruhig.

Irgendwann fand ich die entsprechende Stelle, wo es um Dads und The Rockstars erstes Aufeinandertreffen ging. Ich war ganz aufgeregt, endlich würde ich den Echtnamen des Schurken erfahren. Mir blieb die Luft weg. Der Name war geschwärzt. Verdammt! Enttäuschung und Wut breiteten sich gleichzeitig in mir aus und drohten mich fast zu ersticken. Hastig blätterte ich weiter, fand aber nichts Brauchbares mehr. Schließlich musste ich mir eingestehen, dass die ganze Aktion ein Reinfall gewesen war. Wer auch immer The Rockstar war – er versuchte alles, um seine Identität geheim zu halten.

Ich wollte die Akte schon wieder zuklappen, doch da kam mir noch ein Gedanke, und ich fotografierte die Seite mit dem geschwärzten Namen ab. Vielleicht wusste Max eine Möglichkeit, um herauszufinden, was unter dem schwarzen Balken stand. Dafür müsste ich ihn jedoch erst einmal in mein Geheimnis einweihen.

Seufzend rappelte ich mich auf, um die Papiere zurückzustellen. Ich hatte die Schublade des Aktenschranks noch nicht ganz geschlossen, als die Tür zum Archiv plötzlich mit einem lauten Knall aufflog. Mir stockte der Atem. Schwarze Lederkluft, Vollbart, Sonnenbrille. Da stand The Rockstar, und er zielte mit einer Pistole auf mich. In der Annahme, dass es sich um einen verkleideten Lehrer oder Schüler handelte, setzte ich zu einer Erklärung an. Da krachte der erste Schuss. Ich duckte mich. Hinter mir klirrte Glas, er musste das einzige Fenster getroffen haben. Das war kein Lehrer, der mich erwischt hatte. Es war tatsächlich The Rockstar. Mein Herz raste. Panisch sah ich mich um, ging ein paar Schritte rückwärts. Auf dem Schreibtisch entdeckte ich zwischen all den Akten ein Raumerfrischungsspray. Blind tastete ich danach, während der zweite Schuss fiel und mich nur knapp verfehlte. Er würde mich umbringen, hinterrücks und mit einer Schusswaffe, genauso wie meinen Dad. Nun kam er auf mich zu, ganz langsam. Und er lächelte. Ich fühlte mich wie ein Fuchs auf der Abschussliste, Wut kochte in mir hoch. Ich riss einen Stapel Papier vom Schreibtisch, schleuderte ihm diesen entgegen. Die Sonnenbrille verrutschte, und ich zielte mit dem Spray auf sein Gesicht. The Rockstar schoss blind um sich, während ich neben dem Schreibtisch in Deckung ging. Dann schnappte ich mir die Lampe vom Tisch und wollte sie dem Schurken über den Kopf ziehen. Der hatte sich inzwischen wieder gefangen, zielte erneut auf mich. Mit der Lampe schlug ich ihm die Pistole aus der Hand, krachend landete sie auf dem Boden und flog ein paar Meter weiter. Im direkten Kampf hatte ich keine Chance, also rannte ich. Höhnisch hörte ich ihn hinter mir lachen. Trotz meiner Angst schaffte ich es irgendwie, logisch zu denken. Ich zog mir die Maske im Rennen wieder über. Mich durfte niemand erkennen, unter keinen Umständen.

»Wo seid ihr?«, schrie ich ins Headset. »Ich brauche Hilfe, The Rockstar schießt auf mich.«

Die Antwort konnte ich nicht verstehen. Ein weiterer Schuss fiel, direkt hinter mir. Der Schurke war mir dicht auf den Fersen. Ich war schnell, konnte normalerweise jeden abhängen. Nur heute nicht. Nicht The Rockstar. Ich lief Gänge entlang, Treppen hinunter, schlug Haken. The Rockstar war immer noch da, immer noch hinter mir. Das Adrenalin rauschte in meinen Ohren, meine Sinne waren nur auf Überleben programmiert. Trotzdem meinte ich mit einem Mal Musik zu hören, Stimmen.

Die Party. In der Menge wäre ich sicher. Ich rannte noch schneller, um eine Ecke – und war plötzlich von Menschen umringt. Eine Polonaise. Fröhliche Gesichter empfingen mich, mit oder ohne Maske. Manche Schüler hatten Luftschlangen um den Hals, andere warfen Konfetti. Einstimmig sangen sie: »And it’s no, nay, never. No, nay, never, no more, will I play the wild rover. No never, no more.« Ich reihte mich ein, machte einfach mit. Wir verließen die Burg und marschierten hinaus auf den Innenhof. Hektisch blickte ich mich um und entdeckte The Rockstar. Er stand kaum ein paar Schritte von mir entfernt. Ich holte Luft, da sah ich aus den Augenwinkeln einen weiteren The Rockstar. Mindestens vier davon waren unterwegs. Wie konnte das sein? Das war die Halloweenparty der Superhelden!

Plötzlich wurde ich von hinten in den Würgegriff genommen. Mein Herz, das sich gerade beruhigt hatte, schlug wieder schneller. Ich wollte schreien, doch mir wurde die Kehle zugedrückt. Dann flüsterte mir jemand ins Ohr: »Hallo, Jonathan Taylor. Weißt du, wer ich bin?« Eine tiefe raue Stimme, verzerrt durch einen Stimmenmodulator. Ich hatte sie noch nie gehört. Dennoch wusste ich, wer es war. The Rockstar, der Echte. Das Gefühl in meinem Bauch ließ keinen Zweifel zu. Wer auch immer mich vorher verfolgt hatte, es war nicht der Erzfeind meines Vaters gewesen. Der stand jetzt hinter mir und lachte leise. Das Blut pochte in meinen Ohren.

»Eaglemans Sohn an der Äcädemy.« Er machte ein abschätziges Geräusch. »Hältst du das wirklich für eine gute Idee? Was würden wohl Serena und Max dazu sagen, hm?« Der Griff um meinen Hals verstärkte sich. »Halte dich von mir fern, John, oder du lernst mich richtig kennen!«

So plötzlich wie er hinter mir aufgetaucht war, so plötzlich war er weg. Ich war wieder frei. Mein Hals schmerzte, ich griff mir an die Kehle, hustete. Gleichzeitig löste ich mich aus der Polonaise, sah panisch in alle Richtungen. Da, dort war er, The Rockstar. Lief auf die Party zu. Ich rannte hinterher. In genau diesem Moment rempelte mich ein groß gewachsener Kerl im Eagleman-Kostüm an. Ich verlor das Gleichgewicht, konnte mich gerade noch rechtzeitig wieder fangen. The Rockstar war bereits durch die Tür. Ich rannte hinterher, behielt ihn die ganze Zeit über im Auge, aber das war gar nicht so leicht. Grelles Discolicht blendete mich. Der DJ spielte David Guetta, doch nun legte er den Hokey Pokey auf. Die Menge flippte aus. Alle machten mit, ob Lehrer oder Schüler. Überall schossen mir Arme entgegen. Meine Augen wanderten durch den großen Raum, doch niemand rannte mehr. Alle tanzten denselben dämlichen Tanz und sangen mit: »You put your right hand in, you put your right hand out ...« Da entdeckte ich The Rockstar, auch er tanzte. Ich wollte zu ihm, zögerte jedoch. War er nicht gerade noch größer gewesen, breiter? Ein weiterer The Rockstar geriet in mein Blickfeld, auch er schien mir zu klein zu sein.

Schwer atmend blieb ich stehen. Ich hatte ihn verloren. Am liebsten hätte ich geschrien, geheult, auf irgendjemanden eingeprügelt, alles gleichzeitig. Ich war so nah an ihm dran gewesen. Jetzt war er weg, und ich hatte nichts. Nichts, keinen Namen, keinen Hinweis. Ich beugte mich etwas nach vorne, stützte mich mit den Händen auf meinen Knien ab und atmete, während um mich herum gesungen und getanzt wurde. Das Ganze erschien mir surreal, und endlich fand der Hokey Pokey ein Ende. Ich sah mich um, in der Hoffnung, einen The Rockstar zu entdecken, der die richtige Statur hatte, doch es war keiner da. Ich drehte mich im Kreis. Lampions und Luftschlangen zierten die hohe Gewölbedecke, überall standen geschnitzte Kürbisse. An der Wand war ein Büfett aufgebaut, eine kleine Traube bildete sich davor. Und da stand er mittendrin, der Erzfeind meines Vaters, sofern es denn der Richtige war. Es gab nur einen Weg, das herauszufinden. Ich drängte mich durch die Menge Richtung Büfett. Schon von

Weitem hörte ich die Gruppe lachen. Um sie besser verstehen zu können, ging ich noch näher heran und betrachtete interessiert die Sausage Rolls.

»Habt ihr Mr Springfield gesehen?«, fragte The Rockstar. »Wie er den Hokey Pokey getanzt hat, total unkoordiniert.« Wieder lachten die anderen. Mir war sofort klar, dass das nicht der echte The Rockstar war, und als er jetzt auf einmal mich ansprach, erkannte ich auch seine Stimme. Das war Justin, Justin Miller. »Hey, Spiderman, vielleicht solltest du deine Maske abnehmen, wenn du was essen willst.« Er lachte blöd, und sein Gefolge fiel mit ein.

Gerne hätte ich ihm eine passende Antwort gegeben, aber da ich nicht riskieren wollte, dass er mich doch noch erkannte, ließ ich ihn einfach stehen. Durch die zu Taylor Swift tanzende Meute bahnte ich mir einen Weg an die frische Luft. Automatisch wanderten meine Augen nach oben, zum Turm. Der Wetterhahn war fort, und auch Serena und Max waren nirgends zu sehen. Da fiel plötzlich der Groschen.

The Rockstar kannte meinen Namen. Er wusste, dass ich an der Evil Äcädemy war, er wusste von Max und Serena. Demnach musste er Einblick in die Schurkenakademie haben! Das war die einzige Möglichkeit, wie er an diese Informationen gelangen konnte. Bevor ich das verdauen oder sortieren konnte, knackte es in meinem Ohr. Das Headset hatte ich ganz vergessen.

»John? Alles okay bei dir? Wo bist du, verdammt? Wir könnten hier Hilfe gebrauchen.« Das war Max. Ich hörte, wie etwas oder jemand zu Boden ging. Dann wurde es in der Leitung wieder still.

»Max? Max, ist alles okay?«

Keine Reaktion. Ich zögerte nicht und rannte los, ohne zu wissen, wo er und Serena waren. Sie brauchten mich, alles andere war egal.

Kapitel 12

Instinktiv rannte ich zurück zu dem Turm, wo ich Serena und Max das letzte Mal gesehen hatte. Ich stieß gegen einige Schüler, einer von ihnen verschüttete seinen Orangenpunsch. »Junger Mann, hier wird nicht gerannt«, rief mir Mr Springfield hinterher, doch ich blieb nicht stehen. Immer wieder schaute ich auf meine Armschiene, aber dort war nichts außer Dunkelheit zu sehen. Ich machte mir Vorwürfe, weil ich nur an mich und meine Probleme gedacht hatte. Wenn ich wie vereinbart Schmiere gestanden oder wenigstens das Überwachungsbild der Drohne im Auge behalten hätte, wäre es vielleicht nicht so weit gekommen. Was, wenn Max oder Serena etwas passiert war?

Vor dem Treppenaufgang zum Turm blieb ich stehen. Es war nichts zu sehen, nichts zu hören. Die Überwachungsdrohne lag in der Ecke neben der Treppe, mit der Kamera nach unten, als hätte sie jemand zur Seite getreten. Ich verstaute sie in meiner Tasche, während ich das Headset bediente.

»Hört ihr mich? Wo seid ihr?«

Keine Antwort. Mit Sicherheit waren sie nicht mehr auf dem Dach, sonst hätte ich von dort oben Geräusche hören müssen. Da ich keinen anderen Anhaltspunkt hatte, stieg ich trotzdem die knarrenden Holzstufen zum Turm nach oben.

»Nimm deine dreckigen Pfoten von mir.«

Serena! Sofort machte ich kehrt, sprang die Stufen nach unten und rannte in die Richtung, aus der ihre Stimme gekommen war. Ich sah gerade noch, wie sie um die Ecke verschwand. Jemand hatte sie unter den Armen gepackt, mit den Beinen schlug sie um sich. Als ich das Ende des Gangs erreichte, wurde ich langsamer. »Erst nachdenken, dann zuschlagen«, lautete Mr Chaos Devise, die ich mir in diesem Fall zu Herzen nahm. Wenn man mich auch noch schnappte, war ich den anderen beiden keine große Hilfe. Da entdeckte ich eine von Serenas Taschen, die sie mit Klettverschluss an ihrem Bein befestigt hatte. Offensichtlich war sie beim Kampf heruntergefallen. Ich öffnete sie und inspizierte den Inhalt: Messer jeder Art, Feuerzeuge, mindestens ein halbes Dutzend Dynamitstangen, also Serenas übliche Ausrüstung. Ohne zu zögern griff ich nach einer Dynamitstange und hielt das Feuerzeug bereit. Ich wusste selbst noch nicht so genau, was ich damit vorhatte, aber es schien mir eine gute Idee zu sein. Serena schwor auf Sprengstoff, und ich musste wie ein Schurke denken, schließlich durfte ich hier unter keinen Umständen als Heldensohn auffallen. Langsam tastete ich mich vor, denn plötzlich war es mucksmäuschenstill geworden. Es waren keine Stimmen mehr zu hören, nicht einmal mehr Schritte. Irgendetwas stimmte da nicht. Ich wollte schon vorsichtig um die Ecke spähen, als mir ein Gedanke kam. Nur wenige Sekunden später übernahm die Überwachungsdrohne für mich das Ausspionieren. In hohem Bogen flog sie durch die Luft, landete mit einem Knall an der gegenüberliegenden Wand und zerschellte auf dem Holzfußboden. Das Bild auf meiner Armschiene wurde dunkel, zuvor hatte ich aber noch gesehen, was oder besser gesagt wer mich erwartete. Ich zündete die Dynamitstange an, doch Eagleman und der Joker waren schneller. Sie attackierten mich gleichzeitig. Der eine zielte mit seinem Bein auf meine Hand, der andere schlitterte auf meine Füße zu. Ich konnte rechtzeitig hochspringen, aber das Dynamit flog aus meiner Hand und über das Treppengeländer ein Stockwerk tiefer. Ein ohrenbetäubender Knall folgte. Hoffentlich hörte man den unten auf der Party nicht, sonst hatten wir keine Chance mehr. Die zwei Jungs zögerten. Ich nutzte den Moment und zückte wahllos ein Messer, um es Max und Serena zuzuwerfen, die Rücken an Rücken aneinandergefesselt waren. Gleichzeitig sprang ich hoch und versetzte beiden kostümierten Helden einen Tritt. Schnell hatten sie sich wieder aufgerappelt, griffen mich erneut an. Dieses Mal ging ich zu Boden, doch die nächste Aktion sah ich voraus. Das war das Angriffs-Einmaleins der Superhelden, Dad hatte es schon zu meinen Grundschulzeiten im Garten mit mir trainiert. Ich war im Vorteil, konnte jede Offensive abwehren, denn die Jungs variierten nicht in ihren Schritten. Als sie erneut von beiden Seiten auf mich zukamen, wartete ich, um mich im letzten Moment mit einem Hechtsprung zu retten. Die beiden prallten gegeneinander.

»Hier, fang«, rief Serena und warf mir ein Ende des Seils zu, mit dem sie gerade selbst noch gefesselt gewesen war. Schnell hatten wir die zwei Jungs an den Händen zusammengebunden.

»Dafür werdet ihr bezahlen«, stieß einer der beiden zwischen zusammengebissenen Zähnen hervor, doch niemand von uns achtete auf ihn.

»Wurde aber auch Zeit«, meinte Max, den Wetterhahn in der Hand. »Wo hast du gesteckt?«

»Tut mir leid ...«

»Das muss warten, los, kommt.«

Serena wollte schon die Treppe nach unten rennen, als plötzlich Stimmen zu hören waren, Schritte. Jemand eilte nach oben, offensichtlich hatte man die Explosion doch gehört.

»Den Gang zurück«, sagte ich und lief voraus, doch kurz darauf blieb ich so abrupt stehen, wie ich losgelaufen war. Max prallte gegen mich. Auch aus dieser Richtung waren Schritte zu hören.

»Was jetzt?«, fragte Serena.

Ich packte sie an der Hand und zog sie hinter mir her. »Hier lang.«

»Hältst du das wirklich für eine gute Idee?«, fragte Max.

Doch ich nahm bereits zwei Stufen auf einmal. Kurz darauf standen wir auf dem Dach der Scola, der Wind heulte um uns herum. »Passt auf, dass euch niemand vom Innenhof aus entdeckt«, sagte ich und umrundete den Turm, um auf der anderen Seite hinunterzuschauen. Dort schien niemand zu sein, auch wenn dieser Teil der Scola stockdunkel dalag.

»Na super, jetzt sitzen wir in der Falle.« Max verschränkte die Arme vor der Brust, so gut das mit dem Wetterhahn in der Hand möglich war. »Und was jetzt?«

»Wir seilen uns ab«, antwortete ich und holte einmal mehr einen Wurfanker aus meiner Tasche. Ich befestigte ihn am Dachvorsprung und warf das Seil in die Dunkelheit unter uns.

Serena nickte zufrieden. »Du hast wohl einen unerschöpflichen Vorrat an den Dingern.«

»Ist das dein Ernst?« Max war wenig begeistert, er trat weiter nach vorne und spähte über den Rand des Daches.

»Das würde ich an deiner Stelle lieber lassen.«

»Gib mal her.« Währenddessen nahm Serena mir ihre Tasche ab und zog gleich drei Dynamitstangen auf einmal heraus. Damit ging sie zum Treppenaufgang.

»Was hast du vor?«, fragte ich.

»Ich verhindere, dass sie uns folgen.«

Ich wollte protestieren, doch etwas hielt mich zurück. Stattdessen schwang ich mich mit den Beinen voraus über das Dach. »Wir sehen uns unten«, sagte ich zu Max.

Ich bekam noch mit, wie Serena die Dynamitstangen anzündete und die Holztreppe nach unten warf. Dann eilte sie zurück und nahm Max den Wetterhahn ab.

»Den nehme ich wohl besser.«

Ich war schon halb unten, als das Dynamit explodierte.

Der Van holperte über die unbefestigte Straße wie ein Jeep auf einer Safaritour. Hinter uns war niemand zu sehen, trotzdem bremste ich nicht ab. Nachdem ich schließlich auf die Hauptstraße abgebogen war, trat ich aufs Gaspedal.

»Wir haben's geschafft«, sagte Max als Erster und betrachtete ungläubig den Wetterhahn auf seinem Schoß.

»Hast du etwa daran gezweifelt?«, fragte Serena, doch auch ihr war die Erleichterung deutlich anzuhören. »Wir sind eben ein gutes Team.«

»Das sind wir.« Und das meinte ich wirklich so. »Hört zu, es tut mir leid. Ich wurde selbst angegriffen, deshalb musste ich meinen Überwachungsposten verlassen.«

»Ach richtig, was ist denn passiert?«, wollte Max wissen.

»The Rockstar ist mit einer Waffe auf mich losgegangen.«

»The Rockstar?« Serena schüttelte den Kopf. »Nie im Leben, er ist doch abgetaucht. Außerdem könnte es jeder gewesen sein, schließlich waren viele The Rockstars auf der Party unterwegs. Aber vor allem: Warum sollte er bitte schön ausgerechnet dich auf der Halloweenparty der Superheldenschule angreifen? Das ergibt überhaupt keinen Sinn.«

Und ob das Sinn ergab. Okay, der echte The Rockstar hatte vielleicht keine Pistole dabeigehabt und war mir nicht quer durch die Scola gefolgt, aber er hatte mich bedroht. Leider konnte ich das den anderen beiden nicht erzählen. »Er war womöglich nur als The Rockstar verkleidet, aber er hat definitiv auf mich geschossen und mich durch die halbe Schule gejagt.«

Max betrachtete mich nachdenklich von der Seite, während Serena fragte: »Irgendeine Idee, wer das war und warum er es getan hat?«

»Keine Ahnung. Kyle vielleicht?« Ich erinnerte mich an Kyles seltsames Verhalten, bevor wir auf unsere Zimmer verschwunden waren. Ob er mir damit etwas hatte sagen wollen?

»Kyle? Das glaube ich nicht«, sagte Serena.

»Warum nicht?«, fragte Max. »Er hat was gegen John, außerdem war der Lightning Star weg. Irgendjemand muss ihn genommen haben.«

»Mag sein, aber das kann ich mir trotzdem nicht vorstellen. Gut, Kyle verhält sich John gegenüber sehr seltsam, und die Aktionen mit der Säure und dem Taser waren grenzwertig, aber er wollte ihn doch nicht umbringen.«

Max warf mir einen fragenden Blick zu. »Wollte The Rockstar dich umbringen oder dir nur Angst einjagen?«

»Woher soll ich das wissen? Ich hab ihn nicht danach gefragt.« Es hatte sich echt angefühlt, aber das konnte natürlich täuschen. »Auf jeden Fall war er ein verdammt guter Schütze, er hat mich mehrfach nur knapp verfehlt.«

»Das kann Absicht gewesen sein.«

»Worauf willst du eigentlich hinaus?«, fragte ich scharf.

Serena gab die Antwort. »Ich glaube, er will bloß abschätzen, ob wir uns Sorgen um dich machen müssen. Egal, nachdem wir wohl nicht noch mal in die Scola einbrechen werden, hat sich das vorerst erledigt.«

»Vermutlich«, sagte ich, dabei ging es jetzt erst richtig los. The Rockstar wusste, dass ich hinter ihm her war, er wusste von meiner Schule und meinen Freunden. Ich musste vorsichtig sein, aber einschüchtern ließ ich mich bestimmt nicht von ihm. Ich würde ihn an den Pranger stellen, und wenn es das Letzte war, was ich tat.

»Wie präsentieren wir morgen eigentlich den anderen unsere Beute?«, wollte Max wissen.

»Lass das mal meine Sorge sein, ich hab da schon eine geniale Idee«, meinte Serena.

Es war Halloween, und die gesamte Äcädemy war von oben bis unten dekoriert. Nachdem in der letzten Nacht noch nichts davon zu sehen gewesen war, musste das der Hausmeister mit seinen Helferlein in den frühen Morgenstunden erledigt haben. Dutzende ausgehöhlter Kürbisse standen an den Seiten der Treppenstufen, und auch von den Decken hingen riesige Exemplare aus Pappmaschee zwischen Lichterketten und Pappgeistern. Übertroffen wurde das alles noch von der Kantine, in der heute Abend ein Teil der Party stattfinden würde. Spinnennetze zierten die komplette Decke und rankten sich um die Säulen. Dazwischen hingen Spinnen aus Gummi, Fledermäuse oder Hexen auf fliegenden Besen. Die Kürbisse fehlten natürlich auch hier nicht.

Als ich hinter Max und Serena die Kantine betrat, war das Stimmengewirr deutlich lauter als sonst. Vermutlich ging es an jedem Tisch um Giles und Colin, die sich in der Nacht zuvor hatten erwischen lassen. Die zwei saßen bei Jamie, Oliver und Cindy und lachten gerade über irgendetwas. Es sah nicht so aus, als würden sie sich besonders unwohl fühlen.

Das Frühstück hatte bereits vor einer Viertelstunde begonnen, aber wir kamen extra später. Das gehörte zu Serenas Plan, und der ging auf. Sobald man uns an der Tür entdeckte, verebbten nach und nach die Stimmen, und mit einem Mal war es still wie auf einem Friedhof. Alle starrten uns und den Wetterhahn an. Da es sich dabei um einen fliegenden Superhelden im Cape handelte, war auch denen, die bisher nichts von seiner Existenz wussten, sofort klar, was Sache war. Serena kostete den Moment noch eine Weile aus, dann ging sie, gefolgt von Max und mir, weiter zu unserem Tisch, als ob nichts wäre. Die Stimmen brandeten wieder auf. Hier gratulierte man uns, dort wurden wir gefragt, wie wir das geschafft hatten. Professor Phillips stand auf und kam auf uns zu. Einen Moment hatte ich doch ein wenig Muffensausen, dass er uns eine Standpauke halten würde, aber meine Sorge war unbegründet.

»Na sieh mal einer an, da hat wohl jemand letzte Nacht den

Wetterhahn der Scola gestohlen«, meinte er amüsiert. »Das ist seinerzeit nicht einmal The Rockstar gelungen.« Seine Augen glitten über Serena zu Max und dann zu mir.

»Tja, gewusst wie«, erwiderte Serena cool.

»Bitte einen kräftigen Applaus für die drei«, rief der Schulleiter in den Saal.

Das ließen sich unsere Mitschüler nicht zweimal sagen, selbst die Lehrer klatschten allesamt. Hier und da wurde sogar gejohlt oder gepfiffen. Ich konnte es kaum glauben, man jubelte uns tatsächlich zu, weil wir etwas gestohlen hatten. Wenn das meine Mutter wüsste. Auf der anderen Seite war ich aber auch ein wenig stolz. Mein Start hier auf der Äcädemy war alles andere als leicht gewesen, und zum ersten Mal fühlte ich mich akzeptiert, obwohl das nie mein Ziel gewesen war.

»Wie ihr euch vermutlich denken könnt, ist dieser Wetterhahn das Wahrzeichen der Scola Super Heroica«, erklärte Professor Phillips. »Seit The Rockstar zu Schulzeiten versucht hat, ihn zu stehlen, ist er extrem gut gesichert.« Das Gemurmel wurde wieder lauter. »Serena, John und Max aber ist es gelungen, die Äcädemy unbemerkt zu verlassen und mit dem Wetterhahn zurückzukehren. Dafür habt ihr euch Extrapunkte verdient, und natürlich wird diese glorreiche Tat auf euren Abschlusszeugnissen vermerkt. Mit diesem Verdienst steht euch die Tür zur Schurkenwelt offen.«

Erneut klatschten unsere Mitschüler und Lehrer, doch mein Stolz schwand dahin. Hoffentlich würde meine Mutter niemals erfahren, was ich letzte Nacht getan hatte. Sie würde sich für mich zurecht in Grund und Boden schämen.

»Darf ich?«, fragte Professor Phillips und ließ sich von Max den Wetterhahn reichen. Er steckte ihn in die Erde eines großen Blumenkübels, der neben der Terrassentür stand.

»Bleibt er dort, bis die Scola-Schüler ihn sich zurückholen?«, fragte Cindy.

»Wo denkst du hin? Nein, auf der Scola werden immerhin angehende Superhelden ausgebildet, und die brechen nirgends ein, um etwas zu stehlen. Es sei denn, es geht darum, die Welt oder eine Person zu retten.«

»Und wenn das Diebesgut eigentlich ihnen gehört?«, wollte Oliver wissen.

»Dann brechen sie trotzdem nirgendwo ein. Superhelden haben harte Regeln, an die sie sich jederzeit halten. Miss Fairchild erzählt euch in der nächsten Unterrichtsstunde sicher gerne mehr dazu, oder was meinst du, Theodora?«

»Natürlich, sehr gerne«, erwiderte die Lehrerin erfreut.

»Und was geschieht nun mit dem Wetterhahn?«, rief Jamie.

Professor Phillips' Gesichtsausdruck wirkte fast diabolisch. »Na, was wohl? Wir sind Schurken, wir verlangen Lösegeld dafür.«

Und wieder grölte die gesamte Kantine. Während sich Serena und Max in dem Jubel sonnten, sah ich hinüber zu Kyle. Würde er sich durch eine Geste oder etwas anderes als der Angreifer vom Vorabend verraten? Sein Blick war jedoch undurchdringlich.

Ich lag mit hinter dem Kopf verschränkten Armen auf dem Bett, starrte an die Decke und dachte nach. The Rockstar hatte also auf irgendeine Weise Einblick in die Äcädemy. Das war ein wichtiger Hinweis, zumindest fühlte es sich so an. Aber wo sollte ich jetzt mit meiner Suche weitermachen? Ob der Schurke vielleicht einen der Lehrer kannte, der ihm heimlich Informationen zuspielte? Oder war es sogar möglich, dass er selbst hier unterrichtete? Aufregung ergriff mich und ich setzte mich auf. Konnte das sein? Aber warum nicht? Nicht von allen Lehrern kannten wir die Schurkenpersönlichkeit, wie zum Beispiel von Lester Denham, und selbst wenn wir sie kannten – was sprach dagegen, dass Black Mamba auch noch unter einer anderen Identität als Schurke unterwegs gewesen war? Es gab nur ein Problem: Wie sollte ich an weitere Hinweise kommen? Seufzend ließ ich mich wieder auf den Rücken fallen.

Die Tür ging auf, Max kam herein. Er grinste breit, und seine Augen strahlten vor Begeisterung. Fehlte nur noch, dass er zu pfeifen begann.

»Hast du Serena beim Kickern geschlagen, oder was?«, fragte ich aus Spaß, doch zu meiner Überraschung wurde sein Grinsen nur noch breiter.

»Sie hat ausgesehen, als ob sie am liebsten den gesamten Gemeinschaftsraum in die Luft jagen würde. Geh ihr nachher auf der Party lieber aus dem Weg.«

»Die Party, richtig.« Irgendwie war mir überhaupt nicht nach Feiern zumute. Das war die Gelegenheit, um ein bisschen herumzuschnüffeln, immerhin waren alle anderweitig beschäftigt. Allerdings würde es sicher auffallen, wenn ich mich gar nicht blicken ließ. Eventuell konnte ich Kopfschmerzen oder etwas in der Art vortäuschen.

»Was ist los mit dir?«, fragte Max und ließ sich auf sein Bett plumpsen. »Warum bist du so schlecht drauf?«

»Ich bin nicht schlecht drauf.«

»Und warum liegst du dann seit dem Frühstück auf dem Bett und starrst an die Decke?«

»Ich denke nach, immerhin hat letzte Nacht jemand versucht, mich umzubringen. Ich würde schon gerne wissen, wer es auf mich abgesehen hat.«

»Das findest du aber nicht heraus, indem du auf dem Bett sitzt und auf eine Erleuchtung wartest.«

Ich zuckte mit den Schultern, Schweigen breitete sich aus. Zu gerne hätte ich Max endlich eingeweiht, aber in letzter Zeit verhielt er sich irgendwie merkwürdig. Andererseits würde ich ohne seine Hilfe vielleicht nicht weiterkommen. Ich spürte Max' Blick, der auf mich gerichtet war, erwiderte ihn aber nicht.

»Denkst du, es hat einen Grund, dass sich der Angreifer ausgerechnet als The Rockstar verkleidet hat?«

Ich holte tief Luft – jetzt oder nie. »Ich muss dir was sagen, Max. The Rockstar hat mich gestern tatsächlich bedroht. Der Angreifer mit der Waffe war nicht er, auch wenn ich das zuerst geglaubt habe. Aber als ich ihm endlich entkommen konnte, tauchte plötzlich der echte Schurke auf.« Auf dem Bett nebenan raschelte es, Max hatte sich aufgesetzt. Ich erhob mich ebenfalls.

»Aber das ergibt doch überhaupt keinen Sinn. Außerdem, woher willst du wissen, dass es der Echte war? Vielleicht hat er bloß so getan.«

Ich schüttelte den Kopf. »Es war The Rockstar, glaub mir.« Noch einmal atmete ich tief ein. »Da gibt es noch etwas, dass du wissen solltest.«

»Ja?«, fragte Max nach einer ganzen Weile, in der ich ihn nur schweigend betrachtete.

Mein Herz schlug inzwischen so schnell, dass er es sicher hören musste. »Also es ist so ... Ich bin nicht ... Mein Vater war kein ... Mist!« Schwer atmend fuhr ich mir durch die Haare. Wie sollte ich es ihm nur sagen?

»Alles okay?«

»Nichts ist okay. Das ist jetzt echt nicht leicht für mich.«

Max griff nach einer Tüte Chips, die auf seinem Nachttisch lag, und lehnte sich mit dem Rücken gegen die Wand. »Raus damit, ich werd's schon verkraften.«

Das bezweifelte ich, trotzdem schloss ich die Augen und sagte, bevor ich es mir noch einmal anders überlegen konnte: »Eagleman ist mein Vater.«

Kapitel 13

Langsam zählte ich bis fünf, dann öffnete ich die Augen und sah Max an. Nichts hatte sich verändert, er saß nach wie vor mit dem Rücken gegen die Wand gelehnt und mampfte ungerührt seine Chips. Keine Ahnung, welche Reaktion ich erwartet hatte, aber diese bestimmt nicht. »Ähm, hast du gehört, was ich gesagt habe? Ich bin kein Schurke, mein Vater war einer der größten Superhelden unserer Zeit.«

Max nickte. Okay, jetzt verstand ich gar nichts mehr, ihm schien es offenbar egal zu sein. War das jetzt gut oder schlecht? Unsere Blicke waren aufeinandergerichtet, wobei ich von uns beiden sicher den verwirrteren Eindruck machte. Und dann passierte etwas, mit dem ich nie im Leben gerechnet hatte: Max' Mund verzog sich zu einem Lächeln.

»Halleluja, endlich ist es raus. Ich dachte schon, du behältst das ewig für dich.«

»Was?« Einen Moment war ich völlig verdattert, doch dann fiel allmählich der Groschen. Also hatte Max wohl doch keine Extraarbeit zu meinem Dad geschrieben. »Du hast es gewusst, die ganze Zeit über?«

Er zuckte mit den Schultern. »Was heißt die ganze Zeit? Irgendwann bin ich halt misstrauisch geworden und habe ein wenig recherchiert.«

»Warum hast du nichts gesagt?« Ehrlich, das hätte mir vieles einfacher gemacht.

Max zog die Augenbrauen hoch. »Das war ja wohl deine Aufgabe, findest du nicht?«

»Hast recht, tut mir leid. Ich wollte es dir längst verraten, es war nur ... Ich wusste nicht, wie du reagieren würdest.«

»Da war ich mir zuerst auch nicht sicher.« Er legte die Chipstüte beiseite und leckte sich die fettigen Finger ab.

»Dann bist du nicht sauer auf mich oder hasst mich jetzt, weil ich gar kein Schurke bin?«

»Sollte ich? Nee, ehrlich, das ist mir im Grunde egal. Du bist doch trotzdem immer noch derselbe.«

Ich atmete erleichtert auf, mir fiel ein Stein vom Herzen. »Danke, Max.«

Er winkte ab. »Weiß es sonst noch jemand? Serena?«

»Serena? Machst du Witze? Sie würde es nicht verstehen. Ehrlich, Max, du darfst es ihr nicht sagen, niemand darf es wissen. Du bist toleranter als die anderen, sie würden mich wie einen Aussätzigen behandeln.«

»Immer mit der Ruhe, John. Ich habe nicht vor, es jemandem zu verraten, sonst hätte ich es doch wohl schon längst getan, oder? Aber ich verstehe es noch nicht so ganz. Was will ein Heldensohn auf der Äcädemy?«

Seufzend strich ich mir die Haare aus dem Gesicht. »Das ist eine lange Geschichte.«

Eine halbe Stunde später hatte ich Max alles erzählt. Er wusste von meiner Absage an der Scola und von meinem Plan, den Mord an meinem Vater aufzuklären. Dass ich mich an

The Rockstar rächen wollte, verschwieg ich an dieser Stelle allerdings lieber. Max schien mich sogar zu verstehen, auch wenn er nach wie vor skeptisch war.

»Und du bist wirklich sicher, dass The Rockstar deinen Dad einfach so erschossen hat? Das spricht gegen jede Regel, die Miss Fairchild uns beibringt.«

Ich schnaubte. »Regeln, jetzt mal ehrlich, Max. Seit wann halten sich Schurken an Regeln?«

»Hey, das ist nicht fair. Schwarze Schafe gibt es überall, sicher auch unter den Helden.«

Garantiert nicht, aber das behielt ich für mich. Stattdessen ging ich zum Kleiderschrank, holte meine Reisetasche hervor und öffnete das Geheimfach. Wortlos nahm ich das ordentlich zusammengefaltete Blatt Papier heraus und reichte es Max, der es aufmerksam betrachtete. Ich setzte mich neben ihn. Bei dem Blatt handelte es sich um einen ausgeschnittenen Artikel aus der Zeitschrift *Save the World*. Darin ging es um den Mord an meinem Vater, allerdings war das Bild viel aussagekräftiger als der Text: Es zeigte The Rockstar, neben der Leiche meines Vaters und mit einer Pistole in der Hand.

Max sah mich von der Seite an, der Ausdruck auf seinem Gesicht hatte sich verändert. Er ließ die Hand mit dem Artikel in seinen Schoß sinken. »Es tut mir ehrlich leid, John. Ich mag mir gar nicht vorstellen, was du in den vergangenen Monaten durchgemacht hast. Das muss schrecklich sein.«

Ich presste die Lippen aufeinander, weil ich meiner Stimme nicht traute. Stille breitete sich zwischen uns aus, nur das Lachen von Jamie war zu hören, der draußen auf dem Flur an unserem Zimmer vorbeilief. Manchmal beneidete ich die anderen. Sie waren auf der Äcädemy, wo sie sein wollten, und konnten die Zeit genießen. Ich hingegen würde niemals dieses Bild aus der Zeitschrift vergessen können: der leblose Körper meines Vaters und daneben ein Mann, der in der Welt, in der ich momentan gezwungen war zu leben, wie ein Rockstar gefeiert wurde.

Max faltete den Artikel wieder zusammen und reichte ihn mir. »Okay, ich helfe dir. Wir werden herausfinden, wer hinter The Rockstar steckt. Dieses Foto ist zwar kein Beweis für seine Schuld, aber es ist ein erster Anhaltspunkt, und ich kann verstehen, dass du die Wahrheit herausfinden willst. Mir würde es nicht anders gehen.«

Um die Stimmung aufzulockern, sagte ich »Danke, Maxwell«, während ich den Artikel wieder in der Reisetasche verstaute.

»Hey!« Max warf ein Kissen nach mir, ich fing es lachend auf. Doch dann entdeckte er das Stückchen Stoff, das aus dem Geheimfach der Tasche hervorlugte. Er stand auf und kam zu mir herüber. Sofort war die Stimmung wieder angespannt. »Ist das der Anzug deines Dads? Darf ich mal sehen?«

Ich zögerte nur eine Sekunde, dann zog ich ihn heraus und reichte ihn Max. Fast ehrfürchtig strich er über den dunkelbraunen Stoff, die Federapplikation, die gelbe Maske.

»Wow, der Wahnsinn. Eagleman war wirklich einer der größten Helden seiner Zeit.« Sorgfältig legte Max den Anzug wieder zusammen und gab ihn mir.

»Danke, dass du das sagst.«

»Es ist mein voller Ernst.«

Sorgsam verstaute ich alles, Max setzte sich inzwischen zurück auf sein Bett. Als ich mich zu ihm umdrehte, wirkte er zerknirscht. Augenblicklich begann sich mein Herzschlag zu beschleunigen.

»Was ist los?«, fragte ich alarmiert.

»Ich muss dir auch was gestehen ... Meine Mum ist Hell Girl.«

»Deine Mum ist ... Was?« Ich wusste nicht, ob ich erleichtert oder wütend sein sollte. »Aber warum hast du nie was gesagt? Ich hab dich so oft nach deinem Dad gefragt.«

»Schon, aber du hast nie nach meiner Mum gefragt. Sie ist der Schurke bei uns zu Hause, sie wollte auch unbedingt, dass ich auf die Äcädemy gehe. Für Dad wäre es okay gewesen, wenn ich einfach nur Informatik oder so was studiert hätte.«

»Hell Girl.« Ich ließ mich neben Max auf die Matratze sinken, das musste ich erst einmal verdauen. Hell Girl war vielleicht nicht Dr. Nitro, aber sie war auch nicht irgendwer. Sie stahl technische Prototypen, entwickelte sie weiter und verkaufte sie dann an den Meistbietenden. Plötzlich ergab Max' Interesse an technischen Spielereien einen völlig neuen Sinn.

»Warum bist du eigentlich nicht an der Scola angenommen worden?«, wollte Max wissen. »Hast du einen Test vermasselt oder so was? Nichts für ungut, aber du bist nicht gerade der geborene Schurke.«

Ich zuckte nur mit den Schultern, denn diese Frage stellte ich mir auch immer wieder. Es hatte keinen Test gegeben, ein berühmter Heldenvater reichte für gewöhnlich aus, um angenommen zu werden. Daher musste es einen Grund für meine Ablehnung an der Scola geben, der sich mir noch nicht erschlossen hatte. Ob es derselbe Grund war, weshalb The

Rockstar mich nicht an der Äcädemy haben wollte? Hatte er vielleicht sogar für meine Ablehnung an der Scola gesorgt? Aber warum war ich dann überhaupt an der Äcädemy angenommen worden? Nichts davon ergab einen Sinn.

Einen Moment sahen Max und ich uns an, dann sprang er auf und holte seinen Laptop vom Schreibtisch. »Also, dann schieß mal los. Was hast du für mich? Wenn wir The Rockstars wahre Identität herausfinden wollen, brauchen wir Infos.«

Ich zog das Smartphone aus meiner Hosentasche, öffnete die Galerie und reichte Max das Telefon. »Das ist ein Foto aus der Akte meines Dads. Unter dem schwarzen Balken steht der Echtname seines Erzfeindes. Kannst du damit irgendwas anfangen?«

Mein Herz schlug schneller, vielleicht war ich nur einen winzigen Schritt davon entfernt, das Geheimnis um den Mord an meinem Vater zu lüften. Doch Max war skeptisch, und meine Hoffnung löste sich sofort in Luft auf. Er zoomte weiter in das Foto hinein und betrachtete es einen Moment.

»Hm, ich weiß nicht.« Er schickte das Bild an seinen Rechner und öffnete es dort noch einmal, nachdem er mir das Handy zurückgegeben hatte. »Probieren werde ich es natürlich, aber an deiner Stelle würde ich mir keine große Hoffnung machen. Was haben wir noch?«

So gut wie nichts, das ist genau mein Problem, wollte ich gerade sagen, als es an der Tür klopfte. Im selben Moment wurde sie auch schon aufgerissen. Es war Serena. Ihre Wut über die Niederlage beim Kickern schien verflogen. Sie lehnte sich mit verschränkten Armen gegen den Türrahmen und betrachtete uns neugierig.

»Was treibt ihr da?«, wollte sie wissen.

Max klappte den Laptop wieder zu, obwohl Serena das Display ohnehin nicht sehen konnte, und winkte ab. »Nichts weiter, bloß Hausaufgaben.«

»Was für Hausaufgaben?«

Max und ich warfen uns einen Blick zu. »So dies und das«, antwortete ich ausweichend. Im Lügen war ich wirklich miserabel. Serena glaubte uns natürlich kein Wort, das zeigte ihre Miene mehr als deutlich. »Gibt's irgendwas?«

»Ach, ich dachte, ihr habt vielleicht Lust, noch eine Runde zu kickern, oder aber wir gehen raus zu den Sportplätzen und experimentieren ein bisschen mit Dynamit. Ich sollte dir doch Nachhilfe in Sachen Sprengstoff geben, John.«

Max betrachtete mich fragend von der Seite, während ich mich verlegen im Nacken kratzte. »Stimmt.«

»Und?«, fragte Serena nach ein paar Sekunden.

»Was und?«

Sie verdrehte die Augen. »Na, wollen wir das jetzt machen oder nicht?«

»Ach so, also ...«

»Geht das vielleicht auch morgen?«, unterbrach Max uns, wofür ich ihm sehr dankbar war. »Ich will das hier unbedingt fertig bekommen.«

»Oh, okay.« Serena schien zu spüren, dass wir ihr etwas verheimlichten. Sie sah enttäuscht aus, auch wenn sie versuchte, es zu überspielen, indem sie die Schultern straffte und gleichgültig tat. »Dann sehen wir uns wohl nachher auf der Party.« Damit zog sie die Tür heftiger als sonst hinter sich ins Schloss.

Ich zuckte zusammen. »So ein Mist.«

»Das kannst du laut sagen. Dies und das? Du weißt doch, dass Serena eine Antenne für deine Lügen hat.«

»Du warst auch nicht viel besser«, gab ich zurück. »Was nun?« Ich wollte nicht, dass Serena wütend auf uns war. Ehrlich gesagt mochte ich sie ziemlich gerne.

Max zuckte die Schultern. »Deine Entscheidung, du willst ihr die Wahrheit schließlich nicht sagen.«

Ich stieß ein Seufzen aus. »Würdest du das an meiner Stelle denn tun? Sei ehrlich. Wenn du denkst, sie würde es verstehen, sag ich's ihr.«

Max stöhnte. »Oh, Mann, du hast ja recht. Vermutlich würde sie Hackfleisch aus dir machen, aber ich denke, sie könnte uns trotzdem eine große Hilfe sein. Wir sind ein gutes Team, und sie arbeitet besser für uns als gegen uns.«

»Und wie soll das funktionieren?«

»Dann erzähl ihr halt nur die halbe Wahrheit, aber bitte ein bisschen besser als gerade. Mit dem Wetterhahn und den Extrapunkten hat das doch auch geklappt.«

Ich wollte schon protestieren, aber es stimmte. Es wäre nicht meine erste Lüge, und Serena hätte ich wirklich gerne dabei. Und dann sagte Max etwas, mit dem er meinen letzten Zweifel beseitigte: »Außerdem weiß The Rockstar von unserer Freundschaft zu ihr. Wenn er will, kann er ihr die Wahrheit sagen, sie gegen dich aufbringen oder sie gar entführen. Denk ausnahmsweise einmal an Miss Fairchilds Worte und ihr Geschwafel über die Achillesferse der Helden. Du bist quasi ein Held, und Serena ist deine Schwachstelle. Ich halte es für klüger, sie auf unsere Seite zu ziehen.«

Ich nickte. »Meinst du, wir können sie wieder mit ein paar

Extrapunkten locken? In Geschichte der Superschurken kann sie die gut gebrauchen, und es gibt sicher richtig viele Extrapunkte, wenn wir The Rockstars Identität aufdecken.«

»Wenn ...« Max nickte ebenfalls. »Glaub mir, Serena wird begeistert sein. Was denkst du nur, was ihr Dad sagen würde, wenn sie das schafft?«

Ich musste mir ein Grinsen verkneifen, stattdessen stand ich auf und ging zur Tür. Es war die richtige Entscheidung gewesen, Max einzuweihen, und es würde sicher auch richtig sein, Serena ins Boot zu holen – und sei es mit einer Lüge.

»Ich glaub das einfach nicht, The Rockstar hat dich wirklich angegriffen.« Serena ließ sich auf mein Bett sinken, sie wirkte zum ersten Mal, seit ich sie kannte, sprachlos. »Tut mir leid, dass ich dir nicht geglaubt hab.«

Ich zuckte mit den Schultern. »Schon gut, du konntest nicht wissen, dass ich ihn enttarnen will. Offensichtlich mag er das überhaupt nicht, aber das wird mich nicht aufhalten.«

»Also, was haben wir bisher?«, fragte Max. Er saß uns im Schneidersitz gegenüber auf seinem Bett, den Laptop auf seinem Schoß. Zwischendurch schob er sich immer wieder Weingummi in den Mund.

»Sein ungefähres Alter«, antwortete ich. »Es hat ewig gedauert, das herauszufinden, aber er war 1982 Anfang zwanzig. Sprich, er wurde Anfang der 60er-Jahre geboren. Heute muss er demnach fünfundfünfzig sein, vielleicht ein Jahr älter oder jünger.«

»Dann hat er also, Moment mal ...« Max überschlug das schnell im Kopf, »Ende der 70er-Jahre seinen Abschluss an der Äcädemy gemacht.«

Ich nickte. »So ist es. Ich hätte auf 1980 getippt, aber das Jahr davor oder danach könnte es natürlich auch gewesen sein.«

»Das ist doch super«, meinte Serena. »Mit dem Alter können wir den Täterkreis ordentlich einschränken, damit haben wir einen großen Schritt getan.«

»Schon.« Max kratzte sich am Kinn. »Aber ist das eine so große Erkenntnis? The Rockstar war fast fünfunddreißig Jahre aktiv. Wenn er direkt nach seinem Äcädemy-Abschluss als Schurke angefangen hat, muss er doch zwangsweise Mitte fünfzig sein.«

Mein Mut sank. Ich hatte ewig gebraucht, um diese Entdeckung zu machen, und Max fegte sie einfach so vom Tisch. Doch netterweise protestierte Serena.

»Warum? Er hätte seine Laufbahn genauso gut erst nach der Evil University anfangen oder vorher als Handlanger arbeiten können. Dann wäre er jetzt um die sechzig. Vom Aussehen her macht das keinen großen Unterschied.«

»Stimmt auch wieder. Dann war The Rockstar also vermutlich nicht auf der Uni.«

»Nicht zwangsweise«, lenkte ich ein. »Was spricht dagegen, dass er seine Schurkenkarriere bereits zu Unizeiten begonnen hat?«

Serena nickte. »Eben, bei meinem Dad war es auch nicht viel anders. Er war, schon lange bevor er seinen Doktortitel bekommen hat, als Schurke aktiv.«

Max lachte. »Richtig, hat er sich nicht damals noch Mr Kawumm genannt?« Serena zog einen Schmollmund, doch Max ging gar nicht darauf ein. Während er etwas in seinen Laptop tippte, fuhr er fort: »The Rockstar könnte also durchaus auf der Uni gewesen sein, aber wir brauchen mehr Fakten. Was haben wir noch?«

»Nicht viel«, antwortete ich. »Ich hab alle wichtigen Bücher in der Bücherei gewälzt und bin ins Scola-Archiv eingebrochen, weil ich wusste, dass The Rockstar zu seiner Schulzeit den Wetterhahn stehlen wollte. Das Archiv der Äcädemy gibt es ja leider seit Miss Fairchilds Vertretungsunterricht nicht mehr. Jedenfalls habe ich nichts gefunden, nicht den kleinsten Hinweis auf The Rockstars richtigen Namen.«

»Warte mal.« Serena starrte mich an. »Du bist ins Archiv der Scola eingebrochen? Wann?«

Verlegen nickte ich. Max kannte die Wahrheit bereits, aber Serena wusste von diesem Teil des gestrigen Abends bisher noch nichts. »Als ihr den Wetterhahn gestohlen habt. Aber keine Sorge, mithilfe einer Überwachungsdrohne hatte ich alles im Blick, ihr wart zu keiner Zeit euch selbst überlassen.« Ich räusperte mich. »Nun ja, zumindest solange Wer-auch-immer es noch nicht auf mich abgesehen hatte.«

Serena schüttelte enttäuscht den Kopf, ihre Augen waren eisig. »Das ist nicht fair, John. Mit The Rockstars Echtnamen wolltest du noch mehr Extrapunkte sammeln, hast uns aber wissentlich in Gefahr gebracht. So eine Drohne sieht doch nicht so viel wie ein Mensch, es gibt viel zu viele tote Winkel. Das hättest du uns sagen müssen, wir hätten dir außerdem geholfen. Auf gut Glück die Scola-Akten zu durchstöbern dauert ewig, zu dritt hätten wir sicher mehr erreicht.«

Max und ich wechselten einen kaum merklichen Blick. Er wusste immerhin, dass ich die Akten nicht nur auf gut Glück durchgesehen hatte. »Stimmt, tut mir leid. Ich hätte euch einweihen müssen, das war nicht korrekt von mir. Es kommt nicht wieder vor, versprochen.«

Serena nickte. »Gut. Ich schätze, mit Büchern oder Akten kommen wir an dieser Stelle nicht weiter. Wir müssen das anders angehen. Ich könnte meinen Dad aushorchen, auch wenn das vermutlich nicht viel bringen wird. Immerhin wissen wir jetzt, dass The Rockstar Einblick in die Äcädemy hat. Wenn er nicht selbst hier arbeitet, muss er zumindest jemanden gut kennen oder ihn erpressen. Ein Handlanger, Strohmann oder was auch immer, aber das wäre wie die Suche nach der Nadel im Heuhaufen, deshalb ...«

»Kyle«, unterbrach ich sie.

»Kyle? Natürlich, er könnte The Rockstars Handlanger sein. Oder zumindest sein Informant.«

Max schien wenig überzeugt. »Glaubt ihr wirklich, dass der Idiot mit The Rockstar unter einer Decke steckt?«

Ich zuckte mit den Schultern. »Warum denn nicht? Immerhin scheinen beide ein Interesse daran zu haben, mich von der Äcädemy zu mobben.«

»Wir sollten das auf jeden Fall im Hinterkopf behalten«, stimmte Serena mir zu. »Aber lasst uns doch zuerst herausfinden, ob der Schurke hier Lehrer ist. Wer kommt euch verdächtig vor?«

Max sah von seinem Laptop auf, in den er sich inzwischen wieder vertieft hatte. »Wir müssen das mit Fakten eingrenzen, Gefühle sind zu subjektiv.«

»Also Fakten«, sagte ich. »Schön und gut, aber wo sollen wir die hernehmen?«

»Ist dir vielleicht irgendwas an The Rockstar aufgefallen?«, wollte Serena von mir wissen. »Vielleicht erschien es dir im ersten Moment unwichtig, aber alles könnte uns helfen.«

Ich schloss die Augen, um die Szene im Innenhof der Scola noch einmal Schritt für Schritt durchzugehen. »Die Stimme war tief, rau, aber verzerrt, es war also nicht seine echte Stimme. Er war stark, groß und kräftig gebaut.«

»Sehr gut, was noch? Konntest du seine Haarfarbe erkennen?«

»Die kann man ändern«, unterbrach Max Serena, »ebenso die Statur. Zumindest kann man sich größer oder dicker mogeln, als man eigentlich ist.«

»Also haben wir nichts.« Entmutigt ließ ich die Schultern hängen.

»Das würde ich so nicht sagen«, meinte Max und tippte etwas in seinen Computer. »Wir dürfen nicht vergessen, dass es nicht nur Bücher gibt, es gibt auch das Internet, und das ist voll mit Videos von The Rockstar. Komm mal her.«

Ich stand auf und setzte mich neben Max. Serena folgte mir, sie ließ sich auf seine andere Seite fallen. Es knisterte, und sie zog eine Chips- und die angefangene Weingummitüte unter sich hervor.

»Ups, ’tschuldigung«, sagte sie und nahm sich ein Weingummi. »Dann zeig mal her, was du da hast.«

Max startete das Video, und ich fragte mich, warum ich nicht längst auf die Idee gekommen war, im Internet nach The Rockstar zu suchen. Das Video zeigte ihn in *Villain’s Late Night Show*, wo er mit seinen bisherigen Erfolgen prahlte. Die Aufzeichnung war vielleicht schon zwei Jahre alt, aber es war unverkennbar derselbe Mann.

»Und, erkennst du ihn wieder?«, fragte Max.

Ich nickte. »Er war es, ohne Zweifel.« Wobei mir das auch schon vorher klar gewesen war.

Serena schüttelte den Kopf. »Ich glaub's nicht, du bist echt The Rockstar begegnet.« Offenbar stand er direkt nach ihrem Vater ganz oben auf ihrer Lieblingsschurkenliste.

»Sehr gut.« Max öffnete ein anderes Programm.

»Und was jetzt?«, fragte ich. Mir war noch nicht so ganz klar, inwiefern uns diese Erkenntnis weitergebracht hatte.

Ohne vom Bildschirm aufzusehen, erwiderte Max: »Na, das ist doch logisch. Wir analysieren The Rockstar mit diesem Programm hier, indem wir uns alle wichtigen Videos seit Beginn seiner Karriere anschauen. Das dauert eine Weile, aber es wird sich lohnen.«

»Das ist genial, Max«, sagte ich.

»Hast du es denn schon mit einer Gesichtserkennungssoftware oder so was probiert?«, meinte Serena und schob sich einen weiteren Weingummi in den Mund.

Max nickte. »Klar, das Programm läuft im Hintergrund, aber da würde ich mir keine große Hoffnung machen. The Rockstar ist nie ohne Sonnenbrille und Bart zu sehen, nicht einmal auf den Amateurvideos, und wer weiß, ob die Nase echt ist. Aber das ist egal, denn am Ende der Analyse werden wir unumstößliche Fakten haben, und die können wir dann vergleichen.«

Nun packte auch Serena die Begeisterung. »Das ist wirklich genial, fehlen nur noch die Vergleichsdaten.«

»Heute Abend«, sagte ich und war mit einem Mal ganz aufgeregt. »Das ist die perfekte Gelegenheit, um die Lehrer und die anderen Angestellten zu beobachten oder ein bisschen herumzuschnüffeln.«

»Ganz genau«, erwiderte Max. »Wir füttern das Programm mit den Infos, und so können wir die Liste der Verdächtigen schon mal gewaltig eingrenzen.«

Serena sprang auf. Auf dem Weg zur Tür meinte sie: »Ihr könnt ja schon mal mit den Videos weitermachen, ich rufe in der Zwischenzeit meinen Dad an. Vielleicht weiß er etwas über seinen Kollegen, und wir können das Ganze abkürzen.« Sie verschwand aus dem Zimmer.

Sobald die Tür ins Schloss gefallen war, öffnete Max die Gesichtserkennungssoftware auf seinem Laptop. »Er rechnet noch, aber ich glaub nicht, dass da was kommt.« Ich hätte Max und Serena längst einweihen sollen. Endlich drehte ich mich nicht mehr nur im Kreis.

Max konzentrierte sich weiterhin auf seinen Rechner. »Aber wir haben noch das andere Programm, das wegen des geschwärzten Namens. Dann lass uns doch mal schauen, wie weit das ist. Wer weiß, eventuell kann man den einen oder anderen Buchstaben erkennen.« Und tatsächlich fuhr er auf einmal zusammen. Auch ich war sofort wie elektrisiert.

»Was ist? Hast du tatsächlich etwas herausgefunden?« Ich beugte mich wie er näher über das Display.

Wenn er eine Maschine erfunden hätte, die zugleich Krebs heilen und den Welthunger bekämpfen könnte, hätte er nicht mehr strahlen können. »Ich glaub das einfach nicht, wir haben einen Treffer.«

»Was denn? Ich sehe nichts.« Sosehr ich mich auch bemühte, aus dem Programm wurde ich einfach nicht schlau.

»Ich kann dir nicht sagen, wie lang der Name ist oder wie viele Silben er hat, aber ich kann dir sagen, dass er definitiv ein *E* enthält.«

Im ersten Moment war ich enttäuscht, ich hatte tatsächlich damit gerechnet, den ganzen Namen präsentiert zu bekommen. Doch dann hellte sich meine Miene auf. »Das ist großartig, du bist wirklich ein Genie, Max.«

Er winkte ab, strahlte aber immer noch. »Es ist nicht viel, das *E* ist schließlich ein sehr häufig vorkommender Vokal, aber immerhin ist es ein wertvoller Anhaltspunkt. Solche Namen wie Jonathan Taylor oder Max Whitman fallen damit schon mal weg.« Er zwinkerte mir zu.

»Ich hab nicht vergessen, dass du eigentlich Maxwell heißt«, erwiderte ich amüsiert.

Er ignorierte meinen Kommentar. »Müssen wir uns nur noch überlegen, wie wir das Serena erklären, sollte sie sich beispielsweise auf Jacob Frost konzentrieren.«

»Jacob Frost?« Ich sah Max mit hochgezogenen Augenbrauen an.

Er machte eine wegwerfende Handbewegung. »War nur ein Beispielname ohne *E*.«

Auf dem Flur waren Schritte zu hören. Max schloss schnell das Programm und öffnete ein neues The Rockstar-Video. Im nächsten Moment stürmte auch schon Serena ins Zimmer, die Arme voller Sandwiches und Colaflaschen.

»Leider nichts«, sagte sie, doch meine gute Laune konnte das nicht trüben.

Ich war weiter denn je, wir würden The Rockstar finden. Es war nur noch eine Frage der Zeit, bis er für seine Taten büßen würde.

Kapitel 14

Die Halloweenparty war bereits in vollem Gange. Gefeiert wurde im untersten Stock und dort hauptsächlich in der Kantine und der Aula, aber auch draußen auf der Terrasse standen Sitzgelegenheiten bereit. Wie auf der Halloweenparty der Scola kamen mir unzählige The Rockstars entgegen. Jedes Mal blieb mein Herz fast stehen, obwohl ich bezweifelte, dass sich der echte Schurke beziehungsweise der Angreifer von der Nacht zuvor erneut unters Volk gemischt hatte. Erstaunlicherweise waren auch hier viele der angehenden Schurken als Helden verkleidet. Damit hatte ich nicht gerechnet und schon gar nicht damit, dass sogar der Schulleiter ein Eagleman-Kostüm tragen würde. Er hatte sich große Mühe damit gegeben, jedes Detail passte. Wenn ich das gewusst hätte, hätte ich mich ebenfalls als Eagleman verkleidet. So steckte ich, wie so viele andere auch, in einem grauenhaften The Rockstar-Kostüm, das ich mir am liebsten wieder vom Leib gerissen hätte. Max hatte mich dazu überredet.

»Glaub mir, das ist die perfekte Tarnung«, hatte er gesagt.

In diesem Moment betrat Professor Phillips zusammen mit Mr Horn und den anderen Lehrern der Band die Bühne, denn in der Aula war nicht nur das Büfett aufgebaut, dort gab es auch Live-Musik mit verschiedenen Bands. Dieses Mal ging es noch lockerer zu als beim Empfang vor einigen Wochen. Der Hausmeister hatte die Stühle weggeräumt, sodass Platz zum Tanzen war, und das taten wir, während wir der Band zujubelten. Zum Auftakt spielte sie *Walk This Way* von *Aerosmith*. Obwohl ich jeden einzelnen der Lehrer genau beobachtete, konnte ich die Vorstellung dennoch genießen. Die Band war erstaunlich gut, allen voran der Schulleiter an den Drums und Mr Horn an der E-Gitarre. Jetzt, wo ich die beiden kannte, erstaunte mich das noch mehr. Sie machten nicht unbedingt einen musikalischen Eindruck auf mich, aber wie so vieles hier täuschte auch das.

Ich wandte mich Max und Serena zu, nachdem ich mich vergewissert hatte, dass niemand in unmittelbarer Hörweite stand. Max hatte sich erneut als Batman verkleidet, denn der war seiner Meinung nach nicht der klassische Held. Serena steckte – Überraschung – in einem Dr. Nitro-Kostüm. Stolz verkündete sie jedem, der es hören wollte, dass derselbe Schneider auch das Original angefertigt hatte.

»Glaubt ihr, The Rockstar ist wirklich Musiker? Oder haben der Name und die Aufmachung rein gar nichts zu bedeuten?«

Serena sah mich an, als hätte ich zwei Köpfe. »Also erstens hat es natürlich was zu bedeuten. Mein Dad hätte sich ganz sicher nicht den Namen Dr. Nitro gegeben, wenn er mit Sprengstoff nichts am Hut hätte. Und zweitens: Willst du mir jetzt echt sagen, du weißt nichts von The Rockstars Auftritten? Die Musik war sein Markenzeichen.«

Mir wurde ganz warm. »Ach so, das meinst du«, log ich. »Klar weiß ich das. Ich hab mich nur gefragt, ob er professioneller oder doch eher Hobbymusiker war.«

»Vermutlich steht er einfach nur auf Rockmusik«, fügte Max hinzu, der bemerkt hatte, in was für eine Lage ich mich manövrierte. »Wie dem auch sei, diese Überlegung wird uns nicht viel weiterbringen, schätze ich. Aber das hier.« Max holte sein Smartphone aus seiner Jeanstasche und begann, den Auftritt der Band zu filmen. »Los, an die Arbeit. Nehmt so viele Lehrer wie möglich auf, am besten, wenn sie sich bewegen und eindeutige Gesten machen. Wir brauchen Material für das Computerprogramm.«

»Was ist mit den anderen Angestellten?«, fragte ich, während ich mein eigenes Handy zückte. »Sollen wir uns wirklich nur auf die Lehrer konzentrieren?«

»Zumindest muss The Rockstar oder sein Informant einiges mit dir zu tun haben. Überleg mal, er weiß von Max und mir.«

»Kyle weiß auch von euch, aber davon einmal abgesehen muss man doch nur ein guter Beobachter sein. Der Hausmeister zum Beispiel hat die perfekte Tarnung. Niemand verdächtigt ihn, trotzdem bekommt er alles mit.«

»Hey, ist die Party nicht super?«, fragte Cindy, die auf einmal neben uns stand, ein Glas Punsch in der Hand. Sie war als Lady Gaga verkleidet und damit vermutlich die einzige Person hier, die weder ein Schurken- noch ein Heldenkostüm trug.

Ich zuckte zusammen, hoffentlich hatte sie nichts gehört. Es war zwar extrem laut, aber genau deshalb mussten Max, Serena und ich uns auch fast anschreien, um uns überhaupt verständigen zu können. »Die Band ist toll«, sagte ich. »Wie schmeckt der Punsch?«

»Total lecker. Holt euch lieber was, bevor er weg ist. Keine Ahnung, wie viel Nachschub es gibt.«

Max grinste, er hatte vermutlich ebenso wie ich ein Déjà-vu und musste an Mr Springfield und die Situation vom gestrigen Abend denken. »Keine Sorge, die Party hat gerade erst begonnen. So schnell wird der Punsch schon nicht ausgehen.«

Cindy zuckte mit den Schultern und leerte ihr Glas in einem Zug. »Ich werde mir auf jeden Fall gleich noch was holen. Bis später.«

Max runzelte die Stirn. »Vielleicht sollte ich mir auch erst mal das Büfett anschauen. Ich hab schon irgendwie Hunger.«

»Du hast immer Hunger«, erwiderte ich und richtete seinen Arm mit dem Handy wieder auf die Bühne. »Lasst uns weitermachen, wir sind schließlich nicht zum Vergnügen hier.«

»Nicht ausschließlich«, grummelte Max. »Na schön, machen wir erst noch ein paar Aufnahmen von allen, die schätzungsweise Mitte fünfzig sind.«

»Und vergesst die Frauen nicht«, sagte Serena, die ebenfalls schon am Filmen war. Sie konzentrierte sich auf Miss Fairchild, die direkt vor der Bühne stand und erstaunlich viel Spaß hatte. In ihrem Oma-Panzerknacker-Outfit warf sie die Arme in die Luft und sang lautstark mit.

»Frauen?« Max betrachtete Serena skeptisch, die Kamera hing schon wieder schräg in der Luft. »Ist das dein Ernst? The Rockstar ist doch keine Frau.«

Serena stemmte eine Hand in die Hüfte. »Warum nicht? Es ist total sexistisch von euch, einfach anzunehmen, The Rockstar sei ein Mann. Er könnte genauso gut eine Frau sein. Die Stimme des Schurken ist verzerrt, und du hast selbst gesagt, dass man sich größer und dicker mogeln kann. Und dank Bart und Sonnenbrille sieht man auch nicht viel vom Gesicht.«

»Also das überzeugt mich noch lange nicht, und Miss Fairchild ist schon drei Mal nicht der berühmteste Schurke Englands. Schau sie dir doch an.« Einen Moment waren unsere Blicke auf die Lehrerin gerichtet. »Sie hat vielleicht mehr oder weniger die richtige Größe, aber sonst?«

»Siehst du das auch so?«, wollte Serena von mir wissen. Angriffslustig funkelte sie mich an.

Ich zögerte. »Miss Fairchild hat immerhin das Gebäude mit den Äcädemy-Akten in die Luft gesprengt. Zufall? Ich würde jedenfalls niemanden von vorneherein ausschließen.«

»Siehst du?« Serena blickte triumphierend zu Max.

Eine gute Dreiviertelstunde später hatten wir heimlich unzählige Videos von den Lehrern und sonstigen Angestellten gedreht. Die Lehrerband hatte inzwischen ihr Konzert beendet, dafür stand eine andere Gruppe auf der Bühne. Die Mitglieder kamen mir nicht bekannt vor, auf jeden Fall war die Musik ziemlich schlecht. Der Gitarrist schien nur drei Akkorde zu kennen, und die spielte er rauf und runter. Allmählich leerte sich die Aula, und ich steckte mein Smartphone wieder weg.

»Sollen wir erst mal was essen?«, fragte ich in die Runde.

Max war sofort dafür, er bahnte sich kommentarlos einen Weg zu den aufgebauten Büfetttischen am Rand der Aula, ohne Serenas Antwort abzuwarten.

»Herrlich, schaut euch nur die ganzen Crumbles an«, schwärmte er und belud sich bereits seinen Teller.

Serena verdrehte die Augen, nahm sich aber ebenfalls einen Teller und reichte auch mir einen. »Du bist so ein Vielfraß, Max. Eigentlich müsstest du dreimal so viel wiegen wie jetzt.«

»Eifersüchtig?«, fragte er.

»Tolle Kostüme habt ihr an«, meinte Professor Phillips, der wie schon damals beim Empfang auf einmal neben uns stand. Er nahm sich noch ein wenig von der Kürbiscremesuppe und löffelte sie genussvoll, ohne uns dabei aus den Augen zu lassen. »Na, wie gefällt euch die Halloweenparty?«

»Ziemlich cool. Die Band da ist allerdings nicht der Brüller«, fügte Max mit einem Kopfnicken Richtung Bühne hinzu.

Professor Phillips' Mund verzog sich zu einer Grimasse. »Da hast du leider recht. Wir haben sie das erste und vermutlich auch das letzte Mal engagiert. Aber schaut doch später in der Kantine vorbei, dort wird vermutlich eher eure Musik gespielt. Wir haben DJane Lucy für heute Abend verpflichtet.«

»DJane Lucy?« Max bekam große Augen. »Sie ist wirklich hier in der Kantine?«

»Wer ist das?«, wollte ich wissen.

»Hast du etwa noch nie von ihr gehört?« Max wirkte nahezu geschockt. »An den Wochenenden legt sie in den angesagtesten Clubs Englands auf. Es ist ein Wunder, dass sie heute überhaupt hier ist, sie hatte mit Sicherheit massenhaft gute Angebote für Halloweenpartys im ganzen Land.«

»Wir haben eben unsere Kontakte«, meinte der Schulleiter amüsiert.

Hatte er mir etwa gerade zugezwinkert? Nein, das hatte ich mir ganz bestimmt nur eingebildet. »Vielleicht sollten Sie mit Ihrer Band lieber noch ein paar Zugaben spielen, bevor alle von hier geflüchtet sind«, bemerkte ich mit einem Blick zur Bühne und der sich leerenden Aula.

Professor Phillips zuckte mit den Schultern. »Ach, die kommen schon wieder, wenn die Musik besser wird oder sie Hunger kriegen.«

»Sie spielen wirklich unglaublich gut. Wo haben Sie das gelernt?«

Er hatte wieder diesen verträumten Ausdruck, den er auch bekam, wenn er von seiner praktischen Schurkenzeit redete. »Ach, das fing schon zu Grundschulzeiten an. Ich komme aus einer musikalischen Familie, da war von Anfang an klar, dass ich eines Tages auch ein Instrument erlernen würde.«

»Können Sie denn noch andere spielen?«, wollte Max wissen.

Der Schulleiter lächelte. »Nicht besonders gut, das Schlagzeug ist mein Steckenpferd. Es liegt mir einfach mehr, den Takt vorzugeben. Ah, Poppy, du bringst Nachschub?«

Er trat beiseite, um der Köchin Platz zu machen. Aufmerksam musterte ich die rundliche Frau. Sie war vielleicht etwas zu klein, aber vom Alter her könnte sie der gesuchte Schurke sein. Auf den Händen balancierte Poppy mehrere Tabletts mit gefüllten Blätterteighäppchen, die sie nun auf dem Büfetttisch verteilte. Die fast leeren stapelte sie aufeinander.

»Mmh, lecker«, meinte Max, der sich sofort bediente.

Poppys Gesicht hellte sich auf. »Freut mich, wenn's schmeckt. Schlag nur zu, du könntest ruhig ein paar Pfund mehr auf den Rippen vertragen.«

»Wenn Sie wüssten«, murmelte Serena.

Professor Phillips stellte seine leere Suppenschüssel beiseite. »Poppy, das sind übrigens Serena, John und Max, sie sind im ersten Jahr auf der Äcädemy.«

»Das Essen ist immer ausgezeichnet«, lobte Max mit vollem Mund.

»Sie waren früher als Bankräuberin tätig, richtig?«, fragte Serena.

Poppy nickte, ihre blauen Augen begannen zu glänzen. »Das waren noch Zeiten.«

»Sie war ausgesprochen talentiert«, bemerkte Professor Phillips. »Eine Schande, dass du deine Schurkenkarriere an den Nagel gehängt hast.«

Sie zuckte mit den Schultern. »Tja, irgendwann ist es für jeden Zeit zu gehen.«

»Warum genau haben Sie denn aufgehört?«, fragte ich.

»Ach, wenn man sich plötzlich lieber Kuchenrezepte als Baupläne von Banken ansieht, sollte man sein Leben überdenken. Entschuldigt mich, aber ich muss zurück in die Küche.« Mit überraschend schnellen Schritten lief sie durch die Aula.

»Ich ziehe dann auch mal weiter, amüsiert euch noch schön.« Professor Phillips machte sich ebenfalls auf den Weg, kam aber nicht weit. Nur wenige Meter von uns entfernt blieb er erneut stehen und unterhielt sich mit Cindy und Bonnie. Max, Serena und ich sahen uns an.

»Denkt ihr dasselbe wie ich?«, fragte ich nach einer Weile.

»Wenn du überlegst, ob die Köchin etwas mit The Rockstar zu tun haben könnte, dann ja«, antwortete Serena.

Max zog die Nase kraus. »Weiß nicht. Ich glaube immer noch, dass hinter dem Schurken ein Mann steckt. Außerdem wäre es ganz hilfreich, wenn wir unsere Verdächtigenliste eingrenzen würden, anstatt sie immer länger zu machen. Egal, kommt ihr mit in die Kantine? Ich will DJane Lucy unbedingt live sehen.«

In der Kantine war es im Vergleich zur Aula rappelvoll. Bunte Scheinwerfer schwenkten über die tanzenden Schüler hinweg, sogar einige Lehrer waren dabei. Bei genauerem Hinsehen erkannte ich Mr Horn, der zusammen mit Miss Fairchild eine Art Boogie Woogie aufs Parkett legte. So viel Ausgelassenheit hätte ich den beiden überhaupt nicht zugetraut. Mr Horn hatte sich sein Black-Mamba-Outfit übergeworfen, und zum ersten Mal konnte ich ihn mir als den Schurken vorstellen, der er war. In seinen grauen Stoffhosen und den Pullovern hatte er bisher nämlich so gar nichts Schurkisches an sich gehabt.

Jamie, Giles und Colin schlängelten sich polonaiseartig durch die Menschenmenge. Jamie ging vorneweg, den Wetterhahn in den Händen. Schon den ganzen Abend wurde das Wahrzeichen der Scola stolz präsentiert. Vorhin hatte ich Cindy und Bonnie damit gesehen, sie hatten in der Aula ein Selfie mit dem Hahn in der Mitte gemacht. Ich wusste nicht so recht, was ich davon halten sollte. Einerseits war ich tatsächlich ein wenig stolz. Okay, eigentlich sogar ziemlich, denn natürlich waren wir heute Abend so etwas wie Helden für alle – welch Ironie. Andererseits schämte ich mich aber auch für meine Gefühle und mein Verhalten.

Jemand stieß mir in die Rippe. Zuerst hielt ich es für ein Versehen, doch dann entdeckte ich Kyle. Natürlich, wer sonst? Mit dem Kopf deutete er zu Jamie, Giles und Colin.

»Du bist wohl mächtig stolz auf dich, was, Taylor? Aber bilde dir bloß nicht zu viel darauf ein. Es wäre ein Leichtes gewesen, dich aufzuhalten.«

Forschend sah ich ihm direkt in die Augen. »Dir ist es offensichtlich nicht gelungen.«

»Ich weiß nicht, was du meinst, Versager.« Kyle verschwand so schnell in der Menge, wie er gekommen war.

»Idiot«, murmelte ich. Wenn er wenigstens endlich Tacheles reden würde.

»Das ist DJane Lucy«, schrie Max mir zu, der anscheinend überhaupt nichts mitbekommen hatte. Mit dem Kopf deutete er Richtung Mischpult.

Da Mr Denham im Joker-Kostüm direkt davor stand und offenbar mit der DJane flirtete, konnte ich sie zunächst nicht sehen, doch dann trat der Chemielehrer beiseite. Mir blieb fast der Mund offen stehen. Sie hatte sich als Harley Quinn verkleidet, trotzdem erkannte ich sie sofort.

»*Das* ist DJane Lucy?«

Bevor Max antworten konnte, entdeckte sie uns am Türeingang. Fröhlich winkte sie mir zu, ich winkte zurück. Max starrte mich von der Seite an, als hätte ich ihm gerade offenbart, ich sei der Osterhase.

»Du kennst sie? Woher?«

»Das ist Lucinda, sie arbeitet in der Äcädemy-Bücherei. Sie hat mir bei der Suche nach der richtigen Lektüre geholfen, als ich für Schurkische Etikette die Extraarbeit geschrieben habe.«

»Sie ist Bibliothekarin, hier an der Äcädemy? Nicht zu fassen, vielleicht sollte ich meine Hausaufgaben öfter mal in der Bücherei machen.«

»Es würde schon reichen, wenn du sie überhaupt mal machen würdest«, bemerkte Serena spitz.

Nanu, was war denn mit ihr los?

»Stellst du sie mir vor?«, fragte Max. »Ich muss sie unbedingt kennenlernen.«

Ich warf einen Blick auf meine Armbanduhr. »Na schön, aber danach sollten wir uns mal überlegen, in welches Lehrerbüro wir als Erstes einbrechen.« Wer hätte gedacht, dass ich innerhalb von zwei Abenden zwei Mal irgendwo einbrechen würde? Was tat ich nicht alles, um Gerechtigkeit zu erlangen?

Jamie, Giles und Colin steuerten auf uns zu, nachdem sie uns bemerkt hatten. Jamie schwenkte nach wie vor den Wetterhahn. »So eine geile Aktion«, meinte er. »Sagt das nächste Mal Bescheid, ich helfe euch.«

»Du willst doch bloß die Extrapunkte abstauben«, erwiderte Serena.

»Was habt *ihr* eigentlich letzte Nacht vorgehabt?«, fragte ich an Giles und Colin gewandt. Ich war den ganzen Tag so mit mir selbst und meinen eigenen Problemen beschäftigt gewesen, dass ich überhaupt nicht mehr an die beiden gedacht hatte.

Sie wechselten einen kurzen Blick. »Ich hab euch im Gemeinschaftsraum belauscht und dachte mir, was ihr könnt, kann ich auch«, antwortete Colin. »Ist nichts Persönliches, aber bei eurer Rückkehr wollten wir euch den Wetterhahn abnehmen. Weil Giles und ich uns ein Zimmer teilen, habe ich ihn eingeweiht.«

Die Bemerkung mit Giles war offensichtlich an Jamie gerichtet. Er schien beleidigt zu sein, weil niemand ihn in die nächtlichen Aktionen einbezogen hatte, doch ich hatte andere Sorgen. Colin hatte uns also belauscht und von unseren Plänen gewusst. Was, wenn uns noch jemand belauscht und derjenige versucht hatte, mich in der Scola um die Ecke zu bringen? Kyle. Wenn er und The Rockstar wirklich unter einer Decke steckten, war es nur logisch. Ich glaubte nicht, dass Kyle so unschuldig war, wie er tat. Sofort schoss Adrenalin durch meinen Körper und versetzte mich in Alarmbereitschaft.

»Lasst uns in die Aula gehen, ich brauche was zu essen.« Ich packte Max am Arm und zog ihn hinter mir her.

»Hä? Was willst du denn in der Aula? Du sollst mir doch Lucy vorstellen.«

Schnellen Schrittes lief ich durch die Empfangshalle Richtung Aula, doch nachdem ich mich vergewissert hatte, dass uns niemand beobachtete, stieg ich die Treppe zu den anderen Stockwerken nach oben. Obwohl Max immer noch nicht verstand, was los war, folgte er mir mit Serena im Schlepptau.

»Was ist? Wo willst du hin?«, fragte er verwirrt.

»Ich weiß, wo wir zuerst einbrechen. In Kyles Zimmer.«

Kapitel 15

»Was sollen wir denn in Kyles Zimmer?«, wollte Max wissen.

»Mensch, jetzt denk doch mal nach«, maulte Serena. »Colin war vielleicht nicht der Einzige, der uns belauscht hat.«

»So ist es«, bestätigte ich, während wir die Stufen zu den Schlafzimmern der Jungs nach oben stiegen. Die Gänge lagen wie ausgestorben da, jeder schien sich in der Aula oder der Kantine aufzuhalten.

Bei Max war wohl endlich der Groschen gefallen. »Ah, jetzt verstehe ich. Das könnte erklären, warum Kyle dir gestern in der Scola aufgelauert hat, wenn er es wirklich gewesen ist. Allerdings frage ich mich, seit wann er so viel Ahnung von technischen Dingen hat, denn demnach müsste auch er den Lightning Star gestohlen haben.«

»Wäre das so abwegig? Im Grunde kennen wir Kyle doch gar nicht«, erwiderte ich. »Der echte The Rockstar hat mich jedenfalls gestern nicht mit einer Waffe bedroht, und ich wüsste nicht, wer es außer Kyle noch auf mich abgesehen haben sollte.«

Okay, ich hatte mich als Heldensohn auf eine Schurkenschule eingeschlichen, aber das wusste niemand. Andererseits, Max hatte es auch herausgefunden, wobei er natürlich ziemlich schlau war und mich gut genug kennengelernt hatte. Die

Wahrscheinlichkeit, dass noch jemand die Wahrheit kannte, war jedoch gering. Wenn es jemand wusste, würde er es garantiert nicht wie Max für sich behalten.

»Aber wenn Kyle wirklich der Informant oder Handlanger von The Rockstar ist«, überlegte Max weiter, »warum hätten dir denn dann gestern gleich beide auflauern sollen? Das ergibt doch überhaupt keinen Sinn.«

»Vielleicht war der Schurke nur vorsichtshalber da, um im Notfall eingreifen zu können. Vielleicht bildet er auch seinen Nachfolger aus und wollte schauen, wie der sich macht. So oder so, ich durchsuche jetzt Kyles Zimmer. Eventuell finden wir etwas, das Klarheit in die ganze Sache bringt.«

»Hat jemand von euch Kyle unten auf der Party gesehen?«, fragte Serena. »Ich bin nicht scharf darauf, mich von ihm erwischen zu lassen.«

»Er hat sich gerade mit Mr Denham unterhalten«, antwortete Max und hielt uns im dritten Stock die Glastür zu den Schlafzimmern der Jungs auf. »Wisst ihr, welches Zimmer ihm gehört?«

Ich nickte. »Klar.« Dabei war das nicht selbstverständlich. Ich hatte Kyle extra eines Abends beobachtet, weil ich mir schon gedacht hatte, dass diese Information nützlich sein könnte.

Wir blieben eine Weile in dem schummrig beleuchteten Gang stehen und lauschten, doch es waren keine Stimmen oder sonstigen Geräusche aus den Schlafräumen zu hören. Serena zog ihr Dietrich-Set aus der Hosentasche, das sie wie ihre heiß geliebten Dynamitstangen immer dabeihatte, und machte sich an der Tür zu schaffen.

»Glaubt ihr denn, Kyle könnte wirklich mit The Rockstar unter einer Decke stecken?«, fragte ich, während wir Serena bei der Arbeit beobachteten.

Max und Serena warfen mir einen kurzen Blick zu, aber es dauerte, bis ich eine Antwort bekam. Max sprach als Erster. »So richtig vorstellen kann ich mir das nicht. Warum sollte er? The Rockstar ist doch auch nicht direkt hinter dir her, er will dich nur daran hindern, seine Identität aufzudecken. Die Frage ist aber nach wie vor, was Kyle eigentlich gegen dich hat.«

»Das werden wir hoffentlich gleich herausfinden«, meinte Serena und stieß die Tür zum Zimmer auf.

Wir gingen alle in Deckung, weil wir mit einer erneuten Säureattacke oder etwas in der Art rechneten, doch es geschah nichts. Skeptisch sahen wir einander an.

»Das ist zu einfach«, murmelte Serena und steckte vorsichtig den Kopf durch die Tür.

Im selben Moment schoss ein Pfeil durch die Luft, direkt auf sie zu. Gerade noch rechtzeitig konnte ich sie beiseitestoßen. Unsanft prallten wir gegen den Türrahmen. Der Pfeil schlug mit der Spitze voran an die gegenüberliegende Wand und fiel nahezu lautlos zu Boden, da der Flur mit dunkelblauem Teppich ausgelegt war.

»Das war knapp«, sagte Serena und rieb sich über ihre rechte Schulter. »Danke.«

»Keine Ursache.« Vorsichtig tastete ich mich im Zeitlupentempo vor, die Augen überall. Es blieb ruhig. »Ob er eine Kamera in seinem Zimmer angebracht hat?« Zu sehen war nichts, aber eine Kamera konnte man schließlich überall verstecken.

»Keine Namen«, riet Max uns leise, »und wir sollten nur flüstern. So ist es schwieriger, einzelne Stimmen zu erkennen.«

»Zum Glück sind wir kostümiert«, meinte Serena und schaute mich an. »Vielleicht hätten wir uns alle als The Rockstar verkleiden sollen.«

Ich zuckte mit den Schultern, Kyle würde ohnehin ahnen, wer in sein Zimmer eingebrochen war. »Los, beeilen wir uns lieber. Wer weiß, ob der Pfeil nicht auf irgendeine Weise Kyle darüber benachrichtigt hat, was hier los ist.«

Wir schlüpften ins Zimmer und schlossen lautlos die Tür hinter uns.

Anfangs gaben wir uns noch Mühe, damit unsere Durchsuchungsaktion nicht auffiel, doch dann ließen wir es bleiben. Kyle würde es so oder so sofort merken, und wir verloren nur kostbare Zeit. Er hatte das Zimmer für sich alleine, was wohl entweder ein Privileg des Abschlussjahrgangs oder aber der Vertrauensschüler war. Während ich die Schubladen des Schreibtisches durchwühlte, rechnete ich jeden Moment damit, dass die Tür aufsprang und ein wütender Kyle hereinstürmte, doch das passierte nicht. Max hatte sich den Laptop vorgeknöpft, der zwar durch ein Passwort gesichert war, was aber kein Problem darstellte. Serena inspizierte den Kleiderschrank. Immer wieder schaute ich zur Uhr, inzwischen waren bereits zehn Minuten vergangen, und wir hatten noch nichts gefunden. Keinen Hinweis, warum es Kyle auf mich abgesehen hatte, und auch keine Spur einer eventuellen Zusammenarbeit mit The Rockstar. Ehrlich gesagt hatte ich ohnehin nicht geglaubt, auf etwas Interessantes zu stoßen. Kyle war vieles, aber nicht blöd. Dennoch war ich enttäuscht. Weitere zehn Minuten später war ich drauf und dran aufzugeben.

»Lasst uns lieber gehen, wir sollten unser Glück nicht überstrapazieren.«

»Moment noch.« Max war nach wie vor mit dem Laptop beschäftigt.

»Wie sieht's aus?«, fragte ich und setzte mich neben ihn aufs Bett. »Was dabei?«

Er schüttelte den Kopf. »Bisher nicht.«

Ich beobachtete, wie Max Ordner für Ordner in Kyles E-Mail-Programm durchging, Absender beziehungsweise Empfänger und Betreffzeilen prüfte. Serena kletterte hinter uns auf die Matratze und schaute zum dritten Mal den Inhalt der Regale durch.

»Da muss doch was sein«, murmelte sie, während sie ein Buch nach dem anderen in die Hand nahm und grob durchblätterte.

»Warte«, sagte ich zu Max, als mir ein ungewöhnlicher Absender auffiel. »Scroll noch mal hoch.« Fragend zog er die Augenbrauen nach oben, und ich zeigte auf die entsprechende Zeile. Besagte E-Mail stammte von einem Absender namens *Omas Backstube*, der Betreff lautete Kürbis-Nuss-Kuchen. Max öffnete die Mail, und meine Augen hefteten sich auf die Antwort von *Omas Backstube*:

»Aufgrund deiner Unfähigkeit wird sich nun jemand anderes darum kümmern.«

Ungefragt scrollte Max weiter nach unten, damit wir lesen konnten, worauf sich die Antwort bezog. Schon beim ersten Wort pumpte mein Herz massig Adrenalin durch meine Adern. Ohne den Blick vom Bildschirm zu nehmen, griff ich hinter mich nach Serenas Wade.

»Was?«, fragte sie im Flüsterton, ich gab keine Antwort. Nur wenige Sekunden später spürte ich, wie sie sich hinter uns kniete und ebenfalls zu lesen begann.

»John und Co. wollen sich bei der Halloweenparty der Scola einschleichen. Soll ich sie dort maskiert erwarten?«

Stille trat ein, in der ich mein eigenes Herz schlagen hörte. Irgendwann holte Max einen USB-Stick aus den Tiefen seines Kostüms und zog die Daten darauf. Vermutlich würde er später versuchen, den ominösen Absender zuordnen zu können. Serena schnappte hörbar nach Luft.

»Ich glaub das einfach nicht, Kyle hat es wirklich auf dich abgesehen, und er arbeitet nicht alleine.«

»Wir sollten zum Schulleiter gehen«, schlug Max vor, nachdem er den USB-Stick wieder eingesteckt und den Laptop zugeklappt hatte.

»Nein!« Abrupt drehte ich mich zu ihm um. »Wir dürfen niemandem vertrauen, außerdem komme ich schon alleine damit klar.«

»Aber irgendwas sollten wir tun, meint ihr nicht auch?«, fragte Max.

»Erst einmal verschwinden wir aus diesem Zimmer«, antwortete Serena und lächelte verschmitzt. »Aber vorher revanchieren wir uns noch für das Säuredebakel.«

Wir mischten uns erneut unters Partyvolk, denn einfach abzutauchen wäre viel zu auffällig gewesen. Die Stimmung war noch ausgelassener geworden, ganz offensichtlich hatte jemand Alkohol auf die Feier geschmuggelt. Serena, Max und ich schwiegen uns jedoch an, während alle um uns herum wie gestern Abend in der Scola den Hokey Pokey tanzten. Selbst Lucinda alias DJane Lucy machte hinter ihrem Mischpult mit. Max bat mich nicht noch einmal, sie ihm vorzustellen. Natürlich hatten wir längst vermutet, dass Kyle hinter den Angriffen steckte, doch es nun definitiv zu wissen, war etwas anderes. Wie lautete sein Auftrag? Wie weit würde er gehen? Offenbar wollte er mich von der Äcädemy jagen, das hatte er gleich am ersten Tag ziemlich deutlich gemacht. Aber war er bereit, mich zu töten, wenn ich ihm den Gefallen nicht tat?

Meine Augen wanderten zu Kyle, der zusammen mit anderen älteren Schülern am Rand stand und sich über den Hokey Pokey lustig machte. Er sah kurz zu mir herüber, doch sein Blick war wie so oft undurchdringlich. Wenigstens schien er bisher nicht zu wissen, dass wir in seinem Zimmer gewesen waren.

Max sprach als Erster das aus, was wir alle dachten. »Also steckt er doch mit The Rockstar unter einer Decke. Das ist einfach unglaublich. Aber warum? Was ist sein Ziel?«

»Ich soll von hier verschwinden«, antwortete ich ohne zu zögern.

»Wieso?«, fragte Serena.

»Das ist nicht schwer zu erraten«, erwiderte Max. »The Rockstar hat Kyle beauftragt, weil John hier viel mehr Möglichkeiten hat, hinter dessen Identität zu kommen, als wenn er noch zu Hause wohnen oder auf eine normale Schule gehen würde.« Er drehte sich zu mir. »Sieh mal, wie weit du schon gekommen bist. Und schließlich bist du ...«

Ich boxte ihn unauffällig in die Seite. Natürlich war ich Eaglemans Sohn, aber es fehlte mir gerade noch, dass Max sich vor Serena verplapperte.

»Also ich meine ...« Räuspernd brach er ab, er warf Serena einen kurzen Seitenblick zu. Sie schien jedoch gar nicht mitzubekommen, dass Max seinen Gedanken nicht zu Ende gebracht hatte.

»Wir scheinen zumindest auf der richtigen Fährte zu sein«, sagte sie. »The Rockstar bekommt Muffensausen, sonst würde er sich doch nicht die Mühe machen, Kyle auf dich anzusetzen.«

Ich wollte zu gerne wissen, warum Kyle sich auf so etwas einließ. Erhoffte er sich Extrapunkte, Kontakte oder gar Hilfe vom erfolgreichsten Superschurken aller Zeiten?

In der Kantine war es ungewöhnlich leer und ruhig. Zwar gab es am Wochenende verlängerte Essenszeiten, doch nach einer Nacht wie der letzten war den meisten selbst zwölf Uhr zu früh. Max konnte sich die erste Mahlzeit des Tages natürlich nicht entgehen lassen, und obwohl ich kaum ein Auge zugetan hatte, begleitete ich ihn. Nun war ich ohnehin schon wach. Nur wenige Schüler hatten den Weg nach unten gefunden, gedankenverloren löffelten sie ihre Cornflakes. Auch der Lehrertisch war nicht so voll und lebendig wie sonst, einzig Miss Fairchild und Mr Chao machten einen erholten Eindruck. Professor Phillips und Mr Horn unterhielten sich, aber Mr Horn wirkte verkatert und so, als ob er kaum zuhören würde.

Max und ich versorgten uns mit Rührei, Speck und Orangensaft, dann setzten wir uns an den für unseren Jahrgang vorgesehenen Tisch und begannen schweigend zu essen. Die Dekoration baumelte nach wie vor von der Decke, doch abgesehen von dem schalen Geruch nach Orangenpunsch erinnerte nichts mehr an die Party der vergangenen Nacht. Wie die anderen döste ich vor mich hin. Max hatte seinen Teller bereits nach wenigen Minuten leer geputzt und holte sich Nachschlag.

»Warte, ich komme mit«, sagte ich.

Da stürmte auf einmal Kyle in die Kantine und direkt auf mich zu. Seine Schritte hallten in der schläfrigen Atmosphäre so laut wider, dass alle interessiert die Köpfe hoben. Fast hoffte ich, Kyle würde die Nerven verlieren und sich vor den Augen des Schulleiters auf mich stürzen, doch so dämlich war er nicht. Er packte mich am Arm und zog mich nach draußen auf die Terrasse in die kalte Novemberluft.

»Was soll das?«, presste er zwischen zusammengebissenen Zähnen hervor, vermutlich um nicht zu schreien.

»Ich weiß nicht, was du meinst«, antwortete ich ruhig, während ich mich losriss und die Arme vor der Brust verschränkte.

Meine Ruhe schien Kyle erst recht auf die Palme zu bringen, er ballte die Hände zu Fäusten. »Kannst du mir vielleicht erklären, wie ich diese ätzende Säure von meinem Zimmerboden entfernen soll?«

»Klar. Wenn du mir sagst, was ich mit den Löchern in meinem Boden machen soll.«

Er trat einen Schritt näher auf mich zu, an seiner Schläfe pochte eine Ader. Es war nur allzu deutlich, wie sehr er sich beherrschen musste, nicht an Ort und Stelle auf mich loszugehen. »Pass bloß auf, Taylor. Ich mach dich fertig.« Mit schnellen Schritten entfernte er sich über die vom Nebel noch feuchte Rasenfläche.

»Versuch's nur«, rief ich ihm cool hinterher, und erstaunlicherweise fühlte ich mich tatsächlich ruhig. Kyle war alleine, doch ich hatte Max und Serena an meiner Seite.

Ich war es leid, das Opfer zu spielen, und es brachte mich auch keinen Schritt weiter. Kyle, The Rockstar und alle anderen sollten sehen, dass sie mit mir nicht machen konnten, was sie wollten. Ab sofort würde ich zurückschlagen, auch wenn ich mir das Leben damit noch schwerer machte.

Kapitel 16

Die Wochen nach Halloween vergingen wie im Flug. Die Bäume verloren ihre bunte Blätterpracht, und die Luft wurde mit jedem Tag kälter. Ende November fiel der erste Schnee. Die meisten Schüler lieferten sich Schneeballschlachten, die jedoch etwas anders ausfielen, als ich sie aus meiner Kindheit kannte. Einige aus den älteren Jahrgängen bauten sogar eine Maschine, welche die Schneebälle im Tempo einer Maschinenpistole abfeuerte. Mehr als einmal wurde ich auf dem Weg zur Monorail von so einem Geschoss getroffen.

Max, Serena und ich hatten jedoch kaum Zeit, uns an dem Spaß zu beteiligen. Serena gab mir wie versprochen Nachhilfe in Sachen Sprengstoff, wann immer wir Zeit dazu fanden. Nachdem Mr Denham verkündet hatte, wir hätten am Ende des ersten Halbjahres auch in Chemie eine praktische Prüfung zu bestehen, war das umso wichtiger. Anfangs stellte ich mich noch ziemlich dumm an. Ich hatte einfach kein Gefühl für Sprengstoff und sträubte mich innerlich ein wenig dagegen, denn mal ehrlich: Auch wenn Sprengstoff nicht von sich aus böse war, so galt das doch für die Dinge, die ich damit anstellen sollte. Serena verlor fast die Geduld, doch im Laufe der Wochen wurde ich zumindest etwas besser. Außerdem beobachteten wir die Lehrer und Angestellten, drehten heimlich

Videos, sammelten Informationen und fütterten Max' Programm damit. Einige Personen fielen theoretisch schon dadurch weg, dass ihr Name nicht den Buchstaben *E* enthielt, wie zum Beispiel Xin Chao, aber wir schlossen trotzdem niemanden von Anfang an aus. Vielleicht hatte einer der Lehrer seinen Namen inzwischen geändert, aus welchem Grund auch immer. Der Hinweis mit dem Buchstaben *E* im Echtnamen von The Rockstar war demnach lange nicht so wertvoll, wie wir am Anfang vermutet hatten. So mussten wir uns jedoch auch keine weitere Lüge für Serena einfallen lassen, der einzige Vorteil an der ganzen Sache. Manchmal fragte ich mich, wofür wir uns die ganze Arbeit überhaupt machten. Wenn The Rockstar nun gar nicht an der Äcädemy arbeitete? Dann wäre all die Mühe umsonst, aber wir gaben trotzdem nicht auf. Zu wissen, dass er nicht zum Personal der Äcädemy gehörte, wäre immerhin auch ein Hinweis.

Nebenbei hatten wir alle Hände voll zu tun, nicht in Kyles Fallen zu tappen, die immer gefährlicher wurden. Am ersten Dezember hing am frühen Morgen ein Adventskalender an unserer Türklinke. Max, der überhaupt nicht skeptisch war, dass nur bei uns so ein Kalender angebracht war, wollte natürlich sofort das erste Türchen öffnen und den Inhalt futtern. Im letzten Moment konnte ich ihn davon abhalten. Keine Ahnung, ob die Schokolade explodierte, sobald man darauf biss oder ob sie vergiftet war, aber etwas konnte nicht damit stimmen. Als wir sie später untersuchten, stellte sich heraus, dass sie tatsächlich Gift enthielt. Zwar nicht genug, um einen umzubringen, aber doch so viel, um einen für einige Tage ans Bett zu fesseln.

Kyle versteckte eine Mine mit Drucksensor in meinem Wäschestapel, der aus der Wäscherei kam. Als ich eines Morgens nach einem sauberen Kaschmirpullover griff, konnte ich mich gerade noch rechtzeitig mit einem Hechtsprung unter den Schreibtisch retten. Die Wäsche in meinem Schrank explodierte in einem ohrenbetäubenden Knall, Stofffetzen segelten ganz langsam durch die Luft und zu Boden. Max, der im Badezimmer gewesen war, stürmte ins Zimmer und schaute sich ungläubig um. Später am Tag durfte ich dem Hausmeister erklären, warum ich einen ganzen Satz neuer Schuluniformen brauchte.

Ein anderes Mal brachte Kyle direkt im Türrahmen unseres Zimmers eine Laser-Stolperfalle an. Der rot leuchtende Strahl war auf Knöchelhöhe kaum zu sehen, löste aber den damit verbundenen Sprengsatz aus, sobald man ihn unterbrach. Es war nur Serenas Gespür für Sprengstoff zu verdanken, dass Max und ich nichts abbekamen.

Wir revanchierten uns, indem wir ein Gerät in Kyles Zimmer anbrachten, das Lähmungsstrahlen abschoss. Dass wir damit Erfolg hatten, bekamen wir nur durch Zufall mit. Als wir nach der Mittagspause am Sekretariat vorbeigingen, entschuldigte ein Mitschüler Kyle gerade für den Nachmittagsunterricht.

Sich an Kyle zu rächen, war jedoch gar nicht so einfach, denn schließlich wollten wir, im Gegensatz zu ihm, niemandem ernsthaft schaden. Es ging uns darum, Kyle zu zeigen, dass er so nicht mit uns umspringen konnte. Zudem wollten wir ihn provozieren, in der Hoffnung, er würde einen Fehler machen und uns durch eine unvorsichtige Bemerkung einen wertvollen Hinweis geben. Zwar funktionierte es, er geriet richtig in Rage, doch einen Fehler machte er leider nicht.

Erstaunlicherweise schienen die Schäden, die Kyles Fallen verursachten, weder die Lehrer noch das Internatspersonal zu stören, doch das wunderte mich nicht mehr. Das war schließlich die Äcädemy, und offensichtlich gehörten solche »Hänseleien« zum Schurkenalltag dazu.

Über die Weihnachtsfeiertage fuhren die meisten von uns nach Hause, ich ebenfalls. Ich freute mich auf Mum und meine Geschwister, obwohl ich vorher lange überlegt hatte, ob ich es wirklich riskieren sollte. Direkt nach den Weihnachtsferien begann die Prüfungsphase, denn Ende Januar war das erste Halbjahr bereits vorbei. Demnach würde ich viel lernen müssen, und ich konnte mich wohl schlecht mit *Wenn der Atomstrahl auf die Wettermaschine trifft – Praktische Anwendungsgebiete für Superwaffen* ins Wohnzimmer setzen, während Mum und die anderen einen Weihnachtsfilm schauten. Doch als wir Erstklässler an einem Adventssamstag nach Scarborough fuhren, um dort Weihnachtsgeschenke zu besorgen, hatte ich die rettende Idee. Ich seilte mich für eine halbe Stunde ab, vorgeblich, um ein Geschenk für Serena zu kaufen, und suchte die Buchhandlung auf, die schon seit Jahrzehnten alle angehenden Superhelden mit Literatur versorgte. Dort kaufte ich mir ein paar Heldenbücher mit Schutzumschlag, damit ich deren Umschläge für meine Äcädemy-Bücher verwenden konnte.

Ein anderes Problem waren die Scola-Schüler, diese würden nämlich im selben Zug wie wir nach London fahren. Unter den älteren Jahrgängen gab es kein anderes Thema mehr, offenbar war es eine lange Tradition, sich im Zug ein wenig zu kabbeln. Justin und Co. würden jedoch auch dort sein, und sie durften mich unter keinen Umständen sehen. Aber Max hatte mir versprochen, mir zur Seite zu stehen. Es gefiel mir ganz und gar nicht, aber wir würden es spontan auf uns zukommen lassen müssen.

Am Morgen vom Heiligabend herrschte ausgelassene Stimmung in der Kantine, alle freuten sich auf die Heimfahrt. Die Äcädemy war zur Adventszeit noch schöner geschmückt als zu Halloween. Im Eingangsbereich stand ein riesengroßer Tannenbaum, doch die Lichter daran waren das einzig Traditionelle. Er war mit leuchtend roten Dynamitstangen in Form von Zuckerstangen und gold-glänzenden Wurfsternen geschmückt. Auch in der Kantine stand ein kleiner Baum, außerdem hingen überall Mistel- oder Stechpalmenzweige, bunte Girlanden und Rentiere. Es roch nach Zimt und Ingwer.

Als das Frühstück vorbei war, wurde es hektischer. Nach und nach sammelten sich alle Schüler mit ihrem Gepäck im Eingangsbereich, tauschten letzte Geschenke aus oder verabschiedeten sich lautstark voneinander. Anschließend wurden wir auf die Vans verteilt, die uns zum Bahnhof in York bringen würden.

Es war ein ungewöhnlich schöner Tag. In der Nacht hatte es geschneit, sodass über allem eine weiße Decke lag. An diesem Morgen war es zwar sonnig und klar, aber dafür auch klirrend kalt. Der Schnee auf den Bäumen war gefroren, was die Moors wie einen Märchenwald wirken ließ.

Auf dem Bahnhof in York erkannte ich die Gruppe der

Scola-Schüler trotz des vielen Betriebs sofort. Ich zwickte Max in den Arm und deutete unauffällig mit dem Kopf in die entsprechende Richtung. Er nickte mir zu. Und dann passierte etwas, mit dem ich nie im Leben gerechnet hatte. Sowohl die Äcädemy- als auch die Scola-Schüler zogen sich Sonnenbrillen, Skimützen oder Ähnliches auf, vermutlich, um nicht sofort erkannt zu werden. Warum hatte mir das niemand gesagt? Dann hätte ich mich darauf vorbereitet.

Die angehenden Schurken und Helden lieferten sich sofort die ultimative Schneeballschlacht. Jemand hatte die Schneeballkanone aus der Äcädemy mitgebracht, die Scola-Schüler hielten mit einem eigenen Gerät dagegen, das wie ein Mörser Schneebälle verschoss. Die anderen Menschen auf dem Gleis sahen sich das Schauspiel etwas irritiert an.

Max und ich stahlen uns davon, um am anderen Ende des Bahnsteigs auf den Grand Central nach London zu warten. Serena folgte uns missmutig.

»Was ist los?«, wollte sie wissen. »Seid ihr nicht auch gespannt auf die Scola-Schüler?«

»Doch, schon, aber mir geht's gerade nicht so gut«, antwortete Max prompt und fasste sich zur Bekräftigung seiner Worte an den Bauch. »Mir ist immer noch ganz schlecht von der Autofahrt, und ich hab echt keine Lust, mich vor all den Angebern zu übergeben.«

Serena verdrehte die Augen. »Ach Menno, ich hatte mich schon so auf diesen Augenblick gefreut.«

»Geh ruhig zu den anderen«, sagte ich. »Du kannst dich doch mit Bonnie zusammentun. Sie fährt auch bis London.«

Serena schien ehrlich hin und her gerissen zu sein. »Setzt

ihr euch dann auch gleich hier hinten in den Zug? Ich schätze, unsere reservierten Plätze sind vorne bei den anderen.«

»Ich hätte lieber meine Ruhe«, erwiderte ich zögerlich, weil ich mich schlecht dabei fühlte. Serenas Enttäuschung stand ihr förmlich ins Gesicht geschrieben, aber ich musste vorsichtig sein. Auch ihr zuliebe konnte ich nicht riskieren, Justin über den Weg zu laufen. »Ich wollte schon mal ein bisschen lernen, verstehst du? Bis zu den Prüfungen sind es nur noch zwei Wochen. Wenn ich jetzt nicht anfange, falle ich garantiert durch.«

Serena nickte seufzend. »Ich hasse es, wenn du recht hast. Na schön, ich bin gleich wieder da.« Sie sah auf ihre Uhr. »Wir haben noch zehn Minuten, bis der Zug kommt.« Und damit lief sie mit raschen Schritten den Bahnsteig zurück. Ihr Gepäck ließ sie bei uns stehen.

Wir sahen ihr eine Weile schweigend hinterher, bevor ich mich an Max wandte. »Danke, ich wüsste gar nicht, wie ich das ohne deine Hilfe hätte schaffen sollen.«

Er machte eine wegwerfende Handbewegung. »Keine Ursache, dafür sind Freunde da.«

»Trotzdem. Tut mir leid, dass du dir das jetzt meinetwegen entgehen lassen musst.«

Max angelte ein Päckchen Erdnüsse aus seiner Anoraktasche. Während er die Packung aufriss, sagte er: »Ich bin doch quasi mit einem Scola-Schüler hier.«

Langsam rollte der Grand Central nach gut zwei Stunden Fahrt im Bahnhof King's Cross ein. Es war gar nicht so leicht gewesen, Serena davon zu überzeugen, nicht zu den anderen zu gehen. Der Zug war extrem voll, weshalb wir erst einmal ewig nach freien Plätzen suchen mussten, und dann war es in unserem Abteil auch noch ziemlich laut.

»Lauter wird's bei den anderen auch nicht sein«, bemerkte Serena zurecht.

»Mag sein, aber wer weiß, ob wir dort noch drei Plätze nebeneinander bekommen«, erwiderte Max.

Und so waren wir nach einigem Hin und Her schließlich doch zu dritt im hinteren Teil des Zugs geblieben und hatten die Fahrt ohne unangenehme Zwischenfälle überstanden.

Wir sammelten unser Gepäck zusammen und gingen zur Tür, wo bereits eine lange Schlange darauf wartete, den Grand Central endlich verlassen zu können. Ob die Helden- und Schurkenfamilien am anderen Ende des Bahnsteigs beieinanderstanden, um ihre Kinder zu empfangen? Sehen konnte ich leider nichts, während der Zug immer langsamer fuhr und schließlich mit einem Quietschen zum Stehen kam. Inständig hoffte ich, Mum würde im Auto auf mich warten. Sie war stark erkältet, und ich hatte ihr mehrmals eingeschärft, auf keinen Fall zum Gleis zu kommen. Dort würde sie nur ewig in der Kälte stehen und riskieren, dass die Erkältung noch schlimmer wurde. Aber bei ihr wusste man nie, sie hatte auch bei der Abfahrt nicht auf mich gehört.

»Ich bin schon gespannt auf eure Eltern«, meinte Serena, deren schlechte Laune inzwischen wieder verflogen war. »Und ihr müsst unbedingt meinen Dad kennenlernen.«

Das hatte ich befürchtet. »Ich würde deinen Dad wirklich total gerne treffen, aber ich muss mich gleich von euch verabschieden. Meine Mum wartet im Auto auf mich.« Hoffentlich.

Schon wieder sah Serena enttäuscht aus. »Kannst du nicht noch ganz kurz bleiben? Es dauert doch nicht lange.«

Mein Herz zog sich zusammen, wie ich das hasste. »Geht leider nicht, meine Mum steht bestimmt mal wieder im Halteverbot.« Ich zuckte mit den Schultern. »Tut mir leid.«

»Schade.« Doch schlagartig hellte sich Serenas Miene auf. »Aber dann müsst ihr uns zu Hause besuchen kommen, Mum und Dad würden sich bestimmt riesig freuen, jemanden aus der Schule kennenzulernen. Wir haben ja Nummern getauscht und machen einfach was aus, okay?«

Max nickte. »Auf jeden Fall, klingt gut.«

Ich schluckte. »Klar, gern. Tolle Idee.« Andererseits war ich wirklich gespannt auf Dr. Nitro.

Es ging nur langsam voran in der Schlange, aber nun konnten wir endlich aussteigen. Max ging als Erster, ich reichte ihm das Gepäck.

»Dad!«, schrie Serena auf einmal hinter mir und winkte wie wild.

Sofort erkannte ich den großen Mann mit den dunklen Haaren, dabei sah er ohne seinen Anzug ganz anders aus. Das war also der berühmt-berüchtigte Dr. Nitro, Serenas Vater. Er hatte in eine andere Richtung geschaut, aber nun sah er natürlich direkt zu uns. So ein Mist, warum warteten die Schurkenfamilien denn ausgerechnet hier?

»Träumst du?«, fragte Serena hinter mir und stieß mich in den Rücken.

Ich reichte Max den letzten Koffer und stieg aus, dicht gefolgt von Serena, die sofort an mir vorbeirannte und ihrem Vater in die Arme fiel. Er hob sie hoch und wirbelte sie durch die Luft. Nun wurden auch die anderen Erwachsenen, die gemeinsam mit Serenas Dad gewartet hatten, auf uns aufmerksam, doch nur eine Frau löste sich aus der Gruppe und kam auf Max zu, um ihn ebenfalls in die Arme zu schließen. Sie war ziemlich klein, sehr schlank und hatte kurze schwarze Haare. Im Grunde wirkte sie, als könne sie keiner Fliege etwas zuleide tun, aber der Eindruck täuschte. Hell Girl war tough und risikofreudig, das war allgemein bekannt. Hastig suchten meine Augen den Bahnsteig ab. Ich sah weder meine Mutter noch irgendwelche Superhelden, dafür trotteten die anderen Ăcădemy-Schüler in unsere Richtung.

»Wo ist Mum?«, fragte Serena neben mir.

»Sie wartet zu Hause auf dich, weil sie das Essen für morgen vorbereitet«, antwortete ihr Vater mit tiefer Stimme.

Warum stand ich eigentlich immer noch hier herum? Ich sollte schleunigst verschwinden, doch es war bereits zu spät. Serena wandte sich mir zu.

»Dad, darf ich dir John vorstellen, einen Freund aus der Ăcădemy? Und das ist Max. Max, John, das ist mein Dad, Dr. Nitro.« Ihre Stimme vibrierte fast vor Stolz.

»Hallo, ihr zwei.« Angus Sanders begrüßte erst mich, dann Max mit kräftigem Händedruck. »Du bist also der Sohnemann von Hell Girl. Hi, Trixie, wir hatten noch gar keine Gelegenheit, uns zu begrüßen. Was macht die Arbeit?« Dr. Nitro und Hell Girl schüttelten ebenfalls Hände.

»Es läuft gut, ich kann mich nicht beklagen. Gerade in letzter Zeit gab es haufenweise lukrativer Erfindungen. Und bei dir? Hast du mal wieder was in die Luft gesprengt, oder machst du Weihnachtspause?«

Max warf mir einen entschuldigenden Blick zu, währenddessen lachte Serenas Vater schallend.

»Wir Schurken kennen keine Ferien, nicht wahr?«

Oh Gott, wie war ich nur in diese Situation geraten? Das durfte doch alles nicht wahr sein. Hauptsache, Mum tauchte jetzt nicht auch noch hier auf, denn wie hätte ich ihr das alles erklären sollen?

Nun wandte sich Dr. Nitro mir zu, er musterte mich. »Und was ist mit dir, junger Mann? Wo sind deine Eltern?«

»Oh, ähm, also meine Mum wartet im Auto auf mich, und mein Dad ... Er lebt nicht mehr.«

»Tut mir leid, das zu hören. Wer war dein Vater?«

Seine Augen ruhten auf mir, und auch Hell Girl folgte unserer Unterhaltung neugierig. Mir brach der Schweiß auf der Stirn aus, ich musste hier weg. »Vermutlich kennen Sie ihn nicht, ist auch schon ein paar Jahre her.«

»Er heißt Taylor«, gab Serena bereitwillig Auskunft.

»Taylor?« Ihr Vater überlegte, und ich vergaß für einen Moment das Atmen. »Nein, sagt mir wirklich nichts.«

Ich unterdrückte einen erleichterten Seufzer. »Also, ich sollte mal los. Meine Mutter wird sicher schon ungeduldig.«

Serena kam auf mich zu und nahm mich kurz in den Arm. »Dann frohe Weihnachten, und wehe du packst dein Geschenk vor morgen früh aus.«

»Keine Sorge, meine Mutter wird mich schon daran hindern. Ich wünsche dir schöne Feiertage und dir natürlich auch, Max.«

»Die werde ich haben«, erwiderte er und schlug mir auf die Schulter.

Ich nickte den Eltern kurz zu, dann flüchtete ich regelrecht aus der Menschentraube. Trotzdem hörte ich noch, wie Max zu seiner Mutter sagte: »Das war übrigens John, mein bester Freund an der Äcädemy.«

»John, oh mein Gott!« Mum stieg aus dem rostigen Toyota und fiel mir um den Hals.

Kaum zu glauben, sie hatte tatsächlich im Wagen auf mich gewartet. Mir fiel ein Stein vom Herzen. Sie klang verschnupft, ihre Nase war gerötet, und sie wirkte müde, aber ansonsten sah sie aus wie immer. Ich schloss sie in meine Arme.

»Mensch, bist du groß geworden. Lass dich ansehen.« Sie hielt mich auf Armeslänge von sich und betrachtete mich einen Moment. »Diese blöden Internate«, schniefte sie. »Warum kann die Scola nicht einfach hier in London sein?« Ihre Augen suchten den Parkplatz ab, und sie ließ mich los. »Sag mal, wo sind deine Geschwister?«

»Was ist mit Frank und Lily?«

»Na, sie sollten oben auf dich warten, einer musste dich doch empfangen. Hast du sie denn nicht gesehen?«

Auch das noch. Wenigstens hatten die beiden genauso wenig mit der Heldenszene am Hut wie Mum, so würden die Millers oder wer auch immer sie hoffentlich nicht erkennen. Ich schüttelte den Kopf. »Sie kommen bestimmt gleich zum Auto.«

»Ach, schau doch lieber mal nach ihnen, bevor sie sich ewig die Beine in den Bauch stehen.«

Ich unterdrückte ein Seufzen. »Also gut. Setz du dich wieder ins Auto und stell die Heizung an.«

Ich machte mich auf den Weg, doch sobald ich den Bahnhof betreten hatte und außer Sichtweite war, stürmte ich in einen Kiosk und versteckte mich hinter einem Ständer mit aktuellen Thrillern. Hier würde ich einfach warten und hoffen, dass Frank und Lily diesen Ausgang benutzen würden. Notfalls würde ich behaupten, ich hätte sie nicht gefunden. Jedenfalls konnte ich nicht zurück zum Gleis gehen und nach ihnen suchen, denn dort wimmelte es vermutlich immer noch vor Helden und Schurken. Ich nahm ein Buch aus dem Ständer und tat so, als würde ich darin blättern, doch stattdessen behielt ich den Ausgang im Auge. Menschen hasteten alleine oder in Grüppchen, mit oder ohne Gepäck rein und raus. Im Hintergrund dudelten Weihnachtslieder, gerade lief *Rudolph, the Red-Nosed Reindeer*, das Lieblingslied meines Dads. Zur Weihnachtszeit hatte er es tagelang gesummt. Ich wünschte, er wäre hier, er fehlte mir so sehr.

Zu spät entdeckte ich die Millers, die den Kiosk betraten. Natürlich sah Justin mich sofort, bevor ich rechtzeitig in Deckung gehen konnte. Mit einem süffisanten Grinsen schlenderte er auf mich zu.

»Was treibst *du* denn hier, Taylor?«

»Meine Tante kommt über Weihnachten aus Southampton.« Inzwischen ging mir das Lügen für meinen Geschmack viel zu leicht von den Lippen. »Was ist mit *dir*? Keine Schule?« Ich stellte das Buch zurück in den Ständer und schob die Hände in die Taschen meiner Jeans.

»Weihnachtsferien. Ich sag dir, du verpasst echt was, die Scola ist einfach der Wahnsinn.«

»Schön für dich.«

Sein Grinsen wurde noch breiter. »Ich hab mich gefragt, ob dein Abgang doch andere Gründe hatte. Vielleicht warst du einfach nicht gut genug für die Superheldenschule?« Die Hände in meinen Hosentaschen ballten sich automatisch zu Fäusten. Ahnte er etwas oder wollte er mich nur provozieren? Justin Miller traute ich beides zu. In diesem Moment sah ich auch noch Serena, die am Arm ihres Vaters das Bahnhofsgebäude verließ. In der anderen Hand trug er lässig ihren Koffer, als ob es sich dabei um eine einfache Handtasche handeln würde. Zum Glück war Serena so damit beschäftigt, ihm etwas zu erzählen, dass sie mich nicht bemerkte.

Ich wandte mich wieder Justin zu. »Du kennst die Geschichte mit meinem Dad, aber glaub doch, was du willst.« Und damit ließ ich ihn stehen. Horatio Miller musterte mich misstrauisch, als ich den Kiosk verließ, aber ich nickte ihm nur knapp zu.

Ich hasste mich selbst dafür, aber in diesem Moment waren mir die Schurken eindeutig sympathischer als die Helden.

»So, dann wollen wir mal.«

Meine Mutter stellte die Platte mit dem gefüllten Truthahn auf dem Esszimmertisch im Wohnzimmer ab. Eigentlich wurde erst am fünfundzwanzigsten Dezember das große Weihnachtsessen veranstaltet, aber Mum war wegen meines Besuchs so aufgeregt, dass sie es schon für heute vorbereitet hatte. Vielleicht wollte sie aber auch nur nicht an der alten Tradition festhalten, weil es sie schmerzlich an Dad erinnerte. Dabei war er so oder so allgegenwärtig. Die Spitze auf dem Tannenbaum hatte er ausgesucht, die CD mit der Weihnachtsmusik, die im Hintergrund lief, hatte er gekauft, und die Weihnachtsgirlande an der Decke hatten wir vor vielen Jahren zusammen gebastelt.

Lily war meiner Mutter gefolgt, sie stellte die Schüsseln mit dem gekochten Gemüse und den gestampften Kartoffeln auf den Tisch. »Also wenn die Reste nicht noch für morgen reichen, dann weiß ich auch nicht.«

Mum griff nach dem silbernen Tranchierbesteck, einen Moment betrachtete sie es. Dad hatte den Truthahn immer tranchiert, es war eine seiner liebsten Aufgaben gewesen. Mum setzte ein Lächeln auf und blickte in die Runde, doch ihre Augen verrieten ihre Traurigkeit. »Wer von euch möchte?«

»Willst du?«, fragte Frank an mich gewandt. »Immerhin bist du der Einzige von uns, der in Dads Fußstapfen tritt. Er wäre unglaublich stolz auf dich.«

Mein Magen krampfte sich zusammen, mir wurde schlecht. Was hatte ich nur getan? Ich hatte den Wetterhahn der Scola gestohlen und mich von den angehenden Schurken auch noch dafür feiern lassen. Wenn meine Familie das wüsste, sie wäre so enttäuscht von mir, und ich könnte es ihr nicht einmal verübeln.

»Alles okay? Du bist so blass geworden.« Mum strich mir über den Arm.

Meine Schwester lächelte mir traurig zu. »Er fehlt uns auch, John.«

Ich nickte. »Übernimm du das«, sagte ich zu Frank. »Du bist der Älteste von uns, du solltest die Tradition fortsetzen.«

Mein Bruder zögerte, doch dann stand er auf und ließ sich von Mum das Tranchierbesteck reichen. »Geht lieber in Deckung«, scherzte er und brachte Mum und Lily damit sogar zum Lachen.

Ich beobachtete ihn, während er den Weihnachtsbraten in kleine Stücke zerteilte. Er ging ganz genau wie Dad vor, aber das war es nicht alleine, was mir einen Kloß im Hals bescherte. Je älter er wurde, desto mehr Ähnlichkeit hatte er mit unserem Vater. Ich hatte nur die blauen Augen von ihm geerbt, aber Frank hatte auch die gleichen braunen Haare, die gleiche Größe und Statur. An Mums feuchten Augen und Lilys liebevollem Lächeln erkannte ich, dass sie dasselbe dachten wie ich.

Frank verteilte das Fleisch auf unseren Tellern, Lily die Beilagen, und Mum sprach das Tischgebet. Anschließend ließen wir es uns schmecken.

»Jetzt erzähl doch mal«, bat Mum. »Wie gefällt es dir auf der Scola? Ist es dort so, wie dein Vater es immer beschrieben hat?«

»Genau, hast du schon ein paar Schurken verdroschen?« Frank lachte.

Ich begann zu schwitzen und konnte nur hoffen, die anderen würden mir meine Nervosität nicht anmerken. »Das kommt erst am Ende des Schuljahres in der praktischen Woche.«

»Praktische Woche?«, hakte Mum nach. »Davon höre ich zum ersten Mal.«

»Ist auch ganz neu«, antwortete ich. »Da treffen die Schüler der Scola Super Heroica und der Evil Äcädemy aufeinander, aber frag mich nicht, wie das genau abläuft. Das haben wir noch nicht erfahren, und im Moment sind auch erst mal die Prüfungen wichtig, die nach den Ferien anstehen.«

»Oh, dann wirst du wohl einiges lernen müssen.«

Ich nickte meiner Mutter zu. »Wenn ich sie nicht in den Sand setzen will ...«

Frank winkte ab und nahm sich noch von den gestampften Kartoffeln. »Ach, da würde ich mir an deiner Stelle keinen Kopf machen. Du konntest das Angriffs-Einmaleins der Superhelden doch schon in der Grundschule auswendig.«

Darüber hätte ich mir auch keine Sorgen gemacht, aber mit Weltuntergangsmaschinen und schurkischer Etikette sah das leider ganz anders aus.

»Wie sind die Lehrer?«, wollte Mum wissen.

»Ganz okay. Mr Springfields Augen sind noch schlechter geworden.« Zum Glück hatte ich das Gespräch von Justin und den anderen damals im Zug mitbekommen.

»Mr Springfield ist immer noch da?«, hakte Mum erstaunt nach. »Kaum zu glauben, er hat schon euren Dad unterrichtet. Wer ist denn dein Lieblingslehrer? Ist Mrs Hummings auch noch da? Edward hat sie am liebsten gemocht.«

Mrs Hummings, Mrs Hummings ... Ich versuchte mich an Gespräche mit Dad zu erinnern, aber mir wollte partout nichts einfallen. »Bei Mrs Hummings hatte ich bisher noch keinen Unterricht und mein Lieblingslehrer ... Also eigentlich habe ich keinen, die sind alle nett.«

»Und wie ist die Scola?«, fragte Lily ungeduldig. »Du hast noch gar nicht gesagt, wie dir die Schule gefällt.«

Ich zuckte mit den Schultern und tat cool, dabei war ich froh, dass ich wenigstens einen Teil davon am Tag vor Halloween gesehen hatte. »Genauso, wie Dad sie beschrieben hat. Schön, alt, beeindruckend, allerdings auch ein wenig renovierungsbedürftig.«

Meine Mutter seufzte. »Ach ja, das liebe Geld. Dein Vater hat sich schon immer darüber aufgeregt, dass der Scola kaum Mittel zur Verfügung stehen. Er hatte dem Schulleiter vorgeschlagen, Ehemalige um regelmäßige Spenden zu bitten, obwohl er selbst nie viel hatte. Euer Vater war schon ein guter Mensch …« Ihre Stimme brach, Tränen liefen über ihre Wangen.

Lily, die selbst mit den Tränen kämpfte, griff nach ihrer Hand, ich nahm die andere. Mein Bruder hingegen versuchte, die Stimmung wieder zu heben. Er sah in die Runde.

»Noch jemand Truthahn?«

Als ich am nächsten Morgen aufwachte, brauchte ich einen Moment, bis ich begriff, dass ich in meinem alten Zimmer war. Durch das Fenster fiel nur trübes Licht, Schneeflocken wirbelten vor der Glasscheibe vorbei. Ich horchte in die Stille, doch die anderen schienen noch zu schlafen, also holte ich die Geschenke von Max und Serena aus meinem Rucksack und kroch zurück unter meine warme Bettdecke. Falls Serena mir eine Dynamitstange oder etwas in der Art schenkte, wollte ich das Päckchen lieber nicht in Gegenwart meiner Familie öffnen. Für eine Dynamitstange war die Verpackung allerdings zu klein. Ich hatte trotzdem einen Verdacht, der sich bestätigte, als ich das dunkelblaue Papier auseinanderwickelte: ein Dietrich-Set. »Es kann nie schaden, ein eigenes zu haben«, stand auf der beigefügten Karte. Max hatte mir ein Buch gekauft: *Warum in jedem Helden auch ein Schurke steckt*. Sollte ich mich darüber freuen oder sauer auf ihn sein? Schließlich war ich kein Schurke, auch wenn es im

Moment vielleicht den Anschein erweckte. Aber Max hatte es sicher nicht böse gemeint. Ich bedankte mich bei den beiden per WhatsApp und wünschte ihnen noch einmal frohe Weihnachten, dann versteckte ich die Geschenke in meinem Schrank und machte mich auf den Weg ins Wohnzimmer.

Die anderen waren tatsächlich schon wach, jedoch alle noch im Pyjama. In Schlafanzügen packten wir die Geschenke aus und frühstückten, eine alte Tradition unserer Familie. Später am Tag flimmerte Charles Dickens Weihnachtsgeschichte über den Bildschirm, so wie jedes Jahr. Ich machte es mir mit *Schurkische Attitüde – Korrektes Verhalten als Schlüssel zum Erfolg* im Sessel gemütlich und versuchte zu lernen. Eigentlich wollte ich das in meinem Zimmer machen, aber Mum hatte mich gebeten, mich zu ihnen zu setzen.

»Es ist Weihnachten, und außerdem kommt die Familie in letzter Zeit viel zu selten zusammen.«

Also tat ich ihr den Gefallen. Auch wenn es mir falsch vorkam, hier in diesem Zimmer, umringt von den ganzen Bildern meines Dads, diesen Weg weiterzuverfolgen, aber es gab keine andere Möglichkeit. Ich durfte die Prüfungen nicht vermasseln, denn dann würde ich wahrscheinlich von der Schule fliegen und The Rockstar nie finden.

In der Werbepause stand Mum auf, um uns neuen Tee zu kochen und etwas von dem Plumpudding zu holen. Mein Bruder erhob sich ebenfalls, doch statt wie vermutet aufs Klo zu gehen, saß er auf einmal neben mir auf der Lehne und schaute mir über die Schulter. Ich hatte nicht schnell genug geschaltet, und jetzt konnte ich das Buch nicht mehr zuklappen, denn das hätte viel zu verdächtig ausgesehen.

»Wie Sie einen bösen Plan in die Tat umsetzen«, las Frank die Überschrift und warf mir einen skeptischen Blick zu. »Bist du sicher, dass du das richtige Buch dabeihast?«

Nun klappte ich den Umschlag doch zu und drückte das Cover an meine Brust. »Ähm, also, das ist bloß ein kurzer Einblick in die Welt der Schurken, damit wir sie besser verstehen und bekämpfen können.«

»Gar nicht blöd.« Mein Bruder nickte und ließ mich wieder in Ruhe.

Das war knapp gewesen. Und ich hatte gehofft, mich zu Hause ein wenig von dem ganzen Versteckspiel ausruhen zu können.

Kapitel 17

Die Prüfungen waren noch anstrengender als gedacht, und das war erst der schriftliche Teil. Die praktischen Aufgaben kamen noch auf uns zu, und dabei machte mir die Simulation des Bankraubs, den ich zusammen mit Max und Serena geplant hatte, noch am wenigsten Sorgen.

»Wie ihr sicher schon gehört habt, findet am Ende dieses Schuljahres die praktische Woche statt«, erklärte Professor Phillips nach den schriftlichen Prüfungen am Ende von Superwaffenkunde. »Sie wird zum ersten Mal durchgeführt, betroffen ist auch euer Jahrgang. Ihr werdet in einem extra aufgebauten Parcours Aufgaben lösen müssen, woran euch die Schüler der Scola Super Heroica logischerweise versuchen werden zu hindern.«

»Die Scola-Schüler kommen hierher, zu uns?«, rief Oliver dazwischen.

Professor Phillips nickte, und aufgeregtes Getuschel begann. »Sie werden nicht hier übernachten, aber sie werden fünf Tage lang zu Besuch kommen. Wie genau die Aufgaben aussehen, erfahrt ihr erst, wenn es so weit ist. Wir sind noch in der Planungsphase, aber ihr braucht euch keine Sorgen zu machen, wenn ihr im Unterricht gut aufpasst.« Es klingelte zum Ende der Stunde, und die Ersten standen bereits auf, doch der

Schulleiter klatschte in die Hände. »Wartet bitte noch einen Moment. Eure Leistungen in der praktischen Woche werden benotet, sie fließen zu je einem Drittel in Superwaffenkunde, Heldenkunde und Unbewaffneter Nahkampf ein. Und nun los, bevor ihr zu spät zu Miss Fairchilds Unterricht kommt. Ihr wisst, was sie immer sagt: Pünktlichkeit ist die Höflichkeit der Könige, das gilt erst recht für Schurken.«

Der eine oder andere stöhnte zwar aufgrund der Benotung, aber alle waren aufgeregt wegen des Aufeinandertreffens mit den angehenden Superhelden. Alle außer mir, was Max natürlich spürte.

»Hast du schon einen Plan?«, raunte er mir zu, während wir zusammen mit den anderen den Raum verließen.

Ich schüttelte den Kopf. »Keine Ahnung, wie ich das überstehen soll, ohne aufzufliegen. Vielleicht ignorieren wir Kyle in nächster Zeit lieber und konzentrieren uns wieder darauf, The Rockstar aufzuspüren. Wenn wir ihn bis zum Ende des Schuljahres gefunden haben ...«

Dann hatte sich meine Mission erfüllt, unsere Wege würden sich trennen, und Max und ich würden uns vielleicht nie wiedersehen. Auf jeden Fall wäre unsere Freundschaft vorbei, wir wären fortan Gegner. Niemand von uns sprach es aus, und doch hing dieses Wissen wie eine Regenwolke über uns.

Max straffte die Schultern. »Du hast recht, mittlerweile sollten wir genug Informationen gesammelt haben. Wir müssen die Datenbank allerdings noch um etwas Wichtiges ergänzen. Du erinnerst dich an den Kronjuwelenraub? Wer zu dem Zeitpunkt nicht in London war, fällt automatisch aus der Liste der Verdächtigen.«

»Hey, wartet doch mal«, rief Serena hinter uns. Sie verlangsamte ihre Schritte erst wieder, als sie uns eingeholt hatte. »Warum rennt ihr denn so? Was habt ihr besprochen?«

»Wir beginnen heute Abend mit der Auswertung«, antwortete ich.

Serena verstand nicht sofort, doch dann hellte sich ihre Miene auf. »Sehr gut, wird auch langsam mal Zeit.«

Das Programm auf Max' Laptop rechnete und rechnete. Max und Serena spielten währenddessen eine Partie Schurken-*Monopoly*, bei dem man die Häuser und Hotels der Mitspieler in die Luft sprengen konnte. Ich war zu nervös dafür, konnte aber auch nicht still sitzen und auf den Bildschirm starren. Als ich zum wiederholten Male aufsprang und durchs Zimmer lief, sah Serena mich vorwurfsvoll an.

»Jetzt bleib doch mal ruhig, so bringst du das Programm auch nicht dazu, schneller zu arbeiten.«

»Schon klar, aber ...«

»Ich glaub's nicht, wir haben einen Verdächtigen«, rief Max und griff nach dem Laptop. Dabei warf er aus Versehen das Spielbrett vom Bett, die Holzfiguren kullerten über den Boden bis hin zur Tür.

»Wer ist es?«, fragten Serena und ich fast gleichzeitig, doch Max gab keine Antwort.

Serena beugte sich über seine Schulter, ich setzte mich auf die andere Seite. Auf dem Bildschirm blinkte tatsächlich ein Name in roten Buchstaben. Nach wenigen Sekunden ploppte ein zweiter Name auf, und ehe wir es realisieren konnten noch ein dritter. Wir starrten auf den Laptop.

»Miss Fairchild?«, fragte ich fassungslos, nachdem ich meine Stimme wiedergefunden hatte. »Ernsthaft?«

Serena sah triumphierend in die Runde. »Ich hab doch gleich gesagt, wir sollten die Frauen nicht ausschließen.«

Gut, Miss Fairchild hatte das halbe Archiv in die Luft gesprengt, aber trotzdem hätte ich sie nie als Verdächtige in Betracht gezogen. Ich dachte an Max' Mutter, der ich niemals zugetraut hätte, Hell Girl zu sein und blickte zu Max, der abwehrend die Hände hob.

»Sieh mich nicht so an, der Computer lügt nicht.«

Wir hatten also drei Verdächtige: Theodora Fairchild, Lester Denham und Quentin Horn. Was sollte ich von dieser Liste halten? Miss Fairchild war eine Nummer für sich, Mr Denham hatte mich von Anfang an nicht leiden können, aber Mr Horn? Sicher, hin und wieder hatte ich das Gefühl, er würde sich bei Professor Phillips über mich beschweren, aber er hatte mich nie offen angefeindet und war stets freundlich. Sollte der Mann, der regelmäßig von Poppys Crumbles schwärmte, wirklich The Rockstar sein? Andererseits hätte ich ihn mir unter diesen Umständen auch nicht als Black Mamba vorstellen können.

»Wie wahrscheinlich ist es, dass Mr Horn als Black Mamba und The Rockstar aktiv war?«, fragte ich. »Gibt es Schurken mit zwei Tarnidentitäten?« Zumindest bei den Superhelden war mir nichts dergleichen bekannt.

»Keine Ahnung«, meinte Serena, »aber warum nicht? Auf jeden Fall wäre es mal eine geniale Tarnung.«

Max zeigte mit amüsiertem Gesichtsausdruck auf den Bildschirm. »Witzig, alle Verdächtigen haben ein *E* im Namen.«

»Interessant«, erwiderte ich nur und wechselte sofort das Thema. »Wessen Raum durchsuchen wir denn zuerst?«

Max setzte sich auf. »Moment mal, du willst die Zimmer von den dreien untersuchen? Wenn sie uns erwischen, sind wir erledigt. Das ist dir klar, oder?«

Ich nickte. »Sicher, aber wir haben keine Wahl. Wie sollen wir sonst weiterkommen?«

»Glaubst du denn wirklich, dass wir etwas finden, sollte einer der drei tatsächlich The Rockstar sein? Die sind doch nicht doof und würden niemals Beweise offen herumliegen lassen.«

Ich war verunsichert. Selbst Serena hatte Zweifel? Sie war eigentlich immer für ein Abenteuer zu haben. »Vermutlich nicht, aber man kann nie wissen. Oder hättet ihr vorher gedacht, dass wir was bei Kyle finden?«

»Das nicht, aber Kyle ist nur ein Schüler«, bemerkte Max. »Übrigens komme ich einfach nicht hinter den Absender dieser ominösen Mail. Während der Weihnachtsferien habe ich echt alles versucht.«

»Hat denn jemand einen anderen Vorschlag, wie wir nun weiter vorgehen sollen?«, wollte ich wissen, denn die Sache mit der Mail hatte ich ohnehin längst für eine Sackgasse gehalten. »Ich bin für alles offen.«

Schweigen breitete sich aus, nur das Prasseln der Regentropfen gegen das Fenster war zu hören. Die Stimmung war mit einem Mal gedrückt, auch wenn ich keine Ahnung hatte, warum. Wir waren so dicht am Ziel, einer der drei Äcädemy-Lehrer könnte tatsächlich The Rockstar sein.

Ich räusperte mich. »Ihr müsst da nicht mitmachen, wenn ihr nicht wollt.« Natürlich hätte ich die beiden gerne weiterhin als Verbündete, aber notfalls würde ich das auch alleine durchziehen.

Max und Serena wechselten einen Blick. »Klar bin ich dabei«, sagte Max als Erster. »Ohne mich hättest du doch gar keine Chance, du würdest nachts sofort den Alarm auslösen.«

»Und ich sehe nicht ein, dass ihr die Extrapunkte ohne mich kassiert«, sagte Serena.

Mir fiel ein Stein vom Herzen, die beiden waren einfach unbezahlbar. »Danke, ihr seid die Besten.«

»Es kann trotzdem nicht schaden, die drei Verdächtigen erst noch genauer unter die Lupe zu nehmen«, sagte Max. »Typische Gesten etwa kann man nur schwer ablegen, vielleicht verrät sich einer, wenn wir genauer hinschauen. Jetzt wissen wir ja, worauf wir uns konzentrieren müssen.«

»Na schön«, erwiderte ich seufzend. Wir mussten uns eh erst mal was einfallen lassen, denn wie sollten wir unbemerkt die Schlafräume der Lehrer untersuchen?

»Die Gewerkschaft für Schergen wurde Anfang des zwanzigsten Jahrhunderts gegründet«, erklärte Mr Horn uns am nächsten Tag in *Geschichte der Superschurken*. »Die Gewerkschaft gibt es demnach fast so lange wie die Evil Äcädemy, und das ist durchaus kein Zufall. Nachdem die ersten Schurken auf den Markt drängten und immer mehr Schergen benötigt wurden, brauchte man auch eine Vereinigung, um deren Rechte zu schützen. Wie alle Arbeitnehmer haben auch Schergen ein Recht auf Urlaub, ordentliche Bezahlung und die Einhaltung von vereinbarten Arbeitszeiten. Wer hat ein Beispiel aus der Praxis?«

Mr Horn schob seine Nickelbrille zurecht und schaute in die Runde. Da ich zu dieser Diskussion logischerweise nichts beitragen konnte, machte ich mich auf meinem Stuhl noch etwas kleiner. Immerhin waren die Zeiten vorbei, wo ich permanent aufgerufen wurde, Mr Horn schaute nicht einmal in meine Richtung.

Jamie meldete sich. »Der Schurke muss für die entsprechenden Einsätze geeignete Schutzkleidung zur Verfügung stellen.«

Mr Horn nickte anerkennend mit dem Kopf. »Sehr gutes Beispiel, Jamie.« Er redete weiter, aber ich hörte nicht mehr zu, obwohl ich ihn ganz genau beobachtete. Seit ich wusste, dass er vielleicht The Rockstar war, betrachtete ich ihn mit völlig anderen Augen. Am Abend zuvor hatten wir uns Dutzende The Rockstar-Videos angesehen und waren dabei auch auf einige Amateurvideos gestoßen, in denen der Schurke E-Gitarre gespielt hatte. Inzwischen wusste ich dank Max, dass das sein Markenzeichen als Schurke gewesen war. The Rockstar hatte jede schurkische Tat mit einem großen Auftritt eingeleitet. Man sollte ja meinen, dass ein Verbrecher keine große Aufmerksamkeit auf sich ziehen wollte. Nicht so The Rockstar, der sich wohl allen anderen überlegen fühlte. Der Schurke hatte sogar seine eigene Erkennungsmelodie gehabt. Jedenfalls hatte er eine ganz spezielle Art, die Gitarre zu greifen: Er hielt sie fast senkrecht vor dem Körper. Aber das brachte uns leider nicht weiter, denn bisher hatten wir nur Mr Horn Gitarre spielen sehen. Und der hatte sein Instrument normal umgehängt – wobei The Rockstar vermutlich privat die Gitarre niemals so halten würde wie als Schurke.

Später hatten wir uns sogar noch einige Aufnahmen von Black Mamba angeschaut und mit denen von The Rockstar verglichen. Kein Wort, keine Geste von Mr Horn entging mir während des Unterrichts, aber bisher konnte ich in ihm nicht den gesuchten Schurken erkennen. Andererseits hatte er in seiner Rolle als angestaubter Lehrer auch nichts mit Black Mamba gemein. Sobald ein Held oder Schurke in seinen Anzug schlüpfte, wurde er zu einem anderen Menschen. Demnach brachte es überhaupt nichts, die Verdächtigen einfach nur zu beobachten, und allmählich war ich es auch leid. Es wurde Zeit, wieder aktiv zu werden.

Ich stieß Max in die Seite und deutete mit dem Kopf nach vorne zum Lehrerpult, wo Mr Horn mit ausladenden Gesten seinen Monolog unterstrich. »Heute Nacht ist es so weit«, raunte ich ihm zu. »Wir fangen mit seinem Arbeitszimmer an.«

»Ich würde wirklich gerne mal wieder eine Nacht durchschlafen«, murmelte Max und gähnte ausgiebig. »Zumal wir morgen einige praktische Prüfungen vor uns haben.«

Er und Serena drückten sich hinter mir im Dunkel der Wand herum, während ich mit einem Dietrich die Schlösser zu knacken versuchte. Die Tür hatte tatsächlich mehrere Schließmechanismen, als würde sich dahinter etwas extrem Geheimes verbergen.

»Soll *ich* nicht?«, flüsterte Serena, dabei lag dieser Teil der Äcädemy um diese Uhrzeit wie ausgestorben da.

»Ich komm schon klar.« Zugegeben, das mittlere der drei Schlösser bereitete mir ein wenig Probleme, und vielleicht war es der falsche Zeitpunkt, um zu stolz zu sein, aber ich wollte das alleine schaffen. Max und Serena unterstützten mich in so vielem, dabei war das ja eigentlich meine Suche. Ich hielt inne, lauschte in die Stille. Max gähnte erneut, aber da war noch ein anderes Geräusch. »Hört ihr das?«

»Was denn?«, nuschelte Max, Serena stieß ihn mit dem Ellenbogen in die Seite.

»Da kommt jemand«, bestätigte sie meinen Verdacht. »Los, beeil dich.«

Mein Herzschlag verdoppelte sich, meine Handflächen wurden feucht. Verdammt, warum ging dieses Schloss nicht auf? Es war zu spät, um mit Serena die Plätze zu tauschen.

»Nun mach schon, John«, drängelte sie direkt hinter mir.

Eine Tür quietschte leise, dumpfe Schritte hallten den Flur entlang. Endlich, das Schloss gab mit einem Knacken nach. Ich griff nach der Klinke, die Tür sprang auf. Nacheinander huschten wir ins Zimmer.

»Hoffentlich war das nicht Mr Horn«, sprach Max das aus, was wir alle dachten.

Die Schritte kamen näher, sie hallten in meinen Ohren wider wie Kanonenschüsse. Ich hielt die Luft an, doch sie verstummten fast gleichzeitig. Da stand jemand auf der anderen Seite der Tür. Hastig blickte ich mich um. Wo konnten wir uns verstecken, wenn derjenige das Büro betreten wollte? Aber es war zu dunkel, ich konnte kaum Umrisse erkennen. Die Taschenlampe anzuschalten, wagte keiner von uns. In diesem Moment entfernte derjenige sich. Wir warteten, zählten die Sekunden. Schließlich atmeten Max und Serena synchron aus, ebenso wie ich.

»Mann, war das knapp«, flüsterte Max und schaltete eine spezielle Taschenlampe ein, die den Schein des Mondes simulierte.

»Oh, Scheiße!« Mein Herz hatte sich kaum beruhigt, da legte es schon wieder einen neuen Sprint hin. Ich drückte mich noch enger an die Tür hinter mir.

»Was ist?«, wollte Serena wissen, verstummte aber sofort.

Keine zwei Meter entfernt saß ein Krokodil. Es wirkte wie erstarrt, aber das war es nicht. Es lauerte in Angriffsposition, die kleinen Augen direkt auf uns gerichtet.

Max schnappte nach Luft. »Glaubt ihr, das ist eins von den harmlosen Dingern aus dem Graben?«

Doch die Frage war überflüssig. Jemand hatte uns in die Falle gelockt, oder aber Mr Horn nutzte das Tier als Wachhund. Auf jeden Fall hatte das Krokodil eine völlig andere Färbung und Musterung als die im Wassergraben. Bevor einer von uns noch etwas sagen konnte, schoss es auch schon mit weit aufgerissenem Maul auf uns zu.

Kapitel 18

Serena stieß einen hohen Schrei aus und klammerte sich an meinen Arm. Wir konnten nicht fliehen, die Tür hinter uns ging nach innen auf, und außer dem Dietrich-Set hatte ich nichts parat, was ich als Waffe hätte nutzen können. Max und Serena sahen dem Krokodil entgegen, sie waren zu Salzsäulen erstarrt. Da fiel mir die überdimensionierte Nadel in Serenas Haaren ein. Ich riss sie heraus und schob Serena halb hinter mich, aber es war zu spät. Das Krokodil hatte uns längst erreicht. Meine Hand mit der Nadel zitterte, mir war klar, dass ich mit dieser Waffe nicht viel würde ausrichten können, aber es ging alles viel zu schnell, um sich etwas Besseres einfallen zu lassen.

Das Krokodil hatte es auf Max abgesehen, es hielt direkt auf ihn zu. Max schloss die Augen, ich holte mit der Nadel aus und erwartete seinen Schmerzensschrei – nichts. Das Krokodil fixierte offenbar nicht Max selbst, sondern seine Schultertasche. Mit dem Maul rüttelte es nun wie wild daran, der Schwanz schlug über den Boden. Max verlor das Gleichgewicht und kippte nach vorne, trotzdem hielt er an seiner Tasche fest, während das Krokodil von der anderen Seite daran zerrte. Serena und ich kamen Max zu Hilfe.

»Jetzt lass doch die blöde Tasche los!«, schrie ich.

»Nein! Da ist mein Laptop drin, das ganze Technikzeug, die Erdnüsse ...«

Ich stutzte. »Erdnüsse? Hol sie raus!«

Das Krokodil zog von unten an der Tasche, Max fummelte mit zitternder Hand am Verschluss herum. Der Schultergurt riss, und das Krokodil machte sich sofort an der Tasche zu schaffen. Im Zeitlupentempo beugte ich mich nach vorne.

»Was tust du da?«, fragte Serena entsetzt. Sie wollte mich an der Schulter zurückhalten, doch ich ließ mich nicht beirren. Langsam streckte ich die Finger nach dem Reißverschluss aus, öffnete ihn und suchte blind nach dem Päckchen Erdnüsse. Das Rascheln der Plastiktüte machte das Krokodil noch wilder, nun schoss es direkt auf mich zu. Ich wich zurück, doch es stellte sich bereits mit den Vorderfüßen auf meine Oberschenkel. Die Krallen bohrten sich durch den Stoff meiner Jeans. Das Maul mit den scharfen Zähnen befand sich direkt vor meinem Gesicht, es atmete mich an. Ich erwartete den Geruch von faulem Fleisch, doch überraschenderweise roch es nach Kräutern. Ohne das Tier aus den Augen zu lassen, riss ich das Päckchen Erdnüsse auf und schüttete ihm einen Drittel des Inhalts ins Maul. Das Schwanzwedeln wurde noch stärker, es hatte jetzt etwas von einem aufgeregten Welpen.

»Das schmeckt dir, was?«, sagte ich in beruhigendem Tonfall und streckte meine Hand nach dem Tier aus. Vorsichtig strich ich über seine Maulspitze, was ihm tatsächlich zu gefallen schien.

»Nicht zu fassen, das blöde Vieh frisst mir meinen Proviant weg«, murmelte Max.

»Hast du noch mehr davon?«, fragte ich.

Er nickte. »In der Tasche müssten noch ein paar Päckchen sein.«

»Sehr gut. Ich kümmere mich um ihn hier, ihr durchsucht das Büro.«

Max und Serena wechselten einen Blick, Max begann sogar zu schmunzeln. »Ich wusste gar nicht, dass du wie ein Mädchen schreien kannst.«

»Ich hab nicht geschrien.« Serena funkelte ihn wütend an, dann bückte sie sich nach der Nadel, die ich vorher hatte fallen lassen, schüttelte ihre Haare aus und befestigte sie wieder auf ihrem Kopf.

Ich stieß ein Seufzen aus. »Könntet ihr vielleicht mit dem Durchsuchen beginnen, während ihr euch streitet? Danke.«

»Mann, bin ich müde«, meinte Max am nächsten Morgen beim Frühstück. »Wenn das Ganze wenigstens was gebracht hätte, aber wir sind keinen Schritt weiter als vorher.«

Das stimmte leider, in Mr Horns Büro hatte sich absolut nichts Interessantes oder Aufschlussreiches gefunden. »Wir müssen mit den Schlafräumen weitermachen«, sagte ich leise. Die anderen an unserem Tisch waren voll und ganz mit ihrem Essen beschäftigt.

»Und wie stellst du dir das vor?«, wollte Serena wissen. »Wir können da wohl schlecht nachts einbrechen, während sie in den Zimmern schlafen.«

Mit der Gabel spießte ich ein Würstchen auf. »Das müssen wir tagsüber machen. Einer durchsucht die Zimmer, die anderen zwei stehen Schmiere.« Ich spürte Kyles Blick auf mir und senkte automatisch die Stimme. »Lasst uns das später besprechen.«

In diesem Moment stürmte Mr Horn in die Kantine, er sah wütend aus. Das Hemd unter dem Pullover schaute auf einer Seite aus seiner Hose heraus, die Nickelbrille saß schief auf seiner Nase. Er hielt direkt auf Professor Phillips zu.

»So ein Mist«, murmelte Serena. »Er weiß, dass wir in seinem Büro waren, dabei haben wir alles genau so hinterlassen, wie wir es vorgefunden haben.«

»Pscht«, machte ich, da Kyle nach wie vor großes Interesse an uns zeigte. Während er sein Rührei verspeiste, wandte er seine Augen kaum von uns ab.

Die Gespräche in der Kantine verstummten, alle Blicke richteten sich nach vorne auf den Lehrertisch. Professor Phillips legte sein Besteck beiseite und stand auf.

»Was ist passiert, Quentin?«

»So eine Unverfrorenheit. Jemand ist heute Nacht in mein Büro eingebrochen.«

»Weißt du das genau?«, fragte Professor Phillips. »Fehlt etwas?«

Mr Horn strich sich über die Halbglatze. »Das nicht, aber wer auch immer es war, er hat Hubert mit Chips oder so was gefüttert. Hubert liebt das fettige Zeug, obwohl er es nicht verträgt. Jetzt hat er sich natürlich eine Magenverstimmung zugezogen.«

»Das Vieh heißt Hubert?« Serena kicherte hinter vorgehaltener Hand.

Am liebsten hätte ich weggesehen, aber das wäre viel zu auffällig gewesen, also beobachtete ich wie alle anderen weiterhin die beiden Lehrer.

Professor Phillips legte eine Hand auf Mr Horns Schulter. »Jetzt beruhig dich erst mal, das wird schon wieder. Hast du denn eine Ahnung, wer das gewesen sein könnte oder was derjenige gesucht hat?«

Kyle räusperte sich und stand auf. »Entschuldigung, ich glaube, ich könnte Licht ins Dunkel bringen.«

Die Gabel rutschte mir aus der Hand. Ich konnte sie gerade noch rechtzeitig auffangen, bevor sie scheppernd auf den Boden fiel und alle Aufmerksamkeit auf mich lenken würde. Natürlich würde Kyle uns verpfeifen. Dieser miese Schuft. Zwar schien es keine Falle von ihm gewesen zu sein, denn das Krokodil war ganz offensichtlich tatsächlich Mr Horns persönlicher Wachhund. Doch Kyle wusste offenbar, was wir letzte Nacht getan hatten.

»Dann komm mal her«, bat Professor Phillips.

»Was führt der im Schilde?«, fragte Serena im Flüsterton.

Ich bedeutete ihr mit der Hand, still zu sein. Kyle ging durch den Raum. Von der folgenden Unterhaltung bekamen wir nicht viel mit, da sie zu leise sprachen, doch plötzlich richteten sich drei Augenpaare auf uns. Mr Horn fuchtelte wie wild mit seinen Armen in der Luft herum, er war noch wütender geworden. Professor Phillips sprach beruhigend auf ihn ein. Schließlich setzten sich Mr Horn und Kyle auf ihre Plätze, Professor Phillips hingegen kam zu unserem Tisch. Ich stand auf, Max und Serena ebenfalls.

»Ich muss euch leider fragen, wo ihr die letzte Nacht gewesen seid.« Sein Tonfall war bestimmt, aber ruhig und freundlich.

»Im Bett, wo sonst?«, erwiderte Max.

Ich nickte zustimmend, als Professor Phillips mich ansah. Nun wandte er sich an Serena. »Und was ist mit dir?«

»Selbstverständlich war ich auch in meinem Zimmer und habe geschlafen. Warum fragen Sie?« Sie war gut, die unschuldige Masche nahm selbst ich ihr ab, obwohl ich dabei gewesen war.

»Nun, ihr habt ja gerade mitbekommen, dass anscheinend jemand in Mr Horns Arbeitszimmer eingebrochen ist. Kyle sagt, er hätte euch gesehen.«

Ich unterdrückte den Drang, meine Hand zur Faust zu ballen. »Keine Ahnung, warum Kyle das behauptet, aber wir waren das ganz sicher nicht. Wie hätten wir das denn machen sollen? Es ist doch alles alarmgesichert.«

»Außerdem, was macht Kyle eigentlich um diese Uhrzeit außerhalb seines Schlafzimmers?«, fragte Max.

»Für die Vertrauensschüler gelten zum Teil andere Regeln, und das soll auch nicht euer Problem sein. Nun gut, ich werde mit deiner Zimmergenossin reden, Serena. Wenn sie dir ein Alibi gibt, seid ihr vorerst aus dem Schneider. Aber ich warne euch. Ich behalte euch im Auge.« Damit machte er sich auf den Weg zu Cindy.

Na super, jetzt standen wir auch noch unter Beobachtung des Schulleiters. So würde ich The Rockstars wahre Identität nie aufdecken. »Das wird er mir büßen«, presste ich hervor, den Blick auf Kyle fixiert.

Der mampfte genüsslich weiter sein Frühstück, als ob nichts gewesen wäre. Auch Max und Serena gingen wieder zur Tagesordnung über. Ich zwang mich, mich ebenfalls hinzusetzen und weiterzuessen, dabei war mir der Appetit gründlich vergangen.

»Was ist mit Cindy?«, fragte Max leise. »Steht sie auf deiner Seite?«

Serena zuckte mit den Schultern. »Keine Ahnung, aber um sie braucht ihr euch keine Gedanken zu machen. Die schläft nachts tief und fest, sie hat garantiert nichts mitbekommen.«

Und das hatte sie offensichtlich wirklich nicht, denn Professor Phillips ging zurück zum Lehrertisch, ohne uns noch einmal zur Rede zu stellen. Wenigstens das hatte sich erledigt, aber neben dem Schulleiter würde uns vermutlich auch Mr Horn nicht aus den Augen lassen, denn der war nun noch wütender, dass niemand für die Magenverstimmung seines Krokodils zur Rechenschaft gezogen wurde.

»Das hätten wir geschafft.« Max hielt die Hand hoch, und Serena und ich klatschten nacheinander ab.

Der Tag hatte mies begonnen, doch das war zum Glück kein schlechtes Omen gewesen. Unsere erste praktische Prüfung hatten wir mit Bravour bestanden. Professor Phillips war ganz begeistert von unserer Simulation des Banküberfalls gewesen, ebenso unsere Mitschüler, die zuschauen durften. Wir waren bei unserem Plan geblieben, hatten Sprengstoff zur Ablenkung genutzt und die Bank online ausgeraubt.

»Habt ihr Colins Gesicht gesehen?«, fragte Serena, während wir das Hauptgebäude verließen und zur Monorail gingen, um rechtzeitig zu Mr Denhams Unterricht zu kommen.

»Endlich mal eine gute Note«, sagte ich. Wir mussten rennen, damit wir die Bahn noch erwischten. Die Türen schlossen sich mit einem Zischen hinter uns, der Zug beschleunigte stark. »Hoffentlich läuft es gleich bei der praktischen Chemieprüfung genauso gut.«

Serena war zuversichtlich. »Bestimmt, wir haben so viel geübt. Im Umgang mit Sprengstoff bist du zwar noch lange nicht so gut wie ich, aber das wird.«

Leider behielt Serena diesmal nicht recht. Ich versagte auf ganzer Linie. Keine Ahnung, ob es die Nerven waren oder die Tatsache, dass Mr Denham mich die ganze Zeit über mit Argusaugen beobachtete.

Serena zumindest nahm das Ganze nicht persönlich. »Dann müssen wir die Nachhilfestunden eben ausweiten«, sagte sie nach Chemie in der Mittagspause.

In den kommenden Wochen kamen wir allerdings kaum dazu, mit Sprengstoff zu hantieren. Wir hatten alle Hände voll damit zu tun, die verbliebenen Arbeitszimmer und vor allem die Schlafräume der verdächtigen Lehrer zu untersuchen. Wirklich Erfolg hatten wir damit jedoch nicht. Mehr als einmal mussten wir die Aktion abblasen, um nicht erwischt zu werden, und wenn wir mal weit genug kamen, warteten Fallen auf uns: Minen mit Drucksensoren oder Zeitzünder, Laserstrahlen, sogar Piranhas. Wie war das nur möglich? Jemand – entweder Kyle, The Rockstar oder beide – schien uns immer einen Schritt voraus zu sein. Oder aber die Lehrer sicherten ihre privaten Räume noch besser, seit bei Mr Horn eingebrochen worden war. Vielleicht hatten sie auch einen Hinweis bekommen.

Ich blieb stehen und schlug mir mit der Hand gegen die Stirn. Warum war mir das nicht längst eingefallen? Das war die einzig logische Erklärung.

»Was ist?«, fragte Max. Wir waren mal wieder von einer

verunglückten Einbruch-Aktion auf dem Weg zurück in unser Zimmer. Es war mitten am Tag, und wir hatten trotz Max' Protesten die Mittagspause geopfert.

»Eine Wanze«, antwortete ich und senkte die Stimme, obwohl wir in dem langen Korridor alleine waren. »Kyle, The Rockstar, wer auch immer hat mit Sicherheit eine Wanze in unserem Zimmer versteckt und weiß so bestens über unsere Pläne Bescheid.«

Max bekam große Augen. »Natürlich, warum sind wir nicht schon vorher auf die Idee gekommen? Das ist doch total naheliegend.«

»Vielleicht deshalb«, erwiderte ich.

»Dann los, wir müssen das Ding finden. Anschließend werde ich das Signal blockieren. So können wir ungestört reden, ohne dass Wer-auch-immer das mitbekommt. Wer weiß, vielleicht können wir die Wanze sogar gegen ihn verwenden und ihm falsche Informationen zuspielen?«

»Das ist genial.«

Max und ich klatschten uns ab und gingen weiter, bis ich bemerkte, dass Serena uns nicht folgte. Überhaupt war sie in letzter Zeit ungewöhnlich still. Ich drehte mich zu ihr um. »Alles okay? Kommst du nicht mit?«

Sie schüttelte den Kopf. »Ich muss noch was erledigen. Geht ihr ruhig vor, ich komme gleich nach.«

Also machten wir uns ohne sie auf den Weg. Ein seltsames Gefühl, das ich nicht einordnen konnte, beschlich mich. »Was sie wohl hat?«, fragte ich. »Irgendwie ist sie komisch.«

Max zuckte mit den Schultern. »Keine Ahnung, vielleicht Liebeskummer?«

Serena und Liebeskummer? Nein, das konnte ich mir nicht vorstellen. Etwas anderes musste hinter ihrem seltsamen Verhalten stecken.

Eine Viertelstunde später hatten wir die Wanze gefunden und deaktiviert. Sie hatte an der Rückwand des Kleiderschranks geklebt, so genial wie einfach. Ich ließ mich auf mein Bett fallen und atmete erleichtert aus.

»Hoffentlich kommen wir jetzt endlich mal weiter.« Inzwischen war der Frühling angebrochen. Kaum zu glauben, dass ich schon mehr als ein halbes Jahr die Äcädemy besuchte. Nach meiner Bewerbung damals hatte ich nie im Leben damit gerechnet, mehr als ein paar Wochen bleiben zu müssen.

»Das wird schon«, meinte Max. »Immerhin sind wir Wem-auch-immer jetzt einen entscheidenden Schritt voraus.«

»Na hoffentlich.« Ich drehte mich auf die Seite, um Max ansehen zu können. »Meinst du, Kyle weiß es? Also die Wahrheit über mich?«

Max atmete geräuschvoll aus. »Dasselbe hab ich mich auch schon gefragt, aber ich schätze nicht. So lange ist die Wanze noch nicht hier versteckt, und seit Serena mit an Bord ist, haben wir kaum darüber geredet. Außerdem: Glaubst du nicht, Kyle hätte das längst gegen dich verwendet, wenn er es wüsste? Schließlich versucht er mit allen Mitteln, dich von der Äcädemy zu verjagen, und allen zu erzählen, wer du wirklich bist, scheint mir da ein geeigneter Weg zu sein.«

Ich zögerte, nickte aber. »Stimmt wohl, das würde Kyle mit Sicherheit nicht für sich behalten.«

In diesem Moment flog die Tür zu unserem Zimmer auf,

mit Schwung knallte sie gegen die Wand. Serena stand im Türrahmen, die Hände in die Hüften gestemmt. Im Schein des fahlen Sonnenlichts, das durch das breite Fenster hereinfiel, sah sie aus wie ein Racheengel.

»Jonathan Edward Taylor!«, schrie sie. »Wie konntest du mir das verheimlichen?«

Alarmiert setzte ich mich auf, mein Herz raste mal wieder, aber das war nichts Neues. In letzter Zeit schlug es andauernd viel zu schnell. »Was ist denn los?«, fragte ich, obwohl ich die Antwort längst kannte.

Serenas grüne Augen funkelten mich wütend an. »Das weißt du ganz genau, also tu bloß nicht so.«

»Jetzt komm erst mal rein.« Max sprang von seinem Bett, um Serena ins Zimmer zu ziehen und die Tür zu schließen.

Seufzend fuhr ich mir durch die Haare und stand auf. »Es tut mir leid, Serena, wirklich. Ich wollte es dir sagen, aber …«

»Weißt *du* es?« Sie fuhr zu Max herum.

Der senkte den Blick. »Ich hab's mir selbst zusammengereimt.«

Dass ich ihn so oder so eingeweiht hätte, verschwieg er Serena zu meinem Glück lieber. Trotzdem wirkte sie mit einem Mal nicht mehr wütend, sondern enttäuscht und traurig.

»Ich hätte auch längst drauf kommen können. Das Adler-Tattoo, dein Verhalten …«, meinte sie nun deutlich ruhiger in meine Richtung und schüttelte den Kopf. »Du hättest es mir sagen müssen. Ich bin mit dir in die Scola eingebrochen, seit Monaten helfe ich dir, The Rockstar ausfindig zu machen. Du hättest mir sagen müssen, dass du der Sohn eines Superhelden bist.«

Gerne hätte ich sie gefragt, woher sie das eigentlich wusste, aber das schien mir nicht der richtige Zeitpunkt zu sein, also nickte ich. »Du hast recht, es tut mir wirklich leid. Ich wollte es dir sagen, aber ich hatte Angst, du würdest es nicht verstehen und mich hassen. Du bist mir wichtig, Serena, deine Freundschaft ist mir wichtig.«

Sie schnaubte. »Ach ja? So etwas verschweigt man seinen Freunden aber nicht. Herrgott John, du bist Eaglemans Sohn! Du gehörst nicht hierher, nicht zu uns. Wir sind anders als du.«

Ich stieß ein Seufzen aus. »Und das ist genau der Grund, warum ich es dir nicht gesagt habe. Du magst Helden nicht.«

»John, Schurken und Helden sind nicht dazu bestimmt, miteinander befreundet zu sein. Sie stehen auf verschiedenen Seiten, kämpfen gegeneinander.«

»Das ist mir schon klar.« Ich machte eine Pause. »Vielleicht willst du es nicht hören und vielleicht glaubst du mir nicht, aber ich hatte unter den Helden nie so gute Freunde wie hier an der Äcädemy.«

Serena schloss für einen kurzen Moment die Augen. Als sie sie wieder öffnete, fragte sie: »Warum bist du hier, John? Was soll das Ganze?«

»Ich will The Rockstar finden, um mich an ihm zu rächen«, antwortete ich ehrlich. »Er hat meinen Vater ermordet.«

Serena und ich standen uns gegenüber. Max war nur ein paar Schritte entfernt, aber es hätten genauso gut Meilen sein können. In dieser Situation war er ebenso hilflos wie ich.

Schließlich schüttelte Serena den Kopf. »Wenn du das glaubst, dann gehörst du wirklich nicht hierher.«

»Versuch mich doch zu verstehen«, sagte ich, aber es war zwecklos. Serena machte bereits auf dem Absatz kehrt und stürmte aus unserem Zimmer. Max und ich sahen uns an, doch wir wussten beide nicht, was wir sagen oder tun sollten.

»Mist«, murmelte Max nur und schloss die Tür erneut.

Kapitel 19

Jeder Versuch, noch einmal mit Serena zu reden und ihr alles zu erklären, war zwecklos. In Heldenkunde machte sie eine bissige Bemerkung über »all die Leute mit Retterkomplex und ihre ach so geheimen Identitäten«, in Unbewaffneter Nahkampf verdrosch sie mich noch schlimmer als Kyle am ersten Schultag. Wie eine wild gewordene Furie trat und schlug sie auf mich ein und machte selbst vor Kratzen und Beißen nicht halt. Doch allmählich schien ihre Wut zu verrauchen, denn sie begann, mich zu ignorieren. So auch am nächsten Morgen. Max und ich waren auf dem Weg zum Frühstück, obwohl ich kaum geschlafen und eigentlich keinen großen Hunger hatte. Serena lief zusammen mit Cindy nur ein paar Schritte vor uns, aber sie tat so, als würde sie mich nicht bemerken. Dabei hatte sie garantiert gehört, wie ich ihren Namen gerufen hatte.

»Mach dir nichts draus«, meinte Max. »Sie kriegt sich auch wieder ein, du musst ihr ein bisschen Zeit geben. Es ist keine vierundzwanzig Stunden her, dass sie es erfahren hat.«

Ich nickte, auch wenn ich nicht an Max' Worte glaubte. Serena würde noch lange wütend auf mich sein, das sagte mir mein Bauchgefühl, und das irrte sich selten.

Erst jetzt fiel mir das Gedränge in der großen Halle auf.

Eine ganze Traube von Schülern hatte sich um das schwarze Brett geschart, das neben der Tür zur Kantine hing. Serena und Cindy verschwanden im Gewühl, ich blieb einen Moment auf dem Treppenabsatz stehen.

»Was ist da los?«, fragte ich.

Doch bevor Max antworten konnte, hatte Colin mich schon entdeckt. »Da ist er«, sagte er, und augenblicklich verstummten die Stimmen nach und nach. Alle starrten zu Max und mir.

Ich schluckte. »Sie wissen es.«

»Ach Quatsch, woher denn?« Aber überzeugt klang Max nicht.

Ich straffte die Schultern und ging weiter, Max folgte mir. Einige der Schüler verschwanden in die Kantine, andere sahen mir feindselig entgegen.

»Verräter«, murmelte Giles, und ich hatte alle Mühe, nicht zusammenzuzucken.

Am liebsten wäre ich wieder umgekehrt, aber diese Blöße wollte ich mir nicht geben, also steuerte ich das schwarze Brett an. Schon von Weitem erkannte ich die rote Schrift auf dem weißen Blatt Papier: *John Taylor ist Eaglemans Sohn!* Ich beschleunigte meine Schritte, riss das Blatt herunter und zerknüllte es, als ich Serena erblickte. Bisher hatte ich keinen einzigen Gedanken daran verschwendet, sie könnte mein Geheimnis ausplaudern, aber nun war ich mir sicher, dass sie den Zettel an das schwarze Brett gehängt hatte. Wer hätte es sonst tun sollen? Ich folgte ihr, um sie zur Rede zu stellen, doch so weit kam ich nicht. Auch in der Kantine war die Hölle los. Die meisten saßen gar nicht am Tisch und aßen, sondern standen in kleinen Grüppchen zusammen und tuschelten mehr oder weniger leise, aber nun verstummten auch hier die Gespräche. Alle wandten sich mir zu. Jamie schüttelte enttäuscht den Kopf, Miss Fairchild sah demonstrativ in eine andere Richtung, und Mr Horn und Mr Denham hatten ganz offensichtlich über mich gesprochen. Mr Horn hatte einen ziemlich roten Kopf.

Kyle lief an mir vorbei. »Ich bin enttäuscht von dir, Taylor«, flüsterte er kopfschüttelnd, aber das triumphierende Leuchten in seinen Augen konnte er sich nicht verkneifen.

Und nun legte auch noch Professor Phillips sein Besteck beiseite und stand auf. »Frühstückt bitte weiter, in einer halben Stunde beginnt der Unterricht«, sagte er laut, bevor er auf mich zukam.

Jetzt würde er mich bestimmt von der Äcädemy werfen, und ich hatte keine Chance mehr, den Mord an meinem Vater zu rächen. Ich hatte meine Familie enttäuscht, die Welt, aus der ich eigentlich kam, meine neuen Freunde – und wofür das Ganze? Es war alles umsonst gewesen.

»Setz dich«, bat Professor Phillips und nahm selbst auf dem Ledersessel hinter dem Schreibtisch Platz.

Wenigstens hatte er den Anstand, mich nicht vor all den anderen der Schule zu verweisen. Das Ganze war schon so demütigend genug.

»Ist schon gut, ich stehe lieber«, erwiderte ich.

»Setz dich, John«, wiederholte der Schulleiter seufzend.

Dieses Mal widersprach ich nicht. Ich inspizierte den Raum genauer, um Professor Phillips nicht in die Augen schauen zu müssen. Er schien ebenso enttäuscht von mir zu sein wie alle anderen.

Sein Büro war nicht so groß wie erwartet und ziemlich gemütlich eingerichtet. Es lag im ersten Stock. Durch die große Fensterfront hatte man freie Sicht auf die Monorail, weiter hinten auf den Park. Seitlich neben dem Fenster war der Schreibtisch platziert, auf der anderen Seite direkt an der Wand ein schwarzes Ledersofa. Hinter dem Schreibtisch stand ein Bücherregal, in dem sich nicht nur Fachliteratur befand. Ich entdeckte Shakespeare und *Sherlock Holmes*, *Der Herr der Ringe* und *James Bond*.

»Das mit deinem Vater tut mir übrigens sehr leid, John. Wie geht es dir?«

Völlig perplex sah ich Professor Phillips nun doch an. Ich hatte mit allem gerechnet, aber nicht damit. Er lächelte nicht, aber seine Augen wirkten freundlich wie immer.

»Geht schon«, log ich, dabei hatte ich mich seit dem Tod meines Dads nicht mehr so mies gefühlt. Seltsamerweise hatte sich nicht einmal die Ablehnung der Scola so schlecht angefühlt wie der Streit mit Serena oder die Szene gerade eben in der Kantine.

»Was glaubst du, was jetzt geschieht?«, wollte Professor Phillips von mir wissen. Sein Tonfall war ruhig, es war ihm nicht anzumerken, was er dachte.

»Sie werden mich von der Schule werfen«, antwortete ich und sah ihm weiterhin fest in die Augen.

»Das sollte ich, richtig. Es ist dir bestimmt, Gutes zu tun, und das wirst du nicht hier auf der Äcädemy lernen. Ich meine, du bist der Sohn eines Superhelden, wir sind eine Schule für Superschurken. Das passt nicht zusammen, das verstehst du doch, oder?«

Ich nickte. Das war es also, einfach so. Ich stützte mich auf die Armlehnen des Stuhls, um aufzustehen, als der Schulleiter hinzufügte: »Aber das werde ich nicht tun. Ich werde dich nicht der Äcädemy verweisen.«

Ich ließ mich zurück auf den Sitz sinken und konnte Professor Phillips einen Moment nur anstarren. Vielleicht hätte ich mich einfach bedanken und gehen sollen, stattdessen fragte ich: »Warum nicht, Professor? Ich gehöre nicht hierher.«

»Aber du bist hier, und das hat sicher seinen Grund. Du bist ein guter Schüler, John, du lernst schnell. Deine Simulation des Banküberfalls, die du zusammen mit Max und Serena geplant hast, war ausgezeichnet.«

»Ähm, danke.«

Professor Phillips stützte die Ellenbogen auf dem Schreibtisch ab und faltete die Hände vor dem Gesicht. »Ich stelle dir jetzt eine Frage: Möchtest du weiterhin an der Äcädemy bleiben und das Handwerk eines Superschurken lernen?«

Ich nickte, ohne zu überlegen. Ich wollte hierbleiben. »Auf jeden Fall.«

Er seufzte erneut. »Nun gut, so soll es sein. Es ist schon ganz schön fies, den Sohn eines Superhelden auf Abwege zu führen, findest du nicht? Aber ich warne dich, John, das wird alles andere als leicht werden. Du wirst es mit Vorurteilen, Ablehnung und Anfeindungen zu tun haben und das nicht nur unter deinen Mitschülern.«

»Damit komme ich klar«, antwortete ich. Einige Lehrer hatten mich von Anfang an nicht leiden können, ich war also schon daran gewöhnt.

»Schön, dann mach dich mal lieber auf den Weg, damit du nicht zu spät zu *Schurkische Zoologie und Botanik* kommst.«

»Danke, Professor Phillips.« Ich stand auf und war bereits an der Tür, als der Schulleiter fragte: »Sag mal, weiß deine Mutter eigentlich, dass du hier bist?«

Ich drehte mich noch einmal zu ihm um und schüttelte den Kopf. »Sie weiß es nicht. Vielleicht ...« Ich verstummte. Es war utopisch, zu glauben, ich könnte es weiterhin vor ihr geheim halten. Andererseits musste meine Mutter es nicht zwangsweise von anderen Schurken-Eltern erfahren.

»Ich werde ihr nichts verraten«, sagte Professor Phillips.

»Danke, Professor.«

»Serena!«

Vor der ersten Doppelstunde passte ich sie vor dem Klassenzimmer ab.

»Lass mich durch, John, es klingelt gleich«, sagte sie und wollte sich mit ihren Büchern im Arm an mir vorbeischieben.

»Warum hast du das getan?«, fragte ich.

»Bitte was?« Ihre Augen funkelten vor lauter Wut dunkelgrün. »Willst du damit etwa sagen, ich hätte den Zettel ans schwarze Brett gehängt?«

»Wer denn sonst?«

»Ist das dein Ernst? Mir fallen da zum Beispiel gleich zwei Namen ein.«

»Vielleicht solltet ihr das nicht unbedingt hier diskutieren«, mischte sich Max ein und zog uns beide ein Stückchen beiseite.

Wenigstens behielt einer von uns einen kühlen Kopf. Mir fiel erst jetzt auf, dass sich schon so gut wie alle im Klassenzimmer versammelt hatten und uns beobachteten. Ich holte tief Luft und sprach leiser. »Es ist aber schon ein komischer Zufall, dass ausgerechnet jetzt alles ans Licht kommt, wo du Bescheid weißt, findest du nicht?«

»Du hast sie doch nicht mehr alle«, erwiderte Serena und machte auf dem Absatz kehrt.

»Warum denn bitte ausgerechnet jetzt, wenn du es nicht warst?«, rief ich ihr hinterher, aber Serena verschwand im Klassenzimmer, ohne sich noch einmal umzudrehen.

Max schüttelte den Kopf. »Ich kann mir nicht vorstellen, dass Serena dich verraten hat.« Er sprach noch leiser. »Es könnten genauso gut Kyle oder The Rockstar gewesen sein. Zumindest Letzterer weiß von deiner Anwesenheit hier.«

»Und? Er hätte mich längst outen können. Erklär mir bitte, warum er es erst jetzt getan haben soll.«

Max zuckte mit den Schultern. »Vielleicht, damit du und Serena euch entfremdet? Eine weniger, die bei der Suche nach ihm hilft.«

Mist, da könnte wirklich was dran sein, doch bevor ich etwas dazu sagen konnte, klingelte es zur ersten Stunde. Mr Horn steckte im selben Moment den Kopf zur Tür heraus. Seine Augen verfinsterten sich, als er mich erblickte.

»Hättet ihr die Güte, euch zu uns zu gesellen?«

Mein Handy klingelte zum bestimmt zwanzigsten Mal an diesem Tag, doch ich ging nicht ran. Ich lag auf dem Bett, die Arme hinter dem Kopf verschränkt, und starrte an die Decke. Durch das geöffnete Fenster waren fröhliche Stimmen und Lachen zu hören. Wer nicht im Gemeinschaftsraum saß, war draußen und genoss den ersten warmen Abend des Jahres. Auch Max war bei den anderen. Er hatte mich überreden wollen, ihn zu begleiten, aber ich hatte abgelehnt. Sicher konnte ich mich nicht ewig in unserem Zimmer verstecken, doch es war noch zu früh, sich unter die anderen zu mischen. Wahrscheinlich würde es sogar nie wieder dazu kommen.

»Bis später«, hörte ich Max auf dem Flur sagen, dann öffnete sich die Tür, und er kam herein. Einen Moment betrachtete er mich. »Warum gehst du nicht ran?«, fragte er. Das Klingeln verstummte.

»Das ist meine Mutter«, antwortete ich. Keine Ahnung, wie sie es herausgefunden hatte, aber sie wusste es. Alleine in der letzten halben Stunde hatte sie fünfmal angerufen.

»Oh.« Max warf mir ein paar Chipstüten und Schokoriegel aufs Bett, dann lehnte er sich gegen die Schreibtischplatte. »Du solltest trotzdem rangehen.«

Erst jetzt blickte ich zu ihm. »Was soll ich ihr denn sagen?«

Er zuckte mit den Schultern. »Keine Ahnung, aber sei froh, dass sie überhaupt noch mit dir reden will. Meine Mutter würde mich nie wieder anschauen, wenn ich mich heimlich auf die Superheldenschule geschlichen hätte. Es sei denn, ich hätte irgendwelche geheimen Informationen klauen wollen.« Auf sein Gesicht stahl sich ein halbes Lächeln.

Das Telefon klingelte erneut, seufzend setzte ich mich hin. Ganz unrecht hatte Max nicht.

Er nickte mir zu. »Ich lass dich mal allein.«

Ich wartete, bis er aus der Tür war, bevor ich das Gespräch annahm. »Hallo, Mum.«

»Hallo, Mum? Hallo, Mum? Was hast du dir nur dabei gedacht, Jonathan?« Ihre Stimme klang schrill, so wütend hatte ich sie lange nicht mehr erlebt.

»Wie hast du es so schnell erfahren?«, wollte ich wissen.

»Dann ist es also wahr, du bist tatsächlich auf dieser Schurkenschule.« Wie aus einem Luftballon entwich die Wut aus ihr, mit einem Mal klang sie nur noch enttäuscht, traurig und sehr müde.

»Es tut mir so leid, Mum, ich wollte dich nicht enttäuschen. Die Scola hat mich abgelehnt.«

»Das ist doch kein Grund, stattdessen ein Verbrecher zu werden. Du hättest zu mir kommen können, John. Wir hätten einen Weg gefunden.«

»Hätten wir nicht.« Ich stand auf und schloss das Fenster. Einen Augenblick beobachtete ich die anderen, die unter den Platanen saßen und Karten spielten oder einfach nur redeten. Vermutlich über mich. »Mum, ich bin nicht hier, weil ich Schurke werden will. Ich bin hier, weil ich mich an Dads Mörder rächen will.«

»John.« Mum seufzte tief. »Er fehlt mir genauso sehr wie dir, aber Rache ist keine Lösung. Dein Dad und ich haben dich nicht so erzogen. Wenn du dich auf dasselbe Niveau wie ein Schurke herablässt, bist du nicht besser als er.«

»Das sehe ich anders«, antwortete ich mit fester Stimme. »The Rockstar darf nicht ungeschoren davonkommen. Er muss büßen für das, was er getan hat.«

»John ...«

»Nein, Mum. Ich bin ganz nah dran, ich kann jetzt nicht aufgeben.«

Sie holte tief Luft. »Ich bitte dich, John. Komm nach Hause, lass uns wieder eine Familie sein.«

»Ich werde nach Hause kommen«, antwortete ich. »Aber erst finde ich Dads Mörder.«

Ich konnte förmlich spüren, wie Mum den Kopf schüttelte. »Dein Vater wäre so enttäuscht von dir.« Und dann legte sie einfach auf.

Wir saßen zum Mittagessen in der Kantine, es gab Kartoffelbrei, grüne Bohnen und Steak. Appetitlos stocherte ich in meinem Essen herum. Wie so oft in letzter Zeit war die Stimmung feindselig.

»Was will der denn noch hier?«, fragte Giles ein paar Stühle weiter, so als ob ich nicht da wäre.

Max ignorierte die Kommentare und versuchte wie immer, mich zu unterhalten oder aufzumuntern. »Hast du schon Pläne für deinen fünfzehnten Geburtstag? Der ist doch bald.«

Ich zuckte mit den Schultern. »Es wird wohl kaum jemand Lust haben, ihn mit mir zu feiern.«

»Also ich bin auf jeden Fall dabei, was auch immer du vorhast.«

Ich nickte ihm dankbar zu, und wir schwiegen den Rest des Essens. Allmählich löste sich die Gruppe auf. Wer schon gegessen hatte, ging nach draußen, um dort noch ein bisschen zusammenzusitzen. Max und ich waren ebenfalls fertig, doch wir blieben in der Kantine.

»Du kannst ruhig zu den anderen gehen«, sagte ich wie so oft, doch auch Max' Antwort war dieselbe wie immer:

»Keine Lust.«

Plötzlich wurden die Geräusche in der Eingangshalle lauter. Einige Schüler strömten zurück in die Kantine, sie tuschelten miteinander. Der Hausmeister folgte ihnen und hielt direkt auf den Lehrertisch zu, der fast noch vollzählig war. Nur Professor Phillips und Mr Horn fehlten. Mr Denham stand auf und ging dem Hausmeister entgegen, sie wechselten ein paar Worte. Der Lehrer warf mir einen kurzen Blick zu, bevor die beiden Männer die Kantine zusammen verließen.

»Was ist jetzt schon wieder los?«, fragte ich.

»Keine Ahnung, wird bestimmt nicht so wichtig sein.«

Doch ich hatte kein gutes Gefühl, und das sollte sich bestätigen. Keine zwei Minuten später kam Mr Denham zurück, aber er war nicht alleine. Meine Mutter und Horatio Miller standen neben ihm.

»Kennst du die Frau?«, wollte Max wissen, denn meine Mutter hatte mich sofort entdeckt.

»Meine Mum.«

»Oh, die sieht aber verdammt entschlossen aus.«

In der Tat. Sie trug das einzige Kostüm, das sie besaß, und auch Horatio Miller steckte in einem Anzug. Was machte *der* hier? Die beiden hätten als Vertreter oder Schulinspektoren durchgehen können, jedenfalls nicht als Superhelden oder besorgte Eltern. Mum wollte mich ansteuern, aber Mr Denham hielt sie zurück. Warum musste Professor Phillips ausgerechnet heute fehlen?

Mr Denham sah direkt zu mir. »Jonathan, antreten. Deine Mutter will mit dir reden.«

»Viel Glück«, raunte Max mir zu, während sich die anderen Äcädemy-Schüler kaum mehr einkriegten vor Lachen.

»Wir besprechen das wohl besser woanders«, sagte Mr Denham, als ich die drei erreichte.

Meine Mum und ich standen uns wortlos gegenüber, ohne jede Begrüßung oder Umarmung, aber das hätte in dieser Situation auch nicht gepasst. Schweigend folgten wir Mr Denham in die Aula, und wieder einmal waren alle Blicke auf mich gerichtet.

»Wer sind *Sie*?«, wollte Mr Denham von Horatio Miller wissen.

»Das tut nichts zur Sache«, antwortete dieser ruhig. »Sagen wir, ich bin ein Freund der Familie.«

Ich unterdrückte ein Schnauben. Ein Freund der Familie, dass ich nicht lachte. Wo war er gewesen, als mein Dad gestorben war? Hatte er auch nur ein Mal nach uns gesehen? Seine Frau hatte eine Trauerkarte und weiße Lilien geschickt, und die Millers waren zur Beerdigung gekommen, das war alles gewesen. Was hatte ausgerechnet *er* hier zu suchen? Er und Dad hatten sich nie sonderlich gut verstanden, das konnte Mum nicht einfach vergessen haben. Doch dann begriff ich so langsam: Mum hatte keine Ahnung gehabt, wo sich die Äcädemy befand, und Horatio Miller war ein hohes Tier in der Superheldenwelt. Wenn ich mich nicht irrte, war er sogar im Schulrat der Scola. Sie hatte ihn gebraucht, um hierher zu finden.

Die Männer starrten sich immer noch an. Keiner von beiden wusste, wer der andere genau war, und doch war klar, dass sie Held und Schurke waren, Feinde aus Prinzip.

»Sie sind der Schulleiter?«, fragte Mum.

Mr Denham brach den Blickkontakt ab. »Nein, ich vertrete

ihn. Der Schulleiter ist außer Haus, um Details für die praktische Woche mit der Scola Super Heroica zu klären.«

»Praktische Woche«, murmelte Mum, den Blick auf mich gerichtet. Ganz offensichtlich dachte sie wie ich an unsere Unterhaltung an Heiligabend zurück. »John, du kannst nicht für die Seite der Schurken antreten. Du bist ein Held!«

»Mum, ich hab dir das Ganze doch schon erklärt«, erwiderte ich knapp. Solange Mr Denham und Mr Miller hier waren, konnten wir nicht offen miteinander reden. »Außerdem kann ich nicht für die Scola antreten.«

»Warum nicht?«

»Du weißt warum.« Ich war nicht an der Scola angenommen worden.

»Da können wir sicher was machen«, sagte Mum und blickte zu Horatio Miller. »Nicht wahr? Du legst ein gutes Wort für meinen Sohn beim Schulrat ein?«

Seine Miene war undurchdringlich, doch er nickte. »Natürlich, für Eaglemans Sohn immer.«

»Siehst du, John, es wird alles gut, aber du musst mit nach Hause kommen.«

»Das kann ich nicht.« Ich bezweifelte, dass Mr Miller mich tatsächlich an der Scola unterkriegen würde. Außerdem hatte ich hier deutlich bessere Chancen, The Rockstar zu finden als von der Superheldenschule aus.

Mum warf verzweifelt die Arme in die Luft. »Das darf doch nicht wahr sein! Was sagt denn der Schulleiter dazu? Er kann es doch nicht gutheißen, den Sohn eines Superhelden hier zu unterrichten.«

Mr Denham verschränkte die Arme vor der Brust. »Ich kann

nur sagen, dass er mit Johns Anwesenheit an der Äcädemy einverstanden ist.«

Horatio Miller schnalzte mit der Zunge. »Zustände sind das.« Er sah mich an. »Glaubst du, dein Vater würde das wollen? Er würde dein Verhalten ganz sicher nicht billigen. Geh nach Hause, zu deiner Mutter, und dann sehen wir weiter.«

Ich biss mir auf die Zunge, um nichts Falsches zu sagen. »Ich bleibe hier. Mum weiß, warum ich das tue, und eines Tages wird sie es auch verstehen.«

»John, bitte ...«, versuchte meine Mutter es ein letztes Mal. Sie hatte Tränen in den Augen, von der Entschlossenheit war nicht mehr viel übrig. Es brach mir das Herz, sie so zu sehen, aber ich musste hart bleiben. Dad hatte Gerechtigkeit verdient, und ich wollte in keiner Welt leben, in der Schurken Helden einfach ungestraft umbringen durften.

Die Schulklingel zeigte das Ende der Mittagspause an. »Damit wäre wohl alles gesagt.« Mr Denham wies zur Tür. »Ich begleite Sie nach draußen.«

»Komm, Elise.« Horatio Miller legte meiner Mutter eine Hand auf den Rücken, und nach einem letzten Blick in meine Richtung verließen die beiden die Aula.

Mr Denham wandte sich noch einmal kurz an mich. »Und du siehst zu, dass du rechtzeitig zu Superwaffenkunde kommst.«

»Aber Professor ...«

»Keine Namen«, unterbrach mich der Lehrer sofort. »Ihr werdet eine Vertretung haben.«

»Danke.«

Doch Mr Denhams Gesicht verfinsterte sich. Leise sagte er:

»Bedank dich nicht bei mir. Wenn es nach mir ginge, würdest du die Äcädemy gemeinsam mit deiner Mutter verlassen.«

Professor Phillips behielt recht, inzwischen hasste mich die gesamte Schule, und es wurde immer schlimmer. Okay, es gab Ausnahmen. Einige ignorierten mich, wie zum Beispiel Cindy, Oliver und Jamie, aber die meisten hassten mich und hatten auch kein Problem damit, es offen zuzugeben. Vor allem Kyle schien das zu gefallen, nun musste er seine Abscheu gegen mich nicht mehr verstecken. Natürlich hatte er es mit seinen Fallen weiterhin auf mich abgesehen. Das Problem war nur: Inzwischen machten auch einige andere Schüler mit, sodass es gar nicht so einfach war, die Gemeinheiten richtig zuzuordnen. Permanent musste ich auf der Hut sein. Sogar von manchen Lehrern wurde ich angefeindet. Sie gaben mir Aufgaben, die ich nicht bewältigen konnte, und führten mich vor der ganzen Klasse vor. Es gab nur noch zwei Menschen, die auf meiner Seite standen: Max und Professor Phillips. Tatsächlich fehlte mir in dieser Zeit am meisten die Freundschaft zu Serena. Wer hätte gedacht, dass mir die Tochter von Dr. Nitro ans Herz wachsen könnte? Aber so war es. Mit ihr und Max zusammen wäre das alles erträglicher gewesen, doch sie gratulierte mir nicht einmal zum Geburtstag. Max und ich verbrachten den Tag alleine im Park. Es war ein Samstag Mitte Mai und schönes Wetter, also hatten wir unser Zeug gepackt – in Max' Fall vor allem haufenweise Fressalien – und es uns in der Nähe eines Wacholderbaums mit unseren Schulsachen auf einer Picknickdecke gemütlich gemacht. An meinem Geburtstag hatte ich bisher noch nie gelernt, aber dieses Mal blieb mir nichts anderes übrig. Das Pensum war hoch, die Abschlussprüfungen standen bevor. Dabei wusste ich nicht einmal, warum ich überhaupt noch im Unterricht aufpasste, meine Hausaufgaben machte und lernte. Die Lehrer würden mir garantiert aus Prinzip schlechte Noten geben und mich nicht ins nächste Schuljahr versetzen, und ich wollte doch auch gar nicht versetzt werden. Ich war jetzt schon viel länger auf der Äcädemy, als ich jemals hatte sein wollen. Vielleicht tat ich es, um nicht noch mehr als Versager dazustehen? Denn The Rockstar waren wir immer noch keinen Schritt näher gekommen, obwohl Max und ich wirklich alles taten, um ihn zu finden.

»Was hast du für Pläne, wenn das Schuljahr um ist?«, fragte Max, als hätte er meine Gedanken erraten. Vielleicht lag es aber auch nur daran, dass ich schon seit geraumer Zeit nicht in mein Buch schaute, sondern abwesend eine Hummel auf ihrem Flug durch den Blumengarten beobachtete.

Er klang bemüht gleichgültig, aber das war er nicht. Sicher würde er mich vermissen, so wie er mir fehlen würde. Er war der beste Freund, den ich jemals gehabt hatte, und dabei war er ein Schurke. Ich verdrängte das schlechte Gewissen, indem ich mir sagte, dass er kein gewöhnlicher Schurke war. Max war anders als die anderen, er wollte keine Gebäude in die Luft jagen oder Banken ausrauben. Er war nur seiner Mutter zuliebe an der Äcädemy.

»Ich weiß es nicht«, antwortete ich ehrlich. In den letzten Monaten hatte ich nur ein Ziel verfolgt und mich nicht gefragt, wie es anschließend weitergehen sollte. Und nun sah es ganz danach aus, als würde ich nicht einmal mein anvisiertes Ziel erreichen.

Max klappte sein Buch zu. »Meinst du, sie geben dir auf der Scola noch eine Chance?«

Ich zuckte mit den Schultern. »Sie wollten mich dort doch von Anfang an nicht haben – also wohl eher nicht.«

»Du könntest bleiben«, meinte er.

Ich riss einen Grashalm aus und ließ ihn immer wieder durch meine Finger gleiten. »Was soll ich denn noch an der Äcädemy, Max?«, fragte ich, ohne ihn anzusehen. »Niemand will mich hier haben, The Rockstar werde ich vermutlich nie finden, und ich bin auch kein Schurke.« Allerdings wusste ich nicht, wo ich sonst hingehen sollte. Zurück zu meiner Familie? Meine Mutter hatte heute angerufen, um mir zu gratulieren, aber sie war ziemlich kurz angebunden gewesen.

»Ich würde mich freuen, wenn du noch ein bisschen bleibst.«

Traurig lächelte ich. »Denkst du, wir können Freunde bleiben? Von klein an wollte ich in die Fußstapfen meines Dads treten und Superheld werden. Die Superheldenschule kann ich wohl vergessen, aber wer sagt denn, dass ein Held unbedingt eine Ausbildung braucht? Mein Dad hat mir viel beigebracht.«

»Jetzt sieh erst mal zu, dass du dein erstes Schurkenjahr erfolgreich hinter dich bringst«, witzelte Max und schlug sein Buch über die einhundert wichtigsten Weltuntergangsmaschinen der Neuzeit auf.

Kapitel 20

Verbissener denn je suchte ich nach The Rockstar. Inzwischen war es mir egal, falls man mich beim Einbruch in die Arbeits- und Schlafräume der Lehrer schnappte. Dann würde man mich eben der Schule verweisen, ich hatte hier ohnehin nichts zu suchen. Erwischt wurde ich zwar nicht, aber ich kam auch trotz allem nicht weiter. Dabei hatte ich so gehofft, den Mörder meines Vaters bis zur praktischen Woche gefunden zu haben. Dann hätte ich ihn an den Pranger stellen und meine Anwesenheit an der Äcädemy rechtfertigen können. Vielleicht wäre ich rehabilitiert gewesen und man hätte mich doch noch an der Scola aufgenommen. Aber ich hatte nichts, während Woche für Woche verstrich. Im Nu war es Mitte Juni, die Prüfungen waren vorbei, und die praktische Woche stand unmittelbar bevor. Und damit auch die letzten Tage an der Äcädemy, bevor es in die Sommerferien ging. Doch das war mein geringstes Problem, als die Superheldenschüler am Montagmorgen in die Aula spazierten, als würde die Äcädemy ihnen gehören.

Zwei Lehrer betraten den Festsaal, dahinter in Reih und Glied die Scola-Schüler in ihren gelb-blauen Schuluniformen. Sie alle trugen weiße Masken und weiße Handschuhe, wir Äcädemy-Schüler und -Lehrer schwarze Masken und schwarze

Handschuhe, um unsere Identitäten zu schützen. Doch das würde nur funktionieren, sofern niemand den Scola-Schülern verriet, hinter welcher Maske ich steckte.

Ich versuchte, Justin ausfindig zu machen, aber das war gar nicht so einfach. Vielleicht war es der eine Schüler, der ganz vorne stand und mit seinen Augen die Stuhlreihen absuchte? Die beiden Scola-Lehrer betraten die Bühne, wo Professor Phillips bereits wartete, die Schüler verteilten sich auf die noch freien Plätze.

Professor Phillips begrüßte die anderen Lehrer und griff nach dem Mikrofon. »Herzlich willkommen an der Evil Äcädemy. Wir freuen uns, dass ihr hier seid. Zuerst einmal möchte ich mich vorstellen. Ich bin Professor Phillips, Schulleiter der Äcädemy.«

Bevor ich mich wundern konnte, dass Professor Phillips sich mit seinem richtigen Namen vorstellte, wurde ich abgelenkt. In den Reihen hinter uns begann es zu tuscheln. Ich drehte mich um und sah gerade noch, wie Giles einem Scola-Schüler etwas ins Ohr flüsterte.

Professor Phillips räusperte sich, ich wandte mich wieder nach vorne. Kurz darauf trat jemand mit voller Wucht von hinten gegen meinen Stuhl.

»Alles okay?«, raunte Max mir zu, doch ich nickte nur.

»Wir haben beschlossen, ehrlich zu euch zu sein«, fuhr Professor Phillips fort. »Keiner von uns dreien ist mehr aktiv, und wir wollen mit gutem Beispiel vorangehen. Deshalb werden wir uns keine Tarnnamen geben, aber bei euch ist das natürlich etwas anderes. Zum Schutz eurer Identitäten reden wir euch nur mit euren zuvor gewählten Decknamen an. Wer

Fragen hat, kann sich vertrauensvoll an einen von uns wenden. Das sind Mrs Hummings und Mr Springfield von der Scola Super Heroica.«

Mrs Hummings? Aber sie musste doch bestimmt um die sechzig Jahre alt sein, immerhin hatte sie meinen Dad unterrichtet. Ich betrachtete sie genauer: Für ihr Alter hatte sie sich ziemlich gut gehalten, sie wirkte höchstens wie fünfzig, obwohl sie sich recht konservativ kleidete. In dem mausgrauen Kostüm und der weißen Bluse wirkte sie wie ein Hausmütterchen. Aber die erstaunlich faltenfreie Haut und der blonde Pagenschnitt machten sie um Jahre jünger, als sie in Wirklichkeit sein musste.

Ich zuckte ein wenig zusammen, als jemand erneut gegen meine Stuhllehne trat. So ein Idiot. Da waren mir die Äcädemy-Schüler, die mir ins Gesicht sagten, was sie von mir hielten, deutlich lieber. Bei ihnen wusste ich wenigstens, woran ich war.

»Ich freue mich wirklich sehr, heute den Startschuss für die erste praktische Woche geben zu können, denn sie soll dazu dienen, Schurken und Helden noch besser zu machen. Wir würfeln euch durcheinander und stecken euch in eine kleine Gruppe mit jeweils drei Scola- und drei Äcädemy-Schülern. Anschließend zieht ihr aus diesem Behälter hier«, er zeigte auf ein Plastikgefäß mit Kugeln, »eure Wochenaufgabe. Diese werdet ihr gleich heute oder morgen erledigen. Die nächsten Tage habt ihr Gelegenheit, mit einem euch zugewiesenen Lehrer zu trainieren, und am Ende der Woche gibt es eine Revanche.«

Der Scola-Schüler hinter mir trat ein drittes Mal gegen

meinen Stuhl. Jetzt reichte es mir, ich wirbelte herum. »Was ist dein Problem?«

Die grauen Augen des Schülers verengten sich zu Schlitzen, die mich hasserfüllt anstarrten. Es war Justin, ganz eindeutig. Ob er wusste, wer ich war? Fast rechnete ich damit, er würde sich hier und jetzt auf mich stürzen, doch das tat er nicht. Dafür war er viel zu sehr der Musterschüler und Papas Liebling.

»*Du* bist mein Problem, Taylor.«

Damit hatte sich meine Frage erledigt, aber wie hatte er mich erkannt? Da fiel mir Giles' gehässiges Grinsen weiter hinten auf, und ich erinnerte mich an das vorherige Getuschel. Also hatte er meine Identität preisgegeben. Hätte ich mir gleich denken können, dass meine lieben Mitschüler die Klappe nicht halten konnten.

»Ich wusste schon immer, dass du es nicht draufhast, aber so tief zu sinken ...«, fuhr Justin fort.

»Wenigstens gehe ich meinen eigenen Weg, statt nur meinem Vater nachzuschleimen.«

»Immerhin war mein Vater nicht so dämlich, sich vom erstbesten Schurken erschießen zu lassen. Keine Ahnung, was die alle immer mit Eagleman haben, schlussendlich war er doch eine Pfeife.«

Wut kochte in mir hoch, aber bevor ich aufspringen konnte, hielt Max mich an den Armen zurück. So viel Kraft hätte ich ihm gar nicht zugetraut. »Lass mich los«, knurrte ich, doch Max' Griff verstärkte sich nur noch.

»Er ist es nicht wert.«

Und dann stand auf einmal Mr Denham neben uns. »Hebt

euch das für später auf«, raunte er und konnte sich ein hämisches Grinsen nicht verkneifen.

Professor Phillips räusperte sich erneut, und die Aufmerksamkeit richtete sich wieder auf ihn. Er warf mir und Justin einen tadelnden Blick zu. »So, nun zur ersten Gruppe. Für die Äcädemy treten an: Pebbles, Mr Bean und Batman.«

Während er die Namen der drei Scola-Schüler nannte, drehte sich Max zu mir um. »Tut mir leid«, murmelte er.

Ich zuckte mit den Schultern, weil ich Justins Blick in meinem Rücken spürte. So ein Mist, ich hatte gehofft, mit Max in eine Gruppe zu kommen oder wenigstens mit Cindy oder Oliver. Die beiden konnten mich zwar auch nicht mehr leiden, doch für die Aufgabe hätten sie sich sicher zusammengerissen. Aber gut, es gab noch Jamie, vielleicht hatte ich Glück.

»Zur zweiten Gruppe. Für die Äcädemy treten an: der Terminator, Miss Dynamite und Doctor Octopus. Mit ihnen messen sich von der Scola: Robin Hood, James Bond und Eagleman.«

Wenn man einmal von mir absah, wusste ich zumindest bei dreien, wer sich hinter dem Namen verbarg. Na super, das hatte ich richtig gut getroffen, die perfekte Gruppe. Miss Dynamite oder besser gesagt Serena verdrehte die Augen, Giles alias der Terminator tat so, als müsse er sich übergeben. Einzig Justin – der es auch noch wagte, sich den Decknamen Eagleman zu geben – freute sich offenbar auf die Auseinandersetzung, obwohl er noch nicht einmal ahnte, dass ich einer seiner Gegenspieler war. Aber das war nur eine Frage der Zeit, denn Giles würde es ihm sicher stecken.

Wir versagten kläglich, was unsere Aufgabe anging. Eine Akte, die angeblich die Tarnidentitäten aller Superhelden enthielt, aus einem bewachten Tresorraum zu stehlen, ohne dabei den Alarm auszulösen, war nun wirklich nicht allzu schwer. Zumindest nicht, wenn man als Team vorging, aber das taten wir nicht. Giles arbeitete die ganze Zeit über gegen mich. Serena hielt sich zwar mehr oder weniger zurück, aber sie war weit davon entfernt, auf meiner Seite zu stehen. Und die Superhelden? Natürlich hatte Giles Justin und den anderen verraten, dass ich das dritte Schurkenmitglied im Team war. Mit ihrem Verhalten bewegten sich die drei Möchtegernhelden hart an der Grenze des Guten. Sie wollten mich unbedingt bloßstellen, und das gelang ihnen auch. Ich fühlte mich ähnlich wie nach meiner ersten Stunde in Unbewaffneter Nahkampf. Justin und Co. feierten bereits ihren Sieg, und Giles wollte mich gerade alleine in dem demolierten Tresorraum zurücklassen.

»Na super, das habt ihr ganz toll hinbekommen«, rief ich ihm hinterher.

Giles fuhr zu mir herum. »Ich hab mich wohl verhört. *Du* hast doch alles vermasselt.«

»Und warum?« Ich ging ihm entgegen, obwohl jeder Muskel in meinem Körper schmerzte. »Es war ziemlich dämlich, den Helden zu verraten, wer ich bin, meinst du nicht?«

»Dämlich? Sag das noch mal.« Er machte einen drohenden Schritt auf mich zu.

Ich war bereit, gegen ihn zu kämpfen, doch das war nicht nötig. Serena versuchte zu schlichten. »Ich sag's nur ungern, aber John hat recht.«

»Dein Ernst? Du stellst dich auf die Seite dieses Verräters?«

Sie verschränkte die Arme vor der Brust. »Ich stelle mich auf überhaupt keine Seite, ich will am Freitag bei der Revanche die Superhelden plattmachen. Das ist alles.«

Ich holte tief Luft. »Hört zu, ich weiß, dass ihr sauer auf mich seid, und ihr habt auch allen Grund dazu. Aber wenn wir das nicht wieder komplett vermasseln wollen, müssen wir zusammenarbeiten. Anders haben wir keine Chance.«

»Das gefällt mir nicht«, murmelte Giles.

»Mir auch nicht«, sagte Serena, »aber hier geht es um unsere Noten. Ich will das gut machen, und dafür tue ich, was immer nötig ist.«

»Also, was sagst du?«, fragte ich Giles. »Sind wir ein Team?« Ich streckte ihm die Hand entgegen.

Er zögerte und schlug auch nicht ein, doch schließlich sagte er: »Schön, aber nur bis Freitag. Nicht, dass du jetzt denkst, du gehörst wieder dazu.«

Ich zog die Hand zurück. »Damit kann ich leben.«

Robin Hood, James Bond und Eagleman alias Justin Miller warteten bereits in dem Vorraum, der zum Tresor führte. Das Ganze war aufgebaut wie ein überdimensioniertes Terrarium. Die Lehrer und anderen Schüler konnten das Treiben von einer Tribüne aus beobachten, während wir sie von innen dank des venezianischen Spiegels nicht sahen.

Giles und ich standen maskiert an der Seite des Glaskastens, Serena hatte sich an anderer Stelle positioniert. Gemeinsam warteten wir auf den Startschuss. Zehn Minuten hatten wir Zeit, um unsere Aufgabe zu wiederholen und dieses Mal gut zu machen. In diesem Moment ertönte, wie bei einem Wettkampf, der Signalton.

Ohne Vorwarnung begann Giles, auf mich einzuprügeln. Er drückte mich gegen die Tür, presste die Klinke nach unten, und wir stolperten in den Vorraum zum Tresor.

»Verräter!«, schrie ich, während ich nur knapp einem von Giles' Schlägen ausweichen konnte. »Wir hatten eine Abmachung.«

»Scheiß auf die Abmachung«, erwiderte Giles und schlug erneut zu.

Dieses Mal traf er mich am Kinn, ich taumelte nach hinten. Die drei Möchtegernhelden beobachteten uns im ersten Moment irritiert, doch dann stürzten sich James Bond und Justin auf mich, um mich gemeinsam mit Giles zu verprügeln. Wie vereinbart ließ Giles sofort von mir ab, und wir kämpften eins zu eins gegen die Scola-Schüler, die total perplex waren. Sie waren eiskalt in die Falle getappt. Robin Hood wollte ihnen zu Hilfe kommen, doch Serena hatte nur auf diesen Augenblick gewartet. Sie seilte sich von der Decke ab und hatte den dritten Scola-Schüler sofort überwältigt. Auch Giles und ich hatten keinerlei Probleme, die Oberhand zu gewinnen. Ich drehte Justin den Arm auf den Rücken und genoss den Anblick, wie er mit schmerzverzerrtem Gesicht vor mir kniete.

»Na, wie fühlt sich das an?«, fragte ich leise.

»Das wirst du mir büßen«, presste er hervor.

Ich schubste ihn zu den anderen beiden Möchtegernhelden, und wir fesselten alle drei mit den Rücken aneinander. Damit hatten die Scola-Schüler ihre Aufgabe bereits verloren, denn sie sollten uns aufhalten oder Verstärkung holen. Zu beidem waren sie nicht mehr fähig. Wir hatten sie überwältigt und damit den ersten Teil der Aufgabe bestanden. Doch nun kam der zweite und weitaus schwierigere Teil: Wir mussten die Akte mit den Tarnidentitäten stehlen, ohne dabei den Alarm auszulösen. Sieben Minuten blieben uns noch dafür, wie die Uhr an der Wand anzeigte. Giles öffnete mithilfe eines speziellen Stethoskops die runde Tür zum Tresor. Auf einem Schreibtisch am anderen Ende des Raumes lag die Akte, doch wir konnten nicht einfach hineinspazieren und sie uns holen. Rote Laserstrahlen – in diesem Fall waren sie für die Zuschauer sichtbar gemacht – verliefen kreuz und quer durch den Raum, und auch auf dem Boden befanden sich Sensoren. Zu allem Überfluss war der Tresor auch noch mit einem Temperatursensor ausgestattet. Wenn wir uns zu lange in dem Raum aufhielten, würde die Temperatur ansteigen. Auch das würde den Alarm auslösen. Max hatte das Ganze für uns ausgerechnet: Wir hatten höchstens fünf Minuten Zeit, bis der Sensor unsere Anwesenheit registrierte.

Ich zog einen Wurfanker aus meiner Tasche und schlang ihn um einen Träger an der Decke, ohne dabei einen der Laserstrahlen zu unterbrechen. Giles half Serena währenddessen, einen Gurt umzuschnallen und sich mit einem Karabinerhaken am Seil des Wurfankers zu befestigen. Sie gab uns ein Zeichen, und Giles und ich liefen mit dem Seil in den Händen rückwärts. Das Seil spannte sich an, und Serena hangelte sich daran nach oben. Auf dem Träger robbte sie zur Raummitte, ließ sich von dort kopfüber herunter, schnappte sich die Akte und zog sich mithilfe des Motors an ihrem Gürtel nach oben. Nachdem sie wieder neben uns stand, klebten wir das Seil am

Boden fest, damit es nicht hin und her schwang und so die Laserstrahlen berührte.

Wir hatten es geschafft, sogar eine Minute vor Ablauf der Zeit! Professor Phillips gab das Zeichen, dass wir unsere Aufgabe bestanden hatten, alle Äcädemy-Schüler jubelten. Ich hielt die Hand hoch, und Serena schlug tatsächlich ein. Doch dann schien ihr wieder einzufallen, dass sie eigentlich sauer auf mich war. Sie und Giles ließen mich stehen, um mit den anderen zu feiern.

»Wie fühlt sich das an?«, fragte Justin und verließ ebenfalls den Raum.

»Oi, oi, oi«, sangen die Lehrer und alle Schüler zusammen.

Die Stimmung war am Kochen. Es war Freitagabend, die praktische Woche war erfolgreich zu Ende gegangen, die Superheldenschüler wieder auf dem Weg zurück in ihre eigene Schule, und die ganze Äcädemy feierte eine Abschlussparty.

Nach Feiern war mir allerdings überhaupt nicht zumute. Gut, bei der Revanche hatten wir Justin und die anderen geschlagen, und es war auch ein gutes Gefühl gewesen, aber im Grunde bedeutete es nichts. Morgen ging es in die Sommerferien, und ich hatte nach wie vor keinen blassen Schimmer, wie es weitergehen sollte. Es schien, als wäre ich in einem Albtraum gefangen und konnte einfach nicht aufwachen.

Mr Horn spielte das etwas konfuse Gitarrensolo am Ende von *T.N.T.* Wenn es noch jemand auf seinem Stuhl gehalten hätte, wäre er spätestens jetzt aufgesprungen. Alle jubelten der Lehrerband zu, Serena pfiff auf ihren Fingern.

Überraschenderweise betrat Kyle am Ende des Lieds die

Bühne, eine Kiste kubanischer Zigarren in der Hand. Er ging auf Professor Phillips zu, der sich hinter dem Schlagzeug erhob. Kyle griff nach dem Mikrofon. »Im Namen der gesamten Schülerschaft möchte ich mich bei Ihnen für diese Gelegenheit bedanken. Es war toll, die Möchtegernhelden nicht nur theoretisch zu vermöbeln, findet ihr nicht?« Der Saal tobte vor Begeisterung, und Kyle überreichte dem Schulleiter die Zigarrenkiste. »Außerdem dankt Ihnen der Abschlussjahrgang für fünf wundervolle Jahre auf der Evil Äcädemy.«

»Danke, Kyle, das ist wirklich nett von euch. Es schwingt immer etwas Wehmut mit, wenn sich am Ende des Schuljahres ein Jahrgang verabschieden muss, aber ich weiß auch, dass wir euch wiedersehen werden. Vielleicht in der Zeitung, vielleicht als Lehrer oder Eltern einer neuen Generation. Ich wünsche euch allen viel Erfolg, ihr werdet euren Weg gehen.«

Schüler und Lehrer klatschten, und das wäre eigentlich der Moment für Kyle gewesen, die Bühne wieder zu verlassen, doch das tat er nicht. Stattdessen nahm er das Mikrofon noch einmal an sich. »Wir hätten noch eine Bitte an Sie, Professor Phillips. Uns ist zu Ohren gekommen, dass Sie früher eine Ikone an der E-Gitarre waren. Würden Sie zum Abschluss einmal für uns spielen?«

Bildete ich mir das ein, oder war Professor Phillips kurz zusammengezuckt? Der Schulleiter schien sogar ein bisschen rot geworden zu sein.

»Das ist nett, Kyle, aber ich habe schon ewig nicht mehr gespielt. Ich denke, Mr Horn macht das viel besser als ich. Außerdem muss doch jemand die Drums übernehmen.«

Kyle winkte ab. »Na kommen Sie schon, Professor, wir

wollen heute Abend unseren Spaß haben. Oder was meint ihr?«

Die Schüler waren sofort auf Kyles Seite, und dann begannen sogar die Lehrer, im Takt »Ernest« zu rufen.

Professor Phillips schien sich sichtlich geschmeichelt zu fühlen. »Also schön«, sagte er und ging zu Mr Horn. Die beiden wechselten kurz ein paar Worte miteinander, dann überreichte Mr Horn dem Schulleiter feierlich die E-Gitarre, während Kyle die Bühne wieder verließ. »Wir spielen *ZZ Top*«, sagte der Schulleiter zur Band, bevor er sich ans Publikum wandte. »Aber ich hab euch gewarnt: Ich bin aus der Übung.« Er hängte sich die E-Gitarre über die Schulter, und plötzlich wurde aus dem gebückten Mann, der tagein, tagaus selbstgestrickte Pullunder trug, ein anderer Mensch. Mit einem Mal wirkte er viel aufrechter, größer, kräftiger und vor allem selbstbewusster.

Professor Phillips lächelte, er schien sogar flüchtig in meine Richtung zu schauen, bevor er mit dem kraftvollen Gitarrenintro von *Tush* begann. Ich brauchte einen Moment, ehe ich begriff, was ich sah. Der Schulleiter hielt die E-Gitarre fast senkrecht vor seinem Körper. Diese spezielle Art, die Gitarre zu spielen, kannte ich, ich hatte sie schon einmal gesehen. In einem The Rockstar-Video. Ich erstarrte. Professor Ernest Phillips war The Rockstar.

Ich schüttelte den Kopf. Das war unmöglich. Er war so unscheinbar, passte überhaupt nicht ins Profil und war auch nicht unter den Verdächtigen erschienen. Andererseits – war das nicht die große Kunst, wenn man eine Helden- oder Schurkenidentität annahm?

Professor Phillips blickte mich direkt an, während er sein

Solo hinlegte. Und da wusste ich es. Er war es tatsächlich, daran bestand kein Zweifel mehr. Seine Augen verrieten ihn. Enttäuschung durchflutete mich und wurde sofort von Wut abgelöst. Wie konnte das sein? Er war immer so nett zu mir gewesen, der Einzige, der zusammen mit Max noch an mich geglaubt hatte. Und nun sollte er derjenige sein, der Kyle darauf angesetzt hatte, mich von der Schule zu jagen? Der meinen Dad getötet hatte? Mir wurde übel. Ich sah mich nach Max um, konnte ihn aber nirgends entdecken. Ich war auf mich alleine gestellt.

In meinem Kopf rasten die Gedanken und formten sich zu einem großen Ganzen. Der komplette Saal befand sich im Ausnahmezustand, grölte und sang mit, während Professor Phillips auf der Bühne alles gab. Niemandem fiel auf, dass ich ihnen den Rücken zudrehte und die Aula verließ.

Kapitel 21

Blind vor Wut eilte ich durch die Gänge der Äcädemy. In der Hoffnung, Max wäre vielleicht in unserem Zimmer, schlug ich diesen Weg ein, doch er war nicht dort. Enttäuscht riss ich Schranktüren und Schubladen auf, suchte nach einer brauchbaren Waffe und fand schließlich den Molekularzerstörer, den Max damals aus dem Geheimversteck der Äcädemy hatte mitgehen lassen. Ich griff nach der pürierstabähnlichen Waffe und lief zurück zur Aula, doch auf halbem Weg hielt ich inne. Vielleicht war es nicht die beste Idee, The Rockstar in einem Raum voller angehender, ehemaliger und praktizierender Schurken zu stellen. Vermutlich käme ich keine drei Meter weit, ehe ich überwältigt wurde. Ohne zu überlegen steuerte ich auf den Bürotrakt zu. Ich würde einfach in Professor Phillips Arbeitszimmer auf ihn warten, früher oder später musste er dort erscheinen. Ich riss die Tür auf – und blieb wie erstarrt stehen. Vom Sofa aus lächelte er mich an. In diesem Moment wirkte er wieder wie der nette Schulleiter und nicht wie einer der größten Schurken aller Zeiten, aber er konnte mich nicht täuschen.

»John, ich hab schon auf dich gewartet. Schön, dass du so schnell gekommen bist.« Er deutete auf das kleine Tischchen, das vor dem Ledersofa platziert war. Darauf standen zwei Tassen Tee und ein Teller mit Plätzchen. »Setz dich, greif zu.«

Einen Moment war ich völlig perplex. Saß da wirklich The Rockstar und bot mir Kekse an? Doch dann kehrte die Wut zurück, und ich hielt den Molekularzerstörer in seine Richtung.

»Sie haben meinen Vater ermordet!«

»So sieht es aus, nicht wahr? Doch der Schein kann trügen. Willst du nicht erst mal Platz nehmen?«

»Ganz bestimmt nicht!«, schrie ich und zielte auf den Stuhl, auf dem ich beim letzten Mal noch gesessen hatte. Dann drückte ich auf den Auslöser. Das Möbelstück explodierte in tausend Stücke, Holzteile flogen durch das Zimmer, doch Professor Phillips zuckte nicht mal mit der Wimper.

»Du bist wütend, das kann ich verstehen, aber nun setz dich doch bitte zu mir. Das verlangt die schurkische Etikette.«

Meine zitternde Hand wanderte weiter, näher zu The Rockstar. Ich drückte erneut ab, der gelbe Strahl schlug eine Kerbe in die Mitte des wandbreiten Buchregals. Papierfetzen segelten wie Schnee durch die Luft. »Die schurkische Etikette verlangt auch, sein Gegenüber nicht hinterrücks zu erschießen, aber das scheint Sie damals ebenso wenig interessiert zu haben. Mein Dad hatte keine Chance.« Ich zielte weiter nach links, sodass die Waffe nun direkt auf den Schurken gerichtet war. Nach wie vor blieb er ruhig, was mich erst recht wahnsinnig machte. Er stritt es nicht ab, er rechtfertigte sich nicht, er saß einfach nur da und schaute mich an. Ich wollte abdrücken, ich wollte es wirklich, aber ich konnte es nicht. Ich konnte keinen Menschen töten. Meine Mutter hatte recht, dann wäre ich nicht besser als der Mörder meines Vaters. Stattdessen hielt ich den Molekularzerstörer auf den Schreibtisch und feuerte ein letztes Mal. Er krachte in der Mitte zusammen, erneut wirbelten Holz- und Papierfetzen durch die Luft. Schwer atmend ließ ich mich nun doch auf das Sofa sinken.

Professor Phillips nahm mir die Waffe aus der Hand und reichte mir eine der beiden Tassen. »Hier, trink. Das wird dir guttun.«

Ich nahm einen Schluck, obwohl ich es nicht wollte. »Warum haben Sie es getan?«, fragte ich, nun selbst deutlich ruhiger. »Warum haben Sie meinen Vater umgebracht?«

»John, ich habe deinen Vater nicht umgebracht. Ohne Helden gibt es keine Schurken und umgekehrt. Du hast mich kennengelernt, und im Grunde deines Herzens weißt du, dass ich so etwas niemals tun würde.«

Ich schüttelte den Kopf. »Ich weiß überhaupt nichts mehr. Sie sind The Rockstar, der Erzfeind meines Vaters, und *das* hätte ich auch nie für möglich gehalten.«

»Es ist wichtig, seine wahre Identität zu schützen, John. Das hast du inzwischen am eigenen Leib erfahren.« Professor Phillips stand auf und ging hinüber zum Schreibtisch oder zu dem, was davon noch übrig war. Er bückte sich, um eine der verzogenen Schubladen aufzuziehen und nahm etwas heraus. Dann setzte er sich wieder neben mich, einen silbernen Bilderrahmen in der Hand. »Eagleman und ich waren Freunde, John.«

Ich sah ihn finster an. »Schurken und Helden können keine Freunde sein, das wissen Sie besser als jeder andere.«

»Und was ist mit dir und Max?«, fragte Professor Phillips und reichte mir das Bild.

Ich starrte auf das Foto in meiner Hand. Zwei Männer waren darauf zu sehen, beide um die dreißig Jahre alt. Der eine hatte fast schwarze Haare und braune Augen, der andere braune Haare und blaue Augen. Der Braunhaarige hatte einen Arm um die Schulter des anderen Mannes gelegt, beide strahlten in die Kamera. Es waren Ernest Phillips und mein Dad. Fragend sah ich auf.

»Dein Vater und ich waren die besten Freunde«, wiederholte Professor Phillips. »Ich hätte ihm nie etwas antun können, das musst du mir glauben. Dieser Mann hat mir genauso viel bedeutet wie dir.«

»Aber ... das Foto.«

»Das Foto?« Professor Phillips runzelte für einen kurzen Augenblick die Stirn. »Ach, du meinst das Foto vom Tatort?« Seufzend fuhr er sich durch die inzwischen angegrauten Haare. »Edward und ich waren auf dem Dach des Hauses verabredet, aber ich kam zu spät. Als ich dort eintraf, war dein Vater bereits tot. Ich habe sofort den Krankenwagen gerufen, versucht, ihn wiederzubeleben, aber ich konnte nichts mehr für ihn tun. Es tut mir leid, John. Ich werde mir nie verzeihen, dass ich an jenem Tag nicht rechtzeitig da gewesen bin.«

»Haben Sie denn den wahren Täter gesehen? Wissen Sie, wer meinen Vater ermordet hat?«

Traurig schüttelte Professor Phillips den Kopf. »Leider nein. Glaub mir, ich hätte ihn längst selbst zur Rechenschaft gezogen, wenn ich es wüsste.«

Eine Weile betrachtete ich das Bild. Die beiden Männer sahen wirklich glücklich aus. Es fiel mir schwer, an eine Freundschaft zwischen Eagleman und The Rockstar zu glauben, aber das Foto war der Beweis dafür. *Max und ich* waren der Beweis dafür, dass eine Freundschaft zwischen Helden und Schurken tatsächlich möglich war.

»Was ist mit Kyle?«, fragte ich. »Warum haben Sie ihn da mit reingezogen?«

Professor Phillips runzelte die Stirn. »Du meinst Kyle Abernathy? Ich weiß nicht, was du meinst, John.«

Nicht? Dann hatten Kyle und The Rockstar also nicht zusammengearbeitet? Aber es hatte alles perfekt gepasst. Ich dachte an die Mail, die wir auf Kyles Rechner gefunden hatten. Fakt war, dass Kyle für jemanden arbeitete, doch für wen? Konnte es der wahre Mörder meines Vaters sein? Ich atmete geräuschvoll aus. »Warum haben Sie nichts gesagt, Professor? Sie wussten, dass ich auf der Suche nach Ihnen war. Sie hätten zumindest etwas andeuten können.«

»Hättest du mir denn geglaubt? Hättest du mir überhaupt zugehört?« Er schwieg einen Moment, und auch ich gab keine Antwort. »Den Hinweis mit der Äcädemy habe ich dir übrigens absichtlich gegeben. Du erinnerst dich? Ich sagte, du würdest mich richtig kennenlernen, wenn du nicht aufhörst, nach mir zu suchen. Eine ziemlich lahme Drohung für einen Schurken, findest du nicht? Ich wollte sehen, was du kannst, wo deine Stärken liegen. Ihr seid ein tolles Team, du, Max und Serena.«

»Serena ist gerade nicht gut auf mich zu sprechen.«

Professor Phillips nickte. »Ich weiß, aber das wird schon wieder. Sie ist ein vernünftiges Mädchen. Dein Vater und ich waren auch nicht von Anfang an miteinander befreundet, das hat sich im Laufe der Zeit entwickelt.«

»Wie?«, fragte ich, weil ich es ehrlich wissen wollte.

Wie so oft bekam der Schulleiter einen verträumten Ausdruck auf dem Gesicht. »Nun ja, zu Beginn war es ein Wettstreit zwischen uns. Seit der Begegnung damals auf dem Dach der Scola haben wir uns gegenseitig angespornt, wollten besser sein als der andere. Daraus entwickelte sich Respekt füreinander und irgendwann Freundschaft. Wir gingen öfter nach der Arbeit ein Bier zusammen trinken, später trafen wir uns dann auch mal zum Golfen.«

»Wusste meine Mum davon?«

Professor Phillips schien mir meine vielen Fragen nicht übel zu nehmen. »Nein, niemand wusste von unserer Freundschaft. Du hast inzwischen selbst erlebt, wie eingefahren alle in ihren Verhaltensmustern sind. Ich möchte diese gerne durchbrechen, die praktische Woche ist schon mal ein Anfang, aber das wird noch viele Jahre dauern. Wenn es überhaupt zu einem Umdenken kommt.«

Ich nickte. Meine Gedanken fuhren Karussell, ich war völlig überfordert mit der Situation. Mehr als ein Jahr lang hatte ich mir geschworen, The Rockstar zu finden und ihn für den Mord an meinem Vater zur Rechenschaft zu ziehen. Und jetzt saß ich neben ihm, trank Tee und hörte mir alte Geschichten von meinem Dad an. Das war verrückt.

»Alles in Ordnung?«, fragte Professor Phillips. In seiner Stimme schwang väterliche Fürsorge mit.

Ich zuckte mit den Schultern. »Ich weiß nicht, das ist gerade alles ein bisschen viel.«

»Das kann ich sehr gut verstehen. Warum lässt du nicht erst einmal alles sacken?«

»Eine Frage hätte ich noch.«

»Du kannst mich alles fragen, John.«

»Haben Sie dafür gesorgt, dass ich an der Scola abgelehnt wurde?«

Professor Phillips runzelte die Stirn. »Warum hätte ich das tun sollen?«

»Aber als ich mich letztes Jahr hier an der Äcädemy beworben habe – da wussten Sie, dass ich Eaglemans Sohn bin.«

Nun lächelte er. »Das wusste ich in der Tat. Apropos, wo wir gerade von deiner Bewerbung reden: Das war die schlechteste Fälschung, die ich je gesehen habe. Da haben wir noch ein ganzes Stückchen Arbeit vor uns, aber du stehst ja auch erst am Anfang deiner Ausbildung.«

Für Professor Phillips bestand offenbar kein Zweifel daran, dass ich an der Äcädemy bleiben würde, und vielleicht war das auch die beste Lösung. Dieser Mann hatte meinen Vater sterben sehen, seinen Freund. Er war sicher ebenso daran interessiert wie ich, den Mörder zu finden.

»Warum haben Sie mich trotzdem angenommen?«, wollte ich wissen. »Das ist eine Schurkenschule, Sie wussten, dass ich nicht hierher gehöre.«

»Das sehe ich nicht so, ich finde, du machst dich sehr gut. Vor allem, wenn man bedenkt, dass du im Vergleich zu den anderen keinerlei Vorwissen hast.« Ich war nicht sicher, ob das ein Kompliment sein sollte, aber Professor Phillips sprach bereits weiter. »Ehrlich gesagt hat es mich gewundert, dass die Scola dich abgelehnt hat. Ich war neugierig, was du im Schilde führst, außerdem wollte ich dich im Auge behalten.« Er zögerte. »Ich habe Edward versprochen, auf dich achtzugeben.«

Ein Kloß bildete sich in meinem Hals, ich schluckte trocken. Dann sprang ich auf, unsicher, was ich noch sagen sollte.

Professor Phillips erhob sich ebenfalls. »Du kannst jederzeit wiederkommen, John. Ich habe noch viel mehr Fotos von deinem Vater, und ich würde mich freuen, ein wenig mit dir zu plaudern.«

Plötzlich begriff ich, dass er in seiner Trauer um meinen Vater ganz alleine gewesen war. Ich hatte meine Familie gehabt, aber er hatte niemanden, da niemand von seiner Freundschaft mit meinem Vater wusste. Das musste schrecklich sein. »Danke, Professor.« Meine Augen folgten der Schneise der Verwüstung, die ich in meiner blinden Wut angerichtet hatte. »Und es tut mir leid.«

Er winkte ab. »Das ist nicht das erste Mal, dass ein Lehrerbüro verwüstet wurde, also mach dir nichts draus.« Und dann lächelte er.

»Und, lebt er noch?«

Ich war nicht überrascht, als ich, immer noch total durcheinander, die Tür zu meinem Zimmer öffnete und Serena auf meinem Bett sitzend vorfand. Natürlich hatte sie Professor Phillips auch als The Rockstar identifiziert.

»Er lebt«, antwortete ich und ließ mich ebenfalls auf mein Bett fallen.

»Gut, ich finde Prof. P. nämlich echt nett.« Sie wickelte sich eine lose Haarsträhne um ihren Finger – eine Geste, die ich bisher nur selten an ihr gesehen hatte. »Du warst schon weg, als ich dich gesucht hab. Ich wollte erst hinterher, aber dann dachte ich mir, ich lass den Dingen lieber ihren Lauf.«

Ich nickte geistesabwesend. Endlich hatte ich The Rockstar gefunden, und doch musste ich noch einmal von vorne anfangen.

»Hat er deinen Vater getötet?«

Ich schüttelte den Kopf.

Serena betrachtete mich eine Weile, dann seufzte sie laut. »Okay, hör zu, John: Ich weiß, dass es gegen alle Regeln verstößt, aber mir fehlt unsere Freundschaft. Scheiß auf die Regeln. Können wir nicht wieder Freunde sein?«

Seit ich das Zimmer betreten hatte, blickte ich sie wohl zum ersten Mal richtig an. »Liebend gern. Wusstest du ...?« Ich brach ab, doch Professor Phillips hätte bestimmt nichts dagegen, wenn ich es ihr sagte. »The Rockstar und mein Dad waren auch befreundet.«

»Wirklich? Das ist ja der Hammer!« Serena war sprachlos und musterte mich mit hochgezogenen Augenbrauen. »Apropos Helden- und Schurkenfreundschaft: Wo ist eigentlich Max? Der hat doch am meisten darunter gelitten, dass wir nicht mehr miteinander gesprochen haben.«

Ich zuckte mit den Schultern. »Keine Ahnung, ich hab ihn nicht mehr gesehen, seit Bonnie und Colin rumgeknutscht haben.«

»Die beiden haben rumgeknutscht? Warum habe ich davon nichts mitbekommen?«

Im selben Moment piepste mein Handy. Ich zog es aus meiner Hosentasche, vielleicht war es Max. Es war eine Videobotschaft, doch sie war von einer unbekannten Nummer. Ich drückte auf Play, Serena rutschte näher zu mir.

»Du lebst ja immer noch, Taylor«, war eine verzerrte Stimme aus dem Off zu hören.

»Kyle«, sagten Serena und ich wie aus einem Mund.

Das Bild wackelte etwas, als Kyle den dunklen Raum filmte. War das etwa die Folterkammer? »Ich hab hier etwas, das du vielleicht vermisst.« Die Kamera wanderte weiter, die Streckbank kam in Sicht – und eine Person. Obwohl man diese nicht komplett sehen konnte, wusste ich sofort, wer es war. Ich erkannte die beigefarbene Cargohose: Kyle hatte Max auf der Streckbank festgeschnallt.

»Wenn du ihn retten willst, komm her. Allein.«

Kapitel 22

Ich sprang auf und stürmte zur Tür, Serena folgte mir. »Was hast du vor?«, fragte ich und wirbelte zu ihr herum. »Du hast gehört, was Kyle gesagt hat. Ich soll allein kommen.«

Serena schnaubte. »Natürlich sollst du das, aber ich werde dich nicht alleine gehen lassen. Max ist auch mein Freund, und wie ich dich kenne, hast du nicht mal eine Waffe dabei.«

Das stimmte allerdings, ohne Waffe brauchte ich Kyle wohl nicht gegenüberzutreten. Jetzt hätte ich den Molekularzerstörer gut gebrauchen können, aber der lag noch immer in Professor Phillips Büro. »Hast *du* denn Waffen dabei?«, wollte ich wissen.

»Na, hör mal.« Serena leerte ihre Taschen aus. Wie immer hatte sie einen Bund Dynamitstangen bei sich sowie Messer verschiedener Art und Wurfsterne, nicht zu vergessen die Nadel in ihren Haaren. Überrascht beobachtete ich, wie sie außerdem aus Max' Nachttischschublade einige Handgranaten holte. »Man kann nie wissen.«

Ich zögerte. Kyle war skrupellos, ich war es nicht. Aber Serena. Also nickte ich und nahm mir ein bisschen von allem.

Serena reichte mir noch zwei zusätzliche Handgranaten. »Hast du ein Feuerzeug?«, fragte sie, während wir bereits durch die Gänge eilten.

»Jep«, sagte ich. Dads Feuerzeug hatte ich immer dabei – und diesmal würde er es auch verstehen, wenn ich es benutzen musste. Schließlich ging es um Max.

Serena und ich hatten die Tür zur Folterkammer erreicht und verlangsamten unsere Schritte. Wir lauschten, doch es war gespenstisch still.

Flüchtig griff Serena nach meiner Hand. »Wenn du willst, halte ich mich erst mal im Hintergrund, aber ich bin jederzeit bereit.«

Ich nickte und wartete, bis sie im Schatten verschwunden war. Dann riss ich die Tür auf. Der Raum war schummerig, und meine Augen brauchten einen Moment, um sich an die Lichtverhältnisse zu gewöhnen. Ich tastete nach einem Lichtschalter, fand aber keinen.

»Max?«, rief ich, bekam als Antwort aber nur ein ersticktes Geräusch. Vermutlich hatte Kyle ihm den Mund zugeklebt, doch er war hier.

Allmählich begann ich Umrisse zu sehen, da schaltete jemand das Licht ein, und höhnisches Gelächter erfüllte die Kammer. Ich blinzelte. Kyle kam aus seinem Versteck hervor, eine Pistole in der Hand. Und damit zielte er direkt auf mich.

»Jonathan Edward Taylor, du bist wirklich gekommen.«

»Lass ihn gehen«, sagte ich mit fester Stimme, obwohl die Atmosphäre zum Zerreißen gespannt war. Ich wollte schon zur Streckbank laufen, um Max zu befreien, doch Kyle fixierte mich nach wie vor mit der Waffe. In der anderen Hand hielt er ein kleines schwarzes Kästchen.

»Das würde ich an deiner Stelle lieber lassen, oder dein

Freund muss dran glauben. Ein Knopfdruck, und die Streckbank reißt ihm die Arme aus.«

»Was willst du, Kyle?«

»Ist das nicht offensichtlich? Du solltest von der Äcädemy verschwinden, aber du bist immer noch da. Ihr Superhelden seid lästiger als Scheißhausfliegen. Eigentlich wollte ich dir die Wahl lassen: dein Leben oder das deines Freundes, aber wir wissen beide, wie das ausgehen muss.«

Damit schoss er ohne jede Vorwarnung auf mich. Ich konnte mich gerade noch rechtzeitig hinter einem Holzpfahl in Deckung bringen.

»Hast du bei Miss Fairchild nicht aufgepasst?«, fragte ich, nachdem sich mein Atem wieder etwas beruhigt hatte. »Du musst mich in deinen Plan einweihen, bevor du mich umbringst.«

»Du kennst meinen Plan«, antwortete er. Seine Stimme kam jetzt aus einer anderen Richtung. »Ich hab's wirklich im Guten versucht. Die harmlosen Fallen ...«

»Harmlos?« Ich hörte wohl nicht richtig. Was war an Salpetersäure und aufgemotzten Tasern bitte harmlos?

»... deine wahre Identität. Ich hab dich von deinen Freunden entzweit, den Schulleiter und sogar deine Mutter auf den Plan gerufen. Selbst Hubert, das nutzlose Vieh: Wer hätte denn ahnen können, dass er handzahm ist? Und auch mein letzter Versuch mit The Rockstar ist gescheitert. Mir war zwar klar, dass Phillips dich nicht einfach so umbringen würde, dafür ist er nicht Schurke genug. Aber er sollte dich wenigstens im Kampf töten, und sei es nur aus Notwehr ...«

Der zweite Schuss krachte, doch ich hatte die Richtung,

aus der Kyles Stimme gekommen war, verfolgt und war von ihm unbemerkt hinter einem Mauervorsprung verschwunden. Ich zog einige Wurfsterne aus meiner Hosentasche, sprang aus meinem Versteck hervor und nutzte Kyles kurzfristige Verwirrtheit, indem ich mit den Sternen auf ihn zielte. Kyle reagierte sofort und drehte sich zu mir. Doch bevor er erneut abdrücken konnte, blieb einer der Wurfsterne in seinem Arm stecken. Er schrie auf.

Im selben Moment platzte Serena herein. »Hey, Dummgesicht, warum spielst du nicht mit jemandem aus deiner Liga?« Mit diesen Worten warf sie eine angezündete Dynamitstange in seine Richtung.

Kyle hatte offenbar nicht damit gerechnet, dass ich tatsächlich Verstärkung mitbringen würde. Mit einem Hechtsprung brachte er sich in Sicherheit, allerdings fiel ihm dabei die Fernbedienung für die Streckbank aus der Hand. Mit dem Knopf nach unten knallte sie auf den Steinboden, doch das bekam ich kaum mit. Ich brachte mich ebenfalls in Deckung, als das Dynamit explodierte. Die ganze Folterkammer schien unter dem Knall zu erzittern. Gleichzeitig begannen sich die beiden Räder, die die hölzerne Streckbank auseinanderziehen sollten, mit einem ohrenbetäubenden Quietschen zu drehen. Max' erstickte Schreie waren zu hören. Ich tastete auf dem Boden nach der Fernbedienung, drückte auf den Knopf – doch es passierte nichts. Die Räder drehten sich einfach weiter.

Kyle lachte. »Denkt ihr wirklich, ich mache es euch so leicht?« Er feuerte erneut einen Schuss ab.

Ich rollte mich schnell unter eine Holzbank.

»Kümmer dich um Max, ich nehm mir Kyle vor«, rief Serena mir zu, doch ich schüttelte den Kopf.

»Nein, der gehört mir.«

Suchend sah ich mich um, ich brauchte etwas zum Schutz vor Kyles Kugeln. Da entdeckte ich die Ritterrüstung am anderen Ende der Kammer, ein Schild lehnte dagegen. Keine Ahnung, ob er kugelsicher war, aber es war besser als nichts. Serena fing meinen Blick auf, lief in geduckter Haltung zu der Rüstung und schob mir den Schild zu. Dummerweise blieb dieser wegen des unebenen Bodens auf halber Strecke liegen. Kyle feuerte eine Kugel nach der anderen ab. Teilweise prallten sie gegen die Steinmauer und wurden zu Querschlägern. Ich musste in Deckung bleiben. Wie viele Kugeln hatte so eine verdammte Pistole? Hatte Kyle das Magazin gewechselt, ohne dass ich es mitbekommen hatte? Vielleicht wäre es sinnvoll, in Superwaffenkunde auch mal über normale Schusswaffen zu reden, anstatt immer nur über Weltuntergangsmaschinen. Und warum hörte niemand den Krach und kam uns zu Hilfe?

Hektisch suchte ich meine Hosentaschen nach Waffen ab und zündete kurzerhand eine weitere Dynamitstange an. Ich warf sie hinüber zu Kyle. Sie verfehlte ihr Ziel, aber ich konnte den schussfreien Moment nutzen, um mir den Schild zu holen. Zum Schutz hielt ich ihn vor mich und rannte auf Kyle zu, während er erneut zu schießen begann – und als hätte man meine Gebete erhört, prallten tatsächlich die Kugeln daran ab.

»Hör auf, dich wie ein Held zu verhalten!«, schrie Serena mir zu. Aufgrund der Querschläger musste sie sich hinter der Streckbank verstecken und konnte sich nur mit Unterbrechungen um Max kümmern.

Ich warf eine Handgranate in Kyles Richtung, allerdings ohne den Stift zu ziehen. Sie flog an ihm vorbei, ich schleuderte eine zweite hinterher.

»Mach das Ding scharf«, rief Serena, doch das war nicht mehr nötig.

Die Granate traf Kyle am Kopf. Er taumelte und ließ die Pistole fallen. Blut lief über sein Gesicht. Ich stürzte mich auf ihn, sodass wir zu Boden gingen. Kyle sah jetzt schon übel aus mit der Platzwunde am Kopf und der Verletzung am Arm, und trotzdem würde ich mich nicht davor scheuen, alle Tricks anzuwenden, die ich über unfaires Kämpfen gelernt hatte. Kyle war ein Schurke, und er hätte mich ohne zu zögern umgebracht. Auch jetzt noch wehrte er sich und versuchte, wieder an die Waffe zu kommen. Ich wollte ihn an den Armen fixieren, da schlang er seine Beine von hinten um meinen Hals und warf sich nach vorn. Mit dem Rücken zuerst landete ich auf dem harten Steinboden, einen Moment blieb mir die Luft weg. Kyles Beine hielten mich noch immer im Würgegriff. Atemlos zog ich einen Wurfstern aus meiner Tasche und rammte ihn in seinen Oberschenkel. Kyle ließ kurz von mir ab, wollte sich aber in der nächsten Sekunde auf mich werfen. Da riss ich das Knie hoch und trat mit voller Wucht zwischen seine Beine. Er rollte von mir herunter und blieb zusammengekrümmt auf dem Boden liegen. In Unbewaffneter Nahkampf hatte er mich damals fertiggemacht, doch heute war er chancenlos. In der Zwischenzeit war es Serena gelungen, die Streckbank zu deaktivieren. Sie machte Max los, doch das registrierte ich nur am Rande. Ich konzentrierte mich voll und ganz auf Kyle. Er bekam alles zurück, was er mir das ganze Schuljahr über angetan hatte.

»Das reicht, meinst du nicht?« Serena stand plötzlich neben mir und hielt mir ein Seil entgegen.

Ich zögerte, schwer atmend, doch dann ließ ich von Kyle ab. Gemeinsam hievten wir ihn auf einen Stuhl und fesselten ihn. Max sah ziemlich mitgenommen aus, ich wandte mich ihm zu.

»Alles okay bei dir?«

»Klar, es wurde nur meine Ehre verletzt«, antwortete Max und massierte sich das Handgelenk. »Peinlich, dass er ausgerechnet mich entführen musste. Wozu sind denn die Mädchen da?«

Serena stemmte die Hände in die Hüften. »Scheinbar, um deinen Arsch zu retten.«

Ich drehte mich wieder zu Kyle um. »Wer ist dein Auftraggeber? Warum solltest du mich von der Äcädemy fernhalten?«

Obwohl wir gewonnen hatten, sah er mich überheblich grinsend an. »Von mir erfährst du nichts.«

»Arbeitet er nicht mit The Rockstar zusammen?«, fragte Max.

»Nein, tut er nicht«, antwortete ich nur knapp, ohne den Blick von Kyle zu nehmen. »Sag schon, ist es der Mörder meines Vaters?«, fragte ich Kyle erneut. »Hat *er* dich beauftragt, damit ich nicht weiter nach ihm suche?«

»Du bist gar nicht so doof, wie du aussiehst«, erwiderte Kyle herablassend.

Mit beiden Händen packte ich ihn am Hemdkragen und schüttelte ihn. »Wer ist es? Wer hat meinen Dad ermordet?«

»Das wirst du nie erfahren, Taylor, nie. Dafür werden sie sorgen.«

Ich horchte auf. »Sie? Es sind mehrere?« Doch Kyle sagte kein Wort mehr. »Wer sind sie? Warum haben sie meinen Dad ermordet?« Ich schüttelte ihn erneut und schaute mich um. Vielleicht konnte ich die Daumenschrauben verwenden, um ihn zum Reden zu bringen?

Aber da schob Serena mich auf einmal unsanft beiseite. »Was ist das?«, sagte sie mehr zu sich selbst und hob Kyles Hemdkragen an einer Seite an. Dort war etwas befestigt, das wie ein zusätzlicher Knopf aussah. »Mist. Das könnte ein Empfänger für einen Fernzünder sein, und wo ein Fernzünder ist, ist auch Sprengstoff meist nicht fern.«

»Sprengstoff? Empfänger? Ich dachte, das ist ein Mikro.« Panik trat in Kyles Augen, von seiner überheblichen Art war nichts mehr übrig. Er begann auf seinem Stuhl zu zappeln, wollte sich irgendwie befreien.

»Halt still, sonst kann ich dich nicht durchsuchen«, sagte Serena mit fester Stimme.

Doch Kyle war nur noch auf Überleben programmiert. »Sie wollen mich umbringen. Das können die doch nicht machen, ich habe alles für sie getan. Alles.«

Serena klopfte seine Arme ab, seine Beine, dann befühlte sie seinen Oberkörper. »Keine Weste«, murmelte sie. Ihre Hände tasteten weiter, untersuchten den schwarzen Ledergürtel genauer. Sie zuckte zurück. »Da drin ist der Sprengstoff versteckt.« Über einen kaum erkennbaren Draht waren der Empfänger und der Gürtel miteinander verbunden.

»Wir müssen ihm das Ding ausziehen.« Entschlossen blickte ich zu Serena. Ich hasste Kyle, aber ich würde ihn nicht auf diese Weise sterben lassen.

»Das geht nicht so einfach«, sagte sie. Inzwischen klang auch sie leicht panisch. »Siehst du den Draht? Wenn wir den mit Gewalt entfernen, geht der Sprengstoff vielleicht hoch.«

»Aber irgendwie muss man den doch deaktivieren können.« Ich schob Serena beiseite und betrachtete den Empfänger genauer.

»Hör zu, Taylor, ich erzähle dir alles, aber nimm mir diesen verdammten Gürtel ab, bevor die uns alle umbringen.« Kyle schluckte, er sah mich mit großen Augen an. »Oh shit! Sie haben gerade den Zünder aktiviert, mir bleiben noch zwei Minuten.«

»Woher will er das wissen?«, fragte Max.

»Ich hab 'nen Knopf im Ohr.« Kyle fixierte mich mit seinen Augen. »Taylor, du bist ein Held. Du *musst* mich retten.«

Aber Serena riss mich hoch. »John, wir sollten hier weg.«

Max rannte bereits voraus, Serena wollte mich gegen meinen Willen zum Ausgang ziehen, doch ich machte mich los.

»Ich werde Kyle hier nicht zurücklassen«, sagte ich entschlossen. »Los, bring dich mit Max in Sicherheit.«

»John, er wollte dich umbringen. Ich sehe ganz sicher nicht dabei zu, wie du dich für ihn opferst.«

Ich ging vor Kyle in die Knie. »Lauf, Serena. Bitte! Ich krieg das schon hin.« Den Gedanken daran, dass ich die praktische Prüfung zum Thema »Sprengstoff entschärfen« komplett in den Sand gesetzt hatte, verdrängte ich lieber. Vorsichtig klappte ich den Deckel von Kyles Gürtelschnalle auf und entdeckte einen grauen Klumpen, der aussah wie Knete, außerdem zwei schwarze Kabel.

»Was macht ihr denn?«, schrie Max, der zurückgekommen war.

»John spielt den Helden«, antwortete Serena.

»Kannst du nicht einfach das Lederband durchtrennen und ihm den Gürtel ausziehen?«, schlug Max vor.

Ich schüttelte den Kopf. »Geht nicht, das bildet alles einen Stromkreis. Du hast doch sicher das Werkzeugset für deinen Laptop dabei.«

Max kam noch ein paar Schritte näher und reichte mir sein kleines Etui. »John, ich habe auf die Uhr geschaut. Wir haben nur noch dreißig Sekunden.« Er klang gehetzt, und auch mein Herz klopfte mir bis zum Hals.

Mit zitternden Händen klappte ich das Etui auf und griff nach der Zange. »Ein elektronischer Sprengzünder«, murmelte ich und betrachtete die beiden schwarzen Kabel genauer. Im ersten Moment war nicht ersichtlich, welches ich durchtrennen musste, ob ich überhaupt eines durchtrennen konnte, um die Bombe zu entschärfen.

»Wieso sind da nur schwarze Kabel?«, fragte Max. »Das ist total gegen die Tradition.«

»Nimm das linke Kabel«, sagte Serena.

»Warum das linke?«

»Dann nimm das rechte. Leute, noch zehn Sekunden«, unterbrach Max uns.

»Mach einfach«, bat Serena.

»Fünf ... drei ...«

Ich hielt den Atem an, riss den kompletten Zünder samt Primärladung mit beiden Händen heraus und warf das Zeug in hohem Bogen von mir. Es knallte, ich duckte mich, die Arme schützend über den Kopf gehalten, doch weiter passierte ... nichts. Vorsichtig öffnete ich die Augen und sah der Reihe nach die anderen an. Kyle lachte hysterisch auf, vermutlich vor Erleichterung. Max' Blick war auf den Gürtel geheftet.

»Warum explodiert das Ding nicht?«, fragte er unsicher.

Ich atmete auf. »Die Explosion der Primärladung erzeugt Druck und Hitze, und erst dadurch wird die Hauptladung zur Detonation gebracht«, erklärte ich.

Serena nickte beeindruckt. »Da haben sich die ganzen Nachhilfestunden doch noch ausgezahlt.«

»Mann, John!« Max wischte sich den Schweiß von der Stirn, seufzend lehnte er sich gegen die Steinmauer. »Echt jetzt. Du kannst den Helden in die Äcädemy stecken, aber das Helden-Gen kriegst du trotzdem nicht aus ihm raus.«

»John Taylor – Evil Hero«, sagte Serena kopfschüttelnd, doch ein Grinsen stahl sich auf ihr Gesicht.

»Also, raus mit der Sprache«, sagte ich zu Kyle, nachdem wir uns alle wieder etwas gefangen hatten. »Was weißt du über den Mörder meines Vaters?«

»Warte. Nur um sicher zu gehen, dass niemand mithört.«

Serena befreite Kyle von dem Sprengstoffgürtel, dem Empfänger und dem Knopf im Ohr und brachte alles in einen anderen Kellerraum. Als sie wieder zurückkam, saß Kyle immer noch zusammengesunken auf dem Stuhl. Die Fessel hatte ich ihm inzwischen abgenommen, aber ich behielt ihn im Auge, auch wenn er nicht den Eindruck machte, als wolle er türmen.

Langsam hob er den Kopf. »Habt ihr schon mal von der Bruderschaft des Guy Fawkes gehört?«

Serena bekam große Augen. »Der streng geheimen Studentenverbindung der Evil University? Natürlich, wer hat bitte noch nicht von ihr gehört?«

»Kurz vor Beginn des Schuljahres sind sie auf mich zugekommen.«

»Moment mal«, unterbrach Max ihn. »Sie sind auf *dich* zugekommen?«

Kyle nickte. »Sie wollten mich anwerben. Als Aufnahmeritual habe ich eine Aufgabe bekommen.« Er drehte sich zu mir. »Ich sollte dich, Taylor, aus der Äcädemy mobben, mit allen Mitteln.«

Ich zog die Stirn kraus. »Aber warum? Woher wussten sie überhaupt, dass ich hier angenommen wurde?«

»Hast du das gerade im Ernst gefragt?«, meinte Serena. »Die Bruderschaft des Guy Fawkes weiß alles.«

Kyle massierte sich die Handgelenke, während er fortfuhr: »Sie radikalisieren sich, finden, die Schurken sind zu weich geworden, haben ihren Weg verloren. Um ein Exempel zu statuieren, ermordeten sie Eagleman.«

»Die Bruderschaft des Guy Fawkes radikalisiert sich? Das wird mein Dad gar nicht gerne hören.«

Ich überging Serenas Einwand. »Mein Vater ist gestorben, weil jemand etwas beweisen will? Das glaub ich einfach nicht. Warum er?«

Kyle zog die Schultern hoch. »Ich nehme an, er war einfach zur falschen Zeit am falschen Ort.«

»Und deine Infos hast du von der Bruderschaft des Guy Fawkes?«, hakte Serena nach. »*Sie* hat dir gesagt, dass John Eaglemans Sohn ist, dass Prof. P. The Rockstar ist?«

Kyle nickte. »Stimmt genau.«

»Dann hast *du* versucht, John auf der Halloweenparty der Scola zu töten?«, wollte Max wissen.

»Nein, das war ich ausnahmsweise nicht. Ich war dort, hab euch aber nicht gefunden.«

»Wer war es dann?«, fragte ich. »Wer steckte in dem The-Rockstar-Kostüm?« War es womöglich derselbe gewesen, der auch meinen Vater ermordet hatte?

»Ich weiß es nicht, sie haben mich abgezogen und gesagt, sie setzen jemand anderen darauf an. Vermutlich war es ein neuer Rekrut, was weiß ich. Jedenfalls wollte ich mir nicht die Butter vom Brot nehmen lassen und bin meiner Aufgabe weiter nachgegangen.«

Ich schüttelte den Kopf. »Und das alles, damit ich nicht mehr nach dem Mörder meines Vaters suche? Das ergibt überhaupt keinen Sinn. Wenn sie durch den Mord an einem Superhelden ein Exempel statuieren wollten, müssen sie es doch öffentlich machen.«

»Wer sagt, dass sie das nicht tun? Aber zu ihrer Zeit und ihren Bedingungen.«

»Wir werden sehen«, erwiderte ich und ballte die Hand zur Faust. »Wie kann ich mit der Bruderschaft des Guy Fawkes Kontakt aufnehmen?«

Kyle lachte, allerdings klang es mehr wie ein Grunzen.

»Die Bruderschaft kommt auf dich zu, nicht umgekehrt«, antwortete Serena für ihn.

»Aber was ist mit deinem Vater?«, fragte ich. »Du weißt so viel über diese Verbindung und hast ihn gerade erwähnt. Offenbar war er Mitglied.«

»Das habe ich nicht gesagt, und so einfach ist das auch alles nicht. Du kannst nicht mal eben …« Sie verstummte, denn von draußen waren laute Schritte zu hören. Kurz darauf erschienen

Professor Phillips, Mr Horn und Mr Denham im Türrahmen und sahen sich überrascht um.

»Was ist hier los?«, wollte Professor Phillips wissen.

Der Schulchor, den ich zum ersten Mal hören sollte, stand aufgereiht auf den Stufen vor dem Hauptgebäude. Mr Chao gab ihnen mit dem Taktstock ein Zeichen, und die Ersten begannen zu singen. Nach und nach setzten die anderen ein. Schüler und Lehrer hatten sich auf dem halbrunden Platz vor den Stufen versammelt. Obwohl es gleich danach in die dreimonatigen Sommerferien gehen würde, trugen wir allesamt unsere Schuluniformen. Hinter uns standen unzählige Koffer und Reisetaschen bereit und warteten nur darauf, nach der Veranstaltung in die schwarzen Vans geladen zu werden, die hinter der hochgezogenen Zugbrücke parkten.

Ich konnte mich nur schwer auf den Gesang konzentrieren. Die Blicke sämtlicher Schüler richteten sich immer wieder auf mich. Wie ein Lauffeuer hatten sich die Ereignisse der letzten Nacht herumgesprochen, ebenso Serenas neuer Spitzname für mich: Evil Hero. Mehr als einmal hörte ich ihn irgendwo hinter vorgehaltener Hand, wobei ich mir nicht ganz sicher war, ob die anderen sich nur über mich lustig machten. Doch einer fehlte: Kyle. Bis spät in die Nacht hatten wir gestern den beiden Lehrern und dem Schulleiter erklären müssen, was genau passiert war.

Mr Denham war sogar ein wenig beeindruckt gewesen. »*Du* hast die Bombe entschärft?«, fragte er mit hochgezogener Augenbraue.

»Das hat er«, antwortete Serena. »Wenn es nach uns gegangen wäre ...«

»Das war eine Gemeinschaftsleistung«, unterbrach ich Serena, um sie daran zu hindern, ihren Satz zu beenden.

»Nun gut, wir werden das natürlich auf euren Abschlusszeugnissen vermerken«, sagte Professor Phillips und wandte sich an Kyle. »Du hingegen wirst mit sofortiger Wirkung und ohne Abschluss von der Schule verwiesen.«

Kyle starrte den Schulleiter einen Moment ungläubig an. »Aber Professor, das können Sie doch nicht machen. Ich wollte an die Evil University. Ohne Zeugnis kann ich das vergessen.«

»Tja, daran hättest du vorher denken müssen. Das ist vielleicht eine Schurkenakademie, dennoch erwarte ich, dass die Schüler der Evil Äcädemy einen respektvollen Umgang mit all unseren schurkischen Werten und Traditionen üben. Du hast versucht, einen deiner Mitschüler umzubringen, Kyle! Zudem hast du wissentlich in Kauf genommen, dass meine Schurkenidentität vor allen anderen auffliegt. Solch ein Verhalten kann und werde ich nicht dulden.«

Kyles Blick hatte sich auf mich geheftet. »Tu was, Taylor. Du bist ein Held. Du kannst doch nicht zulassen, dass ich der Schule verwiesen werde.«

Doch ich hatte nur mit den Schultern gezuckt. »Du hast uns dein Leben zu verdanken, mehr kann ich nicht für dich tun.«

Professor Phillips holte mich in die Gegenwart zurück, indem er auf die sonnigen Stufen trat und sich beim Chor bedankte. Dann wandte er sich uns Schülern zu. »Und wieder geht ein Schuljahr zu Ende, noch dazu ein sehr erfolgreiches, wie ich finde ...«

Eine Viertelstunde später löste sich die Gruppe langsam auf. Die Zugbrücke wurde heruntergelassen, die Vans auf das Äcädemy-Gelände gefahren und mit dem Gepäck beladen. Um uns herum verabschiedeten sich alle und wünschten sich schöne Ferien, aber Max, Serena und ich standen noch eine Weile zusammen.

Serena schüttelte immer wieder den Kopf. »Ich kann einfach nicht glauben, dass du ihn gerettet hast. Ein wenig mehr Egoismus täte dir gut. Wir retten keine Menschen und schon gar nicht denjenigen, der uns vorher umbringen wollte.«

Doch ich zuckte nur mit den Schultern. Ich war trotz allem ein Superheldensohn, natürlich hatte ich Kyle retten müssen. Das war meine Aufgabe.

Professor Phillips, die Augen mit einer Hand vor der Sonne abschirmend, kam auf uns zu. »Alles in Ordnung bei euch?«, fragte er in väterlichem Tonfall.

Serena und Max nickten, ich schwieg und kickte stattdessen einen Kieselstein über den Weg. Eine kleine Staubwolke wirbelte auf.

»Es tut mir wirklich leid, das hätte nicht passieren dürfen«, sagte der Schulleiter, wie er es schon in der Nacht zuvor unzählige Male getan hatte. »Das ist zwar ein Schurkeninternat, aber ich bin für eure Sicherheit verantwortlich, und es geht nicht, dass ihr euch gegen solche Angriffe wie die von Kyle behaupten müsst. Ihr hättet zu mir kommen sollen.« Er sah vor allem mich an, denn Max und Serena waren mehr oder weniger unfreiwillig in die ganze Sache hineingeraten.

»So wie Sie mit mir hätten reden müssen«, erwiderte ich.

»Touché.«

»Außerdem wollte ich die Aufmerksamkeit nicht auf mich ziehen«, fuhr ich fort. »Petzen in einer Schurkenschule erschien mir irgendwie unpassend, und ich konnte auch nicht ahnen, dass Kyle mich wirklich umbringen wollte.«

»Das verstehe ich, aber das nächste Mal redet ihr besser mit mir.«

»Es wird hoffentlich kein nächstes Mal geben«, murmelte Max.

»Das hoffe ich auch«, sagte ich.

Professor Phillips klopfte mir kurz auf die Schulter. »Du hast dich wirklich gut geschlagen, John. Ich wünsche euch schöne Ferien, erholt euch ein bisschen. Das habt ihr verdient.« Er entfernte sich, um die anderen Schüler zu verabschieden, doch nach ein paar Schritten drehte er sich noch einmal zu mir um. »Übrigens: Es wäre schön, wenn du im nächsten Schuljahr wieder mit an Bord wärst. Dein Zeugnis ist ziemlich gut ausgefallen, und einen Evil Hero können wir hier an der Äcädemy gut gebrauchen.« Er zwinkerte mir zu und verschwand in der Menge.

Serena sah mich fragend von der Seite an. »Was meint er damit, es wäre schön? Kommst du denn nach den Ferien nicht wieder?«

Ich zuckte erneut mit den Schultern. »Weiß nicht, ich bin mir nicht sicher.« Meine Aufgabe hier war erledigt, ich wusste jetzt, wer der Mörder meines Vaters war.

»Ist es wegen Kyle?«, fragte Serena. »Oder wegen der anderen?« Die anderen, die mich nach wie vor ignorierten.

»Ich gehöre nicht hierher, das hast du selbst gesagt.« Die Frage war nur, wohin ich gehörte.

Serena stöhnte und verdrehte die Augen. »Seit wann glaubst du alles, was ich von mir gebe? Max, sag doch auch mal was.«

»Was meinst du, was ich seit Wochen tue?«, antwortete er und sah von Serena zu mir. »Ich will auch, dass du wiederkommst, das weißt du.«

Ich nickte. »Im Grunde habe ich mich hier ganz wohlgefühlt, aber …«

»Na also, dann wäre das ja geklärt. Außerdem haben wir die Mission noch nicht erfüllt.«

Ich zog die Augenbrauen hoch. »Welche Mission?«

»Wir müssen Eaglemans Mörder zur Rechenschaft ziehen, oder willst du, dass derjenige frei herumläuft? Es geht nicht, dass ein Schurke einfach so einen Helden tötet, das bringt uns alle in Verruf. Gemeinsam schaffen wir das, wir sind ein tolles Team, nicht wahr, Max?«

»Absolut meine Meinung.«

Ich schüttelte den Kopf, aber ein Lächeln stahl sich auf meine Lippen. Serena hatte recht, ich wollte nicht, dass der Mörder meines Vaters ungeschoren davonkam. Und wie konnte ich ihn besser zur Rechenschaft ziehen als mit der Hilfe von Serena und Max? »Ihr seid wahre Freunde, wisst ihr das?«

»Ist das ein Ja?«, fragte Serena aufgeregt.

Ich ließ den Blick über meine Mitschüler schweifen, die sich langsam auf die Vans verteilten, über die Wiesen und Platanen und das Hauptgebäude, das im Licht der Sonne glitzerte. Schließlich schaute ich erneut zu Max und Serena.

»Ihr habt recht. Ich komme wieder.«

Danksagung

Ich sitze gerade hier und überlege, wem ich zuerst danken soll, denn es gibt so viele Menschen, ohne die ihr dieses Buch jetzt nicht in den Händen halten würdet.

Fangen wir mit dem Ideengeber an: meinem Mann. Du sagst immer, eine Idee ist nur eine Idee und es gehört noch so viel mehr dazu, um ein Buch zum Leben zu erwecken. Das schon, aber der Anfang eines jeden Buches ist eine geniale Idee. Und mit »Evil Hero« hattest du wirklich eine Glanzstunde. Ich danke dir für deine unendliche Unterstützung! Als Künstler weiß man, wie hart es manchmal sein kann, Anerkennung für seine Arbeit zu bekommen, und du warst der Einzige, der vom ersten Tag an an mich geglaubt hat.

Danke an meine wunderbare Agentin Diana Itterheim, die ebenfalls nie an meinem Können zweifelt. Ohne dich und deine Arbeit wäre ich nicht da, wo ich heute bin. Das hörst du nicht zum ersten Mal, aber ich kann es nicht oft genug sagen. Und auch vielen Dank an Jessica Itterheim, die bereits auf der Leipziger Buchmesse den ersten Leser neugierig machte, als die Geschichte noch mitten im Feinlektorat steckte. Ihr beide wart schon nach der ersten Szene Feuer und Flamme, und euch habe ich auch diesen tollen Titel zu verdanken.

Ein ganz großes Dankeschön gilt selbstverständlich dem Verlag, allen voran meiner Lektorin Franziska Bräuning. Sie haben schon nach wenigen Seiten an dieses Projekt geglaubt und sich dafür eingesetzt, und dafür kann ich Ihnen gar nicht genug danken! Die Zusammenarbeit mit Ihnen hat mir unglaublich viel Spaß gemacht.

Und natürlich vielen Dank an euch Leser. Ich hoffe, ihr hattet mit John und seinen Freunden beim Lesen genauso viel Freude, wie ich beim Schreiben.

Grauer, Sandra:
Evil Hero
Superschurke wider Willen
ISBN 978 3 522 50548 2

Umschlaggestaltung: Jann Kerntke
Umschlagtypografie: Zero Werbeagentur
Innentypografie: Satz Studio Angelika Schön
Reproduktion: Digitalprint GmbH, Stuttgart
Druck und Bindung: GGP Media GmbH, Pößneck

FSC www.fsc.org
MIX
Papier aus verantwortungsvollen Quellen
FSC® C014496

Dieses Werk wurde vermittelt
durch die Agentur litmedia.agency